Der mit dem renommierten Edgar-Award ausgezeichnete Steven Womack lebt in Nashville, Tennessee. Er hat bereits mehrere Romane geschrieben, in deren Mittelpunkt Detektiv Harry James Denton steht.

Von Steven Womack sind außerdem erschienen:

Totenblues (Band 60449)
Brandstifterboogie (Band 60518)
Requiem für eine Sängerin (Band 60631)
Totenblues/Brandstifterboogie (Band 60763)

Deutsche Erstausgabe Juni 1998

Titel der Originalausgabe: »Chain of Fools«

Originalverlag: Ballantine Books, New York
Umschlaggestaltung: Agentur Zero, München
Satz: Ventura Publisher im Verlag
Druck und Bindung: Clausen & Bosse, Leck
Printed in Germany
ISBN 3-426-60617-8

5 4 3 2 1

STEVEN WOMACK

TÄNZERIN AUF DEM VULKAN

Roman

Aus dem Amerikanischen von
Helmut Splinter

Knaur

Für Nancy Yost,
eine außergewöhnliche
Literaturagentin, eine großartige
Freundin und die einzige Frau,
die ich persönlich kenne, von der
ein Foto im *Cosmopolitan*-Magazin
erschienen ist.

Das Bett ist ein gefährliches Land.

John D. MacDonald

A Deadly Shade of Gold

DANK

Einer Reihe von Personen bin ich zutiefst dankbar für ihre Hilfe bei meinen Nachforschungen und der Sammlung von Informationen, die zum Schreiben dieses Buches nötig waren.

Detective Officer Joseph Ladnier von der Metropolitan Nashville Police Department's Vice Control/Narcotics Division, der Sittenpolizei von Nashville, war mir dabei behilflich, mich mit der Sexindustrie in Nashville bekannt zu machen. Seine langjährigen Erfahrungen und sein Einblick in diese Szene waren unschätzbar. In diesem Buch enthaltene Fehler sind mir zuzuschreiben, nicht ihm.

Auf der anderen Seite des Systems standen die von mir befragten Frauen Rede und Antwort, die in den »Showbars« oder »Herrenclubs« arbeiten, die hier als Stripper-Lokale bezeichnet werden, einem Ausdruck, der in Amerika unbeliebt geworden ist. Ich bin all jenen Frauen dankbar, die die Zeit und Geduld auf sich genommen haben, mit einem sehr nervösen Schriftsteller darüber zu reden, was es für sie bedeutet, nackt für ihren Lebensunterhalt zu tanzen. Einige von ihnen sprachen auch mit mir, ohne daß ich sie dafür bezahlte. Besonders hilfreich war Ally, die in Bob's Gold Club in Nashville arbeitete.

Mein Dank gebührt ebenso Bill Stewart – bekannt unter dem Spitznamen Mr. Bill. Er hat mich auf diesen Forschungsausflügen begleitet und mich dazu ermutigt, meine Aufgabe zu vollenden, als mein Entsetzen ins Unermeßliche stieg. Dank auch an Brenda Stewart dafür, daß sie so verständnisvoll war.

Wie immer danke ich Joe Blades für seine fortwährende Geduld, Unterstützung, Anleitung und Freundschaft.
Und noch einmal schulde ich meinen Dank für die kritischen Blicke und die scharfen Korrekturstifte meinen Freunden und Kollegen aus der Nashville Writers Alliance und Dr. James Veatch vom Nashville State Technical Institute.
Schließlich war mir meine Frau Cathryn hinsichtlich Unterstützung, Geduld und Vertrauen der größte Beistand. Nicht viele Frauen würden Ehemänner verstehen, die ihre Abende damit verbringen, ein nacktes neunzehnjähriges Mädchen zu interviewen.

KAPITEL 1

Versteht mich nicht falsch: Ich mag Sex. Wirklich. Es ist nur so, daß ich nie – na ja, nie dachte, wie sag ich's bloß? – nie dachte, daß es so viel davon gibt.

Aber halt, laßt mich ein Stück zurückgehen.

Während meiner Zeit als Reporter, bevor ich von der Zeitung gefeuert wurde und schließlich die wunderbare Welt der Privatdetektive kennenlernte, entwickelte sich die Freundschaft zu einem Gefangenen draußen in The Walls, dem alten Staatsgefängnis von Tennessee. Viele Strafgefangene sind bekanntlich zwanghafte Briefeschreiber, und die Opfer ihrer Korrespondenz sind gewöhnlich Frauen oder Reporter.

Dieser spezielle Knastbruder war ein Typ namens »Babyface« Yeager, und ich beantwortete seine Briefe schließlich mehr aus Neugier als aus irgendeinem anderen Grund. Babyface – diesen Spitznamen trug er, weil er mit Vierzig immer noch seinen Ausweis vorzeigen mußte, wenn er Bier kaufte – war in seinen jüngeren Tagen ein wahrer Partyhengst gewesen, aber eines Nachts kippte er auf einer Eisenbahnschiene außerhalb von Memphis um. Die Panama Limited kam angefahren und hackte ihm beide Beine sauber über den Knien ab, als hätte er einen Chirurgen dafür bezahlt.

Seine Krankenschwester in der Reha-Klinik war eine afroamerikanische Zwergin namens Darnelle. Aufgrund der Tatsache, daß nun beide etwa gleich groß waren – und diese Tatsache stellte für beide eine emotionale Grundlage dar, die für eine Beziehung ausreichte –, verliebten sich Babyface und Darnelle bald ineinander. Als Babyface mit einem neuen Paar künstlicher Beine und dem Bescheid von der Sozialhilfe über 400 Dollar Behindertenrente pro Monat entlassen wurde, eröffneten er und Darnelle in einem Wohnwagen außerhalb von Lebanon, einer kleinen Stadt östlich von Nashville, ein Geschäft.

Eines Abends hatten Darnelle und Babyface was getrunken, und man weiß nur, daß es einen heftigen Kampf gab. Darnelle hatte, gemessen an ihrer geringen Körpergröße, ein überproportioniertes Mundwerk, und sie scheute sich offensichtlich nicht, es auch einzusetzen. Babyface, sowohl intellektuell als auch körperlich herausgefordert, stand in der verbalen Schlacht ohne Waffen da. Er merkte schließlich, daß sein einziger Ausweg darin bestand, ihr nachzulaufen. Der genaue Tathergang war nicht mehr nachvollziehbar, aber irgendwie hatte Babyface Darnelle in eine Ecke gedrängt und sie mit einem seiner künstlichen Glieder zu Tode geschlagen.

Babyface zog den Haupttreffer – lebenslänglich im Walls –, und sein frühester Entlassungstermin wurde auf Juni 2047 festgelegt. Man müßte sich schwer wundern, wenn sein Spitzname bis dahin immer noch zutreffen sollte.

Ich besuchte Babyface immer dann, wenn ich das Bedürfnis spürte, einmal richtig lachen zu müssen. Wir saßen auf der Picknickwiese, abseits der Tische in der hintersten Ecke am Maschendrahtzaun, auf denen öffentlich kopuliert wurde, und er plapperte über das System.

Eines Tages sprachen wir davon, wie verrückt das Leben ohne Frauen wird. Ich hatte noch nicht die Frau kennengelernt, die meine erste Exfrau werden sollte, weswegen mir lange Trockenperioden vertraut waren. Und er redete über die Möglichkeiten, damit im Gefängnis umzugehen, und über die Hierarchie der sexuellen Erlösung: Da sind natürlich die normalen, meist im stillen Kämmerlein durchgeführten Möglichkeiten; dann gibt es diejenigen, die für Gefängnisse eher außergewöhnlich sind, nämlich rituelle Bandenvergewaltigung, Freundinnen und die Jungs, die, wie er behauptete, die gefährlichsten Männer im Gefängnis seien: die Schwuchteln.

Schwuchteln, erklärte er, sind Männer in engen Hosen, dick geschminkt und mit übertriebenem Hüftschwung, die einem beim ersten falschen Wort das Herz aus dem Leib reißen.

»Aber wie konntest du, ich meine – wie hast du es mit ihnen machen können?« fragte ich.

»He, Mann.« Er lachte. »Niemand ist tatsächlich stinknormal.«

Gut, der Satz stimmt nicht nur grammatikalisch, sondern bringt auch das menschliche Wesen ziemlich genau auf den Punkt. Niemand ist tatsächlich stinknormal. Wir haben alle einen Knacks, kleine, dunkle Ecken in unserer Psyche, in die wir uns von keinem hineinleuchten lassen. Wünsche, Zwänge, Triebe, Vorlieben, Geschmäcker. Dinge, die wir wenigstens einmal gern ausprobieren würden.

Unsere Geheimnisse.

Bis Betty Jameson vor ein paar Wochen in meinem Büro anrief und mich bat, an jenem Nachmittag bei ihr zu Hause in Belle Meade vorbeizukommen, dachte ich allerdings, ich sei ungefähr so stinknormal wie alle anderen. Die tiefste sexuelle Schublade, die ich je aufgezogen habe, war, als ich in den frühen Siebzigern als College-Student in Boston mit zwei Frauen gleichzeitig ging. Das war allerdings vor AIDS und bevor eine lange Latte von Geschlechtskrankheiten die sexuelle Revolution jäh abwürgte – wenn Sie den Ausdruck bitte verzeihen wollen. Mit zwei Frauen gleichzeitig zu gehen und zugegebenermaßen nur abwechselnd mit beiden

zu schlafen war ungefähr das Riskanteste, was mir jemals untergekommen war.
Nicht nur das: Es war ungefähr das Riskanteste, das ich jemals tun wollte. Mein ganzes Leben lang – mit dieser einen Ausnahme – habe ich echte Monogamie praktiziert und bin keine Beziehung eingegangen, ohne eine andere vorher aufzulösen. Das habe ich nicht aus ethischen Gründen so gemacht. Nein, ich bin einfach ein mieser Schwindler.
Diese Art, die eigenen Angelegenheiten zu regeln, ist zwar nicht schmerzfrei, aber viel einfacher zu handhaben. Ich war dieser Politik trotz der Frustration einer sich verschlechternden Ehe und der Hürde einer Scheidung verhaftet. Auch jetzt habe ich ernsthaft nur mit einer Frau zu tun: Dr. Marsha Helms, stellvertretende Leichenbeschauerin für den Stadtbezirk von Nashville und den Landkreis Davidson. Wir sind bereits fast drei Jahre zusammen, und während der ganzen Zeit habe ich nie einen Gedanken daran verschwendet, umherzustreunen.
Ja, gut, vielleicht hin und wieder ein oder zwei Gedanken. Eigentlich stecke ich in dem, was in den Neunzigern als »verbindliche Beziehung« bezeichnet wird. Aber, verdammt noch mal, ich bin nicht tot.
Zumindest jetzt noch nicht. Das kann sich allerdings schlagartig ändern. Das ist eins der Dinge, die ich in den vergangenen Wochen gelernt habe.
Und alles hat damit angefangen, daß Betty Jameson in meinem Büro anrief und sagte: »Mister Denton, ich habe ein Problem …«

Jedesmal, wenn ich durch Belle Meade, die wohlhabendste und exklusivste Enklave von Nashville fahre, verfranse ich mich. Die Straßen winden sich, ändern ihre Namen, sind verwirrender als sogar das normale Labyrinth von Nashville. Die andere Ursache meines Unbehagens ist allerdings, daß ich reiche Leute noch nie mochte: Sie haben zu viel Geld, und das verzerrt ihre Sichtweise. Wenn ich ehrlich bin, hat es auch auf meine eigene keinen guten Einfluß.

Ich hatte eine Adresse auf dem Tyne Boulevard samt der Anweisung erhalten, von der Harding Road links auf den Belle Meade Boulevard abzubiegen, dann in Richtung Country Club von Belle Meade und Percy Warner Park zu fahren. Theoretisch müßte ich den Tyne Boulevard irgendwo in diesem Gewühl von Straßen finden.

Ich erblickte das schwarz-goldene Straßenschild, das in Richtung Tyne Boulevard wies, genau in dem Moment, als ich daran vorbeifuhr. Ich knurrte und machte bei der nächsten Gelegenheit mitten auf der Straße eine Kehrtwendung. Dann bog ich ab und wühlte nach dem Zettel in meiner Jackentasche, um die Hausnummer zu finden.

Das schwarze, überladene, schmiedeeiserne Tor der Jamesons zog als erstes meine Aufmerksamkeit auf sich. Es hing zwischen zwei aus roten Backsteinen gemauerten Pfeilern in der Größe von kleinen Silos. Mitten im Tor war in das Eisen ein Kreis mit einem kursiven »*J*« hineingewoben.

Ich fuhr die gepflasterte Auffahrt hinauf bis zum Zaun. Ein silberfarbener, auf einer geschwungenen Stange befestigter Kasten ragte auf die Auffahrt hinaus. Ich drückte den grünen Knopf unterhalb des Sprechgitters und wartete.

»Ja?« fragte eine ältere Frauenstimme, die von dem Brummen der Sprechanlage fast übertönt wurde.

»Mein Name ist Harry James Denton«, rief ich. »Ich bin mit Betty Jameson verabredet.«

Ich wartete auf eine Antwort, erhielt aber keine. Dann hörte ich das Klicken von Relais und das Schleifen eines elektrischen Motors. Das Tor öffnete sich langsam in einem

großen Bogen. Ich manövrierte das Auto hindurch, sobald die Öffnung breit genug war, und fuhr eine lange, ringförmige Auffahrt hinauf, die sich langsam um die Front einer zweistöckigen Villa im Kolonialstil herumwand.
Ein leiser Pfiff kam über meine Lippen. So also lebt die andere Hälfte der Menschheit. Mir war es nicht möglich gewesen, die Jamesons vor der Verabredung zu überprüfen. Ich fragte mich, woher sie das alles hatten.
Ich ging die Steinstufen hinauf zur Veranda, die sich um das ganze Haus zog. Zwei Stockwerk hohe dorische Säulen stützten das breite Dach. Langsam öffneten sich die dreieinhalb Meter hohen doppelten Eichentüren, die sacht nach innen gezogen wurden von einer älteren schwarzen Frau in grauer Dienstmädchenuniform.
»Hallo«, grüßte ich und trat auf sie zu. »Mein Name ist Harry Ja…«
»Kommen Sie herein, Mister Denton«, sagte sie mit matter Stimme. »Miss Betty erwartet Sie.«
Es war die Stimme aus der Sprechanlage am Tor. Das Haar der Frau war entkräuselt – im Stil der Vierziger und Fünfziger gewellt, gefärbt und auf die Seite gelegt – und silbern durchsetzt. Ihre Haltung zeigte Stolz, aber auch die Bürde einer Frau, die ihr Leben im Dienst des Reichtums verbracht hat und die jeden Abend vom Tyne zum Belle Meade Boulevard marschiert, um den Bus zu erreichen, der sie in den Norden von Nashville bringt, wo sie ihre Türen und Fensterläden noch vor Sonnenuntergang fest verschließt.
Sie hielt mir die Tür auf, und ich nickte zum Dank, als ich eintrat. Die Eingangshalle stammte mit ihrer ringförmigen Treppe, die ohne Stütze in den zweiten Stock führte, direkt aus *Vom Winde verweht.* Ein überdimensionaler Orientteppich bedeckte fast den gesamten Hartholzboden. Gegen-

über vom Eingang führte ein Flur in den hinteren Teil des Hauses.
»Miss Betty ist im Arbeitszimmer.« Das Dienstmädchen zeigte nach rechts, öffnete die Tür und ließ mich eintreten.
Ich trat auf einen anderen Orientteppich, der den Boden eines großen quadratischen Zimmers bedeckte, das auf den gegenüberliegenden Seiten, rechts und links, mit wandhohen, eingebauten Bücherregalen ausstaffiert war. An der Wand gegenüber der Tür hingen über einer antiken Kredenz nebeneinander zwei Porträts in barocken Goldrahmen. Das linke zeigte einen strengen, dennoch vornehmen Herrn mittleren Alters in einer Generalsuniform. Neben diesem hing das Porträt einer jungen Südstaatenschönheit, deren Blick in die Ferne schweifte. Sie trug ein Abendkleid, im Arm hielt sie einen Rosenstrauß.
Eine Stimme sagte: »Ich muß jetzt auflegen. Ich werde dich später anrufen.«
Ein Stuhl mit hoher Rückenlehne hinter einem Schreibtisch, der vor den Porträts stand, drehte sich herum. Die Frau auf dem Stuhl erhob sich. Ihr Gesicht war fein geschnitten und aristokratisch, ihre Haarfarbe ging ins Kastanienbraun mit Gold und zeigte mehr als nur ein paar weiße Strähnen. Im dämmrigen Licht konnte ich ihr Alter nicht schätzen. Sie trug ein einfaches, aber elegantes blaues Kleid mit einem weiten Spitzenkragen und eine lange Perlenkette.
»Mister Denton, möchten Sie etwas zu trinken? Kaffee oder Eistee vielleicht?«
»Nein, danke«, lehnte ich ab, »nicht nötig.«
Sie sah an mir vorbei. »Danke, Emily, das ist alles.«
»Ja, Ma'am«, sagte die Haushälterin, als sie das Zimmer verließ und die Tür hinter sich zuzog.
Die Frau gab mir ein Zeichen, daß ich mich setzen sollte.

Ich nahm auf einem Lederschwingstuhl auf der anderen Seite des Schreibtisches Platz.

»Danke, daß Sie gekommen sind, Mister Denton«, fing sie an. »Ich werde gleich zur Sache kommen. Ich habe Sie angerufen, weil Sie die kleinste und unverdächtigste Anzeige in den Gelben Seiten haben. Ich habe das so aufgefaßt, daß Sie ein zurückhaltender Detektiv sind, einer, dem man dahingehend vertrauen kann, daß er in allen Klientenangelegenheiten absolut diskret bleibt. Ist diese Vermutung korrekt?«

Ich hatte nicht den Mut, ihr zu erzählen, daß die kleinste Anzeige in den gelben Seiten alles war, was ich mir leisten konnte.

»Ja, Ma'am, das ist richtig.«

»Was ich Ihnen gleich erzählen werde, muß streng vertraulich behandelt werden. Wenn davon jemals ein Wort bekannt wird, wird sich daraus ein Skandal der übelsten Art entwickeln.«

Sie lehnte sich zurück, stützte ihre Ellenbogen auf die Armlehnen des Stuhls und formte mit ihren Händen ein Zelt, bei dem sich die Fingerspitzen kaum berührten. Sie strahlte außer Förmlichkeit auch Müdigkeit aus, und als sie sich entspannte, war ihr Gesicht ernst.

»Ich gebe Ihnen mein Wort, daß jede Art von Tätigkeit, die ich für Sie verrichte, und alles, was Sie mir erzählen, streng vertraulich behandelt wird.«

»Mein Vater ist General Breckenridge Jameson«, sagte sie. »Sie haben von ihm gehört?«

Verdammt, ich scheine nachzulassen. Plötzlich wurde mir alles klar. General Breckenridge Jameson, der »Umrenn-Brecken«, war am Ende des Zweiten Weltkriegs einer von George Pattons obersten Panzerkommandeuren gewesen, als dieser während der furchtbaren Zeit um Weihnachten

1944 von Süden her vorrückte, um die Jungs in Bastogne zu retten. Der »Umrenn-Brecken« – so genannt, weil er 1942 als junger Hauptmann in Afrika, als ihm die Munition ausgegangen war, einen Panzer der Nazis mit seinem eigenen gerammt und kampfunfähig gemacht hatte – kam 1946 als Held heim nach Nashville und gründete anschließend sein eigenes Versicherungsunternehmen. Neunundvierzig Jahre später ging er als Vorstandspräsident der Magna Capital Life & Health Insurance Company of America in den Ruhestand. Zu all seinen Ehren gehörte eine Dauereinladung zu dem jährlichen Swan Ball und ein fest verwurzelter Platz auf jeder bedeutenden Einladungsliste am Ort.

»Ja, Ma'am«, erwiderte ich, »ich habe von ihm gehört. In letzter Zeit allerdings weniger.«

»Er ist krank«, sagte sie. »Eigentlich sind beide Eltern krank, und deswegen ist es so wichtig, daß diese Angelegenheit mit Vorsicht behandelt wird. Ich habe furchtbare Angst, daß es meinen Vater umbringen wird, wenn er irgend etwas über diese schreckliche Situation erfährt.«

Ich lehnte mich auf dem Stuhl nach vorne und zog meinen Notizblock aus meiner Manteltasche. »Warum erzählen Sie mir nicht alles darüber?«

Betty Jameson starrte mit gespanntem, beunruhigtem Blick an mir vorbei.

»Mein Vater hat spät geheiratet«, fing sie an. »Und während sein Urteilsvermögen im Geschäftlichen immer hervorragend war, scheinen mir einige seiner Entscheidungen, die er privat getroffen hat, nun ja, nicht gerade hervorragend.«

Ich machte eine Notiz und nickte. »Ich verstehe.«

»Mein Vater ist – oder war, bevor er krank wurde – eine bestimmende und ...« Sie zögerte einen Augenblick lang, dann löste sich das Stocken in ihrer Kehle, »... manchmal ein brutaler Mann. Meine Mutter andererseits ist schlicht-

weg nicht zugänglich. Als ich ein Kind war, waren die Zeiten anders. Nicht so gefährlich für junge Menschen. Ich habe mich ausgetobt und über die Stränge geschlagen, aber ich bin trotzdem erwachsen geworden und habe es überlebt.«
Sie seufzte tief und drehte sich unruhig mit ihrem Stuhl. »Meine jüngere Schwester ist allerdings ein anderer Fall.«
»Jüngere Schwester?« fragte ich.
»Ich war auf dem College, als Stacey geboren wurde«, antwortete sie. »Sie war eine späte und irgendwie unwillkommene Überraschung im Leben meines Vaters.«
Ich notierte wieder etwas. »Schreibt sich Stacey mit *e*?«
»Ja. Sie ist siebzehn, und sie ist weggegangen.«
Ich blickte auf.
Sie nickte. »Weggerannt, schon ungefähr zum vierten oder fünften Mal. Aber dieses Mal, glaube ich, ist sie zu weit gegangen.«
»Was meinen Sie damit? In welcher Hinsicht?«
»Sie ist mit einem Mann abgehauen, von dem ich befürchte, er könnte ihr mehr Ärger bereiten, als sie verkraftet. Stacey ist immer ein Problemkind gewesen. Sie wurde aus Harpeth Hall geworfen, weil sie auf einer Schulparty betrunken war und mit ihrem Miata in die Scheibe eines der Schulgebäude fuhr. Wir haben ihn ihr schließlich weggenommen. Für immer.«
Harpeth Hall war die vornehme private Mädchenschule am Ort. Früher, während meiner High-School-Zeit, war ich kurz mit einem Mädchen aus Harpeth Hall zusammengewesen. Ich glaubte, daß sich alle dort betranken und ihre Cabrios ständig durch Fensterscheiben fuhren.
»Das hat uns eine ganze Stange Geld gekostet«, fuhr sie fort. »Und für die Schule war es der Tropfen, der das Faß zum Überlaufen brachte. Mutter bekam fast einen Schlaganfall.«
»Und Ihr Vater?« fragte ich.

»Wir haben es ihm nicht erzählt. Es hätte ihm sicher nicht gutgetan.«
»Wo geht sie jetzt zur Schule?«
Betty Jameson preßte ihre Lippen aufeinander, bis sie zu einer dünnen, von gekräuselter Haut umgebenen Linie verschmolzen. »Nirgendwo. Sie ist rausgeflogen.«
»Großartig«, kommentierte ich.
»Ich möchte, daß Sie sie finden und hierher zurückbringen. Das müssen Sie, egal wie.«
»Na ja, es gibt bestimmte gesetzliche Einschränkungen hinsichtlich dessen, was ich tun kann, aber es gibt ein paar Möglichkeiten.«
»Machen Sie sich um die gesetzlichen Einschränkungen keine Sorgen. Darum werde ich mich kümmern.« Ihre Stimme war gepreßt, ihre Kiefermuskeln wurden hart.
»Gut. Ich brauche ein neueres Foto und ihren vollständigen Namen, die Sozialversicherungsnummer, Geburtsdatum. Ach ja, und eine Liste ihrer Freunde, wenn Sie sie kennen. Junge Mädchen, die weggerannt sind, verstecken sich manchmal für eine Weile bei ihren Freundinnen zu Hause.«
»Sie verstehen nicht, Mister Denton. Die Sache ist viel ernster. Das wichtigste ist, daß Stacey nächsten Monat achtzehn wird.«
Ich zuckte mit den Schultern. »Wenn sie erst mal achtzehn geworden ist, ist sie volljährig«, sagte ich. »Ich kann sie zwar ausfindig machen, aber ich kann nicht mehr viel unternehmen, um sie zurückzubringen.«
»Darum ist es ja so wichtig, daß sie vorher zurückgebracht wird.« Bei jedem Wort tippte sie mit dem Zeigefinger auf den Schreibtisch.
Ich schüttelte den Kopf. »Das kapier' ich nicht. Stacey wird sowieso volljährig. Sie kann ihre eigenen Entscheidun-

gen treffen, legal und auf jede andere Art. Ich kann verstehen, wenn Sie sichergehen wollen, daß sie gesund ist, aber ich verstehe nicht, warum sie körperlich anwesend sein soll.«

»Darüber möchte ich nicht sprechen.«

Ich klappte mein Notizbuch zu und versenkte die Mine meines Kugelschreibers. »Hier stimmt doch etwas nicht, Miss Jameson. Es wird äußerst schwierig werden, für Sie zu arbeiten, wenn Sie nicht mit mir kooperieren wollen. Wenn ich für Sie das Gesetz umgehen soll, müssen Sie mir schon erzählen, warum. Ich würde gern wissen, was mich erwartet.«

Ihre Stimme wurde noch kälter. »Es tut mir leid, aber das ist nicht möglich.«

Ich stand auf. »Dann brauchen Sie einen anderen Prügelknaben. Es tut mir leid, Ihre Zeit verschwendet zu haben.« Ich schob den Stuhl mit meinen Kniekehlen zurück und wollte zur Tür gehen.

»Warten Sie einen Moment«, sagte sie. »Setzen Sie sich.«

Ich drehte mich zu ihr um und hob eine Augenbraue. »Gute Frau, so gut kennen Sie mich nicht, um mit mir in diesem Ton reden zu können.«

Ihr Mund formte ein kleines O. Sie atmete tief ein und hielt die Luft für eine Sekunde an, während der sich der Druck aufbaute. Dann atmete sie aus und entspannte sich.

»Bitte?«

Ich ging zurück, lehnte mich mit verschränkten Armen gegen den Stuhl und drohte ihr mit dem Zeigefinger. »Nur, wenn Sie nett zu mir sind«, gab ich ihr zu verstehen.

Betty Jameson brachte beinahe ein Lächeln zustande, das erste, das ich zu sehen bekam.

Sie stand auf und ging zur Vorderseite des Schreibtischs, verschränkte ihre Arme und beugte sich, die Hüften an die

Schreibtischkante gelehnt, zurück. »Stacey ist mit einem echten Saftsack durchgebrannt«, platzte sie heraus. Die in Belle Meade übliche Förmlichkeit verschwand. »Ein Mistkerl der übelsten Sorte. Das würde mich nicht so sehr beunruhigen, da sie diesen Typen wahrscheinlich sogar verdient hat. Mich beunruhigt aber, daß Stacey, wenn sie achtzehn wird, ein zwischen Lebenden unwiderrufliches Treuhandvermögen erhält. Wissen Sie, was das ist, Mister Denton?«

»Nein, an dem Tag hab' ich die Schule geschwänzt.«

»Nun, ich kann das vielleicht auch nicht richtig erklären, aber ich weiß, daß Stacey, wenn sie fünfundvierzig wird, um die drei Millionen Dollar erbt, mehr oder weniger, falls sie dann noch lebt. Bis dahin erhält sie die Einnahmen aus dem Treuhandvermögen. Der dafür zuständige Angestellte in der Bank hat mir gesagt, das würde sich in der Gegend um die zwanzigtausend Dollar pro Monat bewegen.«

Ein Pfiff kam durch meine Lippen.

»Genau«, bestätigte sie. »Wissen Sie, in wieviel Ärger eine achtzehnjährige, undisziplinierte, verwöhnte, zügellose, Margarita süffelnde, Kokain schnüffelnde, in fremden Betten herumhopsende kleine Hure mit zwanzigtausend Dollar pro Monat geraten kann?«

Ich mußte grinsen. »Nehmen Sie kein Blatt vor den Mund. Sagen Sie mir, was Sie wirklich denken.«

»Ich denke, Sie können leicht daraus schließen, daß meine Schwester und ich nicht gut miteinander auskommen.«

»Ja, klar, ich bin Detektiv, wissen Sie. Ich kriege diese Dinge sehr schnell mit. Warum wird sie nicht einfach enterbt?«

»Mein Vater hat das Treuhandvermögen in seinem unendlich schlechten Urteilsvermögen über Menschen unwiderruflich gemacht. Niemand kann sie enterben.«

Jetzt, wo Betty nicht mehr so starrköpfig war, war sie ganz in

Ordnung und wirkte gleich um ein paar Jahre jünger. Und hinter ihrer teuren Kleidung und dem Schmuck verbargen sich ein Körper und ein Gesicht, die sogar recht hübsch anzusehen waren.

»Und dieser Wichser, mit dem sie durchgebrannt ist, der macht mir wirklich Sorgen. Ich glaube nicht, daß er ihr ernsthaft weh getan hat; das wäre so, als würde man eine goldene Gans töten. Aber er wird sie in weiß Gott was verwandeln. Es gibt schlimmere Dinger als Stacey, ich würde es jedoch schrecklich finden, wenn sie so eine wird. Um meines Vaters willen mehr, als um alles andere auf der Welt.«

»Kennen Sie den Namen des Typen?«

»Nein, aber eine ihrer Freundinnen hat mir erzählt, man nennt ihn Red Dog. Und da liegt der Hund begraben: Er arbeitet nämlich in einem dieser Clubs, glaube ich.«

»Clubs?«

Sie blickte verlegen nach unten. »Ja, in einem dieser Clubs, in dem Frauen tanzen, Sie wissen schon, nackt ... Soweit ich weiß, hat er Stacey dafür angeheuert.«

Ich rollte mit den Augen. Einfach abgedreht. Es gab bereits unzählige Nackttanzclubs in Nashville ohne diejenigen, die täglich neu eröffnen. Es würde schon ein Unding sein, Stacey zu finden, ganz zu schweigen davon, sie von einem Typen loszueisen, der sich Red Dog nennt.

»Seit wann ist sie schon weg?« fragte ich.

»Fast drei Wochen.«

»Ein siebzehnjähriges Mädchen, das seit drei Wochen weg ist, und Sie kommen erst jetzt dazu, jemanden zu Hilfe zu rufen?«

»Es ist zum ersten Mal anders als sonst«, verteidigte sich Betty. »Sie ist vorher immer zurückgekommen, normalerweise nach ein paar Tagen. Aber sie war nie so lange weg.«

Ich machte mir noch ein paar Notizen.
»Hören Sie, Mister Denton. Mir ist es egal, was es kostet. Schicken Sie mir eine Rechnung. Wenn Sie einen Vorschuß brauchen, sagen Sie's mir ruhig. Aber finden Sie meine Schwester und holen Sie sie von diesem furchtbaren Mann weg. Und tun Sie das, bevor sie volljährig wird.«
»Und all das verrückte, verruchte Geld bekommt«, ergänzte ich. »Kann ich ihr Zimmer sehen?«
»Können wir das einmal machen, wenn meine Mutter nicht wach ist und oben wie ein Gespenst herumschleicht?«
In was für ein Haus bin ich denn da geraten? »Klar. Geben Sie mir nur die anderen Informationen, die ich brauche. Dann schicke ich Ihnen eine Ausfertigung meines Standardvertrages, und Sie können mir einen Scheck für den Vorschuß ausstellen.«
Sie schrieb alles Nötige, was sie eben wußte, auf weniger als ein halbes Blatt Papier. Der Abstand zwischen Betty Jameson und ihrer jüngeren Schwester war groß.
»Gut«, sagte ich, als ich den Zettel zusammenfaltete und in meine Tasche steckte. »Ich kriege fünfhundert Dollar pro Tag plus Spesen. Für Fälle wie diesen brauche ich normalerweise bloß einen Vorschuß für ein paar Tage, sagen wir drei. Ich tippe den Vertrag und werfe ihn in Ihren Briefkasten.«
»Stecken Sie ihn gleich morgen früh ein, und Sie sind engagiert.«
Ich ging zur Tür des Arbeitszimmers. »Abgemacht. Ich setze mich mit Ihnen in Verbindung.«
»Ach, noch etwas, Mister Denton. Es gibt einen weiteren Grund, warum ich Sie angerufen habe. Nicht nur wegen der Anzeige.«
Ich drehte mich um. »Wirklich?«
»Ich habe von Ihnen in der Zeitung gelesen. Sie waren der beste Politikreporter im Staat.«

Ich lächelte sie an. »Ja, das war ich, stimmt. Warum sagen Sie nicht Harry zu mir?«

Sie lächelte mich von der anderen Seite des Zimmers her an. »Schön, Harry. Und ich bin Betty.«

Emily wartete am Eingang und hielt mir die Haustür auf. Plötzlich hörte ich von oben das Rascheln von Kleidung. Ich trat zurück und wandte mich um, so daß ich durch die ringförmige Treppe in die obere Etage hinaufsehen konnte. Über dem Geländer erschien ein abgespanntes graues Gesicht mit dunklen Tränensäcken und starrte herunter. Als die Frau mich erblickte, gab sie einen dumpfen Schrei von sich und machte einen Satz rückwärts. Das Platschen ihrer nackten Füße auf dem Hartholzboden verschwand auf dem Flur nach hinten.

»Emily, das ist ein sonderbares Haus, oder nicht?« fragte ich, als ich nach draußen trat.

Das Weiße ihrer Augen war eher gelb als weiß und ziemlich blutunterlaufen.

»Mister, Sie wissen längst nicht alles ...«, murmelte sie.

KAPITEL 2

Nashville in Tennessee rühmt sich zweier Dinge: Country-Musik und seines Rufes als Schnalle des Bibelgürtels. Wir haben mehr Kirchen hier, als ein Hund auf dem Schrottplatz Zecken hat. Allerdings haben wir auch mehr Herrenclubs, Massagesalons, Begleitservices, Pärchenclubs, Peep Shows und Pornoläden pro Kopf der Bevölkerung als je ein Ort, den ich gesehen habe. Wir haben einen Pornoladen hier, der auf einer Reklametafel über der Interstate 40 stolz für sich in Anspruch nimmt, der größte der Welt zu sein.

So scheint es, daß die alte Schnalle hin und wieder geöffnet wird, oder nicht? Die Kirchen kämpfen wie der Teufel für die Schließung dieser Orte, hatten aber bis jetzt keinen Erfolg damit. Hinsichtlich des Zusammenhangs zwischen der Überfülle an Kirchen und dem Überangebot von Massagesalons können Sie Ihre eigenen Schlüsse ziehen. Meine Vermutung ist, daß einem die Worte Frustration, Verbot und vielleicht sogar Unterdrückung in den Sinn kommen könnten. Persönlich habe ich immer geglaubt, der Grund dafür, daß die Kirchen die Hauptstadt der Sexindustrie nicht aus der Welt schaffen können, liegt darin, daß sich beide im großen und ganzen den gleichen Kundenstamm teilen.

Etwa ein Jahr bevor ich von der Zeitung gefeuert wurde, landete ich auf einer Junggesellenparty in einem dieser Lokale abseits von der Demonbreun Street, dem Otra Vez. Ich war nie vorher in solch einem Lokal gewesen und wußte nicht wirklich, was mich erwartete. Aber was auch immer es

sein würde, ich war ein männlicher Erwachsener und dachte, ich könnte damit umgehen.
Ja, richtig. Meine Kinnlade klappte so weit nach unten, daß ich beinahe eine Tetanusspritze brauchte. Wir betreten also das Lokal, und erst mal ist die Musik so laut, daß man sich selber nicht denken hören kann. Das Licht ist dämmrig, mit viel Schwarzlicht, und das Lokal ist so voll wie die Interstate 40 zur Hauptverkehrszeit. Von dem Moment an, in dem man hineinspaziert, werden die Sinne mit Eindrücken überhäuft – vielleicht ist überfallen das bessere Wort dafür.
Dann trifft einen der Schlag: Das Lokal ist voller nackter Frauen. Nun ja, vielleicht haben ein oder zwei Frauen einen hauchdünnen Schal um den Hals gewunden, oder hier und da läuft eine im Babydoll herum. Aber meistens schlendern unbedeckte weibliche Körper umher, als sei es nichts Besonderes.
Gut, einige von ihnen schlendern. Andere drehen sich, wirbeln herum, winden sich um Feuerwehrstangen aus Messing, springen und tanzen.
Es war komisch. Aber ich will hier keinen Mist vom Stapel lassen wie ein Sensibelchen aus den Neunzigern. Die Wahrheit ist, es machte mich nicht an. Es war nur einfach total komisch.

Es schien, als hätte Stacey Jameson nicht mehr viele Freundinnen in Harpeth Hall. Ich verbrachte den größten Teil des Nachmittags in einem Besprechungszimmer in der alten Villa, die als Verwaltungsgebäude diente, und sprach mit jeder, die auf Betty Jamesons Liste stand. Die Rektorin war sehr kooperativ und besorgt um Stacey, ja vielleicht sogar etwas zu eifrig bemüht. Sie war allerdings deutlich erleichtert, daß Staceys Schicksal in der Schule sein Ende gefunden hatte.

Sie versammelte die Mädchen für die Befragung und schickte sie nacheinander zu mir herein. Sie machte sie darauf aufmerksam, daß die Situation ziemlich ernst sei und absolut vertraulich behandelt werden müsse. Jede der Schülerinnen wirkte ernst und feierlich. Keine hatte von Stacey gehört, weder direkt noch über andere.

Der Nachmittag war nicht total vergeudet gewesen. Die Rektorin erzählte mir, Stacey sei früher eine gute Schülerin gewesen; nicht eine der besten, aber immerhin beim besseren Drittel. Sie hatte in den Begabtentests besser als ihre Mitschülerinnen abgeschnitten, und es war zu erwarten gewesen, daß sie einen Platz in einem ehrbaren College erhalten würde. Zu Beginn von Staceys letztem Schuljahr war allerdings deutlich geworden, daß sie eine Veränderung durchmachte.

Ich befragte auch zwei von Staceys Lehrern, und beide beschrieben sie als launische, dennoch im Grunde eindrucksvolle junge Frau, die plötzlich und auf mysteriöse Weise eine Wendung zum Schlimmsten vollzogen hatte. Niemand wußte, warum. Sie war immer ein bißchen rebellisch gewesen, aber nur in der oberflächlichen Art und Weise, wie es die kreativeren und unkonventionelleren Schüler oft sind. Da geht es um kleine Dinge wie Nichtbefolgung der Kleiderordnung, chronisches Zuspätkommen, gelegentliche Respektlosigkeit oder schlechtes Benehmen.

Die letzte Änderung war weit mehr als oberflächlich. Sie hatte an Gewicht verloren und möglichst nur noch schwarze Kleidung getragen, und ihre Bilder im Kunstunterricht hatten von einer Verdüsterung ihrer Psyche gesprochen. Sie hatte Gedichte im Stil von Erwachsenen geschrieben, Sylvia Plath nachgeahmt und Virginia Woolf gelesen. Als begabte Fotografin hatte sie sich von dem Werk von Diane Arbus verzaubern lassen, und ihre Schulprojekte spiegelten diese Besessenheit wider.

Dann war da noch der Drogenmißbrauch. Man braucht keine besondere Auffassungsgabe, um festzustellen, daß die Kids oft Dinge ausprobieren, die sie lieber seinlassen sollten. Glücklicherweise stellt die Widerstandskraft der Jugend einen eingebauten Schutz dar. Die meisten Kinder überleben das gelegentliche, illegal gekaufte Sechserpack Bier oder einen Abend, den sie in einer Wolke von Haschischrauch und lauter Musik verbringen. Aber wenn Staceys frühere Klassenkameradinnen recht hatten, war sie mit Ernsthafterem zugange gewesen, was wohl soviel bedeutete wie Beruhigungsmittel, Koks und Gott weiß was noch. Besonders hatte sie es geliebt, Pillen entweder mit einem großen Glas Scotch oder einem Tequila hinunterzuspülen – je nach Stimmung oder je nachdem, was es gerade gab.

Stacey Jameson hatte einen weiten Satz weg von dem Mädchen gemacht, das heimlich Zigaretten raucht, Bier mit einem falschen Personalausweis kauft, mit Schülern aus Belle Meade feiert und mit Beruhigungsmitteln vermischte Margaritas trinkt, neben ihr Jungs in glänzenden Anzügen. Und Frauen aus zweifelhaftem Milieu hatten es ihr angetan.

Aus den wenigen Informationen zog ich einen weiteren Schluß, der mir sowohl seltsam als auch beunruhigend vorkam. Da mir Betty Jameson nicht erzählt hatte, daß Staceys Probleme in puncto Gefühl bereits in den vorangegangenen Monaten begonnen hatten, überlegte ich, daß sie entweder nichts davon wußte oder es vor mir verbergen wollte.

Alles in allem schien keine der Informationen etwas Gutes zu bedeuten.

»Ja, aber du mußt doch was gefühlt haben«, sagte Marsha, als sie noch eine Karotte über die Theke auf das Schneidebrett schob. Das systematische und regelmäßige Rat-a-tat-tat des Messers hörte sich an wie Fließbandarbeit.

»Na ja«, antwortete ich, als ich in dem schäumenden Kochtopf mit Fadennudeln rührte. Ich nahm den Holzlöffel heraus und legte ihn auf die Theke. »Ich meine, dir bleibt nichts anderes übrig als festzustellen, daß der Raum voller nackter Frauen ist. Aber ich kann dir versichern: Es hat mir nicht gefallen.«

Sie hob das Schneidebrett hoch und schob die Karotten in eine Schüssel voll mit grünem Salat. Dann drehte sie sich herum und zeigte schimpfend mit dem Messer auf mich wie mit einem Zeigefinger.

»Ich glaube dir keine Sekunde lang.«

»He«, verteidigte ich mich, »es war verdammt bizarr da drin.« Ich hob mein Weinglas und versuchte, nicht zu schlürfen. Marsha war in der Woche zuvor wieder bei einer Weinprobe in einem Gourmet-Restaurant gewesen, dem Mad Platter in Germantown, und ist mit einer weiteren überwältigenden Liste kalifornischer Weine zurückgekommen. Dieser hier, ein Chardonnay, schmeckte so frisch und weich und rutschte wie Öl wie sonst keiner, den ich bisher getrunken hatte. Ich war eindeutig nicht auf der Höhe der sozialen Stellung meiner Freundin.

»Sieh mal«, fuhr ich fort und wandte mich wieder dem Topf zu, der jetzt überzukochen drohte, »da sitze ich mit einem Haufen verschwitzter, gestreßter Zeitungsreporter und Herausgeber mittleren Alters in einem dunklen Raum voller nackter Frauen, die so jung sind, daß sie unsere Töchter sein könnten. Und diese Typen johlen und schreien und durchstreifen sabbernd das ganze Lokal, und ich denke: Was mach' ich hier?«

Sie stellte sich hinter meinen Rücken und legte ihre Arme um mich. Marsha ist ein paar Zentimeter größer als ich, so daß ihr Kinn hinten gegen meinen Nacken lehnte.
»Gute Frage«, murmelte sie. »Die Tatsache, daß du dich überhaupt gefragt hast, sagt schon viel.«
»Schatz, du schmeichelst mir zu unrecht«, erwiderte ich, faßte hinunter und rieb ihr Bein mit meiner freien Hand. »Die Wahrheit ist, daß ich total nervös war, vielleicht sogar erschreckt. Ich war dem Ganzen gegenüber irgendwie – ich weiß nicht – feindselig eingestellt.«
Ich drehte mich herum, den Holzlöffel in der Hand wie den Zeigestock eines Lehrers. »Zum Beispiel machen sie so eine Sache, wenn sie genug Trinkgeld bekommen: Eine Frau klettert vor einem Sofa voller Typen auf einen Tisch und macht für dich eine kleine Spezialshow. Ganz nah und richtig persönlich.«
»Wirklich?« fragte Marsha. »Was ist so speziell daran?«
»Einer der Typen hat dieser Frau zwanzig Dollar Trinkgeld gegeben. Es war eine große Frau. Nicht eine dieser zierlichen, kleinen Püppchen. Ich meine, diese Frau war kräftig und älter als die meisten anderen. Sie springt auf den Tisch, spreizt ihre Beine so weit, daß sie beinahe ihre Hüften verrenkt, lehnt sich zurück, so daß sie aussieht wie eine Krabbe, die auf dem Rücken liegt, und dann …«
Marsha grinste und wandte sich wieder ihrem Salat zu. »Ja? Was dann?«
»Ich weiß gar nicht, wie ich das beschreiben soll. Sie, na ja, blinzelte uns zu …«
»Sie blinzelte? Du meinst …?«
Ich rollte meine Augen nach oben und nickte.
Sie drehte sich weg. »Oje.«
»Und sie zeigte dabei ziemliches Talent, weil alle Typen johlten und schrien. Nur ich war so daneben, daß ich bloß

in die Gegend starrte. Mein Kopf baumelte herum wie bei Forrest Gump oder so. Du weißt, ›nackt ist, was nackt tut ...‹«
Marsha kicherte und griff nach einer Gurke, die sie gekonnt in dünne Scheiben schnitt.
»Also, diese Frau sieht zu mir herüber und merkt, daß ich wegstarre wie doof, ich weiß nicht, verdammt, ich denke, das hat sie beleidigt. Sie kam wieder in die Hocke und beugte sich herüber, praktisch direkt vor mein Gesicht, und sie schreit so laut, daß es die betäubende Rap-Musik übertönt: ›He! Du paßt ja gar nicht auf!‹«
Marshas Lachen wurde zu einem Gegacker, als sie einen Schluck Wein trinken wollte, der anschließend aus ihrer Nase hervorsprudelte. Sie würgte, lachte und schüttelte sich gleichzeitig. Ich faßte hinüber und riß einen halben Meter Papier von der Rolle, das ich ihr reichte. Nach einigen Augenblicken hatte sie ihre Speiseröhre wieder unter Kontrolle.
Sie machte ihre Kehle mit einem tiefen Grummeln wieder frei. »O Gott, Harry, das ist unglaublich.«
»Das kannst du laut sagen«, erwiderte ich, als ich die Nudeln in ein Sieb schüttete. »Ich dachte, sie würde mich schlagen. Und es versteht sich von selbst, daß die anderen Typen mich den Rest des Abends damit aufgezogen haben.«
Ich schaufelte die Nudeln auf zwei Teller, als ich spürte, wie sich ihre Arme um meine Hüften schlangen und ihr leichter, heißer Atem hinten über meinen Hals strich.
»Du weißt, das ganze Gerede über nackte Körper ...«
Ich stoppte mitten in der Bewegung. »Ja?«
»Wieviel Hunger hast du?«
Ich stellte das Nudelsieb zurück in den Ausguß, drehte mich herum, während ihre Arme mich noch festhielten, und legte meine um ihre Hüften. Sie ging leicht in die Knie, so daß sich unsere Nasen berührten.

»Ich weiß es nicht«, antwortete ich. »Das hängt davon ab, worauf du Hunger hast.«

»Mir vergeht der Appetit auf Nudeln«, sagte sie.

»Gut«, zog ich sie auf. »Dann gehen wir Hamburger essen.«

»Das war es nicht, was mir vorschwebte.« Sie preßte ihr rechtes Bein zwischen meine Schenkel. Mein Puls dröhnte in den Schläfen.

Marsha gab mir einen der weichsten, süßesten und sehnsüchtigsten Küsse, die ich jemals bekommen hatte, während ich eine Schürze anhatte und eine Serviergabel in der Hand hielt. Dann griff sie hinunter an meine Hüften, zog mir die Schürze über den Kopf und ließ sie auf den Boden fallen. Die Gabel glitt aus meiner Hand und fiel in die Edelstahlspüle.

Marsha nahm meine Hand und führte mich aus der Küche hinaus durch den Flur in ihr Schlafzimmer.

»Laß mich raten«, sagte ich. »Als Kind wolltest du den Nachtisch immer zuerst, stimmt's?«

»Was willst du also tun?« fragte sie. Sie saß an dem kleinen Tisch in der Eßecke mir gegenüber. Es war bereits nach elf Uhr, als wir zu den mittlerweile kalten Nudeln zurückkamen. Den Salat, den ich mir in den Mund gestopft hatte, spülte ich mit einem Schluck lauwarmem Wein hinunter.

»Was meinst du?« Ich war zu müde und zu abgekämpft, um ihr problemlos bei dem Gespräch zu folgen, das wir Stunden zuvor abgebrochen hatten. Manchmal überrascht mich diese Frau. Sie hatte sich förmlich um mich herumgewickelt, bis wir vor Erschöpfung in Ohnmacht gefallen waren, mich dann aufgeweckt und von vorne angefangen. Schließlich waren wir in die Küche zurückgekrabbelt, weil die Gefahr bestand, daß wir wegen Unterzucker zusammenbrechen würden.

»Du weißt schon«, sagte sie, als sie ein paar Nudeln ordentlich um ihre Gabel drehte, »mit dem Mädchen, das weggelaufen ist.«
Ich dachte einen Moment nach. »Ich denke, als nächstes werde ich nach diesem Red Dog suchen. Mit ihren Schulfreundinnen hatte ich kein Glück.«
Sie nahm einen Schluck Wein und sah mich über den Rand des Glases hinweg an. »Ich denke, das bedeutet, daß du wieder ... in diese Lokale gehen mußt.«
Ich hielt meine Gabel auf halbem Weg zu meinem Mund an. »Ist das in Ordnung für dich?«
Sie stellte das Weinglas hin. »Was sein muß, muß sein.« Nach einer kurzen Pause nahm sie das Glas wieder in die Hand. »Du weißt doch wohl, mein Lieber, warum du dich so komisch in diesem Lokal gefühlt hast?«
»Warum?« murmelte ich mit meinem Mund voller Nudeln.
»Schätzchen, weil es Mißbrauch ist. Jede Frau, die jemals Luft zum Atmen eingesogen hat, versteht das, aber von den Männern tun das nicht viele.«
»Jetzt halt aber mal die Luft an«, protestierte ich. »Das sind alles erwachsene Frauen, und ich wette, die kriegen freiwillig einen Haufen Piepen für eine Arbeit, bei der sie keine schweren Sachen heben müssen.«
»Das ist egal«, sagte sie beiläufig. »Selbst wenn sie eine Million Piepen am Tag kriegen, bleibt es immer noch Mißbrauch.«
Ich zuckte mit den Schultern. »Muß ich noch mal drüber nachdenken.« Ich griff über den Tisch nach ihrer Hand. Sogar noch so spät in der Nacht, erschöpft und halb im Schlaf, sprang ein Funke über.
»Sieh mal, ich würde anbieten, den Fall aufzugeben, wenn da nicht noch eine Kleinigkeit wäre.«
»Und die wäre?«

»Ich brauche das Geld. Dringend.«
Sie zog einen Schmollmund. »Du brauchst immer das Geld. ›Dringend‹.«
Ich wendete mich wieder meinen Nudeln zu. »Na ja, ich kann nicht umhin. Ich habe eine Freundin, die mich teuer zu stehen kommt.«
Das nächste, was ich fühlte, war ein kalter, schleimiger Knäuel Nudeln in meinem Gesicht.

Am nächsten Morgen schloß ich mich mit einer heißen Tasse »Morgendonner« ein. Draußen glitt der Himmel langsam durch seine Sonnenaufgangsfarben, während der Verkehr gerade anfing, die Seventh Avenue zu verstopfen. Normalerweise wäre ich um Viertel nach sechs morgens noch im Bett, aber Marsha hatte mich geweckt, als sie um fünf Uhr aufgestanden war. Sie muß um sechs im Leichenschauhaus sein. Wenn ich bei ihr übernachte, verkrieche ich mich gewöhnlich wieder unter die Decke und laß sie ihren Kram erledigen, aber an diesem speziellen Morgen war ich aufgewacht, hatte über Stacey Jameson nachgedacht und nicht mehr einschlafen können.
Ich starrte aus dem Fenster, als ich den Tee trank. Die Sonne schimmerte orange, silbern und schwarz von den Zwillingsspitzen des South-Central-Bell-Gebäudes zurück, das die Leute in Nashville das »Batman-Gebäude« nennen, da es aussieht wie ein monströses Abbild von Michael Keatons Kopfbedeckung, als er die Fledermaus spielte.
Wo sollte ich anfangen? Ich sah meine Notizen durch, die ich am Tag zuvor bei Betty Jameson zu Hause gemacht hatte. Da waren Staceys persönliche Daten – ihre Sozialversicherungsnummer, ihr Geburtsdatum, die Nummer ihres Führerscheins – zusammen mit ein paar Bildern. Sie sah so jung darauf aus. Auf einem trug sie eine alte Jeans und ein

Sweatshirt mit einem Harpeth-Hall-Aufdruck; sie kniete mit einem Bein auf dem Boden und hatte ihre Arme um einen stolzen, fast strahlenden Collie geschlungen. Auf dem zweiten Foto trug sie ein blau-pink-silberfarbenes Kleid für den High-School-Ball und stand neben einem grotesk aussehenden Typen in einem geschmackvollen Smoking. Keines der Bilder zeigte viel mehr als das stereotype Porträt eines wohlhabenden, blonden, unschuldigen, selbstbewußten jungen Mädchens mit großen Augen.

Ich fragte mich, was verkehrt gelaufen war. Was hatte sie bei alldem, was sie besaß, dazu veranlaßt, mit einem Kerl durchzubrennen, der den Spitznamen Red Dog trug?

Und was war mit diesem Typen Red Dog? Ich zog die Gelben Seiten aus einem kleinen Bücherregal, das ich gekauft hatte, um darin meine wachsende Sammlung an Nachschlagewerken aufzubewahren. Ich blätterte durch den Index, konnte aber keinen Eintrag für exotische Tanzclubs, Nackttanzclubs, Unterhaltung für Erwachsene oder etwas in der Art finden. Aber ich war sehr überrascht, daß es in den Gelben Seiten von Nashville acht Seiten mit Begleitservices gab, dazu eine volle Doppelseite, die den Massagesalons »gewidmet« war.

Du gütiger Himmel! Nur so zum Spaß blätterte ich zu dem Abschnitt mit den Kirchen und zählte die Seiten. Es waren elf Seiten gegenüber zehn Seiten mit Sexangeboten.

Na Gott sei Dank, die Sünder unterliegen mit einer Seite.

Als ich zu den Begleitservices zurückblätterte, stellte ich fest, daß bei den meisten Einträgen nur Telefonnummern vermerkt waren. Keine Adressen. Und mir war entgangen, daß Nashville eine Weltstadt ist! Eine Anzeige verkündete stolz, SE HABLA ESPANOL, während eine andere erklärte, HIER WERDEN FREMDSPRACHEN GESPROCHEN.

Und erst das Angebot! Man konnte Blonde, Brünette oder

Rothaarige bestellen, männliche oder weibliche, mollige oder magere, schwarze, weiße, asiatische – ich war überrascht, keine einheimischen Amerikaner zu finden –, und alle nahmen sie die üblichen Kreditkarten und versicherten vollständige Diskretion.

Das einzige Problem war: Betty Jameson hatte mir nicht erzählt, daß Red Dog für einen Begleitservice arbeitet. Er arbeite in einem Herrenclub. Und in den Gelben Seiten gab es keinen Eintrag für Herrenclubs.

Warte, dachte ich, es gibt noch die *Scene.* Zusätzlich zu all unseren anderen Vorteilen wird in der Musikmetropole eine der besten alternativen Wochenzeitschriften im Land herausgegeben, die *Nashville Scene.* Ihre politische Berichterstattung war ebenbürtig mit derjenigen der anderen Tageszeitungen im Bundesstaat – oder auch besser –, und als ich früher bei der Zeitung arbeitete, hätten wir uns regelmäßig in den Arsch beißen können, wenn uns die *Scene* wieder einmal mit irgendeinem Märchen über politische Korruption und Intrigen ausgestochen hatte. Und da sie sich nicht gegenüber seriösen, konservativen Anzeigenkunden rechtfertigen mußte – sie hatte nämlich keine seriösen, konservativen Anzeigenkunden –, waren ihre aktuellen Beiträge viel zündender. Ich vergöttere die ehrfurchtslosen und gerissenen Artikel, obwohl ich das nie in der Gegend der Druckerei am Legislative Plaza sagen würde.

Ich verließ mein Büro und ging um die Ecke herum auf die Church Street. Auf halbem Weg den Block hinunter stand neben den Automaten für die normalen Zeitungen und für die *New York Times* und das *Wall Street Journal* ein Kasten mit den kostenlosen Zeitungen. Eine davon zog ich heraus und marschierte zurück in mein Büro hinauf. Ich breitete die *Scene* auf meinem Schreibtisch aus und schlug die hinteren Seiten mit den Klein- und Sexanzeigen auf.

Die Kleinanzeigen waren an sich schon interessant zu lesen. Ich hatte nicht gewußt, daß es so viele Varianten gab: Heteros, die Heteros suchten, Schwule, die Schwule suchten, scheinbar Schwule und scheinbar Heteros, die nach anderen mit einer sexuellen Identitätskrise suchten. Lederfetischisten, Vinylfetischisten, Gummifetischisten. Menschen, die auf Körperfunktionen stehen – ich will erst gar nicht darüber spekulieren, um was es hier geht. Menschen, die anderen gern weh tun und solche suchen, die sich gern weh tun lassen. Dominante, die Untergebene suchen; Untergebene, die nach Dominanten betteln.

Ich durchsuchte die Anzeigen nach Showbars. Die Annonce des Club Exotique war, zusammen mit denen für das Otra Vez, das Deja Vu, das Classic Cat, das Autumn Dancers, den Double Platinum Club und das XXX A-Go-Go, die größte. Ich notierte mir Namen, Adressen und Telefonnummern auf einem Block. Dumm war, daß keine Bar so früh geöffnet hatte. Ich tippte einen Vertrag für Betty Jameson und steckte ihn in einen Umschlag. Ich wollte ihn später bei ihr zu Hause einwerfen. Ich mußte mich noch um weitere Korrespondenz kümmern, ein paar Rechnungen bezahlen, eine Reihe von Mahnungen schreiben wegen Geld, das mir geschuldet wurde und das den Weg auf mein Konto bisher noch nicht gefunden hatte. Meistens bloß Kleinkram, aber als ich alles erledigt hatte, war es fast zehn.

Ich esse nie viel zum Frühstück, und da ich bereits einige Stunden auf den Beinen war, bekam ich etwas Hunger. Langsam schlenderte ich die Church Street hinunter, wo es einen Sandwich-Laden gab. Ich saugte die Sonne in mich auf und genoß den Tag. Die Sommerhitze hatte einige Tage zuvor einen Einbruch erlebt, aber der trübe Winter ließ noch auf sich warten. Es war die beste Jahreszeit in Nashville, und ich hatte die Absicht, sie voll zu genießen. Winter und

Sommer sind in diesem Teil des Landes hart, und in einer Pause wie dieser ist man es sich schuldig, sich diese nicht ungenutzt entgehen zu lassen.
Ich setzte mich auf eine Betonbank auf dem Gehweg und aß mein Sandwich, trank mein Mineralwasser und las die frühe Ausgabe der Mittagszeitung. Wieder war ein Schwuler in Cedar Hill Park ermordet worden. Die Polizei hatte die Beschreibungen zweier Verdächtiger, die als homophobe Psychopathen beschrieben wurden. Oder handelte es sich einfach um ein paar beschränkte Idioten, die nicht kapieren würden, was das Wort »homophob« bedeutet, selbst wenn man es ihnen auf den Arsch tätowierte?
Nachdem ich mein Mittagessen runtergewürgt hatte, setzte ich meinen Spaziergang fort. Während ich die Zeitung durchblätterte, machte ich eine Runde durch das Viertel bis zum Ende der Commerce Street, dann am Convention Center und Stouffer Hotel entlang und die Seventh Avenue zurück in mein Büro.
Mein Schreibblock lag noch genau da, wo ich ihn zurückgelassen hatte. Ich zog meine Jacke aus, sah nach dem Anrufbeantworter, setzte mich vor das Telefon und wählte die erste Nummer auf meiner Liste. Es klingelte viermal, bevor sich eine junge Frau meldete:
»Double Platinum Club.«
Ich senkte meine Stimme und legte einen Südstaatenakzent auf, der so dick wie Wagenschmiere war.
»Hallo, is' Red Dog schon da?«
»Entschuldigung, wen suchen Sie?«
»Red Dog. Sie kennen doch den Red Dog, oder nich'?«
»Wer ist das?«
Ich murmelte etwas ins Telefon.
»Tut mir leid. Sie müssen die falsche Nummer gewählt haben.«

Vielleicht, aber vielleicht auch nicht. Ich wählte die nächste.
Ein Typ antwortete: »Deja Vu.«
»Hallo, ist Red Dog schon da?«
»Wer?«
»Red Dog. Sie wissen doch, der Typ arbeitet doch hier.«
Ein langes Schweigen in der Leitung. »Nö, Junge, hier arbeitet niemand, der so heißt.«
Ich legte auf, strich die zweite Nummer durch und wählte die dritte. Die gleiche Geschichte: zuerst Zögern, dann Verneinung. Dann die vierte. Wieder wollte eine Stimme wissen, wer ich war, dann wich sie aus und machte Ausflüchte.
Die fünfte Nummer war die aus der größten Anzeige: Club Exotique. Dreimal läutete es, dann sagte eine hohe, städtische, schwarze, junge Stimme: »Club Exotique.«
Ich legte einen anderen Gang ein und versuchte es mit meiner besten MTV-Stimme. »Hey, Baby, arbeitet Red Dog heute, der alte Gauner?«
»Ja«, antwortete sie mit einem Glucksen. »Aber normal isser bis vier nich' da.«
Ich lächelte. »Prima. Danke, Schätzchen.«
»Nichts für ungut, Schätzchen.« Grinsend legte ich den Hörer auf.
Verdammt, bin ich gut.

KAPITEL 3

Oh, Harry, kann das nicht warten?« Marsha klang müde, traurig.

»Tut mir leid, Schatz, aber dieser Fall, an dem ich gerade arbeite, ist irgendwie …«

»›Heiß‹ meinst du, oder?«

In ihrer Stimme klang eine Schärfe mit, die einfach lächerlich war. Ich konnte nicht abschätzen, wie sehr sie vor Wut über mich kochte. Ich hatte ihr einen Monat zuvor versprochen, mich mitschleppen zu lassen, aber der Gedanke an eine private Wohltätigkeitsveranstaltung mit Smokingpflicht war ungefähr so aufregend wie das Ausfüllen meiner Einkommensteuerformulare.

»Herzchen, es geht um ein siebzehnjähriges Mädchen.«

»Ein siebzehnjähriges Mädchen, das nackt in einem Club tanzt«, beschwerte sich Marsha.

»Wenn dem so ist, werde ich es schnell zurückgebracht haben. Man muß achtzehn sein, um fürs Ausziehen bezahlt werden zu dürfen.«

»Dann laß mich das mal klarstellen«, sagte sie. »Du schlägst ein Abendessen im Smoking im Hause meines Chefs aus, weil du in einen Nacktanzclub gehen willst, um nach einer reichen, siebzehnjährigen Ausreißerin zu suchen, einem Mädchen, das vielleicht, vielleicht aber auch nicht willens ist, mit dir mitzukommen.«

»Gut«, sagte ich. »Ich ergebe mich. Erinnere dich aber das nächste Mal daran, wenn wir verabredet sind und du angerufen wirst, um eine Leiche aufzuschnibbeln.«

Schweigen. Ein Punkt für mich, möglicherweise aber war ich

zu weit gegangen. Es war, als hätte mein Mund die Bühne betreten und losgeplappert, bevor mein Gehirn sich an den richtigen Text erinnern konnte.

»Du hast recht«, sagte sie scharf. »Arbeit hat Vorrang. Ich sollte verständnisvoller sein.«

»So habe ich das nicht gemeint. Ich hole dich um sieben ab, angezogen, gestriegelt und stubenrein.«

»Vergiß es, Harry. Es wäre sowieso kein Vergnügen geworden. Ich werde dich entschuldigen.«

»Nein, warte, ich ...«

»Harry, ich habe gesagt, vergiß es. Laß es gut sein.«

In der Stille des Büros schüttelte ich den Kopf. »Marsha, ich ...«

»Ich muß mich beeilen. Auf meinem Schreibtisch liegt tonnenweise Papier.«

»Soll ich dich später anrufen?« fragte ich. »Oder vorbeikommen?«

»Ich werde früh Schluß machen. Ruf mich einfach morgen an. Wenn du magst ...« Ihre Stimme verlor sich.

»Was meinst du mit ›wenn du magst‹? Du weißt doch, daß ich mag.«

»Schön, dann reden wir morgen miteinander.«

»Ja, gut.«

»Ciao.«

»Ja. Ciao.«

Wir befanden uns in der peinlichen Situation, in der niemand auflegen will. Dann hörte ich es klicken und tuten. Ich legte den Hörer auf. Verdammt, was bin ich doch für ein Wichser.

Betty Jameson war nicht zu Hause, als ich später an diesem Vormittag bei ihr vorbeifuhr. Also übergab ich Emily die Rechnung und den Vertrag. Dann fuhr ich Richtung

Innenstadt, um in den paar Stunden, bis der Club Exotique öffnete, einige Recherchen anzustellen.
Als ich meine Laufbahn als Privatermittler startete, damals, bevor irgendeine Qualifikation für die Erlaubnis erforderlich war, hatte ich keine Vorstellung davon gehabt, was ich tat. Im ersten Jahr oder so hatte ich mich so nahe am Bankrott bewegt wie sonst nie zuvor. Dann, nach und nach, fingen die Dinge an zu laufen. Ein Fall von Versicherungsbetrug hier, ein paar Untersuchungen da, eine Reihe von Fällen, die irgendwie unangenehm wurden und an die Öffentlichkeit gekommen waren; danach konnte ich fast davon leben.
Einige Monate zuvor hatte ich mir einen Computer für mein Büro zugelegt, dann hatte ich meine eigenen Kameras und einen Videorecorder kaufen können, so daß ich nicht mehr darauf angewiesen war, die Geräte von meinem Freund Lonnie zu leihen. Letzte Woche schließlich, gerade als mein altes Vehikel, ein Mazda, seinen letzten Liter Öl verbrennen wollte, hatte Lonnie einen teilweise erneuerten Mustang Baujahr 1968 erworben. Er hatte einen Austauschmotor, neue Reifen und Bremsen und eine Klimaanlage, die auch nach fast drei Jahrzehnten noch kalte Luft blies. Der Typ, der den Wagen besessen hatte, hatte sich dafür bei einem freundlichen »Geldverleiher von nebenan« drei Riesen geborgt, aber die erste Zahlung war nie erfolgt.
»Hey, Mann, der ist ein Klassiker!« hatte Lonnie ins Telefon geschrien. »Laß dir die Chance doch nicht entgehen. Schlag zu!«
Ich stellte mich mir als Robert Urich vor bei einer Hochgeschwindigkeitsjagd in einer verlotterten Karre mit einer kreischenden, sexy aussehenden Blondine auf dem Beifahrersitz. Also bin ich zum Büro der Finanzierungsgesellschaft auf der Gallatin Road zwei Geschäfte neben dem großen

Wal-Mart geeilt. Ich spürte die Kraft in mir aufsteigen, die entsteht, wenn sich ein Mann mittleren Alters der Neigung hingibt, ein echt klassisches, sexy wirkendes Auto zu kaufen. Dieser Mustang Baujahr ’68 mit Sex-Appeal war allerdings ein Sechszylinder mit drei Gängen, einer großen Beule auf der Seite und Rost auf dem linken vorderen Kotflügel. Der Beifahrersitz war in der Mitte aufgerissen, und er brauchte einen neuen Scheinwerfer.

»Aber er ist zuverlässig, Mann«, verteidigte ihn Lonnie. »Ich hab’ ihn nachgesehen. Der läuft ewig. Du kannst den Rest selber ausbessern. Und sie wollen bloß zweieinhalb Tausend dafür.«

Ich trabte zum Kreditunternehmen und versuchte, mir das Geld zu leihen. Das Unternehmen verleihe kein Geld für dermaßen alte Autos, weswegen ich zu einem Barverleih ging, wo ich auch einen Korb erhielt. Das war ein so harter Schlag für mich, daß ich mir das Geld über meine Kreditkarte besorgte, was bedeutet, daß ich jetzt neunzehn Prozent für einen Autokredit bezahle.

Wäre es nicht toll, reich zu sein?

Wenigstens springt das verdammte Ding jedesmal an, wenn ich den Schlüssel reinstecke, eine Sache, die ich von meinen letzten Autos nicht behaupten konnte. Und mit dem einzigartigen, ausgebleichten Lindgrün falle ich auf den überfüllten Straßen von Music City jedem ins Auge.

Ich fuhr genau in dem Moment auf den Parkplatz der Abteilung des Finanzamtes für Vermögenssteuer, als die Stoßzeit der Angestellten zum Mittagessen einsetzte. Im Gebäude stand gegenüber der Rezeption ein langer Tisch mit Computerbildschirmen. Hier konnte sich jeder Bürger Informationen über die Veranlagung zur Vermögensteuer im Land holen. Ich schlug die *Scene* vor mir auf und zog mein kleines Notizbuch aus der Tasche.

Ich fing mit dem Club Exotique an. Als ich die Adresse eintippte, erschienen die Steuerangaben auf dem Bildschirm. Der Club war natürlich als gewerbliches Eigentum aufgeführt, mit einer wirklich hohen Veranlagung, was mich überraschte. Geschichtlich betrachtet war die Vermögenssteuer in diesem Staat normalerweise niedrig gewesen, weil sie die Wähler glücklich machte und die Steuereinschätzer deswegen wiedergewählt wurden. Bei einem Widerspruch stellt sich der Schlichtungsausschuß für gewöhnlich auf die Seite des Steuerzahlers. Aber da der Staat immer mehr pleite ging, während die Wähler von Tennessee an ihrer Aussage festhielten, jeden öffentlich hängen zu wollen, der sich für eine Einkommenssteuer ausspräche, machten sich die Bürokraten an die Grundeigentümer ran.

Der Club Exotique, so stellte ich fest, war im Besitz einer Firma mit dem Namen K & K Enterprises, Ltd. Ich drückte eine Funktionstaste, und der Drucker zu meiner Rechten erwachte zum Leben. Während die Daten über den Club Exotique ausgedruckt wurden, erschienen bereits diejenigen über das Otra Vez auf dem Bildschirm.

Dieser Club war im Besitz einer gewissen Bluenote Corporation. Da hatte doch jemand Sinn für Humor. Ich leitete diesen Datensatz zum Drucker, dann holte ich den Club mit dem Namen Autumn Dancers auf den Bildschirm.

Auch das Autumn Dancers war im Besitz von K & K, ebenso wie der nächste Club, das XXX A-Go-Go.

Der Double Platinum Club gehörte wieder zu Bluenote. Nur aus Spaß lieh ich mir ein Telefonbuch und suchte nach der Adresse des berühmten, weltgrößten Pornoladens. Als ich diese Adresse eintippte, erschien auch hier K & K als Eigentümer.

Ein Pfiff kam durch meine Lippen. Da hatte jemand ein

kleines Imperium am Laufen. Ich tippte zwei andere Lokale ein: Das eine gehörte K & K, das andere einem Unternehmen namens Camerotica, Inc.

»Camerotica«, flüsterte ich, als ich den Ausdruck ansah. »Das hört sich an, als wenn hier jemand schmutzige Bilder macht …«

Die Dame am Empfang hatte gerade ein Telefonat beendet, als ich meinen Stuhl herumrollte und ihre Aufmerksamkeit auf mich lenkte.

»Entschuldigen Sie, kann ich damit auch eine Suche nach Eigentümern durchführen? Sie wissen schon, daß ich einen Namen eingebe und eine Liste all dessen erhalte, was der Betreffende in diesem Staat besitzt.«

»Ja«, antwortete sie. »Aber nicht über dieses Menü. Drücken Sie die Escape-Taste. Damit kommen Sie zum Hauptmenü, dann drücken Sie F4.«

Ich tat das, was sie mir gesagt hatte, und es erschien das Hauptmenü. Ich drückte F4 und tippte K & K Enterprises, Ltd. ein.

Nach einer Sekunde erschien eine Immobilienaufstellung, die den Bildschirm ganz ausfüllte. Einige der Angaben erkannte ich wieder, andere nicht. Sie alle machten ihren Weg zum Drucker.

Ich tat dasselbe für das Bluenote, dann noch einmal für das Camerotica. Bei fünfundzwanzig Cent pro Ausdruck hatte ich fast zehn Dollar für Druckgebühren verpulvert. Ich bezahlte die Rechnung und schob mir das Bündel Papier unter den Arm, als ich aus dem Gebäude trat.

Nächster Halt war das Hauptgebäude des Staatssekretärs im Polk Office Building in der Nähe des Legislative Plaza. Ich fuhr etwa zehn Minuten auf der Jagd nach einem Parkplatz herum, dann gab ich auf und fuhr zurück zur Seventh Avenue, für deren Bereich ich eine Parklizenz besaß. Ich stellte den Mustang auf einen freien Platz auf dem Oberdeck des Parkhauses, dann trat ich den sechs oder sieben Block weiten Rückweg dorthin an, wo ich gerade hergekommen war.

Ich verließ den Fahrstuhl auf der achtzehnten Etage des Polk Building und marschierte geradewegs zur Abteilung des Staatssekretärs.

»Hallöchen, Patsy«, grüßte ich beim Eintreten. Patsy, Nachname unbekannt, hatte hier schon gearbeitet, bevor ich alt genug war, um aufs Töpfchen zu gehen. Früher, während meiner Zeit als Zeitungsreporter, war sie von unschätzbarem Wert für mich gewesen, aber seit meinem Laufbahnwechsel hatte ich sie nicht mehr gesehen.

»Ich glaub', mich laust ein Affe«, rief sie. Ihr toupiertes Haar wurde immer noch mit billigem Haarspray in Form zementiert, aber es war mit viel mehr Grau durchsetzt, als ich es in meiner Erinnerung hatte. »Harry Denton, du alter Gauner, komm rüber und umarme mich.«

Ich schlang meine Arme um sie und drückte sie mit echter Zuneigung.

»Eine Stimme aus deiner Vergangenheit, Schätzchen«, sagte ich.

»Wo bist du abgeblieben?«

»Ich bin nicht mehr bei der Zeitung. Ich denke, es müssen fast vier Jahre her sein. Ich bin jetzt Privatdetektiv.«

»Du meine Güte«, quietschte sie. »Das ist bestimmt eine Mordsgaudi.«

»Man hat auch seine schlechten Momente dabei«, räumte ich ein. »So wie jetzt gerade, weswegen die Sache leider mehr mit Arbeit als mit Vergnügen zu tun hat.«

»Das war bei dir schon immer so. Was kann ich für dich tun?«

»Versuchen, die Eigentümer dreier Unternehmen herauszufinden«, bat ich sie. »Kannst du mir die Bescheinigungen besorgen?«

»Klar. Von wem brauchst du sie denn?«

Ich füllte ein kurzes Formular aus und führte die drei Firmen auf, die ich bei der Abteilung für Vermögenssteuer herausgefunden hatte. Patsy verschwand und kam nach etwa zehn Minuten mit drei Ausdrucken zurück.

»Da hast du sie, Baby«, sagte sie. »Vorstände, Verwaltungsräte und Adressen. Sie sind alle rechtmäßig eingetragen.«

»Danke, Patsy. Was schulde ich dir?«

»Nichts. Zumindest keine Gebühren. Komm einfach ab und zu vorbei und spendier mir eine Tasse Kaffee.«

»Du bist klasse, meine Süße«, sagte ich. »Danke.«

Ich überquerte den Fluß und schlug den Weg in die Gallatin Road ein, dem Haupthindernis durch East Nashville. Sie ist normalerweise mit Autos verstopft, und beinahe an jeder Straßenecke stehen aufeinander abgestimmte Ampeln, so daß man von jedem eingeholt wird, egal, wie schnell oder langsam man fährt.

Eine Lücke in der Autoparade tat sich auf, in die ich hineinschoß. Ich fuhr Richtung Madison, bog dann aber auf den kleinen Parkplatz von Mrs. Lees Restaurant ab mit dem besten, billigsten setschuanischen Essen, das ich kenne. Während der vergangenen Jahre war ich dazu übergegangen, meist dort zu Abend zu essen, weil es fast billiger war, als zu Hause selber zu kochen.

Und verglichen mit meinen Kochkünsten waren diese hier unendlich viel besser.

Ich nahm eine Abendzeitung aus einem Zeitungsautomaten neben dem Eingang und ging hinein. Meine Nasenflügel wurden von flüchtigem Chiliöl und scharfem setschuanischem Pfeffer attackiert. Es war knapp nach dem Andrang zum Mittagessen; eine Stunde zuvor hatten die Menschen vor der Tür Schlange gestanden. Jetzt waren nur noch ein paar Tische besetzt.

Mrs. Lee stand hinter der Theke, ein leichter Schimmer von Schweiß glitzerte auf ihrer Stirn. Ich machte mir auch um sie Sorgen. Es war schwer zu sagen, wie alt sie war, aber ich rechnete aus, daß sie mindestens Ende Vierzig sein mußte. Sie und Mr. Lee arbeiteten sechs Tage in der Woche, sechzehn oder achtzehn Stunden am Tag, und allein in den wenigen Jahren, in denen ich sie kannte, haben sowohl ihr Körper als auch ihre Stimmung ihren Tribut zahlen müssen. Die Falten in ihrem Gesicht waren tiefer geworden, und ihr Haar war mit zahllosen grauen Strähnen durchsetzt. Sie strahlte eine Müdigkeit aus, die daher kam, daß sie eine nicht enden wollende Last auf ihren Schultern trug. Es gab Tage, an denen sie nicht einmal die Kraft hatte, mir das Leben schwerzumachen. Das war für mich am beunruhigendsten.

Um dem Ganzen noch eins draufzusetzen, war Mrs. Lees Tochter Mary fort und auf das College gegangen. Brillant und hübsch wie Mary Lee war, hatte sie Zulassungen für ein halbes Dutzend der wichtigen Privatuniversitäten erhalten und war jetzt in ihrem ersten Semester in Harvard. Mrs. Lee erwähnte es zwar nicht, aber sie vermißte Mary sehr. Mary war nicht nur ihre Tochter, sie war auch ihre einzige Hilfe im Restaurant.

»Hallo, Missis Lee«, sagte ich. »Ist der Ansturm vorbei?«

»Gott sei Dank«, antwortete sie. »Was Sie möchten heute, als wenn ich es nicht schon wüßte?«

Ich lächelte zurück. »Ist noch was übrig?«

Sie drehte sich um und rief etwas auf Chinesisch in die Küche zu ihrem Mann, und alles, was ich verstand, war, daß sie meinen Namen vollkommen falsch aussprach.

»Ja«, sagte sie, »Unten im Topf.«
»Das ist der beste Teil«, gab ich zur Antwort.
»Sie lelnen …«
Ich trug den Styroporteller, eine Tasse Eistee und eine Plastikgabel hinüber zum Tisch und breitete die Zeitung vor mir aus. Als ich in das setschuanische Hühnchen reinhaute und mein Gaumen sich fühlte wie bei einer Feier zum vierten Juli, überflog ich die einzelnen Teile der Zeitung vor und zurück.
Mrs. Lee kam hinter ihrer Theke hervor und schob sich zwischen den Tischen hindurch zu meinem Platz, wo ich mit der Plastikgabel über den Teller schabte.
»Ich mich setzen dülfen?« Überrascht sah ich auf. Sie leistete mir sonst während des Essens nie Gesellschaft, aber hätte ich das jemals von ihr erwartet, hätte ich sicherlich nicht vermutet, daß sie vorher um Erlaubnis bittet.
»Klar.«
»Essen geschmeckt?«
»Sie kennen die Antwort«, sagte ich. »Unglaublich. Wie immer.«
Sie starrte durch mich hindurch, fast so, als wäre ich nicht da.
»Missis Lee, was ist los?«
Ich fragte mich, ob sie mich überhaupt gehört hatte, aber dann entschloß ich mich, die Sache eine Weile so laufen zu lassen und zu sehen, was geschehen würde. Schließlich sprach sie, als sei sie plötzlich aus einem Anfall von Narkolepsie erwacht und wüßte nicht, wo sie war.
»Es ist nichts. Nichts. Entschuldigung, daß ich stöle.«
Sie stand auf, der Plastikstuhl kratzte über den Vinylboden. Ich streckte meine Hand aus und griff nach ihrer – vielleicht eine unglaublich dumme und unangemessene Geste.
»Was ist los?«

Mrs. Lee sah auf meine Hand, die auf ihrer lag, dann in meine Augen.
»Es ist Mary«, sagte sie.
Mein Herz machte einen Sprung von der Art, die einem das Gefühl eines Herzanfalls vermittelt. Wenn man die Vierzig überschritten hat, wird man sich solcher Dinge echt bewußt.
»Was ist los mit Mary?« In meiner Stimme lag ein Drängen, ja sogar Verzweiflung.
Sie setzte sich wieder hin und senkte ihre Stimme. »Im Moment ihr geht's gut. Aber ich mir machen gloße Solgen um sie.«
»Warum? Was ist los? Ist es wegen der Schule?«
»Sie sich tleffen mit einem Jungen.«
Ich lehnte mich schockiert zurück. Ein Junge. Falls Mary jemals Interesse für etwas anderes als Differentialgleichungen und griechische Tragödien gehabt hatte, so hatte ich es nie bemerkt.
»Sie trifft sich also mit einem Jungen«, sagte ich. »Sie ist auf dem College, Missis Lee. Da kann so was schon mal vorkommen.«
Sie warf mir einen Von-welchem-Planeten-stammen-Sie-denn-Blick zu. »Er sein älter als sie.«
»Wieviel älter?«
»Zwei, dlei Jahle. Er ist feltig nächsten Mai.«
»Von Harvard?«
»Natürlich Halvald. Sie glauben, sie haben Beziehung mit einem Jungen von Uni von Tennessee?«
Ich kicherte. »Und wo ist das Problem? Sie trifft sich mit einem älteren Jungen. Ich bin mir sicher, er ist sehr nett.«
»Ich nicht wollen, daß sie sich tleffen mit Jungs«, protestierte sie. »Sehr gefäh-lich. Sie elst sollen die Schule feltig machen und älter welden.«
»Ist er Chinese?« fragte ich.

Ihre Augen senkten sich. »Nein.«
»Oh, ich verstehe. Da liegt das Problem, stimmt's?«
Sie gab keine Antwort.
»Was denkt Mister Lee von alldem?« fragte ich.
Angst grub sich in die Falten ihres Gesichts, ließ sie tiefer werden, spannte sie. »Er nichts wissen.«
»Nun, meine Liebe, Sie wissen, daß sich Dinge ändern können. Mary ist jung, sie ist zum ersten Mal von zu Hause fort. Sie trifft sich mit jemandem, den sie mag. Das passiert ständig. Sie ist trotzdem ein gutes Mädchen.«
Mrs. Lee warf mir einen Blick mit mehr als einer Portion Wut darin zu. »Es sein besser, wenn Sie glauben, sie sein ein gutes Mädchen.«
Ich versuchte, sie zu besänftigen. »Und ich bin mir sicher, daß sie ihren Weg macht. Warum haben Sie nicht etwas Vertrauen zu ihr?«
»Sie naiv, Harry.«
»Nein, das bin ich nicht. Ich habe nur ein bißchen Glauben. Das ist alles.«
»Ich auch haben Glauben«, entgegnete sie. »Glauben, daß Welt sein veldammt schlecht und Menschen ga' nicht gut.«
»Ach was«, sagte ich. »Vertrauen Sie ihr.«
»Nächste Woche sie kommen nach Hause in Felien. Vielleicht ich sie nicht wieder zulückgehen lassen.«
»Die Maßnahme ist doch etwas zu drastisch, oder? Sie wollen einen kostenlosen Trip nach Harvard ausschlagen, weil Sie Angst haben, daß sie sich mit einem Jungen trifft?«
»Kinder von heute. Was wir sollen machen mit ihnen?«
»Sprechen Sie mit ihr«, schlug ich vor. »Sagen Sie ihr, daß Sie sich Sorgen machen. Vielleicht sagen Sie ihr, daß Sie sich Gedanken machen. Das ist alles. Aber sie ist ein erwachsenes Mädchen, Missis Lee.«
»Ja, aber davol ich haben Angst.«

»Sie machen sich zu viele Sorgen ...« Aber da war sie schon fortgegangen, verärgert über mich, wie ich vermute, weil ich nicht beigepflichtet hatte, daß es das beste sei, das nächste Flugzeug nach Boston zu nehmen und dem Studenten im Abschlußjahr, der ihre Tochter verdarb, in die Kniescheiben zu schießen. Ich mußte beinahe lachen bei dem Gedanken an ihre Sorge über ein Mädchen wie Mary, das sich mit einem Jungen trifft.

Dann erinnerte ich mich an Stacey Jameson und Red Dog, und nichts war mehr lustig daran. Plötzlich kam mir in den Sinn, daß ich, wäre Mary meine Tochter, genauso besorgt wäre.

Ich fuhr durchs Viertel hinüber zum Haus von Mrs. Hawkins, in deren Mansardenwohnung ich bereits seit vier Jahren zur Miete wohnte. Mrs. Hawkins war im Laufe des vergangenen Jahres immer schwächer geworden. Sie war zwischen siebzig und achtzig Jahre alt und hatte einen nicht wiedergutzumachenden Gehörschaden, aber bis vor kurzem war sie noch putzmunter gewesen.

Ich bog in die Einfahrt und hielt an. Mrs. Hawkins lag im Garten in einem Aluminiumliegestuhl. Ihre Brille steckte in ihren buschigen weißen Haaren, die ihr über die Stirn hingen, und ihr Kinn lag auf der Brust. Sie hörte, wie ich die schwere Autotür zuschlug, und wachte mit einem Ruck auf. Mrs. Hawkins fummelte an ihrer Brille und schielte zu mir herüber. »Harry?«

»Hallo, meine Liebe«, sagte ich laut. Manchmal drehte sie ihr Hörgerät ab, das in letzter Zeit sowieso nicht viel geholfen hatte. »Genießen Sie die Sonne?«

Sie schüttelte den Kopf und versuchte, zu sich zu kommen. »Ich ruhe nur aus. Wann werden Sie sich von dieser gräßlichen Farbe trennen?«

Ich mußte lachen. Mrs. Hawkins besaß eine Art, ohne Rücksicht auf Konsequenzen alles zu sagen, was ihr in den Sinn kam, etwas, was ich an alten Damen besonders bewunderte. Ich beugte mich hinunter. »Die kann man nicht so einfach abwaschen. Ich werde das Auto neu lackieren lassen, sobald ich es mir leisten kann.«

»Wenn ich das Geld hätte, würde ich es Ihnen auf der Stelle geben.«

»Ich könnte es sowieso nicht annehmen«, beruhigte ich sie. »Ich muß mich umziehen. Vielleicht arbeite ich bis spät in die Nacht hinein.«

»Wieder eine Überwachung mitten in der Nacht. Sie führen so ein aufregendes Leben.«

Mrs. Hawkins sah viel fern. Ich konnte ihr einfach nicht erzählen, daß ich den größten Teil meiner Arbeit entweder am Telefon verbrachte und Unfallopfer befragte oder so lange im Auto saß, um Fotos von angeblich behinderten Menschen zu machen, bis meine Blase anfing zu meutern. Allerdings hatte sie mit heute nacht recht. Dieser Abend würde anders als die anderen werden. Als ich mir ein khakifarbenes Hemd, eine ausgewaschene Jeans und Turnschuhe anzog, dazu eine Mütze mit einem Hester-Battery-Logo, dachte ich, wie komisch es doch war, für einen Besuch im Club Exotique bezahlt zu werden.

KAPITEL 4

Der Club Exotique war ein quadratisches Schlackensteingebäude in einer Seitenstraße zwischen der Third und Fourth Avenue südlich des neuen Kongreßzentrums. Die Gegend bestand zum größten Teil aus Lagerhäusern, Geschäften für Elektriker- und Installateurbedarf und alten Gebäuden, die zu schicken Restaurants und Tanzclubs umfunktioniert worden waren. Der Ace of Clubs lag nördlich vom Club Exotique, und ein mieses Lokal namens Punk Aeschylus füllte einen Teil eines Häuserblocks aus, der ein paar Minuten entfernt lag. Das Punk Aeschylus war, abgesehen von dem weißen, sachlichen Namenszug, der die angemalten Mauersteine quer überzog, komplett schwarz. Was ein griechischer Dramatiker des fünften Jahrhunderts v. Chr. mit der Vorführung eines Kampftanzes zu tun hat, übersteigt meinen Horizont. Vielleicht liegt der Zusammenhang in der universellen Natur der Tragödie.

Um halb fünf nachmittags strömte langsam die Menge der Anzug- und Krawattenträger auf den Parkplatz des Club Exotique – auf der Suche nach einem kleinen Streßabbau nach Feierabend, vermute ich mal. Ich parkte den Mustang in einer Ecke neben einem großen Müllcontainer und hoffte, daß mich niemand erkennen würde, als ich zu dem fensterlosen Gebäude hinüberging.

Eine große, jägergrüne Markise schlängelte sich über den Asphalt und führte in eine dunkle Nische, die Böses ahnen ließ. Musik – laut, frenetisch und dröhnend – drang durch die Tür. Mir war, als ginge ich durch einen Tunnel. Vielleicht war dies beabsichtigt worden, um einem das Gefühl zu geben, zurück in die Gebärmutter transportiert zu werden. Oder ich war angesichts dessen, wohin ich ging, nur darauf fixiert, was meine sexuelle Vorstellungskraft zuließ.

Ich ging zur dunkelgrünen Tür hinauf und drückte dagegen. Nichts, fest verschlossen. Da waren Typen vor mir hineingegangen, und hinter mir kamen andere. Wie sind sie …

Plötzlich wurde eine Holztafel rechts von mir zurückgeschoben, und ein dünner Typ mit langen, schwarzen, fettigen Haaren und einem billigen Smoking starrte mich an.

»Zehn Piepen fürs Gedeck«, sagte er automatisch. »Drinnen mindestens zwei Getränke. Bei uns wird kein Alkohol ausgeschenkt. Sie können Ihren eigenen mit reinbringen, aber Sie bekommen keinen ausgeschenkt. Fassen Sie die Mädchen nicht an, und viel Spaß.«

»Ja, danke«, sagte ich, als ich einen Zehner aus meiner Brieftasche zog. Der Typ drückte einen Knopf an der Wand neben ihm, und der Türöffner summte.

Als ich die schwere Tür aufdrückte, wurde ich von der heftigen Geräuschkulisse fast erschlagen. Ich trat ein und spürte die Vibrationen durch den Boden. Mrs. Hawkins würde dieses Lokal mögen und zu dem Pulsieren unter ihren Füßen tanzen. Es war so laut, daß selbst denken schwierig war. Rechts vor mir erstreckte sich entlang einer Wand eine lange Bar. Dahinter standen keine Flaschen.

Der Club Exotique war innen quadratisch mit einer runden Bühne an einer Wand und Kabinen an zwei anderen entlang. In der Mitte des Raumes waren Dutzende von kleinen Tischen wie in einer Cocktailbar am Flughafen gepfercht. Hier und da erhoben sich achteckige Podien mit glänzenden Messingstangen.

Spiegel glitzerten in dem schwach erleuchteten Raum. Die Blitze der Stroboskope prallten vom Glas ab und ließen tausend Sterne an der Decke tanzen.

Ich ging nahe des Eingangs durch eine Horde von Männern in dunklen Anzügen. Weiter vorn im Hauptraum war die Menge weniger dicht, aber ich konnte nur schwer erkennen, was auf der von Scheinwerfern beleuchteten Hauptbühne vor sich ging.

Sie war groß, blond und langbeinig, wie eine Frau aus einem Mickey-Spillane-Roman. Und sie ließ gerade ihr letztes Kleidungsstück fallen, einen gekräuselten Stoffstreifen, der zu Boden schwebte. Sie griff nach der Messingstange in der Mitte der Bühne, schlängelte sich herum, als versuchte sie, diese mit ihrem Körper zu umwickeln, dann warf sie mit einer weichen Bewegung ihre Beine in die Luft über ihren Kopf, faßte die Stange mit ihren Füßen und wickelte sich nun kopfüber um das Messing.

Ich starrte eine Zeitlang hin – verdammt, ich konnte nicht anders! So etwas hatte ich noch nie zuvor gesehen.

Weswegen war ich eigentlich hierhergekommen? Ach ja, berufliche Pflichten.

Sie glitt einige Sekunden lang an der Stange auf und ab, dann schwenkte sie die Beine seitlich vom Körper weg und streckte sie parallel zum Boden von sich, so daß sie mehr als einen Meter über diesem schwebten. Eine nackte, blonde Flagge, die sich stolz zur Schau stellte. Sie hing dort volle fünfzehn Sekunden ohne eine Spur von Anstrengung. Diese enthüllte Turnerin war in bemerkenswerter Form.

Und überall um mich herum waren Frauen von jeder Größe, Statur und Farbe in verschiedenen Stadien der Entblößung: in Babydolls, Spitzen-BHs und -höschen, Vinyl-Bikinis, Strapsen oder kurzen, offenen Satinbademänteln. Es hatte etwas einschläfernd Berauschendes, als könne einem das

Betreten eines Raumes voller körperlich perfekter nackter Frauen die Sinne rauben wie eine ganze Kanne Martini oder ein dicker, runder Joint.

Aber genau dies war der Punkt.

Wieder strengte ich mich an, mich auf meine Tagesmission zu konzentrieren. Die Musik wurde leiser, gefolgt von der heiseren Stimme des DJ aus seiner Kabine rechts von der Bühne.

»Ob Sie es glauben oder nicht, meine Herren: Unsere nächste Tänzerin wird Sie umhauen!« rief er. Das Echo seiner Stimme hallte in den Lautsprechern. »Applaus für Crystal!«

Ich setzte mich an einen kleinen Tisch im rückwärtigen Teil hinter einer Gruppe jubelnder Jungs im College-Alter. Eine Kellnerin in weißem Body und schwarzen Nylonstrümpfen mit Naht trat lächelnd an den Tisch.

»Was darf ich dir bringen?«

Bevor ich antworten konnte, donnerte die Musik wieder los – wenn man sie so bezeichnen kann. Das Lied kam mir bekannt vor: ein Lied auf einem mißratenen Album, aber ich konnte die Worte wegen der Verzerrung durch die Lautstärke nicht verstehen. Ich lehnte mich zur Kellnerin hinüber und formte das Wort »Mineralwasser«. Sie kritzelte die Bestellung auf einen Block und wackelte auf ihren bestimmt zwanzig Zentimeter hohen Stöckelschuhen von dannen.

Links von mir beugte sich eine Rothaarige zurück und spreizte ihre Beine in Richtung einer Couch, die außerhalb meines Blickfeldes stand, zu einem obszönen V. Eine kleine Karte auf meinem Tisch erklärte, daß das, was ich sah, ein COUCHTANZ war. Die Rothaarige machte ihre Beine zusammen, dann wieder auseinander, vollzog schließlich eine 180-Grad-Drehung auf dem glatten Tisch, sprang auf alle viere und wedelte mit ihrem Hinterteil in Richtung Couch. Ich sah weg, als sie ihren Kopf zur Tischplatte senkte. Ihren Körper hielt sie weiterhin hoch in der Luft wie eine heiße Straßenkatze, die auf eine Besteigung wartete, die sich nie ereignen würde.

Als die Rothaarige den privaten Couchtanz beendete und die Tänzerin auf der Hauptbühne ihren letzten nackten Spagat vollführte, trat eine junge Brünette aus dem Schatten an meinen Tisch. Mein Magen verkrampfte sich.

Sie trug nur einen purpurfarbenen Spitzen-BH und ein dazu passendes Höschen, keine Strümpfe, aber Stöckelschuhe, mit denen sie kaum den Boden berührte. Sie schien jünger zu sein als der Rest. Während die anderen Frauen nahezu magersüchtig dünn waren, war sie rund und kurvig und wirkte mit ihrem frischen Gesicht richtig unschuldig. Ihr dichtes, langes Haar war seitlich gescheitelt und fiel in Wellen auf ihre Schultern. Ein dunkelroter Lippenstift betonte ihre scharfkantigen, harten Lippen.

»Hallo«, grüßte sie fröhlich, als sie näher herankam. »Darf ich mich setzen?«

Ich schluckte. »Klar«, formten meine Lippen zu der lauten Musik, dann nickte ich zum Stuhl hin.

Sie ging vor mir am Tisch vorbei und setzte sich. »Ich heiße Ginger«, sagte sie nach vorn gebeugt, um die Musik übertönen zu können.

»Hallo«, antwortete ich. »Ich heiße Harry.«

Sie kicherte. »Ach wirklich?«

»Ja, wirklich.« Ich grinste dümmlich. »Viele Leute reagieren so.«

»Wo kommst du her, Harry?«

»Von hier. Ich wohne in Nashville.«

»Toll. Du hörst dich allerdings gar nicht so an. Du hast keinen starken Akzent.«

»Ich habe lange im Norden gelebt. Und außerdem gebe ich mir Mühe.«
»Wo hast du im Norden gelebt?«
O Jesses, eine Dame sitzt in Unterwäsche neben mir, und ich erzähle ihr meine Lebensgeschichte!
»Boston. Ich bin dort aufs College gegangen und dann noch ein paar Jahre geblieben.«
Ihr Gesicht leuchtete auf. »Boston? Das ist ja geil! Ich hab' letztes Jahr das Simmons College abgebrochen.«
Meine Augen wurden größer. Ein Mädchen aus dem Simmons tanzt im Club Exotique. Lieber Gott, ich bin bereit zu sterben, ich habe bereits alles im Leben gesehen.
Die Kellnerin näherte sich dem Tisch und stellte mein Mineralwasser ab. »Fünf Dollar«, verlangte sie und fragte: »Spendierst du dem Mädchen auch etwas?«
Ginger sah mich fragend an.
»Klar«, gab ich zur Antwort.
Ginger wandte sich an die Kellnerin: »Apfelsaft.«
»Wenn ich fragen darf«, wagte ich das Gespräch fortzusetzen, als die Kellnerin gegangen war, »wie bist du in Nashville gelandet?«
»Eine Freundin und ich gingen im letzten Frühjahr nach Daytona in die Ferien. Als wir zurück aufs College mußten, hatten wir einfach keine Lust mehr. Wir haben eine Arbeit als Tänzerinnen bekommen und das eine Weile gemacht. Dann hatte sie eine Beziehung mit einem Typen aus Vandy angefangen, und wir haben uns entschlossen umzuziehen.«
Das Lied war zu Ende, und der DJ laberte seine Sprüche herunter, dann stieg eine andere Tänzerin auf die Bühne. Dieses Mal legte der DJ etwas Langsameres und weniger Lautes auf. Wir konnten uns unterhalten, ohne zu schreien.
»Seit wann tanzt du schon hier?«

»Seit einem Monat oder so«, sagte sie. »Vielleicht ein bißchen länger. Aber nicht viel.«
»Wie gefällt dir Nashville?«
»Die Stadt ist ganz in Ordnung. Ich lebe mich ein.«
Ich versuchte, sie nicht anzustarren, aber es ist bei einer jungen, gesunden College-Abbrecherin hart, sachlich zu bleiben, wenn sie in Unterwäsche neben einem sitzt.
»Wenn ich fragen darf«, begann ich erneut, zögerte dann aber, »wie ist es – ich meine, was ist es für ein Gefühl, hier zu tanzen, du weißt schon, eben so.«
Sie legte ihre Hand auf meinen Unterarm und tätschelte ihn. »Du meinst nackt?«
»Ja ...«
»Du mußt dich nicht genieren, das zu sagen, weißt du.«
Ich lächelte. »Ja. Also, wie ist es, nackt zu tanzen?«
Sie lächelte zurück und entblößte zwei Reihen gesunder, strahlend weißer und gerader Zähne. »Es macht riesig Spaß. Vorher war mir nicht klar gewesen, daß ich hübsch bin. Mir gefällt es, daß die Typen mich gern ansehen. Und du tust das doch auch. Sonst wärst du nicht hier.«
Wieder unterbrach der DJ die Musik, schrie ins Mikrophon und drängte die Typen zu klatschen. Mein Applaus war nur mäßig. Dann setzte ein anderes Lied ein, eines, das ich erkannte. Die süße, jazzige Stimme von Sade füllte den Raum, sang leise »Your Love Is King«, als sich eine dürre Frau mit mausbraunen Haaren und Aknenarben, die so tief waren, daß man sie quer durch den Raum erkennen konnte, an dem Messingstab schlängelte. Ich trete nicht gern jemandem zu nahe, aber daß diese Frau zu Sade tanzte, kam verdammt dicht an eine Entweihung heran.
Ich drehte mich zu Ginger zurück, die sich langsam im Takt vor und zurück wiegte. Sie wirkte zart, unberührt. Ein Teil in mir fragte sich, was sie an einem Ort wie diesem machte.

Ich beugte mich zu ihr vor und entschied mich dazu, die Chance zu ergreifen.
»Eigentlich stimmt das nicht ganz, Ginger.«
Sie hatte zur Bühne gesehen, drehte sich aber mit einem prüfenden Blick zu mir zurück.
»Na ja, mir gefällt's ganz gut hier, aber deswegen bin ich nicht hergekommen.« Ich beugte mich näher zu ihr. »Ich suche nach jemandem. Ich hatte gehofft, du könntest mir helfen.«
Ihr Körper straffte sich fast unmerklich. »Du bist doch nicht etwa pervers veranlagt oder so was, Harry? Solche Sachen machen wir hier nicht.«
»Nein, nach so was suche ich nicht. Wenn ich fragen darf, Ginger, wie alt bist du?«
Mißtrauisch verzog sie kurz ihr Gesicht. »Ich bin einundzwanzig. In jedem Fall volljährig. Was bist du, ein Bulle?«
»Nein, ich versuche nur, jemandem zu helfen. Das Mädchen, nach dem ich suche, ist erst siebzehn. Ihre Familie glaubt, sie könnte in einem Club wie diesem arbeiten. Oder daß sie vielleicht mit einem Typen rumrennt, der hier arbeitet.«
»Wenn sie siebzehn ist, darf sie hier nicht arbeiten. Sie darf hier noch nicht einmal rein.«
»Das weiß ich, aber manchmal werden die Regeln nicht befolgt, stimmt's?«
»Ja, ich weiß.«
»Und ihre Familie macht sich Sorgen. Wenn sie erwachsen wäre wie du, ginge das niemanden was an. Aber sie ist noch ein Kind.«
Ich griff in die Brusttasche meines Hemdes und zog unauffällig einen der Schnappschüsse heraus, den ich in meiner Handfläche versteckte und ihr zeigte. »Erkennst du sie?«
Ginger sah sich schnell und nervös um und starrte dann auf

das Foto. »Nein, aber das Licht ist ziemlich schlecht. Manchmal sehen die Leute auf Bildern ganz anders aus.«
»Ich weiß. Aber wenn du einmal für mich nachdenken könntest.«
Sie betrachtete einige Augenblicke lang eingehend das Bild. »Vielleicht. Ich bin mir nicht sicher. Hier kommen haufenweise junge blonde Mädchen durch.«
»Ja, das hat man mir erzählt. Aber sie rennt mit einem Kerl rum, der, glaube ich, hier arbeitet. Ich weiß seinen Namen nicht, aber man nennt ihn Red Dog.«
Sie zog sich zurück und setzte sich gerade hin. »Bist du sicher, daß du kein Bulle bist?«
Ich schüttelte den Kopf. »Privatdetektiv. Ich will niemandem irgendwelche Schwierigkeiten machen. Ich versuche nur, ein ausgerissenes Mädchen zu finden, bevor man ihr weh tut. Das kannst du doch verstehen, oder?«
Die Kellnerin brachte ein kleines Glas mit bernsteinfarbener Flüssigkeit und stellte es vor Ginger auf den Tisch. »Fünf Dollar.« O Jesses, ich kam doch nicht her, um mich ausnehmen zu lassen. Hoffentlich denkt Betty Jameson, daß ihre Schwester soviel wert ist.
Ich reichte der Kellnerin einen Fünfer, und sie schlängelte sich fort. Ginger nahm das Glas und nippte daran. Ich blickte auf mein hohes Glas mit Mineralwasser, dann auf ihres.
»Erwachsenengetränke sind euch wohl nicht erlaubt, oder?«
Sie grinste. »Das sind Damengetränke«, erklärte sie. »Solange eins davon auf deinem Tisch steht, lassen die anderen Mädchen dich in Ruhe.«
»So was wie Revier markieren«, kommentierte ich.
Ginger gab mir das Bild zurück. »Harry, du scheinst ein netter Kerl zu sein.«

Ich rollte mit meinen Augen und verstaute das Bild wieder in meinem Hemd. »Ja, Frauen sagen das ständig zu mir. Deswegen kann ich mich nirgends blicken lassen.«
»Oh, das glaub' ich dir auch so einigermaßen«, stichelte sie. »Hör mal, wenn du willst, daß man dir weh tut, ist der gehässige Red Dog dafür eine gute Möglichkeit. Allerdings hasse ich es, zuzusehen, wenn man einem netten Kerl weh tut.«
»Wie ist denn Red Dog so?«
»Als ich anfing zu arbeiten, dachte ich, ihm gehört das Lokal. Es scheint, als hätte der Geschäftsführer Angst vor ihm oder so. Er ist nicht jeden Abend hier. Später bekam ich heraus, daß er für Mister Klinkenstein arbeitet.«
»Für wen?«
»Mister Klinkenstein. Ihm gehört der Club. Aber ihm gehören auch eine Menge andere Lokale.«
Ich führte eine schnelle Suche in meiner mentalen Datenbank durch. Klinkenstein … Klinkenstein …
Genau! Klinkenstein war der einzige Name, der auf allen drei Ausdrucken zu den drei Firmen stand, die ich am Abend im Polk Building erhalten hatte. Wie war noch sein Vorname? Mist, den habe ich vergessen.
»Also, er arbeitet für Mister Klinkenstein, aber du weißt nicht genau, was er macht.«
»Ja. Den kriegen wir hier viel zu oft zu sehen. Bobby, der Geschäftsführer – das ist der da drüben …« Sie zeigte in Richtung Bar, wo der Kerl mit Smoking und den fettigen Haaren stand, der das Geld für das Gedeck kassiert hatte. »Bobby kriegt richtig schlechte Laune, wenn Red Dog zu lange hier ist. Seine Laune ist sowieso schon schlecht genug.«
»Aber du weißt nicht, was Red Dog macht?«
»Nein.«

»Hast du auch einen Namen für ihn? Mit Sicherheit steht nicht Red Dog auf seiner Geburtsurkunde.«
Sie lächelte wieder freundlich. Ihr Lächeln war angenehm, ihr Gesicht anziehend, aber noch ohne die harten Kanten, die es haben wird, wenn sie diese Laufbahn noch einige Jahre fortsetzt. Instinktiv mochte ich sie.
»Nein, seinen Namen weiß ich nicht. Ich kann rumfragen. Wenn ich das mache, ist es allerdings für uns beide besser, wenn du die anderen Mädchen nicht fragst. Er könnte davon Wind bekommen.«
»Wenn du das für mich machen könntest, wäre sicherlich was für dich drin. Aber sei vorsichtig.«
Ich griff in meine Tasche und zog einen Zwanziger heraus.
»Eigentlich gefällt mir die Zeit mit dir.«
Ich hielt den Zwanziger in der Handfläche und schob ihn zu ihr hinüber.
»Danke, Harry. Das ist lieb von dir.«
Dann erstarb die Musik wieder, und der DJ schrie uns an, wir sollten in die Hände klatschen oder aufgeben oder so einen Quatsch.
»Oje, ich hab' vergessen, daß ich als nächste dran bin«, sagte Ginger schnell.
Sie sprang vom Tisch auf und huschte fort. Die schwereren Teile ihres Körpers hüpften beim Gehen auf und ab. Sie war fest und jung, aber Schwerkraft und Zeit würden ihren Tribut verlangen.
»Also los, meine Herren«, rief der Idiot hinter dem Mikro. »Laßt uns Ginger mit einem Applaus begrüßen.«
Dann erfolgte eine dröhnende Attacke auf das Gehör mit irgendeinem Gangsta-Rap, während das süße, junge Mädchen, mit dem ich mich die vergangenen zehn Minuten – für zwei Dollar pro Minute – unterhalten hatte, auf die Bühne sprang und sich wellenförmig zum Takt bewegte. Sie

wickelte sich um die Stange, rollte ihren Kopf zurück und schüttelte ihn hin und her. Dann kehrte sie dem Publikum den Rücken zu, griff an das glänzende Messinggeländer, das längs der Bühne entlanglief, hob ihren Rumpf in die Höhe und beugte sich in der Hüfte. Als der Chor wieder einsetzte, lag sie vollständig nackt in der Mitte der Bühne auf dem Rücken und hatte ihre Beine zu einem breiten V gespreizt, wodurch sie den Zuschauern einen direkten Blick wie in ein Lehrbuch für Gynäkologie und Geburtshilfe gestattete. Den Typen im Publikum gefiel es, besonders der flegelhaften Gruppe mit den orangefarbenen Hemden der Uni von Tennessee in der Ecke neben der Bühne.

Was mich betrifft, fühlte ich mich, als sähe ich gerade bei der Vergewaltigung meiner minderjährigen Schwester zu.

KAPITEL 5

Ginger mußte noch mindestens zehnmal auf die Bühne, bevor Red Dog endlich im Club auftauchte. Es war mittlerweile zehn Uhr vorbei. Mein Magen knurrte vor Hunger, und meine Nieren drohten nach einer Reihe von Fünf-Dollar-Colas ihren Dienst zu quittieren.

Wenn es je einen Kerl gab, zu dem sein Spitzname paßte, war es Red Dog. Er war vielleicht Mitte Zwanzig und dünn und hatte ein spitzes Gesicht, das hart und gemein aussah. Seine scharf geschnittene Nase mit einem Wulst in der Mitte, wie nach einem Bruch, ragte weit heraus. Er blickte nervös um sich, und seine Augen quollen leicht hervor, was ihm das Wesen eines aufgeregten Chihuahuas verlieh.

Mit seinem flammend roten Haar konnte er sich nicht verstecken. Es war schulterlang und wellig und hätte dringend gewaschen werden müssen. Vielleicht hatte er zu viel Gel draufgeknallt. Sowohl sein Haar als auch sein glänzender Anzug fielen mir als Lehrbuchdefinition eines reaktionären Ganoven ins Auge, obwohl Red Dog sich womöglich für einen lässigen Typen hielt.

Sobald er das Lokal betrat, nahm ich eine feine Veränderung der Schwingungen wahr. Die Gäste waren sich dessen natürlich nicht bewußt. Sie waren mit Gaffen beschäftigt. Aber der Geschäftsführer am Eingang verstummte und richtete sich ein wenig auf. Die Mädchen, die zuvor entspannt und fröhlich herumgelaufen waren, wurden nun fast frenetisch. Vorher waren sie beiläufig an den Tisch gekommen und hatten gefragt: »Möchtest du einen Tanz?« War die

Antwort nein gewesen, hatten sie gelächelt und sich kurz mit einem unterhalten.

Jetzt ging das nur »So, wie wär's? Nein? Gut.« Der nächste.

Die Musik dröhnte und hallte. Ginger kam zu meinem Tisch herüber und stellte sich direkt in meine Blickrichtung zwischen mir und Red Dog am anderen Ende des Raumes.

»Er ist da«, sagte sie knapp.

»Hab' ich mir gedacht. Kannst du dich setzen? Ich muß mit dir reden.«

»Man kann sich nicht hinsetzen und reden, wenn Red Dog da ist.«

Ich dachte einen Augenblick nach. »Wenn ich einen Couchtanz kaufe, mußt du das dann auch wirklich machen?«

»Nein, ich meine, manchmal wollen die Jungs einfach nur reden.«

Ich stand auf und deutete auf eine leere Kabine rechts hinter mir. »Genauso wie ich. Ich bin einsam, meine Frau versteht mich nicht, und ich brauche einfach jemanden, mit dem ich reden kann.«

»Du brauchst auch zwanzig Piepen«, sagte sie.

Ich fischte in meiner Tasche und zog meinen letzten Zwanziger heraus. »O Gott«, stöhnte ich, »wer hat behauptet, daß reden nichts kostet?«

Sie nahm den Schein und nickte zu einem großen Kerl in der Ecke hinüber. Dann führte sie mich vom Tisch fort. Zwei mit Teppich ausgelegte Stufen führten zu der schwarzen und verchromten Kabine hinauf. Ginger trat beiseite, um mich zuerst hineingehen zu lassen, dann fummelte sie neben mir herum. Sie drehte sich wieder zu mir und warf mir ein strahlendes, dennoch künstliches Lächeln zu.

Ich beugte mich weit zu ihr vor, aber hauptsächlich, damit sie mich hörte, ohne daß ich schreien mußte. »Wer war der Typ grad eben?« fragte ich.

»Der Große im Smoking? Er ist der Aufpasser. Er hält sich über die Tänze auf dem laufenden.«

»Warum?« fragte ich.

»Harry, wir bezahlen, um hier zu arbeiten.«

Ich starrte sie an. »Was?«

»Ja, wir verführen die Gäste zu einem Couchtanz, und das Haus erhält einen Anteil. So funktioniert das. So und mit Trinkgeldern.«

Ich mußte tief durchatmen. »Was für eine Gaunerei!«

Sie hob ihre rechte Hand an meine Wange und zog mit einem lackierten Fingernagel die Linie meines Kiefers nach.

»Mußt du das machen?« fragte ich.

»Wir müssen aussehen, als hätten wir viel Spaß zusammen.«

»Ich darf dich nicht anfassen, aber du ...«

Sie nickte. »Das ist richtig. So sind die Regeln, mein großer Junge.«

»Wieviel Zeit haben wir?«

»Fünf Minuten oder so. Vielleicht auch länger.«

»O Gott«, stieß ich hervor. »Zwanzig Piepen für fünf Minuten. Eine Herzoperation ist billiger.«

Sie warf mir diesen Kleines-Mädchen-Lolita-Blick zu, der auf das Gefolge im Lokal wahrscheinlich lukrativ wirkte, aber ihre Stimme war eisern.

»Harry, willst du reden oder rummeckern? Es ist dein Geld.«

Ich starrte sie eine Sekunde lang an. »Hast du seinen Namen?«

»Nicht den ganzen. Kitten glaubt, sein Nachname sei Turner.«

»Red Dog Turner. Irgendeinen Schimmer, wo er wohnt?«

»Danach hast du mich nicht gefragt, Harry. Drück dich das nächstemal gefälligst klar aus.«

»Was für ein Auto fährt er?«

»Das ist leicht. Irgendeinen Mercedes oder so. Du weißt schon, so einen Nigger-Mercedes.«
Ich blickte sie finster an. »Benutz dieses Wort nicht. Ich hasse das Wort.« Dann nach einer Weile: »Was ist ein ...?«
»Du weißt schon, eins dieser glänzenden, schwarzen Dinger mit Goldbeschlag überall. Die Markenzeichen, die Felgen. Und die Fenster sind so abgedunkelt, daß man kaum durchsehen kann. Total protzig. Billig, wenn du mich fragst. Warum nimmt jemand einen Klassewagen wie diesen und motzt ihn auf?«
»Ich weiß es nicht. Ich habe nie so einen Wagen gehabt. Ich frage mich, woher Red Dog soviel Zaster hat.«
»Auch darauf keine Antwort.«
»Hat jemand hier ein Mädchen gesehen, das aussieht wie Stacey?«
»Ich habe ein paar der anderen Mädchen gefragt, aber weißt du, ich kann nicht einfach jede fragen. Aber Tawny hat gesagt, hier hätte vor ein paar Monaten eine richtig junge Blonde getanzt, war immer wieder da und wieder weg, und Red Dog hatte echt nur Augen für sie.«
»Vor ein paar Monaten«, wiederholte ich. »Ihre Schwester hat mir erzählt, sie sei erst vor drei Wochen fortgelaufen.«
Ginger zuckte mit den Schultern. »Ich weiß nicht, Baby. Das hat sie mir halt erzählt.«
Mein Geist drehte sich im Kreis, als ich versuchte zu denken. Billy Idol schrie »White Wedding« im Hintergrund bei einem Lautstärkepegel einer startenden Boing 747. Auf der Bühne wirbelte eine Aschblonde ihre Brüste in gegenläufigen Kreisen zum Takt der hämmernden Schläge.
»Können Brüste ein Schleudertrauma bekommen?« fragte ich laut.
Ginger lehnte sich dicht an mich heran. »Was?«
»Schon gut.«

»Harry, ich muß gehen. Ich hab' um elf Feierabend. Ich bin noch einmal auf der Hauptbühne dran, dann werde ich ausbezahlt.«
Sie stand auf und ließ ihre Finger durch mein Haar gleiten. Beinahe geistesabwesend sah ich zu ihr hinauf.
»Nette Unterhaltung mit dir, Süßer«, sagte sie.
»Ja, danke, Ginger.«
Sie beugte sich herunter und hielt ihren Mund nahe an mein Ohr. Ich versuchte, nicht hinzustarren, aber die purpurfarbenen Spitzen ihres BHs hingen mir fast im Gesicht.
»Ich heiße nicht Ginger«, sagte sie. »Wir benützen alle Bühnennamen. Ich heiße in Wirklichkeit Corey.«
Sie klopfte mir auf die Schulter und stellte sich wieder gerade hin. »Danke, Corey«, sagte ich. »Paß auf dich auf, hörst du?«
Als sie fortging, stellte ich fest, daß meine fünf Minuten noch nicht um waren.

Ich kramte in meiner Brieftasche, als ich im Auto in der hintersten Ecke des Parkplatzes vom Club Exotique saß. Seit vier Uhr nachmittags hatte ich neunzig Dollar verbraten. Man könnte den Club Exotique passender Club Expensif nennen. Bei der Sache war noch nicht einmal ein Abendessen drin gewesen.
Wie würde ich das in dem Ausgabenbericht für Betty Jameson geltend machen können?
Das Autoradio lief leise, und der Sitz war weit genug zurückgeschoben, so daß ich ausspannen und ein Auge auf die Eingangstür im Rückspiegel behalten konnte, ohne selbst gesehen zu werden. Der Parkplatz stand voller Autos. Zwei Rausschmeißer standen draußen unter einer Markise und paßten auf. Ich hatte ein wenig Angst, daß sie gesehen hatten, wie ich zum Auto ging, ohne anschließend wegzu-

fahren. Falls sie es bemerkt hatten, störten sie sich nicht daran. Ich vermutete, sie sollten hauptsächlich aufpassen, daß die Minderjährigen nicht hereinkamen und keine obdachlosen Bettler die Gäste belästigten.

Red Dogs Mercedes stand neben der Markise auf einem reservierten Parkplatz. Trotz Gingers unpassender Beschreibung des Autos war es ein schickes, protzig aufgemachtes Mercedes-Cabrio mit einem Vorzugsnummernschild: RED-DOG1. Ich stellte den Rückspiegel anders ein, um meinem Genick die Spannung zu nehmen.

Ich war hungrig, müde und gelangweilt. Es war auch gut so, daß Marsha mich nach ihrem Wohltätigkeitsessen nicht sehen wollte. Darüber hinaus hätte ich sie sowieso versetzen müssen. Ich hoffte, sie würde Zeit haben, sich bis morgen etwas abzuregen. Wie es bei uns im Süden heißt: Geschäft ist Geschäft.

Und dies hier, dachte ich, ist das bezaubernde Geschäft eines Privatdetektivs.

Die Nacht war kühl, die Luft klar und trocken. Manchmal weht einem in Nashville besonders nachts ein Gestank in die Nase, da im Heizkraftwerk in Downtown eine Menge Zeug verbrannt wird. Und dann gibt es noch die Abdeckerei drüben in der Nähe der I-265. Manchmal riecht es richtig faul. Aber in dieser Nacht wehte ein angenehmer, leichter Wind über Nashville. In der Ferne dröhnte das Horn eines Schleppdampfers, und der leichte Verkehrslärm auf der Silliman-Evans-Brücke war kaum zu hören. Das ließ in mir den Wunsch entstehen, mit Marsha auf einem der gepolsterten Gartenstühle auf ihrem Balkon zu sitzen und über die Bäume hinter ihrer Eigentumswohnung hinwegzuschauen.

Ich griff nach unten und regulierte die Lautstärke am Radio. Der öffentliche Radiosender von Murfreesboro, einer wachsenden College-Stadt südöstlich von Nashville, brachte besonders weichen Jazz an diesem Abend. Das wog den laut pulsierenden Mist im Club wieder auf. Das einzige Problem war, daß man den Sender wegen seiner Entfernung nicht immer richtig hören konnte. Ich drehte am Knopf und versuchte, den Sender besser reinzubekommen, und sah genau in dem Moment in den Rückspiegel, als Red Dog einem der Rausschmeißer auf den Rücken klopfte und sich zu seinem Mercedes umdrehte.

Ich verzerrte mir fast den Rücken, als ich den Sitz so weit hochkurbelte, um wenigstens fahren zu können. Ich griff nach dem Schlüssel, während ich gleichzeitig das Gaspedal immer wieder drückte, als wollte ich Ratten zertreten. Der Motor sprang an, stotterte, fing sich wieder und starb dann ab.

Verdammt.

Ich drehte noch einmal am Zündschlüssel, aber dieses Mal, als er ansprang, drückte ich in der richtigen Stärke aufs Gas. Ich vergewisserte mich, daß die Rausschmeißer nichts von meinem Anlassen bemerkt hatten. Die Bremslichter an Red Dogs Auto gingen an, dann seine Rückfahrscheinwerfer. Vorsichtig legte ich den Rückwärtsgang ein, wobei ich achtgab, meine Bremsen nicht zu berühren. Ich wollte, wenn möglich, aus dem hinteren Ende des Parkplatzes ohne Licht hinausfahren.

Plötzlich bemerkte ich in meinem Augenwinkel eine Bewegung hinter dem Müllcontainer, der mich teilweise vor dem Eingang abgeschirmt hatte. Bevor ich etwas machen konnte, ging die Tür auf, die Innenbeleuchtung schaltete sich ein, und jemand glitt neben mir ins Auto.

Ich sprang wie ein verbrühter Hund auf meinem Sitz hoch und ballte meine Faust. »Wer zum Teufel sind Sie!«

Dann sah ich das Haar. Es wurde jetzt mit einer dicken Schleife zurückgehalten.

»Ginger …«, stotterte ich. »Corey?«
Sie sah mich in dem dämmrigen, grünen Schein des Lichts am Armaturenbrett an. »Was ist?« fragte sie. »Erkennst du mich nicht, wenn ich angezogen bin?«
»Corey, hast du den Verstand verloren!« Es war eine entschieden rhetorische Frage. »Steig aus dem Wagen aus!«
»Ich werde mit dir fahren«, protestierte sie.
»Einen Scheißdreck wirst du!«
»Harry, ich werde mit dir fahren. Wenn Red Dog mit einem siebzehnjährigen Mädchen rummacht, möchte ich sehen, wie man ihn drankriegt dafür. Ich war selber einmal siebzehn.«
»Ja«, sagte ich, »vor ungefähr einer Woche!«
»Ach, halt die Klappe und fahr los.«
»Nicht, bis du aus dem Wagen draußen bist.«
»Ich werde nicht aussteigen.«
»Corey, zum letzten Mal …«
Sie deutete über meine Schulter. »Harry, er wird dich abhängen.«
Mein Herz raste. Ich sah gerade noch rechtzeitig, wie Red Dog aus dem Parkplatz fuhr, dann nach rechts in Richtung Fluß abbog. Ein Block weiter stand eine Ampel. Wenn ich ihn bis dahin nicht einholen würde, hätte ich ihn verloren. Und das würde bedeuten, noch einen Abend im Club Exotique herumhängen zu müssen.
»O Jesses«, murmelte ich. Dann heulte der Motor auf, und die Kupplung knallte. Mit einem Quietschen und einer grauen Rauchwolke aus dem Auspuff fuhr der Mustang lärmend vom Parkplatz. Corey duckte sich, so daß die bezahlten Schläger sie nicht sehen konnten, und los ging's die Straße entlang. Vor uns leuchteten die Bremslichter von Red Dogs Mercedes auf, der nach rechts auf die Third Avenue Richtung Rutledge Hill abbog.

»Als ich für Robert Urich in *Spenser* schwärmte, hatte ich was anderes im Sinn gehabt als das hier«, sagte ich wütend.
Corey setzte sich zurück, als wir den Block hinunter verschwanden und ich das Licht einschaltete.
»Ich wußte nicht, daß du von anderen Männern schwärmst, Harry. Willst du darüber reden?«

Ich konnte bei Verfolgungsjagden bisher nicht so viel Praxis vorweisen. Meistens hatte ich geübt, indem ich wahllos hinter einem Auto hergefahren war, wenn ich nichts anderes zu tun gehabt hatte. Sie wissen schon, sich einfach ein Auto herausgreifen, eine Weile hinter ihm bleiben und verschiedene Methoden ausprobieren, um zu sehen, bei welcher man am ehesten entdeckt wird. Normalerweise konnte ich sagen, wann man mich entdeckt hatte. Der Fahrer blickte dann nervös in den Rückspiegel, wechselte die Spur, ohne zu blinken, nur um zu sehen, ob auch ich wechselte. Der zufällig Verfolgte bog für gewöhnlich ohne Vorwarnung in die erstbeste Seitenstraße ab, nachdem er bereits, ohne vom Gas zu gehen, bis in die Mitte der Kreuzung gefahren war.
Meistens aber hatte ich beobachtet, daß die Menschen ziemlich unachtsam sind, während sie fahren. Sie sprechen am Autotelefon, schminken sich, spielen am Radio herum und widmen ihre Aufmerksamkeit kaum dem Verkehr, geschweige denn demjenigen, der hinter ihnen fährt. In einem Witz über die Fahrer von Nashville heißt es, daß sie glauben, der Rückspiegel sei nur zum Pickelausdrücken gedacht.
Wir folgten dem Wagen die Lafayette Street hinunter, an einem Hausprojekt südlich der Interstate vorbei bis zu einem Spirituosenladen, vor dem er anhielt. Ich fuhr auf die Seite und blieb nervös sitzen; das war keine Gegend, in der

man sich – ich blickte auf meine Uhr – nachts um Viertel nach elf aufhalten sollte.
»Du weißt, wenn das hier nicht so eine beschissene Gegend wäre, würde ich dich rausschmeißen und mit dem Taxi nach Hause fahren lassen.«
»Schon gut.« Sie schmollte. »Würdest du mir denn das Taxigeld bezahlen?«
»Taxigeld?« fragte ich. »Oh, verdammt, du hast mir noch nicht einmal genug Geld für Benzin übriggelassen.«
Sie schob ihre Unterlippe nach vorn. »Soll ich dir was zurückgeben?«
Ich drehte mich zu ihr. In dem gedämpften Licht sah sie sogar noch jünger aus, wenn das überhaupt möglich war. Vielleicht konnte ich nicht mehr geradeaus denken, aber die ganze Szene wurde einfach zu surrealistisch.
»Nein, behalt's. Mein Auftraggeber kann es sich leisten.«
»Wer ist dein Auftraggeber?«
»Das geht dich nichts an.« Ich starrte durch die Windschutzscheibe Richtung Spirituosenladen.
»Du hast vorher gesagt, daß ihre Familie sie sucht.«
»Würde deine das nicht tun?«
Sie drehte sich weg. »Nein.«
Nun blickte ich sie an. »Tut mir leid.«
Red Dog sprach in dem hell erleuchteten Laden mit dem Kerl hinter der Kasse. Es war schon ziemlich spät, und in dem Laden befanden sich nur ein paar andere Kunden. Die meisten Spirituosenläden in Nashville, auch in den schäbigsten Teilen der Stadt, schließen wochentags etwa um elf Uhr abends. Der Kerl hinter der Kasse nahm eine Flasche mit irgendwas aus dem Regal hinter sich und gab sie Red Dog. Dann sprang die Kasse mit einem Klingeln auf, er griff hinein und reichte Red Dog etwas hinüber.
»Was zum Teufel machen die?« flüsterte ich.

»Was?« fragte Corey.
»Komisch. Er hat gerade eine Flasche gekauft.« Ich griff hinter den Fahrersitz, um eine kleine Segeltuchtasche hervorzuholen, öffnete den Reißverschluß und kramte nach meinem billigen Fernglas.
»Er hat also eine Flasche gekauft«, wiederholte sie.
»Ja, und er hat eine Handvoll Scheine als Wechselgeld zurückbekommen. Ich habe allerdings nicht gesehen, daß er dem Kassierer vorher Geld gegeben hatte.«
»Wirklich komisch.«
»Genau.« Ich sah durch das Fernglas, aber da war es schon zu spät. Red Dog steckte die Flasche in seine Tasche, drehte sich um und zwängte sich durch die beiden Glastüren.
Ich schob gerade das Fernglas in die Tasche zurück, als Red Dog in seinem Mercedes schon Gas gab und auf dem Parkplatz herumschleuderte.
»Runter«, rief ich, als wir in sein Blickfeld gerieten. Corey beugte sich zur Seite, bis sie gerade unterhalb des hohen Armaturenbretts des Mustangs verschwand. Ich beugte mich über sie, drückte sie noch weiter hinunter und hoffte, daß wir absolut im Schatten lagen.
Wenn Red Dog uns gesehen hatte, ließ er sich nichts anmerken. Mit quietschenden Reifen fuhr er auf die Lafayette Street zurück in Richtung Stadt.
Meine Arme lagen quer über Coreys Rücken bis zur Armlehne an der Beifahrertür. Ihr Kopf lag fast in meinem Schoß. Einen Moment lang blieben wir so sitzen, dann spähte ich hinauf, als der Mercedes gerade fortfuhr, verharrte aber in dieser Stellung etwas länger, als ich es hätte tun sollen.
»Oh«, sagte ich, als ich mich wieder gerade hinsetzte. »Entschuldigung.«
Sie setzte sich langsam auf und schüttelte ihre Schultern.

Die linke massierte sie mit ihrer rechten Hand. »Du brauchst dich nicht zu entschuldigen.«
Corey warf mir so einen bestimmten Blick zu. Ich weiß nicht, wie ich ihn beschreiben soll, aber er war mir echt unangenehm.
»Laß uns fahren«, sagte ich.
Ungefähr zehn Herzschläge später sagte sie: »Gut, worauf wartest du?« Ich drehte den Schlüssel im Zündschloß und erweckte das Auto zum Leben.
Mann, dachte ich, ich bin's wirklich satt. Das wird ja richtig bescheuert.
Ich glaubte, daß wir ihn verloren hatten. Vor uns konnte ich seine Rücklichter nicht erkennen. Ich jagte den Wagen wieder an dem Bauprojekt vorbei über eine gelbe Ampel und schoß dann die Lafayette Street so schnell hinauf, wie sich der Wagen beschleunigen ließ. Vor mir, genau an der Brücke zur I-40, schaltete die Ampel um. Es wurde gelb für mich, aber in Nashville heißt das verdammt wenig, und man kann es trotzdem schaffen.
Ich trat das Gaspedal durch. Der Motor hustete ein paarmal und winselte heftig, als wir auf die Ampel zubrausten. Etwa fünfzehn Meter davor wurde sie rot. Ich hatte nicht einmal Zeit, auf der Querstraße auf andere Autos oder Polizei zu achten.
Neben mir kreischte Corey auf, preßte ihre Füße gegen den Boden und sich in den Sitz, als wollte sie den Wagen bremsen – damit hat sie diesbezüglich mehr geleistet als ich.
Wir schossen über die Ampel, ohne auseinandergenommen oder von einem Blaulicht an die Seite gewunken zu werden.
Vor uns, unten am Berg in Richtung des alten Sears in Downtown, das vor einigen Jahren zugemacht hatte, hielt Red Dog seinen Mercedes an der nächsten Ampel an.
»O Gott, Harry.« Sie seufzte. »Bist du verrückt oder was?«

Meine Kehle war dermaßen zugeschnürt, daß ich kaum sprechen konnte. »Tut mir leid.«
Ich bremste schnell und schaltete runter. Den Rest des Berges rollten wir im Leerlauf hinab. Ich versuchte die richtige Zeit abzupassen, so daß der Mercedes gerade dann wieder losfahren müßte, wenn ich dort ankommen würde. Die Ampel wurde grün, und Red Dog bog nach links in eine Seitenstraße ein, dann gleich wieder rechts zu der Ampel an der Eighth Avenue. Ich fuhr ihm nach links nach, nahm aber nicht die Abzweigung nach rechts.
»Wohin fährst du?« fragte sie.
»Er muß nach links auf die Eighth Avenue abbiegen«, erklärte ich. »Ansonsten wäre er auf der Lafayette geblieben. Wir werden ihn am nächsten Block einholen.«
Ich fuhr den Berg hinauf über die Bahngleise und bog an einer Show- oder Striptease-Bar, dem The Odyssey, nach rechts auf die Division ab.
»Kennst du jemanden, der hier arbeitet?«
Sie sah mich von der Seite an, und ich spürte ihren harten Blick. »Nein, Harry. Das tue ich nicht. Du erinnerst dich, ich bin erst vor etwa einem Monat hierhergezogen.«
Ich bog ab, ließ dann den Wagen die Division hinunterrollen bis zur Ampel an der Eighth Avenue. Gerade als wir dort ankamen, passierte der schwarze Mercedes die gelbe Ampel, und auf unserer Seite der Kreuzung wurde es grün. Ich fuhr auf die Eighth Avenue und manövrierte uns so durch den Verkehr, daß nur noch ein Auto zwischen uns und Red Dog war.
Er fuhr langsam, ohne besondere Eile. Es ging in dem dünner werdenden Spätverkehr die Eighth Avenue entlang am alten Wasserturm vorbei. Ich fragte mich, ob er uns bemerkt hatte und wenn ja, was wir tun sollten. Meine Angst steigerte sich von Häuserblock zu Häuserblock, als er plötz-

lich auf die rechte Fahrspur wechselte, den Parkplatz einer BP-Tankstelle überquerte und auf die Wedgewood Richtung Hillsboro Village fuhr.

Falls er uns gesehen hatte, ließ es sich auch nicht mehr ändern. Ich war schon zu weit gegangen, um kampflos aufzugeben. So ignorierte ich die Abkürzung über die Tankstelle, fuhr bis zur Kreuzung vor und bog an der roten Ampel korrekt ab. Dann, als Red Dog außer Sicht war, drückte ich das Gaspedal durch, raste den Berg hinauf und über eine weitere Ampel, und da sah ich ihn wieder; er rollte hinter der Belmont-Universität langsam dahin.

Ich passierte wieder eine beinahe gelbe Ampel, die aber noch nicht so gelb war, daß man mich hätte drankriegen können, als er an der nächsten Ecke nach links abbog. Blitzschnell entschied ich mich dazu, ein Stück zurückzubleiben. Vielleicht hatte er nur ein bißchen herumgesponnen; vielleicht wirkte seine Medizin ja auch erst jetzt. Egal, er schien sich über uns jedenfalls keine allzu großen Sorgen mehr zu machen.

Er kurvte herum, bis er auf der Belmont Avenue am Bongo Java, einem Café, das noch dem Zeitalter des Beat nachhing, und an dem International Market vorbei war. Schließlich bog er nach rechts in eine Seitenstraße ab, von Corey und mir erst einen halben Häuserblock, dann einen ganzen entfernt.

Langsam fuhr er in eine Gasse und dann auf einen großen Wohnkomplex im New Yorker Stil zu. Die Gebäude waren U-förmig angelegt und umsäumten drei Seiten eines schön hergerichteten Hinterhofs.

»Glaubst du, daß er hier wohnt?« fragte Corey.

»Warum finden wir das nicht einfach heraus?«

Ich schaltete das Abblendlicht aus und bog nach links ab. Weiter vorn in der Gasse glitt der Mercedes gerade in eine kleine Parklücke. Direkt vor mir im Schatten lag seitlich eine kleine Einfahrt, in der ich mein Auto abstellte. Wenn ich den Kopf aus dem Fenster streckte, konnte ich die Gasse gut überblicken.

»Siehst du ihn?« fragte sie.

»Noch nicht«, antwortete ich leise.

Eine einsame Figur trat auf dem Parkplatz in den schwefelgelben Schein der mit Natriumgasbirnen betriebenen Straßenlaternen und überquerte mit langen Schritten die Gasse bis zur Hintertreppe, die auch als Feuerleiter diente. Red Dog stieg bis zum obersten Stockwerk hinauf und betrat das Gebäude durch eine schwere Tür.

Einige Sekunden später wurde ein Licht in einem Fenster links der Treppe angeknipst.

Ich legte den Rückwärtsgang ein, verließ die Einfahrt und glitt möglichst geräuschlos die Gasse entlang bis kurz hinter die mit Metallspinnennetzen verhängte Hintertreppe. Der Parkplatz war voll, nirgends ein freies Plätzchen. Zwei Reihen weiter stand Red Dogs Mercedes und kühlte in der Nacht ab. Über uns ging ein weiteres Licht neben demjenigen an, das wir gerade gesehen hatten.

Ich hielt in der Mitte zwischen zwei Reihen, stellte den Motor ab und die Automatikschaltung auf Parken.

»Läßt du ihn einfach hier stehen?« fragte Corey.

»Warum nicht?«

»Was machen wir jetzt?«

Ich drehte mich zu ihr um. In dem dämmrigen Licht konnte ich ihr Gesicht kaum erkennen, aber was ich sehen konnte, war eindeutig blaßgelb und zart.

»Wir warten.«

KAPITEL 6

Ich blickte auf meine Uhr – halb eins. Corey und ich saßen eine Stunde da, ohne daß sich etwas bewegt hatte. Doch die Lichter in der Wohnung oben waren immer noch an.

»Wie lange werden wir hier noch herumhängen?« fragte sie.

»Ich weiß es nicht. Ich denke, er wird wieder rauskommen und das Mädchen bei sich haben. Vielleicht auch nicht. Wenn die Lichter ausgehen, sind sie vielleicht kaputtgegangen. Wir geben noch ein paar Minuten drauf und werden dann sehen.«

»Wir lassen die Sache also einfach so laufen?«

»Genau das.«

Ich lehnte mich zurück und bekämpfte meine Müdigkeit. Es war ein langer Tag gewesen; ich war bei Marsha früh aufgestanden und hatte seitdem keine Pause gehabt. In den nächsten Tagen werde ich mir ein Mobiltelefon leisten, dachte ich, so daß ich mich an Abenden wie diesem kurz bei ihr melden kann.

»Ich meine, ich habe noch nie jemanden dabei beobachtet«, sagte Corey, die das Gespräch dort fortsetzte, wo wir eine halbe Stunde zuvor aufgehört hatten. »Die Leute denken, die Showgirls koksen die ganze Zeit.«

»Wirklich?« fragte ich. »Du hast nie jemanden dabei gesehen?«

»In den Clubs nie. Ich war auf Parties und so, wo es das Zeug gab, aber ich habe es selbst nie probiert. Einige der Mädchen haben gesagt, daß sie es gern nehmen, aber nie während der Arbeit.«

»Das kommt mir ziemlich seltsam vor. Da wird so ein Haufen von dem Scheiß unter die Leute gebracht.«

»Ich kann dir sagen, wovon du so einen Haufen zu sehen bekommst ...« Ihre Stimme erstarb.

Ich blickte sie an. »Was?«

»Diese Diätpillen, die man kaufen kann. Du weißt schon, Koffein und Abführmittel. Das gleiche, was Fernfahrer nehmen, um wach zu bleiben. Ach ja, ich habe welche in meiner Handtasche. Willst du eine?«

»Nein, danke«, lehnte ich ab, als ich meinen Blick zu den erleuchteten Fenstern über uns zurückgleiten ließ. »Ich bin abstinent.«

»Komm schon, Harry. Das hält dich bloß wach. Und ist sogar legal.«

»Ich passe.«

Es machte plopp, als sie den Plastikdeckel eines Pillenfläschchens öffnete, dann hörte ich das Rasseln von Kapseln, als sie eine davon in ihre Hand gleiten ließ. Sie steckte sich die Pille in den Mund und schluckte sie trocken mit einem Gluckser hinunter.

»Die meisten Mädchen sind verheiratet oder haben eine feste Beziehung«, fuhr sie fort. »Niemand von uns macht da rum. Wirklich nicht. Wir sind nicht auf der Suche nach jemandem.«

»Schön, und wo ist dein Ehemann?«

»Ich habe keinen, aber ich habe einen festen Freund. Er ist auf dem College. Wir sind verlobt, siehst du?«

Sie streckte ihre Hand aus, um mir ihren Verlobungsring mit einem kleinen Diamanten zu zeigen.

Ich blickte sie an. »Ja, aber du mußt zugeben, daß dies eine ziemlich komische Art ist, sich seinen Lebensunterhalt zu verdienen.«

»Genau das ist es, es ist ein Lebensunterhalt. Zuletzt habe

ich in einem Kaufhaus gearbeitet. Sechs Dollar die Stunde und die ganzen Arschlöcher, mit denen ich zu tun hatte.«

»Und jetzt hast du es nicht mit Arschlöchern zu tun?«

»Doch, aber jetzt werde ich dafür gut bezahlt.«

Ich drehte mich etwas, um bequemer zu sitzen. »Bist du jemals belästigt worden?«

»Du meinst beim Tanzen?«

»Ja, ob dir schon mal jemand Komisches in die Quere gekommen ist.«

»Nein. Die Clubs tun alles dafür, um uns zu beschützen. Wenn du fragst, begleitet dich einer der Jungs zum Wagen. Am Ende des Abends lassen sie dich nicht raus, bis die Aufpasser den Parkplatz überprüft haben.«

»Da steckt mehr Fürsorge dahinter, als ich vermutet hatte.«

»Die Gäste wissen, daß sie mit so etwas erst gar nicht anfangen dürfen. Einmal habe ich bis zum Schluß gearbeitet, und sie haben einen Typen entdeckt, der sich unter dem Wagen eines der Mädchen versteckt hatte. Der kommt bestimmt nicht wieder.«

»Was, sie haben ihn umgebracht?«

Sie lachte leise. »Nein, Harry. Du siehst zuviel Fernsehen. Sie haben ihn etwas aufgemischt und seinen Namen und die Nummer vom Führerschein aufgeschrieben. Er hat Lokalverbot.«

»Oh«, brummte ich und blickte wieder zum Gebäude hinauf. Hinter dem Vorhang rechts des erleuchteten Fensters bewegte sich eine dunkle Gestalt.

»Meistens wird man bloß rausgeschmissen«, fuhr Corey fort. »Einige dieser Typen sind echte Schweine. Einmal habe ich auf einem der Tische getanzt, und der Typ hatte seine Hände unten an seiner Hose und spielte an sich rum. Hoppla, dachte ich, und ich hab' mich mit dem Rücken zu ihm gedreht, so daß ich ihn nicht ansehen mußte.«

Die dunkle Gestalt hielt vor dem rechten Fenster, dann verschwand sie. Einen Moment später tauchte sie am linken Fenster wieder auf, und in dem diffusen Licht, das durch den Vorhang drang, sah ich undeutlich den Umriß eines sich hebenden Armes.

»Ein paar Minuten später drehte ich mich wieder um, und dieser Typ – igitt, das war eklig. Er hatte ihn, na du weißt schon, rausgenommen, und er legte richtig los. Ich dachte, ich müßte gleich losschreien. Ich schnappte meine Klamotten und bin nichts wie weg.«

Ich kniff meine Augen zusammen und versuchte, mehr vom Fenster zu erkennen. Was ging da oben vor sich?

»Ich bin zum Geschäftsführer gegangen und hab's ihm erzählt«, fuhr Corey fort, »und sie haben den Typen fix nach draußen befördert. Wir brauchen solche schäbigen ...«

»Halt!« Die verschreckte Stimme drei Stockwerke höher war kaum zu hören. »Nicht ...«

Corey brach mitten im Satz ab. »Was war das?« flüsterte sie. Ich machte »Psst« und lauschte.

Ein dünner, spitzer Schrei drang durchs Fenster; dann ein dumpfer Knall, gefolgt von einem zweiten. Ich bin kein Experte, aber der gedämpfte Schlag hörte sich an wie der Knall einer Pistole mit Schalldämpfer.

Der Schatten flitzte von links nach rechts an den Fenstern vorbei, dann verschwand er.

Ich sprang aus dem Wagen und hechtete zu der metallenen Feuertreppe. Aus meinem Augenwinkel heraus sah ich, wie Corey aus dem Wagen stieg.

»Bleib da!« befahl ich. Sie ignorierte mich; ich hatte keine Zeit, mit ihr zu streiten.

Ich nahm die drei Metallstufen auf einmal, stürzte dann so schnell ich konnte über den Treppenabsatz in den ersten Stock, hinauf zum zweiten. Die Treppe war alt, verrostet und

wackelte bei jedem Tritt. Rost löste sich und klebte an meiner Hand, und der Geruch von Schimmelpilz drang in meine Nase.
Ich erreichte den dritten Stock und stieß die schwere weiße Tür mit den schmutzigen Scheiben auf, in denen das rote Licht eines Schildes mit der Aufschrift Ausgang reflektiert wurde. Im Flur gaben zwei alte Lampen an der Decke das einzige Licht. Zu meiner Linken war eine schmutzige weiße Tür aufgebrochen worden, durch deren Spalt das grelle Licht einer Glühbirne schien.
Coreys Schritte hinter mir klapperten auf dem Metall. Vor mir hastete jemand mit weicheren Schritten nach unten.
Ich rannte zum Treppenabsatz und sah genau in dem Moment hinunter, als sich die vordere Tür öffnete und ein Schatten hindurchhuschte. Ich wußte, daß ich ihn nicht einholen konnte, und war mir auch nicht sicher, ob ich es wollte. Hinter mir öffnete sich die Tür zur Feuertreppe, und Corey kam atemlos hereingelaufen. Ihr Keuchen erinnerte mich daran, daß auch ich außer Atem war.
»Was …« Sie japste. »Was machen wir jetzt?«
Ich ging auf sie zu, blieb stehen, streckte einen Arm aus und lehnte mich gegen die feuchte Gipswand. »Jemand ist gerade die Treppe runtergerannt«, keuchte ich. »Aber er war weg, bevor ich ihn sehen konnte.«
»Sollen wir die Polizei rufen?«
Ich blickte mich um. Keine andere Wohnungstür war aufgegangen. Nirgends ein Zeichen von Leben. Entweder schliefen die Leute hier tief und fest, oder sie wollten damit nichts zu tun haben.
»Los«, sagte ich, als ich mich an ihr vorbei zu der aufgebrochenen Tür schob. »Bleib hinter mir. Das meine ich ernst, ja?«
Sie nickte. Ich schob die Tür langsam auf, meine Augen

überflogen den Raum – es war eine Küche – mit einem schnellen Blick. Ein dreckiger Gasherd, bestimmt schon ein halbes Jahrhundert alt, stand in einer Ecke mit ein paar versauten Töpfen darauf. Der faule Geruch von Abfall lag in der Luft.

Da ich niemanden sah, ging ich auf Zehenspitzen hinein. Ein kurzer Flur führte in ein quadratisches Wohnzimmer. Ein vergammeltes Sofa, bei dem die Füllung nach außen quoll, stand in der Mitte des Zimmers gegenüber einem Fernseher auf schwarzem Ständer. Der unverwechselbare, schwere Duft von Marihuana hing in den Stoffen, in der Luft und in den Wänden.

»Gras«, flüsterte Corey hinter mir. Ich winkte mit der Hand, damit sie schwieg.

Es war immer noch niemand zu sehen, aber vor mir führte eine halboffene Tür vermutlich in das Schlafzimmer. Ich näherte mich langsam, vorsichtig. Das einzige Geräusch, das ich hörte, war das Pulsieren des Blutes in meinen Ohren. Ich lehnte mich gegen die Wand und winkte Corey hinter mich. Dann drückte ich die Tür leicht einige Zentimeter weit auf, zuckte aber sofort wieder zurück.

Aus dem Zimmer hörte ich ein schrilles Kichern. Ich schob die Schlafzimmertür weiter auf und schielte hinein.

Stacey Jameson saß mit gekreuzten Beinen in der Mitte eines ekligen, schmutzigen Wasserbetts mit gelben, zerwühlten Laken, die sicherlich einst weiß gewesen waren. Hinter ihr auf der Ablage am Kopfteil lehnte eine halbleere Tequilaflasche, die kurz vor dem Umfallen war. Stacey war blaß und dünn und hatte große, schwarze Ringe unter den Augen. Ihr blondes Haar stand wirr in alle Richtungen ab.

Und sie war splitterfasernackt.

Sie bog ihre Arme, legte die Hände rechts und links auf ihre

Hüften und grinste mich mit glänzenden Augen an. Dann sang sie nuschelnd wie eine Betrunkene: »Ich bin ein kleines Teekännchen, dick und rund.«

Sie sah an ihrem linken Arm hinunter.

»Das ist mein Henkel, das ist mein ...«

Sie rollte ihren Kopf auf die andere Seite und blickte am rechten Arm herunter.

«... ist mein ... ist mein ... Oh, verdammt, ich bin eine Zuckerdose.«

Mit einem verdutzten Lächeln blickte sie zu mir auf. Dann schlossen sich langsam ihre Augen, und sie fiel rückwärts auf das Wasserbett und rollte mit den Wellenbewegungen bewußtlos hin und her.

Ich trat zu ihr ans Bett, Corey hinter mir. »Junge, ist die abgefüllt.«

Ich beugte mich über das Bett. Sie mochte siebzehn Jahre alt sein, aber im Augenblick schien sie ein paar Jahrzehnte mehr auf dem Buckel zu haben. Man konnte ihre Rippen durch die fast durchsichtige Haut zählen, ihre kleinen Brüste hingen schlaff herunter. Sie nahm Drogen, war zügellos und möglicherweise schlecht ernährt. Zwischen ihren Beinen trat ein kleines Rinnsal hervor, das zu dem üblichen postkoitalen Fleck zusammenlief.

Aber sie atmete.

»Ich hole einen Waschlappen«, sagte ich. »Deck sie zu, ja?«

Corey erschauderte. »Ich fasse dieses Bettzeug nicht an.«

»Verdammt, Corey«, sagte ich, als ich mich umdrehte, um zum Badezimmer zu gehen, »du warst diejenige, die mitkommen wollte.«

Ich blieb ruckartig stehen, nahm einen schnellen, tiefen Atemzug.

»O Scheiße«, murmelte ich.

»Was ist?« fragte Corey. Dann kam sie zu mir, legte ihre Hände auf meine Schultern und sah um mich herum.
Sie zuckte zusammen, ließ einen Schrei los und verbarg ihr Gesicht in meinem Hemd. Ich legte meine Arme um sie und drückte sie fest an mich.
Red Dog Turner lag ausgestreckt halb in und halb vor der Badewanne, nackt und breitbeinig. Zum Teil war er vom Duschvorhang zugedeckt, nach dem er gegriffen hatte, als er rückwärts umgefallen war.
Aus einem kleinen, dunklen, häßlichen Loch in seiner Kehle lief ein dünner Streifen Blut an seinem Hals herunter. Ein zweites Loch mitten in seinem Körper zeigte ein Sternmuster, als habe jemand aus nur einem Zentimeter Entfernung auf ihn geschossen.
Es wirkte ordentlich und professionell: eine Kugel in seine Sprachbox, damit er die Klappe hält; eine zweite direkt durchs Herz. Es war sehr wenig Blut geflossen.
Wer ihn auch getötet hatte, er muß ihn direkt nach dem Liebesakt überrascht haben, da sein Penis immer noch halb einsatzbereit auf der Seite lag. Ein übler Geruch erfüllte das Badezimmer. Ich sah zur Bestätigung über den Rand der Badewanne.
Ja, sein Darm hatte sich im Moment des Todes entleert. Red Dog Turner war in seinen eigenen Ausscheidungen gestorben.
Corey drückte mich ein bißchen von sich und blickte mir ins Gesicht. »Ist er ...?«
Ich nickte.
»Willst du nicht wenigstens mal nachsehen?«
»Kein Zweifel«, sagte ich sanft. »Übrigens kann man mittlerweile Fingerabdrücke an Leichen erkennen.«
Sie schniefte. »O Gott, bring mich weg von hier.« Sie wurde schwach, und ich spürte, wie ihre Knie schlotterten. Ich zog

sie mit einer Umarmung fest nach oben und an mich heran. Ihr dickes Flanellhemd fühlte sich feucht von Schweiß an und schien bei ihrer Hitze beinahe zu glühen.
Ich bekämpfte meine eigene Übelkeit in der Hoffnung, daß der Schock vorbeiginge und ich ihn nicht noch ein paar Stunden lang ertragen müßte. »Hör mal, Kleines«, sagte ich besänftigend, »wir stecken bis zum Hals in der Scheiße. Kipp mir bloß nicht aus den Latschen, hörst du?«
Sie schluckte und nickte. Wir gingen ins Schlafzimmer zurück. Als sich Corey gegen die Wand lehnte, zog ich meinen Hemdsärmel über meine Hand, wickelte ihn über die Klinke und zog die Tür zu. Stacey wälzte sich stöhnend auf dem Bett, als träumte sie schlecht.
Ich sah mich um. Keine Waffe.
»Glaubst du, sie war's?« fragte Corey.
Ich schnaubte vor Wut. »Quatsch! Sie kann ja nicht mal gerade sitzen.«
»Sollten wir die Polizei rufen?«
Meine Gedanken rasten im Kreis. Denk nach, verdammt, denk nach!
»Warum nehmen wir nicht an, daß das schon jemand getan hat?«
»Wieviel Zeit haben wir noch?« fragte sie schwach.
»Fünf Minuten, wenn wir Glück haben. Vielleicht mehr.«
Ich blickte im Zimmer umher. Der Boden war mit zerknäulten, schmutzigen Kleidungsstücken, zerknüllten Tüten vom Schnellimbiß und leeren Bierflaschen übersät. Eine abgenutzte Lederhandtasche lag gleichgültig in eine Ecke geworfen.
»Nimm die Handtasche da; sieh nach, ob sie Stacey gehört.«
Corey ging um das Bett herum und hob die Tasche auf. Als sie sich nach unten beugte, wurde ihre Aufmerksamkeit auf etwas gelenkt.

»O mein Gott«, stöhnte sie.
»Was ist?«
Sie kam mit einem kleinen, grünen Aschenbecher in ihrer rechten Hand wieder hoch. In dem Aschenbecher lag eine winzige Glaspfeife auf der Seite. Ein braunes, faul riechendes Drahtplättchen steckte im Pfeifenkopf.
»Crack«, sagte sie.
»Toll«, kommentierte ich. »Einfach toll.«
Mein Angstpegel stieg schneller als der Yen gegenüber dem Dollar. Bis jetzt gab es eine Leiche, eine nackte, minderjährige Ausreißerin, die von weiß Gott was zugeknallt war, von Gras, Crack, Koks oder einer halben Flasche Tequila, der einzig gottverdammt legalen Sache in der ganzen Wohnung.
Was sollten wir machen?
Ich sah hinüber zu der ohnmächtigen, ziemlich kranken jungen Dame auf dem Bett und fragte mich, was mit ihr geschähe, wenn ich sie hierließe. Sie stand schon am Abgrund, genau in der Mitte zwischen noch und nicht mehr zu retten. Was immer das Leben, ihre verrückte Familie, Red Dog Turner und Gott weiß wieviel andere mit ihr angestellt hatten, sie hatten ihre Arbeit beinahe erledigt. Was meine Person betrifft, so war es sicherlich dumm und naiv, ganz zu schweigen davon, daß es illegal, moralisch verwerflich und beruflich möglicherweise ein Selbstmord war, aber in jenem Augenblick entschloß ich mich dazu, den Versuch zu wagen, sie vom Abgrund zurückzuziehen.
»Ist das ihre Handtasche?«
Corey sah auf. »Ja.«
»Gut, wir ziehen Stacey an und bringen sie raus hier.«
Sie sah mich an, als hätte ich den Verstand verloren.
»Das meine ich ernst. Los jetzt.« Und in den nächsten fünf Minuten überschritt ich meine eigenen Grenzen.

Ich stellte mich hinter Stacey, griff sie am Kopf und zog sie hoch, so daß sie saß.
»Gib mir ihren BH.« Ich zeigte auf ihn.
»Bist du verrückt?« Corey schnappte fast über. »Wir haben keine Zeit für Unterwäsche. Zieh ihr bloß ein T-Shirt über.«
Stacey jaulte auf und wurde kurz wach, nannte mich einen Hurensohn und protestierte stöhnend, als wir ihre dürren Arme hoben, um sie in die Ärmel eines schmuddeligen T-Shirts einzufädeln. Corey zog ihr den Stoff über den Kopf, während ich vor ihr kniete und ihre Füße in ein Paar Jeans bugsierte, ihre Beine in die Luft hob und die Hose nach oben streifte.
Stacey kicherte und gluckste obszön und versuchte, ihre Beine zu spreizen. Offensichtlich war das ihre vorherige Position gewesen.
Ich ließ ihre Beine fallen, ergriff ihre Arme, zog Stacey auf die Beine, und bevor sie wieder zusammensacken konnte, zerrte ich an ihrer Jeans, bis sie ganz oben war. Sie protestierte ächzend.
»Laß mich los«, grummelte sie.
»Steh auf!« schnauzte ich sie an. »Benimm dich gefälligst.«
»Arschloch«, lallte sie. »Wer bist du?«
»Derjenige, der dich hier rausholen wird, mit oder ohne Klamotten. Also entscheide dich.«
»Ich werde nirgendwo hingehen«, murmelte sie. »Wo ist Billy?«
»Wer ist Billy?« fragte Corey.
»Wen kümmert's?« Ich drehte mich zu ihr um. »Nimm ihre Tasche. Geh zur Vordertür und paß auf, daß niemand kommt. Paß auf, daß du nichts anfaßt. Ich komme mit ihr nach.«
»Harry, das ist nicht gut.«

»Beweg dich, verdammt.«

Ich griff nach Staceys Handgelenken und stemmte meine Beine gegen den Boden, um ihr Gewicht halten zu können. Corey nickte. Die Angst stand ihr ins Gesicht geschrieben. Jetzt wollte sie genausoschnell raus wie ich.

Sie ging vorsichtig vor mir her, während ich Stacey locker mit mir schleifte. Wenn sie fünfundvierzig Kilo wiegt, dann bin ich ein linkshändiger japanischer Stabhochspringer.

Wir schleppten uns durch das Wohnzimmer in die Küche. Corey öffnete die Tür und streckte ihren Kopf hinaus. »Los«, flüsterte sie.

Halb zog ich Stacey durch die Tür auf den Flur, halb ging sie selber. Als wir zur Feuertreppe kamen, rollte sie ihren Kopf zurück und öffnete die Augen.

»Wer bist du?«

Als letzte Sache auf der Welt mußte Stacey Jameson wissen, wie ich heiße.

»Pssst«, flüsterte ich. »Meine Freunde nennen mich Riley. Doghouse Riley.«

»Na ja, du bist ein netter Kerl, Mister Riley. Tut mir leid, daß ich Arschloch zu dir gesagt habe.«

Ich hielt die schwere Tür mit einer Hand auf, während ich mit der anderen Staceys Hüfte fest umklammerte und das Mädchen auf die Feuertreppe hinauszerrte.

»Ist schon gut«, beruhigte ich sie. Es war großartig, draußen zu sein, in der frischen Luft und der kühlen Nacht. Die Stufen klapperten, als wir hinuntergingen, aber es gingen keine Lichter an, und keine Fenster wurden geöffnet.

Wir befanden uns gerade auf dem Absatz des zweiten Stocks, als ich es hörte. Zuerst schwach, kaum wahrnehmbar, aber dann wurde es lauter.

Sirenen.

»Corey, beweg dich«, flüsterte ich.

Stacey hob ihren Kopf von meiner Schulter. »Ich bin müde. Wohin gehen wir?« murmelte sie.
Und jetzt machte ich einen riesigen Fehler.
»Nach Hause«, flüsterte ich. »Wir bringen dich nach Hause zurück.«
Das folgsame, ergebene, halb bewußtlose junge Mädchen explodierte plötzlich in meinem Arm. Sie kreischte wie ein Kater beim Straßenkampf, dann, urplötzlich, knallte sie mir so heftig eine, daß es in meinen Ohren klingelte.
Sie brüllte, fuchtelte mit den Armen und kämpfte wie ein Tiger. Ich knallte ihr auch eine, aber mehr um mich zu schützen. Einige Stufen unter uns wirbelte Corey mit weit aufgerissenen und im Straßenlicht schimmernden Augen herum.
»Harry!« rief sie. »Was ist da …«
»Verdammt, sei still!« Ich fing an zu stottern, als Staceys Arme und Beine wie Kreissägen um mich herum wirbelten. Ich hatte immer noch einen Arm um ihre Hüften und blitzschnell die andere Hand auf ihren Mund gepreßt, um das Schreien zu stoppen, aber damit hatte ich nichts mehr, um den Rest von ihr zu halten.
»Stacey, psst«, zischte ich während des Kampfes in ihr Ohr. »Sei still!«
Corey sprang die Treppe herauf. »Was sollen wir tun?«
Die Sirenen wurden lauter. »Scheiße, wir müssen hier weg«, sagte ich. »Halt ihre Beine fest.«
Corey griff nach Staceys Beinen und bekam einen Tritt gegen die Schulter, der sie beinahe vom Absatz des zweiten Stocks nach unten beförderte. Ich schob das Bündel einer Wildkatze weiter vor mir her, als ich spürte, wie sich ihr Kiefer öffnete, um mich zu packen.
»Wenn du mich beißt, du kleine Hure, dann schmeiß ich dich über Bord«, fauchte ich sie an. Ich glaube nicht, daß

ich jemals zuvor so mit jemandem gesprochen hatte. Es war komisch für mich und gefiel mir überhaupt nicht.
Sie schien dadurch etwas ruhiger zu werden. Corey, wieder festen Halt unter den Füßen, schaffte es, Stacey an den Fußgelenken zu packen. Stacey grapschte nach Coreys Haaren, aber ich konnte kurz meinen Griff um ihre Hüften lösen, ihre rechte Hand packen, in ihre linke legen und alles zusammen erneut an ihre Hüften pressen.
Sie aber wand sich, kämpfte und quietschte munter weiter. Was zum Teufel machte ich mit ihr? Weswegen drehte sie dermaßen durch?
»Wir werden dir nicht weh tun, Stacey«, flüsterte ich. »Beruhige dich. Die Bullen kommen!«
Die Sirenen wurden immer lauter. Ich vermutete, sie waren bereits in der Gegend von Wedgewood und bogen Richtung Belmont Avenue ab. Falls sie auf der Belmont Avenue halten und durch den Vordereingang kommen würden, hätten wir eine Chance. Sollten sie allerdings von hinten kommen und die Gasse blockieren, säßen wir in der Klemme.
Stacey kämpfte ohne Ende, als wir endlich den untersten Treppenabsatz erreichten und über den Parkplatz stolperten. Wir trugen sie buchstäblich über den Asphalt zum Mustang, und Corey öffnete sofort die Fahrertür.
»Kannst du auch ein bißchen zackig fahren?« fragte ich.
Sie nickte, während sie sich verzweifelt umschaute.
»Gut, klapp den Sitz nach vorn.« Ich beugte mich über Stacey und drückte sie hinunter. Als Corey den Sitz nach vorne geklappt hatte, tauchte ich mit Stacey unter mir ins Wageninnere. Sie schlängelte und drehte sich immer noch, aber ich drückte sie mit meinem ganzen Gewicht nach unten, wobei ich mit einer Hand schon in meiner Hosentasche auf der Suche nach dem Schlüsselbund war, den ich Corey reichte.

»Fahr rechts vom Parkplatz runter, durch die Gasse in die nächste Seitenstraße, Richtung Hillsboro Road rauf und auf die I-40.«

Corey schloß die Tür, stellte den Fahrersitz ein, steckte den Schlüssel ins Zündschloß und drehte. Der Mustang machte einen Satz und gab ein gräßlich schleifendes Geräusch von sich. Ich schob meinen Kopf über Staceys Schulter und schloß die Augen.

»Entweder du drückst die Kupplung oder nimmst den Gang raus«, schlug ich vor.

»Tut mir leid«, schnauzte Corey. »Ich bin etwas nervös.«

Das Schleifen beim Starten war nicht mehr zu hören, dann sprang der Motor an. Corey legte den Gang ein, ließ aber die Kupplung zu schnell kommen: Der Motor hustete, machte einen entsetzlichen Hopser und war abgewürgt.

Würde ich mich weit genug herumdrehen können, um meinem Arsch einen Abschiedskuß zu geben?

»Versuch's noch mal, Corey. Und entspann dich.«

Der Starter surrte und mahlte. Ich hörte, wie Corey das Gaspedal wild mit ihrem Fuß bearbeitete.

»Nicht zuviel aufs Gas treten. Er säuft sonst ab.«

Der Motor zündete und ging an, die schweren Zylinder stampften unrhythmisch. Dieses Mal ließ sie die Kupplung sanft kommen, und wir rollten vorwärts. Stacey hatte sich etwas beruhigt, aber als sich das Auto bewegte, wurde sie wieder zappelig.

»Was geht da hinten vor sich?« fragte Corey, weil der Wagen so schaukelte.

»Fahr einfach«, antwortete ich verzweifelt.

Sie kroch die Gasse im ersten Gang entlang. Die Sirenen legten zum Crescendo an und wurden dann leiser. Flackerndes Blaulicht wurde von den Nachbarhäusern reflektiert, als wir nach rechts auf eine Seitenstraße abbogen und uns vom Schauplatz des Verbrechens entfernten.

Corey drückte die Kupplung und versuchte, einen anderen Gang einzulegen. Sie machte einen kurzen Umweg über den Rückwärtsgang, bevor sie im zweiten Gang landete, was an dem teuer klingenden Rasseln zu merken war. Sie drückte etwas aufs Gas und fuhr ruhig den Berg hinauf Richtung Schnellstraße, der Hillsboro Road, fort von der Polizei.

Unter mir fing Stacey Jameson leise an zu weinen.

KAPITEL 7

Corey hatte behauptet, zackig fahren zu können, aber davon merkte ich wenig. Sie schaffte es allerdings, Belle Meade zu finden, ohne die Eingeweide aus dem Wagen zu reißen oder von den Bullen angehalten zu werden.

Unter mir hatte Stacey Jameson endlich zu schluchzen aufgehört und sackte in einen unruhigen, nervösen Schlaf. Ich rutschte von ihr runter und verlagerte mein Gewicht auf meine Knie, mit denen ich mich auf dem Boden abstützte. Stacey kauerte sich wie ein Fötus zusammen und legte eine Hand unter ihr Kinn.

»Fahr hier nach links«, gab ich als Anweisung.

»Wohin fahren wir?« fragte Corey, als sie angestrengt am Lenkrad kurbelte.

»Ich glaube, es ist das vierte Haus oder so. Ich werde es erkennen.«

Als wir uns den Backsteinpfeilern und den Eisentoren näherten, sagte ich ihr, sie solle nahe an den Sprechapparat heranfahren. Corey drehte das Fenster runter und faßte hinaus, um den Knopf zu drücken. Wir saßen etwa zwanzig Sekunden nervös da, ich immer bedacht darauf, mich wieder auf Stacey zu stürzen, falls sie ihre Rolle als Sheba, die Leopardenfrau, wiederholen wollte.

»Drück noch mal«, sagte ich. »Und bleib diesmal drauf.«

Corey lehnte sich aus dem Fenster und hielt den Knopf mit ihrem Finger gedrückt. Das fortwährende Summen durchdrang die Stille der Nacht. Nach einigen Augenblicken hörten wir eine atmosphärische Stimme durch den billigen Apparat.

»Wer ist da?« Es war Betty Jameson, und sie war absolut nicht gut drauf.
»Machen Sie bitte auf«, bat Corey, »wir haben Stacey hier.«
»Wer ist denn da?« Diesmal kam die Stimme lauter durch den Sprechapparat.
»Bitte, öffnen Sie doch das Tor.«
»Ich werde die Polizei rufen, wenn Sie mir nicht sagen, wer Sie sind.«
»Oh, prima«, murmelte ich frustriert. Dann lauter: »Betty, öffnen Sie das gottverdammte Tor! Ich bin's, Harry Denton.«
Die Gegensprechanlage wurde mit einem Klick ausgeschaltet, und die schweren Eisentore öffneten sich. Sobald wir genug Platz hatten, fuhr Corey über den Absatz, die lange, ringförmige Auffahrt entlang und vorsichtig bis zu den Säulen, wo sie anhielt.
»Ui«, sagte sie, »ein nettes Plätzchen.«
»Ich glaube nicht, daß du hier wohnen wolltest.«
Corey stieg aus dem Wagen und klappte den Sitz in dem Moment nach vorn, als Betty Jameson die Haustür öffnete. Sie kam schnell die Stufen herunter und stand schon hinter mir, als ich noch aus dem Wagen kletterte. Ich griff hinein, rief Staceys Namen, so freundlich ich nur konnte, und zog schließlich an ihrem Arm, bis sie saß. Ihr Kopf rollte von einer Seite auf die andere, als sei ihr Nackenmuskel durchtrennt worden. Ich manövrierte sie möglichst vorsichtig hin und her, bis ich ihren Oberkörper fast aus dem Auto gezogen hatte. Dann ließ ich sie in meine Arme fallen.
Betty trat näher heran und blickte auf ihre Schwester hinunter. »Wie schlimm ist es?«
»Ich weiß nicht, was sie genommen hat, aber es sieht ziemlich schlimm aus«, erklärte ich, als ich Stacey wie ein Baby die Stufen zum Säulengang hinauftrug.

Betty und Corey folgten uns. »Wer ist sie?« fragte Betty und zeigte hinter sich.
»Ich heiße Co…«
»Das ist nicht wichtig«, unterbrach ich. »Sie war nicht hier, und Sie haben sie nie gesehen.«
Ich ging durch die schwere Tür in den Flur, drehte mich um und fragte Betty: »Wo kann ich sie hinlegen? Sie wiegt zwar nicht viel, aber ich bin müde. Es war eine lange Nacht.«
»Schaffen Sie es bis nach oben?«
»Zeigen Sie mir den Weg.«
Ich schleppte mich hinter Betty Jameson mit dem toten Gewicht ihrer Schwester die Treppe hinauf, und Corey folgte uns. Das gewundene Treppenhaus zur oberen Etage war mit dicken Läufern ausgelegt, aber unsere Fußtritte machten immer noch weiche, stapfende Geräusche. Betty ging einen breiten Flur entlang mit Türen auf beiden Seiten, von der eine plötzlich einen Spaltbreit geöffnet wurde, so daß Licht auf den Flur drang. Ich blickte mich um und sah ein Gesicht. Obwohl ich es nur kurz sehen konnte, hatte ich den Eindruck, daß es ein ängstliches Gesicht gewesen war.
Schließlich öffnete Betty eine Tür auf der linken Seite. Ich drehte mich seitwärts, um mit Stacey durch die Tür zu kommen, und betrat ein Schlafzimmer, das mit antiken Möbeln und einem Himmelbett bestückt war, auf dessen Kissen sorgfältig aufgereiht Stofftiere saßen. In einer Ecke standen ein nackter Schülerschreibtisch und ein Bücherregal.
Das Zimmer entsprach nicht meiner Vorstellung von dem eines jungen Mädchens. Keine Poster von Musikern an den Wänden, nichts Persönliches, kein Krimskrams. Wenn das Staceys Zimmer war, zeigte es nicht viele Spuren von ihr.
Betty schob die Tiere mit nur einer Handbewegung vom

Bett und schlug die Decke zurück. »Hier, legen Sie sie hier hin.«
Ich legte Stacey vorsichtig aufs Bett. Sie stöhnte, als ich es ihr zwischen den dicken Kissen bequem machen wollte, und schien mich nicht loslassen zu wollen. Ich löste ihre Arme von meinem Nacken und trat zurück.
Betty Jameson setzte sich aufs Bett und legte eine Hand auf die Stirn des Mädchens. Sie strich ihr Haar zurück, dann nahm sie einen Arm und fühlte ihren Puls.
»Muß ich einen Arzt rufen?«
»Ich weiß es nicht«, antwortete ich. »Als wir sie fanden, war sie wach, aber randvoll mit Drogen. Sie ist seitdem immer wieder weggekippt.«
Corey stellte sich mit verschränkten Armen neben mich und beobachtete die beiden Frauen auf dem Bett.
»Sie ist so schmutzig«, murmelte Betty. Dann erstarrte sie plötzlich und sah mich an. »Haben Sie irgend etwas damit zu tun?«
Mein Unterkiefer fiel herab. »Na hören Sie mal! Wir haben sie so gefunden.«
Ihre Schultern sanken herab, und sie erhob sich. »Es tut mir leid. Es ist nur so, na ja, sie so zu sehen. Wo haben Sie sie gefunden?«
Ich schüttelte den Kopf. »Das würden Sie gar nicht wissen wollen.«
»Bei wem war sie?«
Ich schüttelte wieder den Kopf.
»Ist es so schlimm?«
»Sie hätten mir sagen sollen, in welcher Verfassung sie sich befindet«, sagte ich. »Ich wäre zumindest vorbereitet gewesen. Das hätte viel geholfen.«
Ihre Augen blickten düster. »Denken Sie, ich hätte das gewußt?«

»Sie ist nicht nur ein verstörtes junges Mädchen«, fuhr ich fort. »Dieses Kind versucht, sich umzubringen. Wenn Sie mich fragen, ist sie auf dem besten Weg zum Erfolg.«
Betty verschränkte ihre Arme und schob ihr Kinn vor. »Niemand hat Sie danach gefragt, Mister Denton. Sie waren dazu engagiert, sie zu finden, und das haben Sie getan. Schicken Sie mir die Rechnung. Ich danke Ihnen. Gute Nacht.«
Ich deutete mit dem Kopf Richtung Flur. »Wo sind Ihre Eltern?«
»Meine Mutter ist im Bett«, sagte sie. »Ich werde sie um diese Zeit nicht mehr stören.«
»Und Ihr Vater?«
»Mein Vater ist momentan nicht zu Hause.«
»Ich dachte, Sie sagten, er sei ...«
»Das geht Sie nichts an, Mister Denton«, schnauzte sie.
»Sie sollten davon wissen«, bohrte ich weiter. »War das Ihre Mutter, die aus der Tür am Ende des Flurs geblinzelt hat?«
Ihre Stirn krauste sich vor Zorn. »Ich sage es noch einmal: Das geht Sie nichts an, Mister Denton. Ich bitte Sie zu gehen. Sofort.«
Ich seufzte. »Gut, Sie haben gewonnen. Aber einen letzten Rat gebe ich Ihnen: Besorgen Sie ihr einen Psychiater und gleich einen Therapieplatz mit. Und wenn Sie schon mal dabei sind, besorgen Sie ihr einen Anwalt. Solange wir nichts von einem Schutzengel wissen, wird sie einen brauchen.«
Ich drehte mich zu Corey um. »Los, machen wir, daß wir hier rauskommen.«
Als wir auf den Flur hinaustraten, wurde die Tür am anderen Ende mit einem dumpfen Schlag, Holz auf Holz, zugeknallt.
Wenig später waren Corey und ich zur Haustür hinausgeeilt. Corey sprang die wenigen Stufen zum Auto hinunter, ängstlich darauf erpicht, soweit wie möglich von den Jamesons

wegzukommen. Seitlich des Hauses sah ich die schwarzen Umrisse einer langen Limousine.
»Steig ein und starte den Motor«, drängte ich. »Dann fahr die Einfahrt hinunter und laß mich dort einsteigen.« Corey blickte mich fragend an und tat, was ich gesagt hatte. Ich aber hastete den Gehweg hinter, der die Auffahrt säumte, um die Ecke des Säulengangs herum und hinüber zum Auto. Verdeckt vom Laub einer großen Magnolie, erreichte ich die Limousine und legte meine Handfläche auf die Motorhaube.
Sie war noch warm.

Als sich die Tore hinter uns schlossen, die das Heim der Jamesons schützten, fragte ich mich, wie weit wir noch gehen mußten, bis man uns drankriegte. Wie viele Gesetze hatten wir in jener Nacht gebrochen? Ich bin kein Rechtsanwalt, aber wir könnten die Aufzählung anfangen mit Verfälschung von Beweismaterial, Verlassen eines kriminellen Schauplatzes und Behinderung der Justiz. Ich wußte nicht, wieviel Schwierigkeiten das einem einbringen könnte – möglicherweise aber mehr, als mir lieb sein würde.
»Was für eine Nacht«, murmelte Corey neben mir. Sie war auf den Nebensitz gekrabbelt, als ich eingestiegen war, lehnte sich zurück und rieb sich die Augen. Ich bog auf die Harding Road Richtung Innenstadt ab, wobei ich jetzt besonders aufpaßte, die vorgeschriebene Geschwindigkeit einzuhalten.
»Es tut mir einerseits leid, daß du dorthin mitgekommen bist«, sagte ich. »Andererseits bin ich froh darum.«
Sie hörte auf, sich das Gesicht zu reiben. »Danke. Ich glaube, ich bin kaputt. Wie spät ist es?«
Ich blickte auf meine Uhr. »Gerade halb zwei vorbei.«
Sie starrte geradeaus, als wir an einer Ampel vorbeifuhren.

Das Innere des Autos wurde für einige Sekunden vom Ampelgrün, dann wieder vom Straßenlicht erleuchtet.

»Das ist die erste Leiche, die ich gesehen habe«, sagte sie.

»Ich weiß, das ist hart, aber versuche, nicht daran zu denken.«

»Eine komische Sache, Harry. Er sah irgendwie nicht mehr echt aus.«

»Er war es auch nicht mehr.«

Sie legte ihre Arme um ihre Schultern, umarmte sich quasi selbst.

»Ist dir kalt?« fragte ich. »Ich kann die Heizung andrehen.«

»Nein«, antwortete sie nach einer kurzen Pause. »Aber ich sterbe vor Hunger.«

Ich mußte lachen. »Ich habe gerade an das gleiche gedacht. Meine einzige Nahrung seit dem Mittagessen waren ein Haufen Fünf-Dollar-Colas im Club Exotique.«

»Was hat um diese Zeit noch geöffnet?«

»Verdammt wenig.« Wir näherten uns einer blinkenden Ampel an der White Bridge Road. Nach elf Uhr abends werden viele Ampeln in Nashville auf rot- oder gelbblinkende Lichter umgestellt, dem letzten Rest einer Kleinstadtmentalität. Das bedeutet, das städtische Verkehrskontrollsystem wird genau dann ausgeschaltet, wenn die Betrunkenen versuchen, ihren Weg nach Hause zu finden.

»Es gibt ein Waffelhaus an der I-40. Wie wär's mit Frühstück?«

Sie grinste. »Das machen wir.«

Ich bog schnell nach links auf die White Bridge Road ab, fuhr an den Einkaufszentren und dem Campus der Technischen Universität vorbei und kämpfte mich durch den zu dieser nächtlichen Zeit noch dichten Verkehr in der Charlotte Avenue. Endlich standen wir auf dem Parkplatz des Waffelhauses, das zwischen einem Motel und der Auffahrt

zur I-40 geklemmt war, der mit Pickups und Benzinfressern ziemlich gefüllt war. Durch die Fenster dröhnte die Melodie von »Free Bird« von Lynyrd Skynyrd.
»O Mann, hier geht heute aber die Post ab«, sagte ich, als ich die Wagentür öffnete und ausstieg.
Corey blieb zögernd beim Auto stehen. »Ich weiß nicht, Harry. Ein paar dieser Typen sehen ziemlich grob aus.«
Ich lehnte mich gegen den Wagen und stützte mich mit einem Ellenbogen auf dem Dach ab. »Corey, du hast den Abend bisher damit zugebracht, jemanden auf einem dunklen Parkplatz zu beschatten, hast den Schauplatz eines Mordes verlassen und den Bullen einen wichtigen Zeugen direkt vor der Nase weggeschnappt«, konterte ich. »Und du machst dir jetzt Sorgen wegen einer Kaschemme, in der gierig schmatzendes Fernfahrergesindel hockt?«
Sie stemmte ihre Hände in die Hüften. »Manchmal bist du ein richtiger Klugscheißer.«
»Ich würde das eher als sardonischen Witz bezeichnen.« Ich marschierte Richtung Eingang.
»Was für einen Witz?« fragte sie.
»Ist doch wurscht.«

Die Kellnerin des Waffelhauses warf mir ein Zahnlückenlächeln zu, als sie einen Teller vor mir hinstellte, der so voll war, daß er für einen Holzfäller gereicht hätte. Mit einer an Verzweiflung grenzenden Leidenschaft widmete ich mich den Spiegeleiern mit Speck und Toast, von dem die Margarine tropfte. Ich hatte erst die Hälfte verdrückt, als ich sah, wie Corey in ihrer Waffel herumstocherte.
»Was ist los?« fragte ich. »Du sagtest, du würdest vor Hunger sterben.«
»Ich sehe immer diesen Mann in der Badewanne vor mir«, erklärte sie nach einem Moment.

Ich ließ die Gabel neben meinem Teller auf den Tisch fallen. »Na ja, jetzt hast du meinem Appetit wenigstens den Rest gegeben.«
»Das tut mir leid, Harry, wirklich. Aber ich habe Angst. Wie groß sind die Schwierigkeiten, in denen wir stecken?«
»Du steckst in jedem Fall in keinen. Wenn der Mist losgeht, nehme ich alles auf mich.«
»Oh«, sagte sie, »als ob du den Mist kontrollieren könntest.«
»Mach dir keine Sorgen. Wir haben Red Dog Turner nicht ermordet. Alles, was wir getan haben, war, ein krankes, kleines Mädchen – und welches Mädchen wäre nicht krank, das krankhaft diesem Kerl nachläuft – von einem sehr üblen Ort wegzuholen.«
»Was ist, wenn die Person, die ihn ermordet hat, nach uns sucht?« Ihre Augen weiteten sich und füllten sich mit Tränen.
»Warum sollte er das tun? Wir haben ihn nicht gesehen. Er hat uns nicht gesehen.«
»Bist du dir sicher?«
»Ich verstehe bloß nicht, warum nicht auch Stacey tot ist.«
»Wie schrecklich, so etwas zu sagen«, sagte sie.
»Das macht nämlich keinen Sinn. Sagen wir, es war ein Mord unter Drogen oder ein Auftragsmord, was auch immer. Warum dann einen Zeugen am Leben lassen? Und falls es kein Mord war, was war es dann? Warum wurde Red Dog getötet?«
»Ich weiß es nicht«, antwortete sie. »Und ich will es nicht wissen. Das war die schlimmste Nacht meines Lebens.«
»Sie war hart. Aber du wirst dich besser fühlen, wenn du erst einmal richtig geschlafen hast. Soll ich dich nach Hause bringen?«
»Nein, ich glaube nicht. Ich glaube, ich möchte nicht, daß du weißt, wo ich wohne. Ich rufe ein Taxi.«

Ich starrte sie einen Augenblick lang an. »Gut, vielleicht hast du recht. Es mag für uns beide besser sein, wenn wir vergessen, daß es diese Nacht überhaupt gegeben hat.«
Sie nickte und sah dann auf ihren Teller hinunter.
»He«, sagte ich. »Aber irgendwie geil war die Nacht trotzdem, oder?«

Ich hatte erwartet, daß die Realität wieder zuschlagen würde, aber ich ahnte nicht, daß der Schlag so hart kommen würde. Von dem Moment an, als sich Corey ins blau-weiße Taxi setzte, fühlte ich, wie mich die Wirklichkeit einholte. Ich bog auf die I-40, fuhr weiter auf der I-265 nach Norden und nahm die Abfahrt an der Trinity Lane. In jeder anderen Nacht hätte ich die ruhige Heimfahrt genossen, in dieser nicht. Selbst das Rumoren des Motors war nicht genug, um die Dämonen fernzuhalten. Ich drehte das Radio an, wechselte von einem Sender zum anderen und ließ immer nur kurz einen drin, um dem Klang von Stimmen zu lauschen. Aber es nützte nichts. Ich hatte drei Stockwerke über mir durch einen Vorhang gesehen, wie ein Mann seinen Arm gehoben und einem anderen Mann kaltblütig in die Kehle und die Brust geschossen hatte. Red Dog Turner hatte für mich nicht sehr viel Menschliches, aber irgendwo muß ihn irgend jemand geliebt haben. Fragen Sie mich nicht, warum.
Ich sah ihn immer wieder in der Wanne liegen, noch warm, nackt und wie zur Schau gestellt, nun jedoch unverwundbar aufgrund des Todes.
Vielleicht liebte Stacey Jameson ihn. Vielleicht wird es, wenn sie wieder zu sich kommt – wann immer das sein mag – und sich an den grausamen Tod des Mannes erinnert, mit dem sie in der Nacht zuvor noch Liebe gemacht hatte, ihr bereits angeschlagenes Herz für immer brechen.

Und Fragen, so viele Fragen. Wer ermordete Red Dog Turner und warum? Warum ließ der Mörder Stacey Jameson am Leben? Warum schoß er mir nicht in den Kopf, anstatt die Treppe hinunter- und fortzurennen? Wenn es ein von einem Berufskiller durchgeführter Auftragsmord war, warum hat er Zeugen zurückgelassen?

Es war fast drei Uhr morgens, als ich nach Hause kam. Ich stieg die Treppe zu meiner Wohnung hinauf und schloß mich ein, so schnell ich konnte. Ich zog meine Sachen aus, warf sie auf einen Haufen, ging unter die Dusche und scheuerte jeden Zentimeter meines Körpers, bis er fast blutete. Ich wollte alle Spuren jener Wohnung, von Stacey Jameson, vom Club Exotique und von dieser ganzen verdammten, blutigen Nacht von mir waschen.

Endlich im Bett knipste ich erschöpft bis zum Umfallen das Licht aus, bettelte um Schlaf und erhielt doch keinen. Ich bekämpfte mein Verlangen, Marsha anzurufen, sie aufzuwecken und anzuflehen, mich in ihrem Bett an sie kuscheln zu dürfen. Ich starrte in der Dunkelheit die Decke an, wobei mich nur die Schatten, die wegen der Laternen am Straßenrand vor Mrs. Hawkins Haus entstanden, vor der absoluten Schwärze bewahrten.

Sollte ich einen Rechtsanwalt einschalten? Sollte ich auf alles vorbereitet sein, falls die Polizei kommt? Wenn alles seinen Lauf nahm, wie schlimm würde es kommen?

Ich hatte in den vergangenen Jahren manche verrückte Scheiße fabriziert. Mein Leben hatte eine komische Richtung genommen. Aber es war nichts im Vergleich damit, daß ich ein unter Drogen stehendes, nacktes, krankes siebzehnjähriges Mädchen vom Schauplatz eines Mordes weggeschafft und sie der Polizei vor der Nase weggeschnappt hatte.

Ich wälzte mich nervös herum, meine Gedanken drehten

sich im Kreis, bis es schien, als käme mein Inneres nie mehr zur Ruhe. Aber dann, als die Sonne aufging und durch die dünnen Vorhänge vor meinen Fenstern gefiltert wurde, was ihre Farbe und Leuchtkraft veränderte, kam mir ein Gedanke, der mir wenigstens das bißchen Trost spendete, das sich überhaupt aus den letzten vierundzwanzig Stunden ableiten ließ.

Ich war gebeten worden, einen Auftrag zu übernehmen, und das hatte ich getan.

Und jetzt war er erledigt.

KAPITEL 8

Nein, dachte ich, das kann nicht sein. Aber da stand es, in hintergrundbeleuchteten digitalen Zahlen: ein Uhr dreißig. Die Uhr sagt das nur zweimal in vierundzwanzig Stunden, und da heller Sonnenschein in meine Wohnung drang, zählte ich zwei und zwei zusammen und kam drauf, daß es Nachmittag war. Donnerstag nachmittag, wenn meine Erinnerung mich nicht täuschte.

Ich hatte seit meiner College-Zeit, wenn ich mich von einer durchzechten Nacht erholen mußte, nicht mehr so lange geschlafen.

Alles in mir tat weh. Da ist dieser Muskel in der Schulter, ungefähr hinter dem Schlüsselbein, aber mehr zum Rücken hin. Wenn ich verspannt bin, dann sitzt es meistens da, auf beiden Seiten vom Nacken. Als ich mich umdrehte und aus dem Bett stieg, meine Füße auf den Boden stellte und versuchte aufzustehen, tat mir dieser Teil meines Körpers dermaßen weh, daß ich einfach wieder nach hinten kippte. Mein Kopf dröhnte wie bei einem Kater von der Stärke zehn auf der Richter-Skala, nur daß ich nichts getrunken hatte. Mein Rücken tat mir weh. Mein Magen drehte sich.

Wer hat mich vergiftet? Dann kam die Erinnerung. Und ich sah Red Dog Turner und Stacey Jameson wieder.

Ich wachte mit dem Gedanken an Corey auf, fragte mich, ob sie gut nach Hause gekommen war, erinnerte mich, wie sie sich gefühlt hatte, als sie in meine Arme gesprungen war, nachdem wir Red Dog Turner gefunden hatten. Wir hatten viel miteinander durchgemacht. Wenn es einen Gott im Himmel gibt, werde ich sie nie wiedersehen.

Ich war mir nicht sicher, was ich davon halten sollte. Ich

könnte es so einrichten, sie nie wiederzusehen, aber es würde schwer sein, nicht an sie zu denken.
Ich tat eine Handvoll Kaffeepulver in die Kaffeemaschine, dann sprang ich noch einmal unter die Dusche. Ich hatte in der Nacht versucht, alles von mir zu waschen, aber nun stand ich wieder hier. Vielleicht ließ sich das, was ich hatte, gar nicht abwaschen.
Ich rasierte mich, schrubbte meine Zähne, bis das Zahnfleisch weh tat, bearbeitete meine Haare mit einem Kamm, zog meinen Bademantel an und schüttete ein paar Tassen heißen, starken Kaffee hinunter. Ich war nun fast wach und fing an, wieder lockerer zu werden.
Dieser Tag würde eine Verschwendung werden. Ich wollte in mein Büro gehen, die Rechnung für die Jamesons schreiben, dann den Rest freimachen. Heute hatte ich zum ersten Mal das Gefühl, für einen Auftrag nicht genug bezahlt zu bekommen. So reich Betty Jameson auch sein mochte, so hatte sie nicht genug Geld, um mich für die vergangene Nacht zu bezahlen.
Gegen halb drei wurde ich neugierig darauf, was die Zeitungen über Red Dogs Tod zu schreiben hatten. Ich bezweifelte, daß schon die Morgenzeitung über den Mord berichtete, aber die frühe Ausgabe der Nachmittagszeitung sollte schon etwas darüber bringen.
Ich schlüpfte in meine Jeans und ein lockeres T-Shirt, zog die Tür hinter mir zu und marschierte lässig die Treppen hinunter. Als ich aufgewacht war und das schläfrig-schwere Gewicht abgeschüttelt hatte, das nach einer völlig verhunzten Nacht auf einem lastet, wurde die letzte Nacht etwas unwirklicher. Ich dachte wieder an die bewußtlose Stacey Jameson auf dem ekligen Wasserbett, an Red Dog Turner, der quer über der Badewanne lag, und an Coreys Gesichtsausdruck, als sie ihn gesehen hatte. Die Bilder waren beim

zweiten Mal weniger scharf, weniger lebendig; mit der Zeit würden die Umrisse so verblassen und kaum mehr wahrnehmbar sein.

Das war eine Zeit, auf die ich mich freute.

Mrs. Hawkins war nirgends zu sehen. Sie verbrachte ihre Nachmittage normalerweise mit Gartenarbeit, wenn das Wetter angenehm war, oder, wenn dies nicht der Fall war, beschäftigte sich im Haus auf die eine oder andere sichtbare Weise. Sie machte Obst und Gemüse ein, kochte und backte weit mehr, als sie je essen konnte, oder putzte und wienerte ihr kleines Haus, bis es glänzte.

In letzter Zeit allerdings war von ihrem Haus immer mehr Ruhe ausgegangen. Immer öfter hatte ich ihren Schatten im Wohnzimmer gesehen, wenn sie vor dem flackernden Licht des Fernsehers saß, den sie kaum verstehen konnte. Ihr Gehör war, wie sie mir einmal erzählt hatte, mit Ende Fünfzig immer schlechter geworden. Nach und nach war der Teil der Welt, den sie hören konnte, zu einem kleinen Fleck geschrumpft, aber es schien sie nie eingeschränkt zu haben. Jetzt ließen Alter und Gebrechlichkeit ihre Welt immer kleiner werden. Als bei mir mit Ende Dreißig fast gleichzeitig Ehe und berufliche Laufbahn zusammengebrochen waren, hatte sie mich aufgenommen und mir geholfen, nachdem ich auf ihre anonyme private Anzeige geantwortet hatte. Ich hatte sie nie zuvor gesehen, hatte keine Arbeit, mußte neu anfangen, aber sie hatte etwas in mir wahrgenommen, das sie zu dem Glauben führte, daß ich sie nicht mißbrauchen oder ausnutzen würde. Ich hatte das respektiert, und obwohl ich mir mittlerweile eine bessere Wohnung leisten könnte, blieb ich lieber in ihrer Dachgeschoßwohnung, weil die Frau mir es so einfach machte.

Sie war Witwe und hatte keine Kinder. Die meisten ihrer

Freunde und Altersgenossen hatten sich auf den langen, langsamen und unerbittlichen Weg gemacht, der euphemistisch mit »goldene Jahre« bezeichnet wird, obwohl ich in meinem Alter verdammt wenig daran als golden erkennen konnte. Ich stellte mir vor, daß der Tag kommen wird, an dem sie mich mehr brauchen wird als ich sie. Ich wußte nicht, was ich davon halten sollte.

Mrs. Lee war mit dem ungewöhnlich späten Ansturm zu beschäftigt, um viel Zeit mit mir zu verbringen. Sie stellte mir die Sachen aufs Tablett und schickte mich meines Weges, was ganz gut so war. Ich war immer noch zu matt von der vergangenen Nacht, als daß ich anderen viel zu sagen gehabt hätte.

Da stand es, im Lokalteil auf der unteren Hälfte der Seite. Es war ein kurzer Artikel in zwei Spalten und mit Rahmen, ohne Bild und ohne Seitenwechsel. Red Dogs richtiger Name, so stellte sich heraus, war William Ray Turner, und er war fünfundzwanzig Jahre alt gewesen. Der Tod sei auf mehrere Schußwunden zurückzuführen. Die Polizei sei zu seiner Wohnung gerufen worden, nachdem Nachbarn Schreie und ein Handgemenge gehört hatten. Es habe keine Augenzeugen gegeben, aber ein Sprecher der Polizei berichtete, daß Aussagen und Beweise darauf hindeuteten, daß mehrere andere Personen während oder um die Zeit des Mordes anwesend gewesen seien. Die Polizei suche nach einer unbekannten Augenzeugin, einem jungen Mädchen, das angeblich mit Turner zusammengelebt habe. Jeder, der mit Informationen zur Festnahme und Verurteilung der Täter beitragen könne, solle sich an die anonyme Nummer der Verbrechensbekämpfung wenden und habe Anspruch auf eine Belohnung.

Turner, so ging der Artikel weiter, könne eine lange Latte

von Haftstrafen und Verurteilungen vorweisen. In seinem kurzen und unauffälligen Leben sei er eingesperrt worden für Drogenbesitz, Drogenbesitz mit Absicht der Veräußerung, Verschleppung von Beweismitteln, Waffenbesitz mit dem Vorsatz, bewaffnet umherzulaufen, mittelschwere Körperverletzung und Unterstützung von Prostitution. Er war, kurz gesagt, genau das, was er auch gewesen zu sein schien: ein kleines, mieses Schwein.

Ich las den Artikel noch zweimal. Erstaunlicherweise standen weder mein Name noch der von Stacey Jameson dort. Ich dachte, wenn diesem Mord so wenig Platz in der Zeitung gewidmet wird, ist er für niemanden besonders wichtig. William Ray Red Dog Turner hatte dafür nicht genug zu bieten.

Ich stieß einen Seufzer der Erleichterung aus, der bis in meine Socken widerhallte. Hatten wir die Sache möglicherweise überstanden?

Ich steckte fünfundzwanzig Cent in das Münztelefon von Mrs. Lee und wählte die Nummer des Leichenschauhauses. Kay Delacorte, seit zwei Jahrzehnten die personifizierte Verwaltungszentrale des Leichenschauhauses, antwortete nach dem zweiten Klingeln.

»Simpkins Center«, sagte sie. Eigentlich ist »schreien« ein besseres Wort dafür. Kay hatte eine – diplomatisch gesprochen – durchdringende Stimme.

»Hallo«, antwortete ich.

Ein gackernder, scharfer, fast bellender Laut war zu hören. »Hey, hallo, Sam Spade ...«

Ich haßte es, wenn sie mich Sam Spade nannte, aber die Freude ihrerseits wäre viel zu groß, wenn ich sie es hätte wissen lassen.

»Hör mal, Süße«, versuchte ich in meiner weit und breit als

schrecklich bekannten Bogart-Imitation, »ich suche den Doc …«

Sie brach wieder in Lachen aus. »Hör auf, sie ist in ihrem Büro. Sie steckt bis zum Träger ihres BHs in ihrer Schreibarbeit.«

»Danke, Kay, daß du mir das sagst …« Aber sie hatte mich bereits auf die Warteschleife gesetzt. Einige Sekunden später nahm Marsha den Hörer ab.

»Doktor Helms«, meldete sie sich mit dienstlich klingender Stimme.

»Hier ist Doktor Kevorkian«, antwortete ich. »Habt ihr Leute da unten eine freie Stelle?«

»O Gott, Harry.« Sie unterdrückte ein Kichern. »Sie hat mir nicht gesagt, daß du es bist.«

»Das tut sie nie. Wie geht's dir?«

»Ich denke gut. Bin heute zugeschüttet mit Papierkram.«

»Bis zu den Trägern deines BHs, wie ich höre.«

»Hat sie das gesagt?«

»Jau.«

»Gütiger Himmel!« Marsha stöhnte. »Wenn ein Mann so etwas sagen würde, würde ich ihn verklagen.«

»Ich vermisse dich«, sagte ich. »Kann ich dich heute abend sehen?«

Sie machte eine lange Pause, bevor sie antwortete. »Ich vermisse dich auch. Klar, ich meine, nun … Es tut mir leid wegen gestern abend.«

»Mir auch«, sagte ich. »Das ist irgendwie eine harte Zeit, oder?«

»Ja, was passiert mit uns?«

»Das wüßte ich selber gern«, erwiderte ich. »Es scheint, als würden wir uns in letzter Zeit mißverstehen. Ist es die Arbeit? Haben wir zuviel Streß?«

»Wir haben nicht mehr Streß als sonst«, kommentierte sie.

»Vielleicht ist das ja das Problem.«
»Ja, vielleicht.« Dann entstand einer dieser langen Momente peinlicher Stille.
»Also«, fing ich an und räusperte mich. »Warum essen wir nicht zusammen zu Abend und reden vielleicht darüber. Arbeitest du lange heute abend?«
»Bis sieben ungefähr«, antwortete sie. »Und du?«
»Nein«, sagte ich und fühlte mich plötzlich unwohl dabei, über meine Arbeit zu reden, wo möglicherweise ein Teil meiner Arbeit der letzten Nacht auf einem Stahltisch im Autopsielabor auf sie wartete.
»Der Tag heute ist für die Katz«, fuhr ich fort. »Es war schon drei Uhr heute morgen, als ich nach Hause kam.«
»O Mann!« sagte sie ruhig. »Du scheinst heute nacht in den Striptease-Bars stark in Anspruch genommen worden zu sein.«
»Wichtig ist, daß es vorbei ist. Ich habe das Mädchen gefunden. Sieh mal, ich werde dir abends alles erzählen, ja? Jedenfalls das, was ich erzählen kann.«
»Oh, gibt's da was zu verheimlichen?«
War sie am Rumblödeln oder fragte sie im Ernst?
»Vertrauliche Informationen über meinen Klienten«, antwortete ich. »Du erinnerst dich?«
»Ah ja, deshalb.«
Ich spürte, wie der Ärger mir in die Kehle stieg. Entweder war es das, oder das setschuanische Hühnchen arbeitete sich langsam vor. Egal, was es war, ich schluckte es wieder hinunter.
»Marsh, laß uns heute abend darüber reden. Ich werde Wein und etwas zum Essen besorgen und, sagen wir, um halb acht bei dir sein. Einverstanden?«
»Gut«, stimmte sie zu. »Ich werde dasein.«
»Ich hoffe, du hast einen angenehmen Tag vor dir.«

»Das hoffe ich für dich auch, Harry. Bis heute abend.«
Ich legte mit dem Gefühl auf, daß zwischen uns eine unausgesprochene, aber heftige Spannung herrschte, so als würden dunkle, in der Ferne aufziehende Wolken immer größer und ihre Umrisse immer deutlicher werden. Der Luftdruck veränderte sich, und plötzlich und unangenehmerweise war ich zum ersten Mal in unserer gemeinsamen Zeit nervös.
Meine Fähigkeiten, solche Dinge zu kapieren, waren nicht besser als die der meisten Männer, was bedeutet, daß sie überhaupt nicht vorhanden waren. Meine Reaktion auf Sturmwarnungen war also die gleiche wie die der meisten Männer: Ich wollte das Unwetter bei herabgelassenem Anker heil überstehen und das Beste hoffen.
Ich stieg in meinen Wagen und fuhr auf die Gallatin Road zurück. Der Sturm, den ich hinsichtlich meines Liebeslebens befürchtete, nahm auch in der Wirklichkeit Gestalt an, da sich von Norden her eine violett-schwarze Wolkenwand direkt auf mich zuzubewegen schien. Ich übergab mich dem Verkehr und fuhr auf der Gallatin Road in Richtung Inglewood auf die Gewitterwand zu, entlang der Puffs, Autowerkstätten, Imbißbuden, Stripper-Lokale und Leichenhallen. Auf einer Seitenstraße von Inglewood lebte zeitweise einer meiner engsten und seltsamsten Freunde in einem klapprigen, alten Wohnwagen hinter dem zweieinhalb Meter hohen, stabilen Maschendrahtzaun eines städtischen Schrottplatzes.
Ich sage, er lebte dort zeitweise, weil er manchmal dort und manchmal woanders schlief. Allerdings wußte niemand, wo. Am alten Inglewood Theatre bog ich nach links auf die Seitenstraße, die sich in einem Dreiviertelkreis hinter dem alten Kino herumwand und die Gallatin Road mit der Ben Allen Road verband. Abgesehen von Lonnies Schrottplatz

säumten nur zwei Schlackensteingebäude die Straße. Eins war eine Werkstatt, von der ich heimlich vermutete, daß sich dort ein Schlägerverein versteckte; das andere war der Hauptsitz der Death Rangers, der Hell's-Angels-Version von East Nashville.

Ich hielt vor dem Zaun an, stieg aus, schloß den Mustang ab und pfiff nach Shadow, Lonnies Schäferhündin und Königin des Schrottplatzes.

Keine Antwort. Ich pfiff noch einmal, rüttelte am Maschendrahtzaun und am Tor. Ich könnte einfach den Riegel hochmachen und hineingehen, aber man riskierte, daß einem der Arm abgerissen wurde, wenn Shadow keinen Besuch erwartete. Aber wo steckte sie denn?

Ich versuchte es noch einmal, löste schließlich den Riegel am Tor und schob es auf, gefaßt darauf, wieder hinauszuspringen, falls ich das Donnern schwerer Pfoten auf der harten, gebrannten Erde von Tennessee hören sollte.

So weit, so gut. Ich marschierte langsam über den Platz zwischen den Autokarosserien, Maschinenblöcken, Haufen rostender Teile, leeren Zweihundert-Liter-Öltanks und schmierigen Pfützen hindurch zur Tür des Wohnwagens und klopfte einmal laut gegen das Metall. Hinter meiner rechten Schulter türmten sich die dicken Wolken. Ich sah hinauf; die häßlichste dieser Wolken fing bereits zu kochen und zu gerinnen an.

Ich pochte noch einmal und hörte von drinnen das tiefe Dröhnen von Shadows Bellen, gefolgt von Schritten. Eine Sekunde später öffnete sich quietschend die rostige, grüne Tür, und da stand Lonnie, barfuß, mit weißem T-Shirt und ausgebleichten Jeans. Er hatte sich ein oder zwei Tage nicht rasiert, und aus seinem schmalen Gesicht standen die Kieferknochen heraus.

»Hey, Kumpel«, rief er, »komm rein.«

Ich folgte ihm ins Innere und schloß die Tür hinter mir. Shadow lag ausgestreckt auf dem Sofa, mit ihrem schweren Kopf direkt an der Kante. Ich ging zu ihr hinüber und beugte mich hinab.

»Wie geht's ihr?« fragte ich.

»Der Tierarzt sagt, die Hüfte macht's nicht mehr lange.« Wie viele Schäferhunde litt auch Shadow unter einer vererbten Fehlentwicklung der Hüfte. Im vergangenen Jahr war es immer schlimmer geworden, nun konnte sie kaum mehr laufen.

»Gibt's nichts, was man dagegen tun kann?« fragte ich und streichelte ihre Ohren. Ihr Schwanz schlug auf dem Vinylsofa auf und ab wie ein Trommelstock, und ihre Augen schienen für einen Moment wieder lebendig zu werden.

»Der Tierarzt sagt, ich soll's ihr bequem machen. Das ist alles.«

»Ich hab' ihr kein Hühnchen mitgebracht, wie du gesagt hast.«

»Prima. Sie kriegt eine Spezialdiät. Die haßt sie natürlich.« Ich vergrub mein Gesicht in ihrem Fell. Ihr heißer und beißender Atem wehte mir streng entgegen, als wir uns aneinanderrieben. Ich konnte nicht verstehen, daß er es noch länger so laufen ließ, aber sie hatte offenbar keine Schmerzen. Ich entschied mich dafür, das Thema nicht anzusprechen.

»Da draußen braut sich ein ganz schöner Sturm zusammen«, sagte ich, als ich wieder aufstand.

»Ja, komm her. Ich bin im Büro.«

Lonnie hatte eines der hinteren Schlafzimmer des Wohnwagens in ein Büro verwandelt, das rundherum und von oben bis unten mit Radios, Computern, elektronischen Geräten und Regalen mit Büchern vollgestopft war, die man sonst nirgends finden konnte. Einmal hatte ich einige davon kurz durchgeblättert: Band eins und zwei von *James Bond in Kleinformat* und drei Bändchen mit dem Titel *Selbstgebastelte Übungsbomben.* Ich hoffte ernsthaft, daß die Polizei nicht irgendwann mit einem Durchsuchungsbefehl vor Lonnies Wohnwagen stehen würde.

Ich folgte ihm durch den engen, vollgestopften Gang zum hinteren Schlafzimmer. In den überfüllten Raum hatte er einen kleinen Schreibtisch und einen Stuhl hineingezwängt.

»Ich hab' seit letzter Woche einen Web-Zugang«, erzählte er. »Ich bin schon viel rumgesurft.«

Ich sah zum Computer, wo der Bildschirm voll mit für mich nichtssagenden, aber beeindruckenden Graphiken und Text im dämmrigen Licht des Zimmers flimmerte.

»Das ist sehr interessant«, bestätigte ich. »Wovon redest du?«

»World Wide Web«, antwortete er. »Die geilste Sache im Internet.«

»Ich hab' schon davon gehört. Das, was ich in der Zeitung darüber gelesen habe. Aber das ist auch schon alles.«

»Damit kann man sich leichter im Internet bewegen«, erklärte er. »Jetzt muß man sich nicht mehr die ganzen Befehle und das Zeug merken. Man geht nur mit der Maus drauf und klickt, alles ist über Hyperlinks miteinander verbunden.«

»Kannst du nicht normal mit mir reden?«

»Das sind Querverweise. Sieh mal«, forderte er mich auf und zeigte auf den Bildschirm. »Siehst du das unterlegte Wort?«

»Ja.«

»Das ist ein Schlüsselwort, das dich im Web woanders hinführt. Du bist gerade auf einer Seite, sagen wir, über die Regierung. Sogar die Bundespolizei hat eine Web-Seite. Viele Regierungsbehörden haben ihre eigenen Web-Seiten. Jetzt bist du also auf der Web-Seite vom FBI, und da wird auf eine Bestimmung des Justizministeriums hingewiesen. Du klickst zweimal auf das Schlüsselwort und wechselst auf die Web-Seite vom Justizministerium. Total abgefahren, was?«

»Ja, aber sollten wir nicht lieber, na ja, ich weiß nicht, für unseren Lebensunterhalt sorgen oder mit unseren Kindern spielen oder so was?«

Er drehte sich zu mir um. »Wir haben keine Kinder.«

»Das weiß ich. Aber ist das nicht einfach das gleiche wie Kabelfernsehen?«

»Ich betrachte das als Werkzeug«, entgegnete er. »Und es gibt einen Haufen seltsamer Scheiße dabei. Nicht alles ist eine Lehrstunde für Staatsbürgerkunde, zumindest nicht das, was der Regierung gefällt.«

Ich blickte ihn fragend an. »Gut«, sagte ich. »Ich vermute, daß dir wieder was aufgestoßen ist.«

Er mußte grinsen. »Schau her.«

Er drehte sich zum Bildschirm, und mit Hilfe der Maus setzte er den Cursor fast am oberen Rand des Bildschirms in eine leere Zeile. Anschließend tippte er eine Reihe von Buchstaben, Schrägstrichen und Zahlen ein und drückte auf die Eingabetaste.

Lichter flackerten auf der Menüzeile oben auf dem Bildschirm, dann wurde er kurz schwarz. Das Bild, das anschließend aufgebaut wurde, zeigte eine große Bundesflagge, vor der eine Figur mit Kapuze und zum Nazigruß erhobenem Arm stand.

WILLKOMMEN BEI DEN ERHABENEN RITTERN DES KU KLUX KLANS, stand da und weiter: ZUR WIEDERERLANGUNG UNSERES ARISCHEN ERBES!

»Ich werd' verrückt«, flüsterte ich über Lonnies Schulter.

»Ja, ganz schöne Scheiße, das hier.«

»Ich dachte, der Klan sei tot«, sagte ich. »Wann hast du das letztemal einen von denen gesehen?«

»Sie sind tot, außer hier im Cyber-Space, wo irgendein Typ eine Web-Seite wie diese einrichten und sie von zehntausend Menschen lesen lassen kann.«

»Die ultimative Rednertribüne«, kommentierte ich.

»He, Mann, das ist die totale Anarchie. Niemand kann das kontrollieren. Noch nicht einmal Onkel Sam.«

»Das ist entweder gut oder schlecht, und ich weiß nicht, was von beidem zutrifft.«

»Sieh dir das mal an«, forderte Lonnie mich auf und tippte wieder etwas ein. Erneut war der Bildschirm für längere Zeit leer, bevor wieder etwas erschien. Anstatt eines Ku-Klux-Klan-Mitglieds in voller Montur wurde uns diesmal eine extrem graphische Graphik einer jungen, schlanken, nackten Kaukasierin gezeigt, die von einem muskulösen Afroamerikaner von erstaunlichen Proportionen »bedient« wurde – um es euphemistisch auszudrücken.

»Warum überrascht mich das nicht?« fragte ich.

»Kein Wunder«, antwortete Lonnie. »Politischer Extremismus und Pornographie: zwei der fünf wichtigsten Möglichkeiten zur Nahrungsbeschaffung.«

»Ich frage nicht gern nach den anderen drei«, sagte ich. »Da wir gerade von Sex reden: Meine letzten Tage waren ziemlich interessant.«

Das motivierte ihn, mir sein Gesicht zuzuwenden. »Gut, ich höre.«

»Was weißt du über das Sexgeschäft?«

»Ich bin kein Stammgast, wenn du das meinst.«

»Eigentlich nicht. Nennen wir es einfach berufliche Neugier. Wer betreibt diese Clubs, Pornoläden, privaten Tanzlokale und so weiter? Ist das organisiertes Verbrechen oder nur ein weiterer Beweis für den beständigen unternehmerischen Geist?«

Er dachte einen Moment nach. »Ich weiß es nicht, aber es

dürfte nicht so schwer sein, das herauszufinden. Warum bist du so plötzlich an dem Sexgeschäft interessiert?«

Ich lehnte mich gegen die Wand und verschränkte meine Arme. »Ich hatte eine Klientin, deren kleine Schwester ausgerissen war. Meine Klientin dachte, das Mädchen hätte vielleicht in einer dieser Showbars gearbeitet.«

»Sie hat dich bezahlt, um die Schwester zu schnappen, he?«

»So ähnlich.«

»Und? Glück gehabt?« fragte er, als er sich wieder zum Bildschirm umdrehte.

»Ein bißchen. Ich habe das Mädchen zurückgeholt. Es war etwas heikel, aber ich glaube, es ist vorbei.«

Er sah mich an. »Schon Geld gekriegt?«

Ich schüttelte den Kopf.

»Nun ja, mein Freund. Es ist solange nicht vorbei, bis der Scheck eingelöst ist.«

Der Verkehr staute sich vom Broadway ab die ganze Seventh Avenue hinauf, wie üblich, wenn ein Wetterwechsel bevorsteht. Ich trat aus dem Parkhaus, nachdem ich den Mustang dort abgestellt hatte, und lenkte meine Schritte zwischen qualmenden Autos hindurch, als es grollte und am Himmel große, mehrfarbige Wolken dahinzogen. Ich spurtete die Treppe in den ersten Stock meines Bürogebäudes mit mehr Energie hinauf, als ich zu haben vermutete. Das alte Gebäude, in dem ich einen Büroraum gemietet hatte, hat nicht einmal ein Foyer; lediglich eine Glastür führt in einen dunklen Flur, der mit einem verkratzten und abgenutzten Linoleumboden ausgelegt und in einem Kotzgrün gestrichen ist, das noch aus dem Krieg stammt. Aber das Büro ist billig, und es liegt günstig, was seinen Wert noch steigert.

Ich erreichte den kurzen Gang im zweiten Stock, der zur

Tür meines Büros führte. Als ich in meiner Hosentasche nach meinen Schlüsseln kramte, hörte ich hinter mir plötzlich ein Schnaufen, gefolgt von dem Klappern von Absätzen. Betty Jameson trat aus dem Schatten einer schmalen Nische vor der Hausmeisterkammer neben der Treppe. Sie kam auf mich zugeeilt, während ich sie wie unter einer Art Schock anstarrte.

»Wo waren Sie?« fragte sie mit heiserer, verzweifelter, fordernder Stimme. Sie trug ein strenges, geschäftsmäßig aussehendes Kostüm, das aus einem dunklen, engen Rock mit passendem Jackett bestand. Sie hatte sich gekonnt geschminkt, jede Linie war scharf gezeichnet, alle Farbtöne waren perfekt aufeinander abgestimmt, aber auch das konnte ihre dunklen Ringe unter den Augen nicht verbergen.

»Ich habe mich von der Nacht erholt, um die mich Ihre Schwester gebracht hat«, entgegnete ich. »Ist das erlaubt?«

Sie folgte mir in mein Ein-Raum-Büro und sah sich mit einem befremdeten Gesichtsausdruck um.

»Ich wußte gar nicht, daß Sie sich gerne in Slums rumtreiben«, sagte ich. Das rote Lämpchen an meinem Anrufbeantworter blinkte schneller und ausdauernder, als ich es je bemerkt hatte.

»Verdammt«, sagte sie vorwurfsvoll, »ich habe den ganzen Tag versucht, Sie anzurufen.«

»Tatsächlich?« fragte ich, als ich die Post vom Boden aufhob und sie ordentlich als Haufen auf meinem Schreibtisch ablegte. Ich war nicht in der Stimmung, in diesem Ton mit mir reden zu lassen, und hatte keinesfalls die Absicht, dies länger zu dulden. »Wie kommt's?«

»Wegen Stacey«, antwortete sie. Ihre Stimme wurde kraftlos und die Heftigkeit verschwand, als sie den Namen ihrer Schwester erwähnte.

»Sie ist wieder weg.«

KAPITEL 9

Der Schlag, der mich traf, hätte nicht stärker sein können, wäre sie Ed McMahon aus dem Fernsehen gewesen, der vor meinem Haus mit einem Scheck für einen Lotteriegewinn auftaucht.

»Sie ist was?«

»Abgehauen. Wir können sie nicht finden.«

»Betty«, sagte ich angespannt, »letzte Nacht konnte sie nicht einmal gehen.«

Ihre kraftlose Hand deutete auf einen Stuhl. »Darf ich mich setzen? Ich fühle mich nicht wohl.«

Ich schob ihr den Besucherstuhl hin. Sie ließ sich darauf nieder, als wollte sie nie wieder aufstehen. Ich schluckte meinen Ärger hinunter und unterdrückte den Drang, sie anzuschreien. Ich bin Klienten schon ziemlich auf die Nerven gegangen; manchmal sind sie sich selbst der ärgste Feind. Aber ich habe noch nie jemanden hart angefahren.

Ich setzte mich auf meinen Schreibtischstuhl und lehnte mich zurück. »Gut, Miss Jameson. Was machen wir also nun?«

Sie hob ihren Kopf. In ihren Augen lag eine steinerne Traurigkeit, die in mir Schuldgefühle weckte, weil ich so hart zu ihr gewesen war. »Sie wiederfinden«, flehte sie inständig.

»Vielleicht ist es diesmal eine Sache für die Polizei«, räumte ich ein.

»Nein«, beharrte sie. »Das verstehen Sie nicht. Wir können nicht zur Polizei gehen.«

»Warum? Ihre Familie ist doch nicht die einzige, bei der ein junges Mädchen unbedingt Chaos veranstalten will.«

»Wir können nicht zur Polizei gehen«, wiederholte sie. »Wenn Sie die Sache nicht übernehmen wollen, werde ich einen anderen suchen.«

Ich schüttelte den Kopf. »Nein, tun Sie das nicht. Ich weiß wenigstens, wo ich anfange zu suchen. Ich denke, ich schaff's schon irgendwie.«

Betty Jameson starrte mich lange und schweigend forschend an, was sie zuvor nie getan hatte. Es war mir unangenehm. Ich stöberte in einem Stapel Papier, fischte einen Notizblock heraus und nahm einen Kugelschreiber.

»Also von vorne«, sagte ich. »Wann haben Sie sie zuletzt gesehen?«

Sie sah mich noch eine Weile an, dann öffneten sich ihre Lippen. »Ich habe die Zeitung gelesen«, antwortete sie monoton. »Und sie brachten es heute morgen im Fernsehen.«

Ich legte den Notizblock in meinen Schoß. »Schön. Sie haben also die Zeitung gelesen.«

»Haben Sie ihn getötet?«

»O Gott.« Ich seufzte. »Zuerst glauben Sie, ich hätte Stacey mit wer weiß was vollgepumpt, dann glauben Sie, ich hätte ihren Freund umgebracht. Sie haben keine besonders gute Meinung von mir, Miss Jameson, stimmt's?«

Sie streckte ihren Arm aus und legte ihre Hand auf meine. Sie fühlte sich kalt und trocken an.

»Letzteres wäre schon in Ordnung gewesen«, sagte sie sanft. »Eigentlich wäre ich Ihnen sogar dankbar. Eine Sache weniger, um die wir uns Sorgen machen müssen.«

»Vielleicht interessiert es Sie, daß diese ›eine Sache weniger‹, von der Sie reden, ein lebendes menschliches Wesen war, wenn auch kein sehr nettes. Und, meine Dame, er starb einen ziemlich beschissenen Tod.«

Sie entgegnete mit zusammengebissenen Zähnen: »Das ist

mir egal. Nachdem er das meiner Schwester angetan hat, hat er es verdient. Ich will einfach nur wissen: Haben Sie es getan?«

Ich schüttelte erneut den Kopf. »Nein. Ich habe Red Dog Turner nicht umgebracht. Wir waren vor dem Haus, als ich einen Schrei und dumpfes Knallen hörte. Ich rannte die Hintertreppe hinauf und kam in dem Moment zur Wohnung, als der Mörder bereits das Haus verließ. Ich habe ihn nicht mal mehr gesehen. Ich trage keine Waffe, deswegen stand mir auch nicht der Sinn danach, ihm nachzujagen.«

»Wir?« fragte sie. »Sie meinen, Sie und dieses ... Mädchen?«

»Ja, dieses Mädchen.«

»Arbeitet sie für Sie?«

»Einspruch, Euer Ehren. Die Frage ist irrelevant.« Nach einem Augenblick Pause sagte ich: »Einspruch angenommen. Im übrigen war es wichtiger, Stacey zu schnappen. Ich wußte nicht mit Sicherheit, ob jemand getötet worden war, bis ich in die Wohnung kam. Ich hatte gedacht, Stacey sei das Opfer.«

Sie drückte meine Hand, zog sie dann wieder zurück.

»Sie haben recht. Das war wichtiger«, gestand sie ein.

»Und jetzt ist sie wieder weg«, sagte ich. »Das ist ein verdammter Schlamassel. Mir macht Sorgen, daß Stacey nicht die einzige ist, die frei herumläuft.«

»Wer noch?«

»Red Dogs Mörder. Und Stacey war die einzige Zeugin bei dem Mord.«

»Gütiger Himmel!« Sie wurde blaß. »Glauben Sie, daß er ...?«

Ich hob die Schultern. »Vielleicht ist das der einzige Grund, warum wir die Polizei einschalten sollten. Andererseits ist das wiederum ein Grund, sie aus der Sache rauszuhalten.«

»Ja«, pflichtete sie bei und nickte eifrig mit dem Kopf.

»Wenn die Polizei nach Stacey sucht, könnte der Mörder glauben, das tun sie deswegen, weil Stacey Zeugin des Mordes war.«

Ich griff wieder nach dem Notizblock. »Sie haben gesagt, sie wird nächsten Monat achtzehn. Der nächste Erste ist bald.«

»Sie hat am Zehnten Geburtstag«, erklärte sie. Ich blickte auf meinen Kalender auf dem Schreibtisch und zählte die Tage.

»Wir haben also noch zwölf Tage, um sie zu finden und irgendwo in Sicherheit zu bringen. Wenn sie einmal achtzehn ist, müssen Sie sie vor Gericht für unmündig erklären lassen. Bis dahin können Sie sie irgendwo unterbringen und sie vielleicht, aber auch nur vielleicht, auf ärztliche Anweisung dalassen. Nicht für immer, aber lange genug, um sie drogenfrei zu bekommen.«

»Genau das haben wir vor«, stimmte Betty zu.

»Das hätten Sie heute morgen gleich als erstes tun sollen.«

»Halten Sie mir keinen Vortrag, Harry. Ich weiß, daß wir Fehler gemacht haben.«

»Das haben Sie sehr diplomatisch ausgedrückt«, warf ich ein, »aber ich bin bereit, unter den gegebenen Umständen ebenso diplomatisch zu sein. Wer hat sie als letztes gesehen?«

»Ich nehme an, das war Emily. Ich war die ganze Nacht an ihrem Bett, bis Emily heute morgen um sechs kam. Ich ging dann, um ein bißchen zu schlafen. Emily sagte, sie habe bis ungefähr acht Uhr auf Stacey aufgepaßt. Sie erwachte, setzte sich im Bett auf und hatte Hunger. Deswegen hat Emily ihr Frühstück gemacht. Dann, vielleicht eine halbe Stunde später, hörte sie Stacey in der Dusche. Die hatte sie bitter nötig. Emily sagte, die Dusche sei etwa vierzig Minuten angewesen, und sie habe sich Sorgen gemacht. Sie wollte nach Stacey sehen, aber die Zimmertür war abgeschlossen.«

»Von innen abgeschlossen, und die Dusche lief noch?«
»Ja.«
»Was hat Emily getan, als sie die verschlossene Tür vorfand?«
»Sie klopfte und rief nach ihr. Dann ging sie in die Küche runter, wo die anderen Schlüssel aufbewahrt werden. Sie ging wieder rauf und schloß die Tür zu Staceys Zimmer auf.«
»Und?«
»Das Frühstück war aufgegessen, aber Stacey war fort und die Dusche immer noch an.«
Ich machte ein paar Notizen. »Stacey war fort, und die Dusche lief noch. Hmmm, so ein hinterlistiger, kleiner Schlingel. Das laufende Wasser hat ihr möglicherweise eine halbe Stunde Vorsprung verschafft. Was ist dann als nächstes passiert?«
»Na ja, Emily bekam beinahe einen Herzanfall. Sie rannte durch das ganze Haus, um sie zu suchen. Dann sahen sie und der Gärtner auf dem Grundstück nach. Nirgends ein Zeichen von ihr.«
»Und wo waren Sie während der ganzen Zeit?«
»Geschlafen wie eine Tote. Ich war erschöpft. Erst als Emily und Jack Stacey nicht finden konnten, kam Emily und weckte mich.«
Ich dachte kurz nach. »Wo waren Ihre Eltern während des ganzen Chaos?«
Ihr Gesicht verfinsterte sich. »Lassen Sie sie aus dem Spiel.«
Ich beugte mich wütend vor. »Es ist ihre Tochter, die vermißt wird. Ich bin mir nicht sicher, daß wir sie aus dem Spiel lassen können.«
»Ich brauche nicht Sie dazu, der mir erzählt, wie ich mit meinen Eltern umzugehen habe.«
»Wo waren sie?« hakte ich nach. »Diesmal kommen Sie nicht drum herum, es mir zu sagen. Diesmal nicht.«
Sie seufzte resigniert, verärgert, was auch immer. »Meine

Mutter hat ihr Zimmer die ganze Zeit über nicht verlassen. Das tut sie selten. Mein Vater war in seinem Büro.«
»Seinem Büro? Das im Erdgeschoß?«
Sie nickte.
»Ich dachte, Ihr Vater sei Invalide.«
»Ich habe nie gesagt, er sei Invalide«, protestierte sie. »Ich sagte, er sei krank.«
»Was hat er?«
»Das geht Sie nichts an«, gab sie zurück und sah zur Seite.
Ich sprang auf und knallte den Notizblock auf den Schreibtisch. Sie zuckte zusammen, behielt aber die Fassung.
»Jetzt hab' ich aber genug!« rief ich. »Mir reicht's!«
»Wozu müssen Sie das wissen?«
»Weil es wichtig sein kann. Wissen Sie überhaupt, warum Stacey so durchgeknallt ist?«
Ein Donner, der von jenseits des Flusses kam, explodierte hinter den Häusern von Downtown. Als er über uns hinwegrollte, vibrierten die Fenster, und dann prasselten große, schwere Regentropfen gegen die Scheibe. Betty schrak zusammen, beruhigte sich wieder und wandte ihren Blick ab.
»Nein. Na ja, ich meine, nicht wirklich ... Sie steckt einfach in der Klemme.«
Ich trat auf sie zu, lehnte mich gegen meinen Schreibtisch und versuchte, entspannt zu sprechen. »Warum haben Sie mir nicht erzählt, daß sich Staceys Probleme in den letzten Monaten verschlimmert haben?«
Betty sah zu mir auf. »Wie haben Sie ...?«
»Ihre Klassenkameradinnen, die Direktorin, ihre Lehrer.«
Ihr Gesicht wurde zu einer ausdruckslosen, schweigenden Maske.
»Manchmal, wenn jemand so hoffnungslos dran ist wie Stacey«, fuhr ich fort, »hängt alles miteinander zusammen.

Verstehen Sie das nicht? Das, was in Ihnen, Ihrer Mutter und dem General vorgeht, dient alles dazu, Staceys Leben zu zerstören. Ich versuche nicht, Ihr Therapeut zu sein, Betty. Aber wenn ich wüßte, was da vor sich geht, wüßte ich vielleicht auch, wie ich mit ihr umzugehen habe.«

»Alzheimer«, flüsterte sie.

Ich atmete tief durch. »Wie weit fortgeschritten?«

Sie sah zu mir auf. »Er ist über das Anfangsstadium raus. Die meiste Zeit über ist er noch bei uns, mehr oder weniger. Er hat allerdings gute und schlechte Tage.«

»Und die schlechten?«

»Sind schrecklich.«

»Letzte Nacht, als wir Stacey nach Hause gebracht haben, war ein Auto seitlich am Haus geparkt. Die Motorhaube war noch warm.«

Betty preßte die Hände, die in ihrem Schoß lagen, aneinander. »Wir können ihn nicht aufhalten. Bis jetzt ist er von der Polizei noch nicht angehalten worden, aber manchmal fährt er los und bleibt stundenlang weg. Er ist noch längst nicht soweit, daß wir ihn für unmündig erklären lassen können. Er ist ein sehr dickköpfiger Mensch. Seine Unabhängigkeit bedeutet ihm alles. Letzte Nacht ist er zu Fuß losgezogen. Jack Maples, unser Chauffeur und Gärtner, hat den Wagen genommen und das Viertel nach ihm abgesucht. Er scheint ihn gegen eins oder so in der Nähe des Eingangs zum Percy Warner Park gefunden zu haben.«

Irgend etwas stimmte nicht an der Sache, aber ich ließ es im Moment auf sich beruhen.

»Was ist mit Ihrer Mutter?«

Betty Jameson ließ ihren Kopf sinken und rieb sich die Augen mit der rechten Hand. »Sie nennen es heutzutage bipolar«, antwortete sie. »Und sie ist Alkoholikerin. Wir sind nicht gerade eine Vorzeigefamilie, oder?«

»Es gibt sonst niemanden, richtig? Keine weiteren Geschwister?«
Sie schüttelte den Kopf.
»Dann sind Sie in diesem Haus voller Geheimnisse und Krankheiten der einzig gesunde Mensch?«
Sie schüttelte wieder den Kopf, diesmal langsam, müde. Ich weiß nicht warum, aber ich legte meine Hand auf ihre Schulter und drückte sie leicht.
»Da haben Sie schwer zu tragen ...«, murmelte ich.
Dann war sie plötzlich auf ihren Füßen, in meinen Armen und schluchzend an meiner Brust. Ein Weinkrampf erschütterte ihren Körper, und heiße Tränen durchdrangen mein Hemd. Draußen hatte sich der Wind zu einem Sturm entwickelt. Betty hatte ihre Arme unter ihrem Kinn verschränkt und beugte sich nach vorn, so daß sie in einer stehenden Embryostellung gegen mich lehnte. Als das Gewitter über uns losbrach, drückte ich Betty fester an mich und klopfte ihr leicht auf den Rücken.
Eins muß man diesen Jameson-Frauen lassen: Weinen können sie.

Wenige Minuten später war der Sturm vorüber. Betty Jameson war es peinlich, als sie zu wimmern aufhörte, aber ich versicherte ihr, ich würde es nicht gegen sie verwenden und niemand würde je davon erfahren. Eigentlich war ich froh, daß sie die Fassung verloren hatte. Mein erster Eindruck der Jamesons war, daß man ein Familienporträt der Jamesons finden müßte, würde man das Wort »Funktionsstörung« im Lexikon nachschlagen.
Also hatte General Breckenridge Jameson, der »Umrenn-Brecken«, Alzheimer. Es würde mit Sicherheit das tragische und unehrenhafte Ende eines heroischen und abenteuerlichen Lebens bedeuten, aber mit Sicherheit war es nichts,

dessen man sich schämen mußte. Und was die Generalsgattin betrifft, muß man heutzutage verdammt lange nach jemandem suchen, der nicht depressiv oder betrunken ist. Sie hatte leider das Pech, beides zu sein.

Ich hatte mich immer gefragt, wie es ist, reich zu sein. Ich war in einer intakten Familie der oberen Mittelklasse mit Eltern aufgewachsen, die ganz gut miteinander zurechtkamen. Die berufliche Laufbahn meines Vaters war stabil und erfolgreich gewesen, und er und meine Mutter genießen deren Früchte auf einer der kleineren Hawaii-Inseln. Sie führten eine Ehe miteinander, deren Dauer sich mittlerweile einem halben Jahrhundert näherte, und meistens blüht der eine auf, wenn der andere das Zimmer betritt.

Obwohl ich schon immer neugierig auf den großen Reichtum war und dieser mich immer fasziniert, entstamme ich nicht jenem Hintergrund von Elend und Armut, der die Menschen manchmal dazu treibt, sich Reichtum anzuhäufen. Als Zeitungsreporter hatte ich oft mit Reichtum und Macht zu tun, besonders mit politischer Macht. Ich hatte immer gedacht, der Erwerb von Reichtum und Macht bedeute in der Regel, einen Problembereich durch einen anderen auszutauschen. Dies schien im Fall der Jamesons so zu sein.

Das gegenwärtige Problem allerdings bestand darin, Stacey wiederzufinden. Möglicherweise war sie so weggetreten, daß sie sich nicht mehr daran erinnerte, daß Red Dog tot war. Würde sie in die Wohnung hinter der Belmont Avenue zurückkehren, würde sie das gelbe Klebeband vorfinden, das den Ort des Verbrechens absperrt. Das beste wäre, wenn sie sich an jemanden wenden würde, den sie über Red Dog kennengelernt hatte.

Ich denke, sie hätte sich bei einer Freundin verstecken können, aber das schien angesichts ihrer körperlichen und geistigen Verfassung nicht wahrscheinlich. Die Eltern des anderen Mädchens würden sie beim ersten Anblick zurück nach Hause bringen. Dennoch hatte ich Betty Jameson gebeten, herumzutelefonieren und alle Mädchen von Harpeth Hall erneut zu befragen, womit sie einverstanden gewesen war.

Ich war mir sicher, daß nichts dergleichen zutreffen würde. Stacey war zu verzweifelt und zu wild, um etwas zu tun, das uns die Sache leicht machen würde. Sie hatte diesmal wirklich Haken geschlagen, sich irgendwo vergraben, wo sie schwer zu finden war. Vielleicht hatte sie sogar die Stadt verlassen. Wenn sie losgezogen, nach New York oder Los Angeles entwischt war, dann war sie weg. Wir könnten ihrem unterernährten Arsch nur noch ein Lebewohl nachrufen.

Andererseits, so fiel mir ein, gab es da noch das Treuhandvermögen, einen Haufen Geld, vor dem sie dann davonlaufen würde; selbst Stacey mit all ihren Problemen müßte dies kapieren.

Den Wettlauf mußte ich gewinnen. In zwölf Tagen könnte Stacey in das Büro eines Rechtsanwalts marschieren, ein paar Papiere unterschreiben und dem Rest der Welt den Rücken kehren. Und was dann? Das Geld einem nächsten Red Dog in den Arsch schieben? Es sich in die Adern spritzen? Es in einer Crack-Pfeife verrauchen? Es mit einer Zitronenscheibe auf einem bestäubten Glasrand hinunterspülen?

Ich starrte aus meinem Bürofenster und grübelte, während der Jazz-Sender von Murfreesboro ein Stück aus einem Tony-Bennett-Album spielte. Wenn ich mich weit genug gegen das Fenster lehnte, konnte ich gerade einen Blick auf den weniger werdenden Stoßverkehr auf der Seventh Avenue werfen. Die Sonne war soeben hinter den Bürogebäuden verschwunden. Der Himmel glühte in weichem Orange

und Purpurrot, durchsetzt mit weißen und blauen Streifen; die Überreste des Nachmittagssturms und das einzig reizvolle Nebenprodukt der Autoabgase.
Ich hatte geplant, mit Marsha zu Abend zu essen, und ich täte besser daran, nicht abzusagen. Ich wußte aber, daß ich früh gehen mußte. Irgendwie war mir klar, daß ich wieder im Club Exotique landen würde.
»Na dann«, sagte ich laut zu mir, während ich mein Büro abschloß, »es ist zwar eine dreckige Angelegenheit, aber jemand muß das ja erledigen.«

Auf dem Weg zu Marshas Eigentumswohnung hielt ich beim International Market, einem Thai-Geschäft in der Nähe von Red Dogs Wohnung. Ich stellte den Mustang ab und ging zu dem Häuserkomplex, den ich so selbstverständlich betrat, als wohnte ich dort. Drei Stockwerke höher stand ich vor Red Dogs versiegelter Tür, deren Rahmen mit etwa einem Dutzend Klebebandstreifen überspannt war. Ich sah mir die Sache aus der Nähe an; wenn jemand versucht hatte hineinzukommen, war es gut kaschiert worden.
Ich klopfte an die anderen drei Wohnungstüren auf derselben Etage. Bei zweien meldete sich niemand, aber diejenige, die am weitesten vom Tatort entfernt war, nämlich genau auf der anderen Seite des Treppenschachts, wurde verstohlen von einer älteren Frau geöffnet.
»Entschuldigen Sie, Ma'am«, säuselte ich mit meiner süßesten Stimme, »mein Name ist Harry Denton.« Ich zeigte meine Lizenz. »Ich bin Privatdetektiv und untersuche die Angelegenheit, die Ihnen allen hier vorgestern nacht bestimmt einigen Kummer bereitet hat.«
»Ich habe nichts gesehen«, antwortete sie, während sie hinter einer billigen Sicherheitskette hervorlinste.
»Ich verstehe. Es war ja schon spät. Ich versuche, die Spur

von dem jungen Mädchen zu verfolgen, das hier mit Mister Turner gewohnt hat. Sie ist siebzehn, blond und sehr dünn. Haben Sie sie jemals gesehen?«

»Ich will keinen Ärger.«

»Es wird keinen Ärger geben, Ma'am. Ich versuche lediglich, dem Mädchen zu helfen.«

»Ich habe sie nicht oft gesehen«, flüsterte sie. »Sie kam und ging immer sehr spät.«

»Ja, Ma'am. Haben Sie sie seit der Schießerei gesehen?«

Sie schüttelte den Kopf.

»Ist seit der Schießerei jemand anderes hier oben gewesen?«

»Polizei. Eine ganze Menge Polizisten.«

»Jemand anderes außer der Polizei?«

»Nein.«

Ich dachte einen Moment nach. »Hat der Mann, der hier wohnte, jemals Besuch gehabt?«

Ihre Augen wurden größer. Im Hintergrund hörte ich das Miauen einer Katze und die leisen Geräusche eines Fernsehers.

»Irgendwelche Besucher, Ma'am?«

Sie blickte hinter sich und sah dann wieder durch den Türspalt. »Nein«, antwortete sie etwas zu vehement. »Niemand.«

»Sind Sie sich sicher, Ma'am? Ich erzähle wirklich niemandem, daß wir miteinander gesprochen haben.«

Sie dachte einen Moment nach. »Na ja, manchmal waren Mädchen hier oben, wissen Sie. Billige Mädchen. Keine Damen. Dann war da dieser eine junge Mann. Er hatte extrem kurze Haare. Sie sahen aus wie blond gefärbt, und normalerweise hatte er solche Hosen in verschiedenen Grüntönen an. Oh, und er war ein Yankee. Einmal habe ich gehört, wie er sprach. Eindeutig ein Yankee.«

Ich lächelte. »Danke, Ma'am. Sie waren mir eine große Hilfe.« Allerdings wußte ich nicht genau, in welcher Hinsicht.

Ich ging zum Wagen zurück und kämpfte mich durch den Verkehr bis zur Hillsboro Road und durch Green Hills, dann bog ich an der Abbott Martin Road rechts ab und fuhr auf den Parkplatz von Kroger's. Heute abend hatte ich etwas Spezielles im Sinn, so eine Art Friedensangebot an Marsha, obwohl mir nicht ganz klar war, warum ich ihr eines machen sollte.

Ich kaufte frische Lachssteaks, einen Bund Dill, Zutaten für einen Salat, Spargel und ein Baguette. Ich schnappte mir auch einen Strauß frischer Blumen und eine teure Designer-Eiscreme zum Nachtisch. Ein Abendessen, eine Tüte mit Lebensmitteln, dreißig Kröten. Gott sei Dank habe ich kein Haus voll hungriger Kinder.

Ich nahm auch zwei Flaschen eines australischen Chardonnay, den Marsha erwähnt hatte, dann verstaute ich alles im Auto und stürzte mich wieder in den Verkehr.

Sie ging gerade die Stufen hinauf, als ich auf den Parkplatz fuhr. Ich huschte neben ihren schwarzen Porsche 911 mit dem Vorzugsnummernschild, auf dem LEI-CHEN stand.

»Brauchst du Hilfe?« rief sie, als sie mit ihren Schlüsseln herumfummelte und den Sicherheitscode ihrer Alarmanlage eintippte.

»Das schaffe ich schon«, protzte ich und kämpfte gleichzeitig mit den Tüten und der Wagentür.

Ich folgte ihr durch die Eingangstür und betrat die Küche. Marsha ging den Flur entlang in ihr Arbeitszimmer, wo sie ihre Handtasche und die Aktentasche, die vor lauter Papieren beinahe platzte, fallen ließ. Sie kam in die Küche, als ich gerade die Lebensmittel versorgte und die Weinflaschen in den Kühlschrank legte.

»Hallo«, sagte sie.
Ich drehte mich um. »Du hast einen Haufen Arbeit mit nach Hause gebracht.«
Sie blieb kurz im Türrahmen stehen, dann kam sie zu mir herüber. »Stimmt«, erwiderte sie lächelnd. Ich schlang meine Arme um sie. Sie fühlte sich gut und warm an, wie nach Heim und Herd. Wir küßten uns, wobei ich meinen Kopf leicht nach hinten beugte als Ausgleich für ihre Extrazentimeter. Es war ein langer, sehnsüchtiger, fast verträumter Kuß. Die Tage seit dem letzten Mal waren lang gewesen.
»Die muß ich heute abend nicht erledigen«, sagte sie, als wir uns leicht lösten.
»Wen erledigen?«
Sie lachte in sich hinein. »Die Arbeit, die ich mitgebracht habe.«
»Ach so, das.«
Sie trat zurück und öffnete einen Schrank, aus dem sie zwei Gläser nahm. Der Wein war bereits kalt, weswegen ich eine Flasche herausnahm und sie mit dem Korkenzieher bearbeitete.
»Wie war dein Tag?« fragte ich.
»Wie üblich. Ekeltypen seziert ...«, erwiderte sie geistesabwesend. Dann wurde ihre Stimme schärfer. »Ach ja, einschließlich eines sehr toten Ekeltypen, der mit Spitznamen Red Dog hieß.«
Ich zog den Korken aus der Flasche. »Warum sollten wir uns nicht auch ein bißchen respektlos über Tote äußern dürfen.«
Ich schenkte den Wein ein und reichte ihr ein Glas. Sie nahm es und hielt es in die Luft.
»Gibt es da etwas, das du mir erzählen willst, Harry?«
»Ja.« Ich hob mein Glas zu ihrem und stieß an. »Ich habe dir frischen Lachs zum Abendessen mitgebracht.« Mit der

Rückseite meiner freien Hand strich ich leicht über ihre Wange.
»Du klingst, als hättest du einen harten Tag gehabt«, sagte ich. »Hungrig?«
»Ja«, erwiderte sie und lächelte dann. »Ich wollte dich nicht in Verlegenheit bringen. Es war ein langer Tag.«
Dann starrte sie eine Sekunde lang auf mein Hemd, und ihr Blick verfinsterte sich. »Das sieht aus, als hättest auch du einen harten Tag gehabt.«
Ich sah an mir herab und bemerkte erst jetzt einen länglichen Fleck von karminrotem Lippenstift direkt unter der rechten Kragenspitze. Ich griff nach dem Spülschwamm.
»Verheulte Klientin«, erklärte ich und begann zu reiben.
»Hör auf«, unterbrach sie mich, »das wird nur noch schlimmer. Diesmal mußt du dir ein Herz nehmen und das Hemd in die Reinigung geben, mein Schatz.«
Ich legte den Schwamm zurück. »Freut mich zu hören, daß du mich immer noch Schatz nennst.«
Sie nahm ihr Glas, ging aus der Küche quer durch das offene Foyer in ihr Wohnzimmer, das ein paar Stufen tiefer lag und vom übrigen Bereich abgesetzt war.
»Selbstverständlich tu ich das, Harry. Würdest du rumvögeln«, erklärte sie beim Weggehen, »wärst du rücksichtsvoll genug, das Hemd zu wechseln, bevor du hier auftauchst.«
Kalte Luft umgab mich. Ich folgte ihr ins Wohnzimmer. Sie setzte sich auf das üppig ausgestopfte Sofa, von dem sie sich verschlucken ließ. Ich nahm ihr gegenüber auf der Kaminbank Platz.
»Es ist nicht das erste Mal, daß du in letzter Zeit so rumstichelst. Was ist los?«
Sie nahm das Fernsehprogramm und blätterte es durch, dann sah sie auf. »Ich weiß es nicht. Sag du's mir.«

»Habe ich dir je Anlaß gegeben zu denken, es gäbe eine andere?« fragte ich mit gepreßter Stimme.
Sie warf die Zeitschrift auf den Beistelltisch, so daß sie über die Glasplatte rutschte und auf der anderen Seite vor meinen Füßen landete.
»Die ganze Nacht in Striptease-Bars herumhängen und bei mir mit Lippenstift auf dem Hemd auftauchen. Kleine Dinge wie diese.«
»Eine Klientin, die in Schwierigkeiten steckt, kam zu mir ins Büro«, protestierte ich. »Es geht um ein junges Mädchen, das abgehauen ist und in ganz große Schwierigkeiten geraten wird, wenn ich sie nicht finde.«
»Hm-mh, Harry, wenn mich meine Erinnerung nicht täuscht, riefst du heute morgen in meinem Büro an und erzähltest mir, du hättest sie bereits gefunden. Glaubst du nicht, du solltest deine Geschichte glaubhaft erzählen?«
»Ich habe sie auch gefunden«, beharrte ich, »aber sie ist wieder weggelaufen.«
»Oh, großartig, dann mußt du deine Tour durch die Striptease-Bars noch einmal machen? Vielleicht solltest du es mal in den Massagesalons probieren. Vielleicht arbeitet sie ja dort, weißt du.«
Ich knirschte mit den Zähnen und stellte das Weinglas vorsichtig auf die Mauersteine. Auf einmal war ich ziemlich wütend auf sie, wütender als jemals zuvor, wütender als ich jemals sein wollte.
»Ich habe nichts Falsches getan«, sagte ich langsam. »Und mir behagt das hier kein bißchen. Ich weiß nicht, wieso wir in dieser Situation sind. Ich weiß nicht, wo die Ursache dafür liegt, aber das eine kann ich dir sagen: Sie macht mir angst, und sie gefällt mir nicht.«
Ihre Augen wurden feucht, und das Glas in ihrer Hand zitterte. »Was bedeute ich dir eigentlich?«

»Wovon redest du? Marsha, ich bin verrückt nach dir. Das weißt du«, beruhigte ich sie mit weicherer Stimme.
Ich stand auf, ging hinter den Tisch und kniete mich vor ihr nieder. Eine Hand legte ich auf ihr Knie.
Sie legte ihre Hand auf meine und drückte sie. »Harry, ich frage mich bloß, wo wir stehen ... wohin wir gehen.«
»Warum fragst du dich das? Woher kommt das?«
Marsha ließ ihren Kopf nach hinten auf das Sofa sinken und entspannte sich. Ihr Gesicht schien einzufallen. »Du wirst mich für verrückt halten, wenn ich dir das erzähle.«
»Ehrenwort, meine Liebe, ich glaube, dafür ist es zu spät.«
Sie hob ihren Kopf. »Saftarsch«, schimpfte sie. Und einen Augenblick später: »Ich habe Geburtstag.«
O mein Gott! Und ich habe ihn vergessen!
Ich rechnete schnell nach. »Ja, in drei Monaten.« Ich war erleichtert.
Sie starrte mir in die Augen. »Du kapierst nicht, oder?«
Gehetzt durchleuchtete ich jede Gehirnzelle, zu der ich Zugang hatte. Ich übersehe hier etwas, aber was zum Teufel kann das sein?
»Harry, ich werde dieses Jahr vierzig«, erklärte sie mit Tränen in den Augen.
In meinem Kopf klingelte es wie in einem Flipperkasten. Ich dachte vorsichtig nach und ließ meinen Kiefer in neutraler Stellung, während ich sorgfältig prüfte, ob mein Hirn funktionstüchtig und ein Gang eingelegt war. Irgendeine der unzähligen Kombinationen der siebenundzwanzig Buchstaben des Alphabets bot die passenden Worte für genau diese Situation.
Wenn ich sie nur finden könnte.
»Gut«, sagte ich behutsam, »gut, ich versuche wirklich ernsthaft, dies zu verstehen. Ich meine, wir haben uns das hier schon letztes Jahr klargemacht, als ich vierzig wurde. Zuge-

geben, es ist nicht die leichteste Sache, über die man sich klarwerden muß. Es ist ein endgültiger Übergang. Aber Marsha, Herzchen, auch als ich an der Reihe war, habe ich nie gedacht, du würdest mit einem Jüngeren weglaufen. Ich habe nie gedacht, du würdest rumflippen. Das war einfach nicht in meinem Wortschatz enthalten. Also hilf mir, das zu verstehen.«

Sie stand auf, schritt im Zimmer auf und ab, und mein Blick folgte ihr.

»Ach, es ist so dumm«, brach es aus ihr hervor. »Es ist so verdammt klischeemäßig.«

Nach einer Pause fuhr sie fort: »In meinem Leben gab es bisher nichts außer Arbeit. Meine Karriere hat mir alles bedeutet. Es gab Männer, Verabredungen, Beziehungen und das ganze Zeug. Aber bis du aufgetaucht bist, mein Lieber, hatte nichts so lange gedauert wie das hier. Es gab nur Arbeit. Und die macht sich jetzt bezahlt. Wenn ich weiterhin so spare, kann ich in zehn Jahren in Rente gehen und um die Welt reisen. Oder ich kann bleiben und den Posten von Doktor Henry übernehmen, wenn er in Rente geht. Oder ich kann unterrichten, wieder die akademische Laufbahn einschlagen.«

Ich versuchte wirklich ernsthaft, ihr gedanklich zu folgen, aber ehrlich gesagt, ich wußte nicht, wovon zum Teufel sie sprach. Und selbstverständlich wußte ich auch nicht, worüber sie sich beschwerte.

»Aber nichts von alldem hat irgendeine Bedeutung, Harry! Es ist leer. Alles. Wertlos. Vollkommen wertlos.«

»Wie kannst du so was sagen?« fragte ich. »Es gibt Menschen, die würden alles geben, um da zu stehen, wo du stehst.«

»Oh, prima, weißt du, wo ich stehe, Harry? Weißt du das eigentlich? Ich bin vierzig Jahre alt, ich bin allein und verdammt noch mal ...«

Sie setzte sich auf die Backsteinbank, schlang ihre Arme um die Knie und ließ ihren Kopf erschöpft darauf sinken. Ihre Kräfte waren erloschen.

»… verdammt, verdammt, verdammt! Ich möchte ein Baby …«

KAPITEL 10

Na, steckt das Leben nicht voller Überraschungen? Es war, als hätte Marsha ein schreckliches, dunkles und schändliches Geheimnis enthüllt. Ihr ganzes Leben hatte sie gearbeitet, um sich und anderen etwas zu beweisen, um Erfüllung zu suchen, aber letztendlich war sie unerfüllt geblieben. Trotz all ihrer Talente hatte sie weniger erreicht als das, was sie hätte erreichen können und von dem sie nie gewußt hatte, daß sie es sich wünschte.

Nach dieser Verkündigung folgte eine Schweigeminute, schließlich hob sie den Kopf.

»Du kannst gehen, wenn du möchtest«, sagte sie.

Verwirrt sah ich sie einen Augenblick lang an und versuchte, in ihrem Gesicht zu lesen. »Möchtest du das?«

»Nein«, antwortete sie langsam. »Aber ist das hier nicht der Punkt, an dem du dich überfahren fühlst? Ist das hier nicht der Punkt, an dem du beteuerst, du wolltest keine Verpflichtung eingehen, du seist zu alt oder zu jung als Vater? Oder einfach noch nicht bereit dafür?«

»Nett von dir, meinen Part für mich zu schreiben«, sagte ich. »Unglücklicherweise hast du die Rolle nicht richtig verstanden. Weißt du, Doktor Helms, ich dachte, ich sei bereits eine Verpflichtung eingegangen.«

»Sei ehrlich, Harry. Du willst das doch gar nicht.«

Meine Beine verkrampften sich. Ich stand auf, streckte mich und ging um den Beistelltisch herum, bis ich mit dem Rücken zu ihr vor der Kaminbank stand.

»Das kommt überraschend«, fuhr ich fort. »Das ist etwas, was ich nicht erwartet habe. Nicht, weil damit etwas nicht stimmt. Ich habe es einfach nicht erwartet.«

»Ich auch nicht.«
»Weißt du, ich dachte immer, wir hätten ... na ja, ich meine, daß wir es zumindest eines Tages ernst meinen würden.« Ich drehte mich herum und sah sie in der Hoffnung an, das Richtige zu sagen. Auf diesem Terrain bewegte ich mich als Blinder, noch unter Schock. »Zumindest hatte ich gehofft, wir würden in diese Richtung steuern. Ich will nicht überheblich klingen oder so.«
Sie warf mir einen schwachen, sorgenvollen Blick zu. »Du bist nicht überheblich. Wir sind lang genug zusammen und können annehmen, daß wir es ernst meinen.«
Ich lächelte sie an. »Gut, ich bin froh, das zu hören. Und was hat all das mit dem Fall zu tun, an dem ich arbeite?«
»Ich bin vierzig Jahre alt, mein Schatz ...«
»Noch nicht«, unterbrach ich sie.
»So gut wie. Und du bist sehr gut im Schmeicheln, aber niemand ist gut genug, um so etwas vorbeigehen zu lassen.«
»Du hast Angst, daß ich mich für eine Jüngere interessieren könnte?«
»Natürlich. Oder daß ich einfach alt werde. Die alte Das-Leben-zieht-an-mir-vorbei-Geschichte.«
Ich setzte mich auf die Bank und schüttelte den Kopf langsam hin und her. »Du weißt, du verbringst deine Zeit mit jemandem, du schläfst mit jemandem, du glaubst, du kennst sie ...«
»Was soll das heißen?«
»Das heißt, ich habe diese Seite an dir noch nie gesehen. Ich dachte immer, du hättest so viel Selbstvertrauen, du seist deiner so sicher; und du seist eine intelligente, attraktive und vollendete Frau, die dort draußen in der Männerwelt tote Körper mit dem besten Stück daran aufschneidet. Immer schlagfertig, immer mit einem ›für dich immer noch

Doktor, Baby‹ auf den Lippen. Und jetzt das. Uff«, fügte ich nach einer Pause hinzu, »was für ein Schock.«
»Denkst du jetzt schlecht von mir?«
Ich mußte lachen. »Nein, natürlich nicht. Aber ich habe das einfach nie wahrgenommen.«
Sie griff zu ihrem Weinglas und nahm einen kräftigen Schluck. »Was fangen wir jetzt also damit an?« fragte sie, nachdem sie den Wein mit einem lauten Gluckser hinuntergeschluckt hatte.
Ich verschränkte meine Arme. »Bist du dir überhaupt sicher damit?« fragte ich.
Sie nickte. »Ich glaube nicht, daß es vorbeigeht.«
»So, du willst also geheiratet werden, oder was?«
Sie lachte. »Gott, ich sag' nur eins: Du bist ein redegewandter Teufel.«
»Ich würde sogar auf die Knie gehen, um dir einen Antrag zu machen, aber in meinem Alter schaffen das die Knie nicht mehr.«
Sie lachte wieder. »Prima, ich denke also mal darüber nach, mit jemandem ein Kind zu bekommen, der sich nicht runterbeugen kann, ohne daß seine Knochen quietschen.« Dann wurde sie wieder ernst. »Du solltest über so was keine Witze machen.«
Ich starrte auf sie hinab. »Ich habe keine Witze gemacht. Ich hatte immer gehofft, wir würden eines Tages heiraten. Die tickende biologische Uhr läuft nach Plan.«
Sie erhob sich vom Sofa und kam zu mir herüber. Kurz vor mir blieb sie stehen, ihr Gesicht nur wenige Zentimeter von meinem entfernt. »Meinst du das ernst?«
»So ernst, wie nur ein Herzanfall sein kann.«
»Und was ist mit der Geschichte mit dem Baby?«
»Ich werde einige Zeit brauchen, um mich an den Gedanken zu gewöhnen«, räumte ich ein. Plötzlich überfiel mich

ein Gedanke: »Du bist doch nicht schwanger, oder? Zwei Überraschungen an einem Abend?«
»Nein«, antwortete sie verlegen, »aber ich habe meine Pillen weggeworfen.«
»Also könntest du schwanger sein.«
Tränen traten in ihre Augen. »Ich habe so schnell ich konnte einen Schwangerschaftstest gemacht. Negativ. In meinem Alter ist das nicht mehr so einfach.«

An jenem Abend schaffte ich es nicht mehr in den Club Exotique. Ich tröstete sie, und eine Sache führte zur anderen. Marsha und ich liebten uns zaghaft, aßen dann gebackenen Lachs und leerten beinahe beide Flaschen Wein.
Am Morgen danach schliefen wir lange. Marsha, die normalerweise um fünf Uhr herum aus dem Bett steigt, drehte sich noch einmal herum und zog den Stecker aus der Wand, als der Wecker losging. Sie legte den Hörer neben das Telefon, so daß niemand anrufen konnte. Als dieser mit einem dumpfen Aufschlag auf den Teppich fiel, rollte sie sich an mich heran. Wir lagen Gesicht an Gesicht, zerknittert und in die Decken verwickelt, mit einem Atem wie alte Löwen, die am Abend zuvor etwas verspeist hatten, das schon ein bißchen zu lange tot gewesen war.
Egal. Sie robbte sich an mich heran und ließ ihre Lippen auf meine gleiten. Wir kuschelten eine Weile miteinander, dann schob sie sich mit leichtem und gleichmäßig verteiltem Gewicht auf mich, als würde man zwei Teile eines abgenutzten Puzzlespiels zusammenfügen.
Das war eine seltsame Wendung für uns. Wir sind morgens beide etwas kritisch und küssen uns noch nicht einmal, ohne zuvor die Zähne geputzt und das Gesicht gewaschen zu haben. Diesmal allerdings legte sie ihre Hände auf meinen

Brustkorb und stemmte sich hoch, so daß sie auf mir saß. Dann ritt sie auf mir wie bei einem Springturnier. Ihr Rhythmus war dem meinen angepaßt, sie erhöhte das Tempo zu einem leichteren, dann einem schnelleren Galopp und legte zum Endspurt noch einen Zahn zu, bis wir schließlich gemeinsam die Ziellinie erreichten und zusammenbrachen. Verschwitzt und erhitzt fiel sie auf mich, und keuchend lagen wir da, bis uns der Ruf der Natur aus dem Bett und ins Badezimmer trieb.

Meine professionelle, zwanghafte und überdurchschnittlich gute Liebhaberin ging an diesem Morgen erst um zehn Uhr zur Arbeit, ohne vorher anzurufen und Erklärungen abzugeben. Sie marschierte in ihr Büro, schloß die Tür hinter sich und ließ Kay Delacorte und die anderen Hilfskräfte mit ihren wilden Spekulationen über das Wie und Warum im dunkeln.

Was mich betrifft, war ich noch nicht soweit, bei diesem gnadenlosen Tageslicht über die Geschichte mit dem Baby nachzudenken. Ich hörte den Anrufbeantworter in meinem Büro von Marshas Wohnung aus ab. Es waren ein paar Anrufe drauf, aber nichts Dringendes. Lonnie wollte wissen, ob ich mit ihm zwei interessante Autos am kommenden Wochenende holen wollte. Ein anderer Anruf war von einer Versicherungsgesellschaft, für die ich einmal gearbeitet hatte. Es schien, als braue sich da wieder ein Fall zusammen, in dem die Berufsgenossenschaft betrogen worden war. Eine Nachricht war von Betty Jameson, die sagte, sie habe alle Freundinnen von Stacey auf der Privatschule angerufen, aber ohne Ergebnis. Sie wollte, daß ich zurückrufe und Bericht erstatte, aber sie sei erst gegen zwei wieder zu Hause. Sie bringe ihre Mutter zum Arzt und müsse einige Besorgungen machen.

Also würde Betty Jameson nicht vor zwei zu Hause sein.

Ich trank bei Marsha einen Kaffee und aß etwas Leichtes, dann restaurierte ich mein Äußeres, so gut es ging, da ich dieselben Sachen anziehen mußte wie am Tag zuvor. Ich stieg in meinen Mustang und machte mich auf in Richtung Abbott Martin Road. Wenn man lange genug auf dieser Straße bleibt, schlängelt man sich durch Belle Meade über die kurvigen, beidseitig von Villen gesäumten Straßen, bis man auf die Harding Road trifft. Als nächstes kam ich auf den Belle Meade Boulevard, fuhr wieder ab, lenkte meinen Wagen durch die Seitenstraßen und genoß den Tag, bis ich vor dem Tor der Jamesons ankam. Ich langte aus dem Fenster und drückte den Knopf der Sprechanlage. Einen Augenblick später ertönte Emilys Stimme aus dem Lautsprecher.

»Ja?«

»Emily?«

»Ja, hier ist Emily.«

»Hier ist Harry Denton. Ich würde gern mit Ihnen reden, wenn es möglich ist.«

»Es tut mir leid, Mister Denton. Miss Betty ist nicht zu Hause.«

»Ich weiß, Emily. Ich möchte mit Ihnen reden. Kann ich reinkommen?«

Im Lautsprecher wurde es still, und die imponierenden Eisentore öffneten sich langsam vor mir. Ich fuhr auf der Auffahrt bis zur Vorderseite des Hauses. Emily öffnete die Tür in dem Moment, als ich die erste Stufe betrat.

»Morgen, Emily«, begrüßte ich sie. »Danke, daß Sie mich reingelassen haben.«

Sie sah mich mißtrauisch an, aber machte dennoch einen Schritt zur Seite, als ich das Haus betrat. »Miss Betty ist also für eine Weile nicht da«, sagte ich.

»Ja, Sir, bis irgendwann heute nachmittag.«

Ich drehte mich zu ihr um, als sie die Tür schloß. Ihr Gesicht war sehr angespannt. Die letzten Tage waren sicher nicht einfach für sie gewesen, vielleicht auch viel länger als normal.

»Eigentlich habe ich das gewußt, Emily. Sie hat eine Nachricht auf meinem Anrufbeantworter hinterlassen. Sie ist mit ihrer Mutter fort, stimmt's?«

Emily nickte.

»Wo ist der General?«

Sie deutete zum hinteren Teil des Hauses. »Im Garten. Er sitzt da draußen und beobachtet Jack bei der Arbeit.«

»Können wir hier irgendwo miteinander reden? Ungestört?«

»Kommen Sie mit in die Küche«, schlug sie vor. »Ich habe dort sowieso noch zu tun.«

Sie ging im Foyer an mir vorbei und führte mich einen Flur entlang. Wir bogen nach rechts in ein großes Eßzimmer mit dunklen, lehmfarbenen Wänden, die bestimmt fünf Meter hoch waren, mit Stuckrosetten an den Decken und einem langen Mahagonitisch, an dem etwa zwanzig Personen sitzen konnten. An den Wänden hingen gerahmte Porträts, und an jedem Ende des Zimmers standen zwei große chinesische Schränke.

Emily ging durch eine weiße Schwingtür, und ich folgte ihr in die Küche, die in etwa so groß war wie meine Wohnung. Eine Ecke wurde von einem Garland-Herd eingenommen, und ein Edelstahl-Einbaukühlschrank verdeckte mehr als die Hälfte einer Wand. Eine große Restaurantspüle nahm die ganze Breite unterhalb einer Fensterreihe ein, und links von der Spüle führte eine Tür nach draußen. Der Dienstboteneingang, nahm ich an.

Alles in allem war die Ausstattung reichlich, um vier Personen zu versorgen. Und ich nahm an, daß der General und

seine Gattin nicht mehr viel Gesellschaften gaben, jetzt, wo Alter und Krankheit immer weiter voranschritten.
Auf einem ausladenden Tisch im Landhausküchenstil in der Mitte des Raumes lag frisches Gemüse. Emily setzte sich an der anderen Seite des Tisches auf einen Stuhl und schnitt gekonnt das Grün von den Karotten.
»Haben Sie noch ein Messer?« fragte ich und versuchte, fröhlich zu klingen. »Ich helfe Ihnen.«
»Sie brauchen sich nicht so herablassend zu verhalten, Mister Denton«, sagte sie, ohne von den Karotten aufzusehen. Ihre Hände vollzogen zwar einen gleichmäßigen Rhythmus; dennoch arbeitete sie unbewußt.
»Ich lasse mich nicht herab«, entgegnete ich. »Ich bin selbst nur angeheuert.«
Ihre Hände machten eine kurze Pause, in der sie mich ansah. »Tut mir leid.« Dann war sie wieder bei den Karotten.
»Ich brauche Ihre Hilfe«, fing ich an. »Um die Wahrheit zu sagen, ich versuche herauszufinden, was in diesen Menschen vor sich geht.«
Sie ließ die letzte Scheibe einer Karotte in die Pfanne fallen, griff nach der nächsten und schnippelte weiter.
»Ich arbeite für den General und Missis Breckenridge seit fünfunddreißig Jahren«, erklärte sie. »Und ich habe es bis jetzt nicht herausgefunden.«
»Am meisten gibt mir zu denken, warum sich Stacey soviel Mühe gibt, sich selbst zu zerstören. O Mann, das verstehe ich einfach nicht.«
Klick, klick, klick. Sie hantierte wie eine Maschine, leise und gleichmäßig.
»Können Sie mir dabei helfen?«
Nichts.
»Schön. Versuchen wir es andersherum. Hat sie irgend

etwas zu Ihnen gesagt, bevor sie gestern morgen verschwunden ist?«

»Sie hat sich überhaupt nicht wohl gefühlt. Sie habe Hunger, wünsche das Frühstück und litte unter schlimmen Kopfschmerzen, das hat sie gesagt.«

»Hat sie Sie gebeten, ihr etwas dagegen zu geben?«

»Kaffee und Aspirin.«

»Also haben Sie ihr Frühstück gemacht und nach oben gebracht. Hat sie viel davon gegessen?«

Emily arbeitete sich weiter durch den Karottenberg.

»Nicht viel. Den Kaffee hat sie aber getrunken.«

»Und Sie haben sie in der Dusche gehört?«

»Nicht genau«, antwortete sie. »Von hier unten kann man die Dusche von Miss Stacey nicht hören. Erst als ich nach oben ging, um das Frühstücksgeschirr zu holen, hörte ich, daß die Dusche an war.«

»War die Tür abgeschlossen?«

»Das habe ich nicht nachgesehen«, erwiderte sie. »Ich wollte später wieder hinaufgehen.«

»Wieviel später?«

»Ich ging nach unten und holte die Putzsachen aus der Kammer. Dann habe ich im Eßzimmer Staub gewischt. Als ich wieder in den Flur ging, lief das Wasser immer noch.«

»Wieviel Zeit war bis dahin vergangen?«

»Vielleicht zehn, fünfzehn Minuten.«

»Und Sie dachten, das sei seltsam«, legte ich ihr in den Mund.

»Es schien so, als sei sie schon lange unter der Dusche. Also ging ich nach oben und wollte hinein. Die Tür aber war verschlossen.«

»Haben Sie nach ihr gerufen oder so?«

»Ich klopfte, aber ich wollte nicht rufen. Missis Jameson schlief im Zimmer am Ende des Flurs.«

»Ja, ich glaube, ich weiß, wo ihr Zimmer ist. Was haben Sie dann gemacht?«

»Ich ging nach unten, holte den Generalschlüssel und ging wieder nach oben. Miss Stacey war fort.«

»Einfach so«, sagte ich.

Sie nickte.

Emily schob den Berg mit Grünzeug in einen Plastikeimer neben sich.

»Sagen Sie mal, Emily, hatte Stacey den Schlüssel zu ihrem Zimmer? Bei soviel Problemen, die sie hat, wollten Sie doch bestimmt etwas vorsichtiger sein, so daß sie sich nirgends einschließen konnte.«

Sie starrte mich direkt an. Ihr Gesicht war wie versteinertes Ebenholz, ruhig, würdevoll und stark.

»Sie machen sich Sorgen um das Kind, nicht wahr?«

»Mister Denton ...«

»Nennen Sie mich Harry«, unterbrach ich sie. »Wie ich schon sagte, wir sind beide nur Angestellte.«

»Harry«, setzte sie wieder ein, »ich habe geholfen, diese beiden Mädchen auf die Welt zu bringen. Sie waren wie meine eigenen Babys. Ich habe ihre Windeln gewechselt und sie aufs Töpfchen gesetzt, habe sie gebadet und auf sie aufgepaßt und mich um sie gesorgt. Ich liebe sie, als wären sie meine eigenen Kinder.«

»Nun ja, ich möchte Ihre Gefühle nicht verletzen, Emily, aber gestern haben Sie auf Stacey nicht genügend aufgepaßt.«

Ihre blutunterlaufenen Augen durchbohrten mich. Sie starrte mich lange an, ohne zu zwinkern, bis es mir zu unangenehm wurde.

Dann sagte ich: »Zumindest wirkt das auf mich so, als hätten Sie ihr vielleicht geholfen. Ist das möglich, Emily? Daß Sie einem siebzehnjährigen Mädchen, das scharf darauf ist, sich selbst umzubringen, geholfen haben, wieder wegzulaufen?«

»Ist Ihnen nicht in den Sinn gekommen«, fragte sie, »daß Miss Stacey vielleicht nicht versucht, sich umzubringen? Vielleicht versucht sie, sich zu retten.«

KAPITEL 11

Danach schien es, als sei eine Tür zwischen uns zugeschlagen worden.

»Sich vor was zu retten?« fragte ich.

Emily sah wieder auf das Gemüse vor sich und machte sich erneut an die Arbeit. Ich beobachtete ihre Finger, die sich schnell, gewandt und gedankenlos bewegten.

»Vielleicht verstecken Sie sie sogar«, stichelte ich weiter. »Wer weiß, was passiert, wenn ich heute bei Ihnen zu Hause um Mitternacht aufkreuze.«

»In meinem Viertel um Mitternacht gehe ich davon aus, daß man Ihnen eine Kugel in Ihren weißen Hintern jagt.«

»Haben Sie sie versteckt, Emily?« bohrte ich weiter. »Wissen Sie, wo sie ist?«

»Nein. Ich habe sie nicht versteckt. Aber ich bin froh, daß sie aus diesem Haus heraus ist. In diesem Haus lauert der Tod.«

Das war das letzte, was ich aus ihr herausbekam. Nichts, was ich danach sagte oder fragte, brachte mich weiter.

Jetzt wußte ich, daß Emily Stacey geholfen hatte, wieder fortzulaufen, und eine Möglichkeit war, dieses Wissen als Hebel zu benutzen. Aber ich glaube an Instinkte, und mein Instinkt sagte mir, daß ich sie nicht zu sehr bedrängen sollte. Zumindest jetzt noch nicht.

Ich verließ die Küche durch die Schwingtür, durchquerte das Eßzimmer, dann den Flur bis zum Foyer. Vor dem Arbeitszimmer des Generals, dem Zimmer, in dem ich Betty Jameson das erste Mal getroffen hatte, blieb ich stehen. Die Tür stand offen, die Lichter innen waren gelöscht. Spontan trat ich ein und schloß die Tür hinter mir.

Durch die Vorhänge drang etwas Nachmittagssonne, so daß ich genügend sehen konnte, ohne das Licht anzumachen. Leise hastete ich zu dem antiken Schreibtisch hinüber, auf dem rechts und links eine Messingschiffslampe und ein Telefon standen. In der Mitte lag eine mit Leder eingefaßte Schreibunterlage, dahinter stand ein großes, mit Gold besetztes Ledergefäß mit Bleistiften und Kugelschreibern.

Ich zog die mittlere Schublade auf. Darin lagen ein Schreibblock, ein Taschenrechner, Briefpapier mit dem Briefkopf des Generals und ein großes Scheckheft von der Art, die in einen Ordner eingeheftet wird. Ich öffnete es. In den Ringen hingen noch Kontrollabschnitte mit Bemerkungen, die darauf hinwiesen, daß es sich um das Haushaltskonto handelte. Einige Schecks waren auf Apotheken, Ärzte, Versicherungsgesellschaften, medizinische Labors und Krankenhäuser ausgestellt worden. Das war alles nicht überraschend, aber ich wünschte, die Kontrollabschnitte würden mir sagen, wer das Geld ausgegeben hatte.

Ein Teil in mir hatte ein schlechtes Gewissen deswegen, weil ich in den Privatsachen eines Klienten herumstöberte. Dies hier war keine Routineangelegenheit. Aber genausowenig war es für mich eine Routineangelegenheit, reiche Ausreißerinnen nackt und ohnmächtig in einem Zimmer vorzufinden, in dem nebenan im Bad eine Leiche in der Wanne liegt, und sie nach Hause zu bringen, nur damit das Hausmädchen ihr hilft, wieder abzuhauen.

Außer dem fehlenden Durcheinander, das ich gewöhnlich in einem Schreibtisch erwarte, gibt es über diesen hier nichts Ungewöhnliches zu berichten. Die Schubladen enthielten Kontoauszüge und stapelweise Investitionsberichte, Geschäftskorrespondenz, Investmentfondsauszüge und dergleichen.

Ich beendete meine Stöberaktion und verschloß die Schublade wieder in der Hoffnung, keine auffälligen Spuren hinterlassen zu haben. Ein schneller Blick quer durch das Zimmer gab mir auch keine weiteren Aufschlüsse. Ein Ledersessel mit einem Tischchen daneben stand in einer Ecke, wo zwei Bücherregale aufeinandertrafen.

Ich sah auf meine Uhr. Ich war weniger als zwei Minuten in dem Zimmer gewesen, aber mein Angstpegel stieg beachtlich. Stacey war sicherlich fort, ebenso wie Betty und ihre Mutter. Der General starrte im Garten hinter dem Haus in die Ferne, während sich Emily in der Küche beschäftigte. Da ich für Emily schon zu lange fort war, als daß sie sich fragen würde, wo ich war, war das Risiko, erwischt zu werden, nicht besonders groß. Aber dennoch …

Im Haus war es totenstill. Was muß das für ein Gefühl sein, durch die Räume dieses großen Hauses mitten in einer schlaflosen Nacht zu geistern? Kann Reichtum in irgendeiner Weise für ein sorgenfreies Leben, für Trost sorgen? Läßt er einen besser schlafen?

Gut, ich muß zugeben: Ich würde es gern herausfinden.

Zwischen den Bücherregalen auf der anderen Seite des Zimmers befand sich ein Wandschrank. Ich ging hinüber und zog die Türen auf. Innen, hinter einer verschlossenen Glastür, befanden sich eine Reihe Jagdgewehre, darunter war eine ebenfalls abgeschlossene Schublade.

Vorsichtig machte ich die Tür vom Waffenschrank des Generals wieder zu. Ich erinnerte mich, Bilder von ihm in der lokalen Zeitung gesehen zu haben, als ich ein Junge war, Fotografien von seiner Rückkehr von einer Afrikasafari in Tagen, in denen es noch akzeptabel war, exotische Tiere in Fallen zu locken und abzuschießen. General Jameson war als Jäger und Sportler bekannt. Er war ein vitaler, energiegeladener Mann. Der Gedanke an den Verfall dieses vorzüglichen Geistes und des kraftstrotzenden Körpers war nicht angenehm.

Frustriert schritt ich schnell zur Zimmertür und öffnete sie einen Spaltbreit. Niemand war draußen, so daß ich sie ganz öffnete und, zwei Stufen auf einmal nehmend, die Treppe in den oberen Stock hinaufging. Dies war eine Chance, die mich nichts kostete.

Staceys Zimmer am Ende des Flurs war bereits geputzt. Als ich es das erste Mal gesehen hatte, war ich verwundert darüber gewesen, daß ein junges amerikanisches Mädchen in einem so hübschen Zimmer wohnte, in dem all jene Dinge fehlten, mit denen eine Heranwachsende ihr Territorium markiert. Keine Bilder von Rock- oder Kinostars, keine Jugendmagazine, keine Häufchen schmutziger Wäsche in der Ecke, die auf ein eigenes Leben deuten. Nur Stofftiere, und diese entsprachen mehr einem Kind als allem anderen. Es schien so, als würde Stacey Jameson nur eine vorübergehende Bewohnerin dieses Zimmers oder eine Erscheinung wie ihre Mutter sein.

Ich öffnete die mittlere Schublade von Staceys Schreibtisch. Sie enthielt mehrere Spiralblöcke und ein größeres Durcheinander, als ich erwartet hatte. Die Schreibblöcke trugen das Zeichen von Harpeth Hall. Die ersten beiden enthielten Unterrichtsmitschriften und Kritzeleien, sinnlose, hingeschmierte Figuren und Bruchstücke von etwas, das eine Art Kommunikation gewesen sein muß. Ihre Skizzen waren kompakt, dunkel und sogar wild, aber dennoch klar und vollständig.

Ich schlug die anderen Spiralblöcke auf. In diesen hatte Stacey Gedichte und Teile längerer Stücke notiert, einige lediglich zusammengewürfelte Gedanken im Tagebuchstil. Ihre Gedichte waren düster, nahezu halluzinatorisch, besessen von Leiden und Tod. Sie war weit über das Melodrama

einer Heranwachsenden hinausgeschritten, über eine von Angst bestimmte Grenze hinweg, die den jungen Menschen in diesen Tagen nur allzu vertraut ist.
In einer anderen Schublade befanden sich ein Fotoalbum und stapelweise Kontaktabzüge. Stacey schien eine Vorliebe für Schwarzweißbilder von Statuen auf Friedhöfen, Wasserspeiern und vertrockneten Bäumen zu haben, und ein Foto nach dem anderen zeigte Obdachlose, Straßendiebe und behinderte Bettler. Die Fotos waren mit hochempfindlichen Filmen aufgenommen, und bei der Entwicklung war das Maximum aus ihnen herausgeholt worden, so daß sie körnig und surreal wirkten. Sie hatte ein Auge für das Visuelle, dachte ich; ein wahres Geschenk, um die dunkle Seite des Lebens zu knipsen.
Ihr Bücherregal war ebenso aufschlußreich. Zwischen den obligatorischen Schulbüchern steckten Ausgaben der auf das Schicksal gerichteten Dichter, die sie verehrte, der Fotografen, die die Welt mit einem Auge sahen, das sie nachahmte, der Schriftsteller, die ihre Qual in Worte faßten, die sie verstehen konnte.
Ich wühlte mich durch den Schutt, was mir aber keinen Hinweis darüber verschaffte, wohin sie gegangen war. Ich wollte eine Adresse, ein Buch, Briefe – irgend etwas, das mir zu einem besseren Verständnis für das Mädchen verhalf. Wer war sie? Weswegen war sie gestört? Was steckte außer einer pharmazeutischen Suppe und Seelenschmerz sonst noch in Stacey?
Ihr Schrank enthielt die übliche Garderobe eines jungen Mädchens mit einem großen Kleiderbudget: speziell zerrissene, stone-washed Jeans, von denen jede möglicherweise hundert Dollar gekostet hatte; handgefärbte Indianerblusen; T-Shirts, die sicherlich im Kmart in der Charlotte Avenue gekauft worden waren. Teure Sportschuhe, elegan-

te Schuhe und Sandalen standen aufgereiht am Schrankboden.
Nichts davon sah aus, als sei es lange getragen worden. Das letzte Mal, als ich Stacey gesehen hatte, war sie nackt und dreckig und ihre Unterwäsche grau und zerrissen gewesen, und ihre Jeans hatten ausgesehen, als hätten sie über Nacht auf der Straße gelegen.
Ich setzte mich auf den Bettrand und starrte vor mich hin. Was zum Teufel war hier vor sich gegangen?
Eins war sicher: Unter dem Bett würde ich Stacey Jameson nicht finden. Hier hatte ich getan, was ich konnte. In diesem Haus ließen sich keine weiteren Rätsel lösen. Zumindest heute nicht.

Als ich zum Büro zurückkam, hatte die Sonne die Straßen fast wieder auf Sommertemperatur erwärmt, so daß die heiße Luft über dem Boden flimmerte.
Im Büro blinkte der Anrufbeantworter vor sich hin. Ich schob meine Post zu einem kleinen Haufen zusammen und blätterte sie durch. Keine Schecks, nichts Dringendes, ein paar Rechnungen. Das Übliche. Ich drückte den Knopf des Anrufbeantworters.
»Hey, Mann, ruf mich an.« In Lonnies Stimme war ein Hauch seines Brooklyn-Akzents zu hören, der normalerweise auf Spannung deutete. »Wenn du nicht mit mir nach Kentucky fährst, muß ich jemand anderen auftreiben.«
Dann Marshas Stimme, etwas angespannt, unsicher: »Hallo, wollte nur mal durchklingeln, sehen, ob du immer noch du bist und ich immer noch ich bin. Ich meine, wegen dem, worüber wir letzte Nacht geredet haben. Na ja, ich wollte ja nur mal hören …«
Ich rief sie zurück, aber Kay Delacorte gab mir eine ausführliche, bildhafte Beschreibung dessen, womit Marsha sich

momentan beschäftigte. Sie faselte etwas über fortgeschrittenes Stadium von Zersetzung, weswegen das Fleisch vor der Autopsie eingefroren werden mußte, um das Ding ausnehmen zu können.

»Vor allem«, witzelte sie, »kann man keine Autopsie an jemandem vornehmen, der nicht still sitzt.«

Ich hinterließ eine Nachricht und wählte anschließend Lonnies Nummer. Er antwortete nach dem dritten Klingeln.

»Ja?«

»Lon-Mann«, sagte ich, »was gibt's?«

»Fährst du heute abend mit mir mit?«

»Geht nicht, Kumpel. Ich muß heute abend noch mal in eine Showbar.«

»Nun ja, zumindest hast du dir Prioritäten gesetzt.« Er lachte.

»Nichts dergleichen«, gab ich zurück. »Das Mädchen, das ich gesucht habe ...«

»Dasjenige, das du gefunden hast?«

»Sie ist wieder ausgebüchst.«

»Also erwartet sie dich wieder in der Gosse.«

»Genau das ist's auch: eine Gosse.«

»Bist du dir sicher, daß du deine Meinung nicht änderst? Ich muß einen 450 SL oben in Hop-town abholen. Du darfst ihn zurückfahren. Man kann sogar das Verdeck abnehmen.«

Ein Mercedes-Cabrio in einer klaren Mondscheinnacht von Hopkinsville in Kentucky zurückzufahren, ist normalerweise etwas, auf das ich total abfahre.

»Heute nicht, mein Junge. Ich muß dieses Mädchen echt finden. Sie steckt ziemlich tief drin.«

»Wie tief steckst du drin?«

»Hängt davon ab«, antwortete ich.

»Wovon?«

»Davon, ob ich geschnappt werde.«
Er schnaubte ins Telefon. »Das ist ein verdammter Trost.«
»Wie lange wirst du weg sein?« fragte ich.
»Ich müßte um vier Uhr morgens wieder dasein.«
»Soll ich nach Shadow sehen?«
Ein paar Herzschläge lang herrschte Stille im Telefon.
»Wenn du willst«, sagte er. »Eigentlich sollte alles mit ihr in Ordnung sein. Also nur, wenn du kannst.«
»Gut, wenn ich kann.«
»Du weißt, wo der Schlüssel ist?«
»Unter der Radkappe von dem verrosteten De Soto, richtig?«
»Ja, in der nordwestlichen Ecke vom Wohnwagen.«
»Kapiert.«
Wir legten auf und wußten beide, daß ich nach dem alten Mädchen sehen würde, bevor ich ins Bett ging.
In einem schmierigen Laden auf der Union Street, dem Cork & Fork, aß ich schnell zu Mittag. Passender wäre der Name Rotz & Kotz gewesen. Dann rief ich Betty Jameson an. Sie wollte wissen, warum ich nicht bis zwei Uhr gewartet hatte, um vorbeizukommen. Ich erzählte ihr, ich hätte Staceys Zimmer durchsuchen müssen und sei dann beschäftigt gewesen. Ich hätte keine Zeit gehabt, bis zwei zu warten. Sie ja auch nicht. Wir legten auf, und ich stellte fest, daß ich vergessen hatte, wegen dem Scheck für den Vorschuß zu fragen.
Mist.
Bis zum frühen Nachmittag vergrub ich mich in den Stapel der Ausdrucke vom Finanzamt und des Ministeriums, mit dem Resultat, daß ich nun einen ziemlich guten Plan von den Verbindungen zwischen den Clubs und den Immobilien besaß, in denen die verschiedenen Firmen ihren Sitz hatten.

Den drei Unternehmen, die als Besitzer der Immobilien genannt waren – K & K Enterprises, Ltd., Camerotica Inc. und Bluenote Corporation –, war nur ein Name gemeinsam: M.L. Klinkenstein, also der Name, den Corey in der Nacht unseres Kennenlernens erwähnt hatte. Klinkenstein war Präsident und Hauptgeschäftsführer von K & K und im Leitungs- und Kontrollgremium der anderen beiden Unternehmen.

Es gab drei maßgeblich beteiligte Unternehmen in Nashvilles Geschäft mit Showbars, Massagesalons und Pornoläden, wobei nur eine Person ihre Finger in allen drei Reisschüsseln hatte. Und für diese hatte Red Dog Turner gearbeitet. War er für das Schwarzgeld zuständig, ein umherwandernder Störenfried oder einfach ein Arschkriecher gewesen? Möglicherweise hatte Red Dog für alle Clubs gearbeitet, an denen Klinkenstein beteiligt war, und ich war lediglich durch blindes Glück und Ausdauer am Telefon an einen dämlichen Menschen geraten, der mir erzählt hatte, wo Red Dog steckte.

Es war ebensolches Glück gewesen, daß ich Corey im Club Exotique gefunden hatte und daß sie bereit gewesen war, mir zu helfen. Und ich würde es nicht Glück, sondern eher Zufall nennen, daß wir in derselben Nacht Red Dog verfolgt hatten, in der jemand anderes sich dazu entschlossen hatte, ihn umzubringen.

Das war alles sehr interessant, aber es half mir nicht, Stacey zu finden. Ich brauchte etwas, einen Schlüssel, einen geheimen Handschlag, und ich wußte nur, daß die Lösung irgendwo dort draußen zu suchen war, ich sie aber noch nicht gefunden hatte. Soweit ich mitbekommen hatte, waren die meisten anderen Mädchen, die in den Showbars arbeiteten, abgehärtet und vorsichtig. Sie würden mir nicht helfen, solange für sie nichts dabei heraussprang. Was Corey betraf,

war sie besonders unerfahren und naiv, weil sie mir allein für das Prickeln helfen wollte.
Eigentlich war es mir überhaupt nicht recht, wenn ich sie nun noch weiter mit hineinzog. Immerhin rannte da draußen ein Mörder frei herum. Andererseits war Stacey viel gefährdeter. Sie hatte den Mörder gesehen, konnte ihn möglicherweise identifizieren, war krank und konnte nicht klar denken. Meine Aufgabe war es, sie zu finden und irgendwo in Sicherheit zu bringen, egal wo. Ich würde mir alle Möglichkeiten vorbehalten, aber momentan schien es das beste zu sein, Corey zu suchen, meine Augen offenzuhalten und zu hoffen, daß mich irgend etwas zu diesem verlorengegangenen Mädchen führen würde.
Zuerst aber mußte ich natürlich beim Geldautomaten anhalten.

Falls mich der Türsteher vom Club Exotique erkannt hatte, ließ er es sich nicht anmerken. Er leierte denselben automatischen Rap herunter: mindestens zwei Getränke, selber mitgebrachter Alkohol ja, Ausschank von Alkohol im Lokal nein, die Mädchen nicht anfassen, blablabla.
Ich nickte wie ein braver Voyeur und begab mich in den Lärm. Wolken von Zigarettenqualm reflektierten die blauen, roten und violetten Lichter der blitzenden Scheinwerfer. Das »Hot Pants Explosion« von B-52 pulsierte in meinen Ohren und Kopf fast im gleichen Takt wie mein Herz und laut genug, um die Spiegel zum Erzittern zu bringen. Das Lokal war halb leer. Ein paar Männer saßen auf den Stühlen direkt vor der Hauptbühne, der Rest an den kleineren, kreuz und quer umherstehenden Tischen.
Auf der Bühne lag eine muskulöse, nackte Zwanzig-und-etwas-Jährige mit albinoweißem Haar mit dem Gesicht auf dem Boden und hatte ihre Beine vor den Männern weit

gespreizt. Dann streckte sie sich wie eine Katze, stützte sich mit den Armen vom Boden ab, formte sich langsam zu einer Brücke, um dann in einen Spagat zu gleiten.
Ich schielte quer durch den Raum zu ihr hinüber. Sie hatte einen ebenmäßigen Körper, und als sie ihren Kopf zur Seite drehte und dabei ins Publikum schaute, trafen sich unsere Blicke. Sie lächelte, und ihre Zähne blinkten in dem Schwarzlicht wie weiße Diamanten zwischen den fluoreszierenden Lippen auf. Sie hatte eine schmale Adlernase und hohe Wangenknochen. In der Luft lag ein süßer Duft aus Parfum, billigem Eau de Cologne, Zigaretten, Moschus und der Wärme von Körpern.
Sie drehte sich langsam herum, bis sie fast wieder saß, um nun auf ihrem Becken mit ausgestreckten Beinen herumzuwirbeln: eine sich drehende anatomische Darstellung.
Ich holte tief Luft, als eine Kellnerin in enger, schwarzer Hose, weißem Smokinghemd mit Rüschen und Fliege zu mir herüberkam.
»Darf ich Ihnen etwas bringen?« übertönte sie die Musik, als der Sänger am Ende des Liedes erklärte, diese heißen Höschen seien so heiß, daß sein Gegenüber sie genausogut ausziehen könnte.
Blöde Frage bei mindestens zwei Getränken. »Klar. Ein Mineralwasser mit Zitrone.«
Der Diskjockey war in B-52-Stimmung. Er leitete direkt zu »Good Stuff« über, und die Sänger schrien »Take me down, where the love honey flows ...«
Rechts von mir gab ein großer, bärtiger Holzfällertyp, eine ganze Batterie selbst mitgebrachter Bierflaschen vor sich, zwei Frauen jeweils einen Zwanziger. Die erste, eine Rothaarige in einem Babydoll, zog zwei Tische zusammen. Die zweite, eine dünne, braungebrannte Blondine in einem neonorangefarbenen Bikini, der in dem Licht zu leuchten

schien, ließ die beiden Kleidungsstücke mit einer gekonnten Geste fallen. Sie hüpfte auf die Tische, verbog sich wie eine Krabbe und kreiste mit den Hüften bei schmerzhaft gespreizten Beinen nur wenige Zentimeter vor dem Gesicht des Typen.

Die Rothaarige stand neben ihr, entledigte sich langsam ihres Nachtgewands, preßte ihre Brüste zusammen und zog sie bis zum Kinn hinauf. Dann beugte sie ihren Kopf so weit nach unten, bis sie ihre Nippel lecken konnte.

Der DJ drehte die Musik noch lauter auf. Das Denken wurde unmöglich. Lichter flackerten, Körper krümmten sich, die Sinne wurden von der Attacke überwältigt. Ich war ganz belämmert, mein Blut im Kopf pulsierte. Die Frau auf der Bühne beugte sich nach unten, blickte mir wieder in die Augen und wackelte mit einem breiten Grinsen vor und zurück.

Jemand tippte mir auf die Schulter. Ich schoß erschrocken hoch, und die Kellnerin ließ beinahe ihr Tablett voller Getränke fallen. Sie stellte ihr Gleichgewicht wieder her, ohne daß ihr Lächeln auf dem Gesicht auch nur einmal verrutschte.

Man konnte es einfach nicht übersehen: Sie hörten nie auf zu lächeln.

Das Lied näherte sich seinem Ende, und in der kurzen, gesegneten Stille, bevor der DJ erneut ins Mikro brüllte, fragte die Kellnerin: »Wo sitzen Sie?«

Einen Moment lang verstand ich die Frage nicht. Die Blondine auf der Bühne schob ihre Ein-Dollar-Scheine, die sie als Trinkgeld bekommen hatte, zu einem Bündel zusammen und beugte sich nach vorn, um ihr Kostüm aufzuheben, das sie wenige Minuten zuvor so unbekümmert fallen gelassen hatte. Ich zitterte und fragte mich, ob die Klimaanlage angeschaltet worden war.

Ich drehte mich um. Die Kellnerin starrte mich an. »Mit Ihnen ist alles in Ordnung?«
Ich bemühte mich zu denken. Was hatte sie gefragt? Ach ja, Tische ...
»Egal«, sagte ich und zeigte auf den nächstbesten Tisch. »Von mir aus hier.«
Sie stellte das Getränk ab. »Fünf Dollar«, forderte sie, aber der DJ hatte inzwischen ein anderes Lied aufgelegt, so daß ich die Worte von ihren Lippen ablesen mußte.
Ich setzte mich und nippte am Glas, als eine andere Tänzerin die Bühne betrat und versuchte, uns dorthin zu führen, wo wir nie zuvor gewesen waren.
Am ersten Abend hatte ich fasziniert wie unter einem Schock gestanden. Diesmal war es anders. Heute abend spürte ich die Hitze und das Blut in mir, und plötzlich hatte ich ein Gefühl dafür, wie jemand abhängig werden kann. Der Angriff auf die Sinne war überwältigend, jeder Sinneskanal wurde mit Eindrücken überflutet. Die Körper wurden zu Sammlungen von Körperteilen, was zu einer perfekten Vergegenständlichung führte. Sexualität wurde zur Ware reduziert, zur Droge, die man sich verschreiben lassen, kaufen und verkaufen, zu sich nehmen und genießen konnte, bis auch sie zum »Stoff« wurde, von dem immer höhere Dosen nötig waren, um die betäubende Wirkung zu erzielen. Weder Gefühl noch Intimität waren erforderlich oder gar erwünscht. Nur Schnelligkeit.
Ich fühlte mich gleichzeitig erregt und angeekelt. Ich wollte raus. Ich mußte raus, bevor es zu weit gehen würde.
Ich wollte bleiben, ich mußte bleiben. Mist!
Ich ließ meinen Blick durch das Lokal gleiten, sah die Mädchen an, weil ich Corey finden wollte, aber sie war nirgends zu sehen. Hatte sie sich krank gemeldet oder den Abend frei genommen? War sie in der Garderobe oder hatte sie Pause?

Die beiden Mädchen beendeten ihren Tischtanz mit dem bärtigen Typen, der seine Aufmerksamkeit mittlerweile einem anderen Paar widmete. Die Blonde im neonorangenen Bikini trippelte davon, die Rothaarige im Babydoll jedoch blickte mich an.

Sie schlenderte zu mir herüber. »Hallo«, begrüßte sie mich und ließ ihre Hände durch ihre fülligen, langen, roten Locken gleiten. »Ich bin Tawny.«

Ihre Haut war käseweiß und voller Sommersprossen, aber oben herum hatte sie mehr zu bieten als die meisten anderen Mädchen. Wenn sie ihre Arme hob, folgten ihre Brüste, und die Brustwarzen schimmerten durch den hauchdünnen Stoff.

»Hallo, Tawny«, sagte ich. Dann hatte ich kapiert. Tawny war diejenige, von der Corey wußte, daß Red Dog auf blonde Tänzerinnen steht.

»Möchten Sie einen Tanz?« fragte sie. »Ich habe gesehen, wie Sie uns drüben am Tisch beobachtet haben.«

Ich zog einen Zwanziger aus meiner Tasche. »Keinen Tanz, Tawny. Nur ein bißchen miteinander reden.«

Sie lächelte und setzte sich. »Prima. Ich würde mir am liebsten die Füße abschrauben.«

Tawny zog ihren Stuhl näher zu mir heran, bis wir Schulter an Schulter saßen. Sie nahm den Zwanziger, faltete ihn und ließ ihn verschwinden.

»Trinken?«

»Klar. Apfelsaft.«

Ich winkte die Kellnerin heran. »Ich habe ein anderes Mädchen kennengelernt, das hier arbeitet. Sie mochte auch Apfelsaft. Vielleicht kennen Sie sie. Mal sehen, wie war noch ihr Name? Ginger, glaube ich.«

»Ah ja«, sagte sie fröhlich. »Ginger kenne ich. Allerdings nicht besonders gut.«

»Arbeitet sie heute abend? Sie war ein nettes Mädchen.«

»Ich weiß es nicht«, antwortete Tawny. »Hab' sie nicht gesehen.«

Die Kellnerin kam und stellte das kleine Glas mit Apfelsaft auf den Tisch. Ich fischte noch einmal fünf Dollar aus meiner Tasche, und weg waren sie. Dann wurde mir klar, daß ich Corey hier nicht finden würde, aber vielleicht konnte Tawny mir helfen.

»Tawny, ich bin Privatdetektiv und arbeite an einem Fall, bei dem es um ein vermißtes Mädchen geht.«

Toll, das war die Holzhammermethode. Ich spürte, wie sie neben mir erstarrte. »Ein junges Mädchen«, fuhr ich mit lauter Stimme fort, um die Musik zu übertönen. »Sie hat hier vielleicht gearbeitet, vielleicht auch nicht. Aber sie war immer mit Red Dog Turner unterwegs.«

Ihre Augen wurde so kalt wie das Herz eines Gerichtsvollziehers.

»Ja«, sagte ich, »Red Dog.«

Sie stürzte den Rest des Getränks in einem Zug hinab und stand wortlos auf.

»Sehen Sie sich wenigstens das Foto an«, bat ich sie. »Sie ist erst siebzehn.«

Daraufhin blieb sie stehen, und ihr Blick schien einen Moment lang weicher zu werden. Ich zog das Foto aus meiner Jackentasche und hielt es unauffällig in den Kerzenschein.

Tawny beugte sich fast unmerklich herab, starrte kurz auf das Bild und schüttelte den Kopf, wobei die langen, roten Ringellöckchen auf ihrer Schulter tanzten. »Nie gesehen«, formte sie mit den Lippen.

»Wenn Sie sie gesehen hätten, würden Sie es mir sagen?«

Sofort machte sie wieder zu. »Ich habe gesagt, ich habe sie nie gesehen. Danke für das Getränk.«

Dann war sie weg, tauchte in der Menge unter wie zur Stoßzeit am Grand Central Station. Ich glaubte sowieso nicht, daß es noch funktionierte, aber einen Versuch war es doch wert.

Die Frau, die bei meiner Ankunft auf der Bühne gewesen war, lief im Lokal herum und bot an den Tischen einen Tanz an. Sie erblickte mich, als ein Typ mit dunklem Anzug und Krawatte mit einem Kopfschütteln ihr Angebot ablehnte.

Das Lächeln wurde breiter, als sie an zwei anderen Tischen vorbei direkt auf mich zukam. Mein Herz pulsierte einen halben Meter tiefer in meinem Körper als normal. Sie war groß, hatte eine blonde Mähne, die ihr auf die Schultern fiel, und trug einen Bikini mit dem Muster der amerikanischen Flagge, wie ihn Captain America für den *Easy Rider* entworfen haben würde.

Sie beugte sich tief herunter, bis ihr Kopf vor meinem Ohr und ihr Busen vor meinem Gesicht hing.

»Möchtest du einen Tanz, Süßer?«

Ich drehte meinen Kopf, damit sie mich bei dem Gangsta Rap hören konnte, der überlaut plärrte. »Wie heißen Sie?« fragte ich.

Sie blies mir ihren heißen Atem ins Ohr, den ich bis in die Zehenspitzen spürte. »Tyler, und du?«

»Riley«, antwortete ich. »D. H. Riley. Hören Sie, Tyler, ich will keinen Tanz, sondern hätte gern, daß Sie sich nur ein bißchen mit mir unterhalten.«

Sie richtete sich auf und sah auf mich herab. »Der Chef will, daß wir in Bewegung bleiben ...«

Bevor sie den Satz beenden konnte, streckte ich ihr einen zusammengefalteten Zwanziger hin, den sie, indem sie mit den Händen ihre Brüste zusammenpreßte, vorsichtig aus meiner Hand zog. Dann setzte sie sich neben mich.

»Spendierst du mir ein Getränk?«

Ich nickte und machte der Kellnerin ein Zeichen.
»Du weißt schon«, sagte sie, »du kannst näher an der Bühne sitzen. Wir beißen nicht.«
Meine Hände lagen auf dem Tisch, und sie strich mit ihren Fingerspitzen darüber.
»Das hab' ich gern«, sagte ich. »Aber, Tyler, ich bin hergekommen, weil ich nach jemandem suche. Sie können mir helfen.«
»Ich?« Zum ersten Mal, so stellte ich mir vor, gehörte dies nicht zu ihrem Manuskript.
»Ja, ich suche nach Corey.«
Das Lächeln verschwand kurz von ihrem Gesicht. »Sie wissen schon«, erklärte ich, »Ginger. Sie tanzt hier.«
Tyler, oder wie zum Teufel sie heißen mochte, zuckte auf ihrem Stuhl einen Bruchteil eines Zentimeters zurück. »Bist du ein Bulle?«
»Nein, kein Bulle. Bloß ein Freund von ihr.«
»Gut, D. H. Riley, hier drinnen gibt's einen Haufen Mädchen. Es ist echt bescheuert, sich an eine zu klammern.«
»So wie Sie meinen, klammere ich nicht an ihr«, entgegnete ich etwas lauter. Verdammt, es war schwer, mit jemandem ein ernsthaftes Gespräch zu führen, wenn man gegen die Musik anbrüllen mußte.
»Tut mir leid, daß ich dir nicht helfen kann«, sagte sie, als die Kellnerin ein Glas mit einer roten Flüssigkeit brachte und weitere fünf Dollar von mir entgegennahm. Tyler blickte in Richtung Bühne.
»Ich bin wirklich ein Freund von ihr. Woher sollte ich sonst wissen, daß ihr richtiger Name Corey ist? Und daß sie aus Boston kommt und letztes Jahr das College verlassen hat?«
Das aufgesetzte Lächeln verschwand. Tyler beugte sich ein bißchen zu mir herüber, sah nervös nach rechts und links und fragte: »Sie hat doch keine Schwierigkeiten, oder?«

»Ich hoffe nicht«, antwortete ich. »Deswegen muß ich sie ja finden.«
»Hat das was mit dem Mord an Red Dog zu tun?«
Ich beobachtete sie einen Moment lang und versuchte, hinter ihre Maske zu blicken. »Nein«, log ich. »Aber ich muß sie finden. Jemand anderes ist darin verwickelt, ein junges Mädchen.«
»Das sind alles junge Mädchen«, sagte sie mit einer zuvor nicht dagewesenen Härte in der Stimme.
Ich zog Staceys Foto aus der Tasche und hielt es in der Handfläche. »Erkennen Sie sie?« fragte ich. »Es würde sich für Sie rentieren.«
Sie schürzte ihre Lippen, als sei sie am Überlegen, ob sie die Chance ergreifen solle oder nicht. Dann blickte sie einige Augenblicke gespannt auf das Foto.
»Nein, nie gesehen. Ich glaube, ich würde sie wiedererkennen, wenn ich sie gesehen hätte.«
»Das Mädchen heißt Stacey. Sie ist siebzehn und sehr krank. Corey hatte mir geholfen.«
Tyler nahm das Glas in die Hand und nippte. Ein paar kalte Tropfen fielen auf ihren Brustansatz und verschwanden.
»Sie hat heute morgen angerufen und gekündigt«, sagte Tyler.
»Gekündigt?« Etwas in mir sackte tief ab. Corey war vielleicht nicht meine letzte Hoffnung, aber doch verdammt nahe dran.
»Einfach angerufen und gekündigt«, sagte sie nochmals.
»Hat sie noch was anderes gesagt? Verläßt sie die Stadt?«
»Ich weiß es nicht«, antwortete Tyler. »Hör mal, ich muß gehen. Ich kann hier nicht ewig sitzen, und das hier macht mich echt nervös. In was auch immer ihr zwei da geraten seid, ich will damit nichts zu tun haben.«
Sie stand auf. Ich brach jede Regel in dem Haus, als ich

meine Hand ausstreckte und nach ihrem Arm griff. Niemand bemerkte es in dem Chaos von Licht und Lärm, und ich stellte mich neben sie.

»Können Sie mir wenigstens einen Tip geben, wo Corey sein könnte? Bitte.«

Tyler preßte ihr Kinn gegen ihren Brustkorb, zog ihr Haar verschüchtert seitlich am Kopf vorbei nach vorne und verbarg ihr Gesicht dahinter. »Die Mädchen kommen und gehen«, sagte sie langsam. »Als gäb's hier eine Drehtür. Versuch's mal in den anderen Clubs.«

KAPITEL 12

Der Parkplatz des Club Exotique lag im letzten Rest des Dämmerlichts. Ich war niedergeschlagen und betäubt und verwirrt. Corey war verschwunden, ebenso Stacey. An eine Tänzerin war ich direkt herangetreten, bei einer anderen hatte ich brav Männchen gemacht und zwei Fehlschläge kassiert. Ich hatte gegen eine Backsteinmauer geschlagen, aber der Mörtel hatte gehalten.

Alles in allem kein guter Tag.

Mein Büro lag nur fünf Minuten vom Club Exotique entfernt. Die Straßen waren von ihrer Verstopfung während der Stoßzeit geheilt, und ich fand einen Parkplatz direkt vor meinem Büro. Wie immer abends um diese Zeit war die Gegend verlassen. Sogar Ray und Slim, die zwei kampflustigen Liederschreiber in ihrem Büro am Ende des Gangs, waren bestimmt irgendwo zu einer Happy Hour hingegangen.

Ich schloß die Tür hinter mir, machte es mir auf meinem Schreibtischstuhl bequem und starrte die Wand an. Als ich dennoch keine Antwort erhielt, nahm ich schließlich das Telefon zur Hand und wählte die Nummer des Leichenschauhauses.

Marsha nahm nach dem vierten Klingeln ab. »Simpkins Center«, meldete sie sich mit dienstlich klingender Stimme.

»Wir arbeiten also beide bis spät abends.«

Ihre Stimme wurde weicher. »Ja«, antwortete sie, »aber ich bin erst kurz vor Mittag zur Arbeit gekommen.«

»Wie ist's gelaufen?«

Sie kicherte. »Ich war den ganzen Tag benebelt.«

Ich mußte lächeln. »Ja, ich auch. Hat dich deswegen jemand blöd angequatscht?«

»Nein. Aber ich habe ja auch nur ungefähr sechs Monate Überstunden gemacht. Wer sollte da also was sagen? Wie war dein Tag?«

»Na ja, mein entlaufenes Mädchen kann ich diesmal mit Sicherheit abschreiben. Die eine Person, von der ich dachte, daß sie mir helfen könnte, ist ebenfalls verschwunden.«

»Du klingst irgendwie fertig«, sagte sie.

»Ja, vielleicht. Vielleicht auch nur müde.« Ich seufzte ins Telefon, ein Geräusch, das nach Verzweiflung klang, obwohl ich es wirklich nicht so meinte.

»Du bist tatsächlich fertig«, sagte sie. »Hat es irgend etwas mit dem zu tun ... worüber wir gestern abend sprachen?«

»Nein, es ist nur, daß ... Na, wie sag' ich's bloß?« Ich durchwühlte mein Hirn nach den richtigen Worten. »Laß es mich so sagen: Wenn ich dir jemals komisch vorkommen sollte, sag mir Bescheid, ja?«

Ich konnte beinahe durchs Telefon sehen, wie sich ihre Augenbrauen zusammenzogen. »Was meinst du damit?«

»In diesen Clubs herumzuhängen, kann einen schlechten Einfluß auf Menschen haben«, mußte ich zugeben.

»Das kann ich mir vorstellen. Du glaubst, das geht bei dir schon los?«

»Ich weiß es nicht. Etwas ist los mit mir, aber ich habe noch keinen Namen dafür. Ich kann mir allerdings vorstellen, wie jemand von dem Zeug gefangengenommen wird.«

»Du meinst die Showbars? Nackte Körper?«

»Weißt du noch, wie es als Kind war, als ein anderes Kind einen *Playboy* mitgebracht hat und man zum ersten Mal so ein Heft zu Gesicht bekam?«

»Eigentlich nicht, Harry«, antwortete sie, »weißt du, ich ...«

»Natürlich weißt du das nicht«, unterbrach ich sie. »Bei Mädchen läuft das anders. Als ich das erste Mal einen nackten weiblichen Körper sah, waren zwei Ebenen am Arbeiten. Zum einen war da die sexuelle Erregung, klar, dann war da aber auch ein bestimmtes Kribbeln, jemanden anzusehen, den man eigentlich nicht sehen sollte. Es liegt eine Art Vergnügen in der Unanständigkeit, verstehst du? Den Kitzel gibt's auf zwei Ebenen.«

»Gut, ja, bei Mädchen läuft das auch so.«

»Also ist der sexuelle Reiz daran ziemlich gesund, alles ist relativ. Das ist normal, solange man aufwächst. Aber damit die Sache gesund bleibt, muß man auch die emotionale Seite entwickeln, stimmt's?«

»Wie in Beziehungen«, sagte sie, »mit Intimität und Kommunikation und einem bestimmten Maß an Verpflichtung.«

»Ja, das ganze Zeug, das den Leuten wie wahnsinnig angst macht. Aber wir arbeiten daran. Wir versuchen es zumindest. Nur wenn man vom Kitzel des Unanständigen gepackt wird, macht man sich an diesen Teil nicht ran. Du siehst die perfekten Körper in diesen Läden, und es sind keine Menschen; es sind Gegenstände und nichts anderes. Und ziemlich bald hat man genug davon gesehen, und der Kitzel ist weg. Aber es ist nicht der gesunde Sexkitzel, von dem man süchtig wird, sondern der unanständige. Dann mußt du eine Stufe weiter, wie ein Junkie, der seine Dosis erhöht, weil die alte Dosis an Stoff nicht mehr ausreicht.«

»Worauf willst du hinaus, Harry?«

»Warte noch eine Minute. Ich arbeite mich gerade durch die Sache durch.«

»Was ist dann also die nächste Stufe?«

»Ich weiß es nicht. Vielleicht Pornographie, erotische Bücher. Einhändiges Lesen. Dann geht's weiter zu den Filmen und ähnlichem. Bald reicht auch das nicht mehr aus, und man muß es live sehen. Die echten Sachen. Man geht in Showbars, wo man für den Eintritt und mindestens zwei

Getränke eine Unterrichtsstunde in Frauenheilkunde und Geburtshilfe erhält.«

»Harry, das ist geschmacklos«, protestierte sie.

»Und nach alldem geht's in Sexclubs, wo man Leute in echt sieht, die es miteinander treiben.«

»Das wird ziemlich unheimlich, Schatz.«

»Wo soll das alles enden? In Vergewaltigung? Serienmord? Ich habe irgendwo gelesen, Serienmörder und Vergewaltiger seien sexsüchtig.«

»Du glaubst also, daß ein Junge, der, eingeschlossen im Badezimmer, einen Blick auf einen *Playboy* riskiert, logischerweise gleich ein Ted Bundy wird. Mein Gott, Harry, du wirst ja zum Republikaner.«

»Nein, bitte«, flehte ich. »So nicht. Ich bin einfach von der dunklen Seite dieser Sache fasziniert.«

»Bist du der Meinung, daß das hier vielleicht deine dunkle Seite betrifft, Baby?«

»Ich weiß es nicht«, sagte ich. »Ich wußte noch nicht einmal, daß ich eine dunkle Seite habe. Zumindest nicht diese.«

»Jeder hat seine dunkle Seite«, tröstete sie mich. »Warum glaubst du, du seist anders?«

»Es ist deprimierend, an diesen Orten zu verkehren«, fuhr ich fort.

»Gut, das bedeutet, daß du gesund bist.«

»Aber ich geh' da rein und muß einfach hinstarren. Ich bin einfach irgendwie erregt. Und das hasse ich.«

»Sieh mal, das ist doch bloß menschlich. Wenn du einen Raum voll mit nackten Körpern betrittst, mußt du hinstarren. Deswegen muß man sich nicht schämen. Aber wenn du deinen Fall abgeschlossen und dieses Mädchen gefunden hast und immer noch in Räumen rumhängst, die voller nackter Frauen sind, werden wir ein ernstes Wörtchen miteinander reden müssen.«

»Hey, hör mal, wenn die Sache vorbei ist, wirst du die einzige nackte Frau sein, mit der ich in einem Raum zusammensein möchte.«

Sie lachte. »Dein Wort in Gottes Ohr.«

»Die Frau, die mir geholfen hatte«, erzählte ich nun, »sie scheint die Stelle gewechselt zu haben. Ich werde sie suchen, das dauert vielleicht noch einen Abend. Wenn ich sie nicht finden kann, wird es Zeit, einen anderen Weg einzuschlagen.«

»Noch ein Abend wird schon nicht schaden, glaube ich.«

»Wenn ich früh zurückkomme, ruf' ich dich an.«

»Ruf morgen an. Ich werde früh ins Bett gehen«, bat sie. »Ich bin kaputt.«

Ich glaube, es wäre einfacher gewesen, nicht allein loszuziehen. Einen Raum voller Männer zu betreten, die nackte Frauen beäugen, gibt einem das Gefühl, fast selber nackt zu sein. Es ist nicht so, daß man verbergen kann, warum man da ist; es ist auch nicht so, daß man unbeabsichtigt in das Lokal marschieren und sich dann entscheiden könnte zu bleiben, nur weil die Atmosphäre so herzlich ist.

Das erste Lokal, das ich anpeilte, lag abseits der Division Street, in der Nähe der Music Row mit Backsteinhäusern nebenan, die geschäftlich genutzt wurden und jetzt unabhängige Plattenlabels, Studios und Büroräume beherbergten. Ich hielt vor einem zweistöckigen Backsteingebäude, das bis auf die vollkommen schwarz übermalten Fenster in leuchtendem Purpurrot gestrichen war.

Ich stellte meinen Wagen an einer Parkuhr ab und ging auf das Lokal zu. Eine Tafel in Neonpink mit riesigen Buchstaben sagte: NACKTE MÄDCHEN LIVE.

O Jesses, wie als Gegensatz zu toten nackten Mädchen.

»Lieber Gott«, betete ich leise, als ich mich der Tür näherte,

»laß niemanden, den ich kenne, sehen, daß ich hier reingehe.«
Ich zog an der schweren Glastür und trat ein. Die Musik dröhnte hier von der oberen Etage herab, ein hämmernder, unverkennbarer Beat, der die Deckenträger über mir erbeben ließ. Das Erdgeschoß war – dies trifft die Beschreibung wohl am besten – ein Supermarkt. Aber anstatt Brot, Milch, Butter und Eier zu kaufen, konnte man hier mit jedem erdenklichen, lustspendenden Gerät, Spielzeug, Apparat, Werkzeug oder sonstwie komplizierten Ding hinausgehen. Ich hatte von Plastikpuppen zum Aufblasen gelesen, aber ich hatte nicht gewußt, daß es sie in allen nur denkbaren Größen, Geschlechtern, Rassen, Konfessionen oder nationalen Abstammungen gibt. Und wenn man nicht die ganze Puppe wünschte, konnte man einfach diejenigen anatomischen Teile erwerben, die einem am meisten zusagten.
Ich schüttelte meinen Kopf vor Erstaunen. Drei oder vier Typen schlichen zwischen den Regalen herum und gingen sorgfältig die Videos, Magazine und die Gestelle mit pornographischen CD-Roms für die eher technisch Interessierten durch. Hinter einer verglasten Theke, die mit allem möglichen Zeug, von Kondomen bis zu Spielkarten für Erwachsene, vollgestopft war, saß ein älterer, fetter, glatzköpfiger Mann und rauchte eine eklig grüne Zigarre. Er hatte mich beim Eintreten erspäht, sich dann aber wieder seinem Taschenbuch gewidmet. Ich überlegte kurz, ihm Staceys Bild zu zeigen oder ihn wegen Red Dog zu fragen, aber das hätte mich vermutlich in Null Komma nichts wieder hinausbefördert.
Ich schlenderte ein oder zwei Minuten herum und versuchte, meine Fassung wiederzuerlangen. In einer Abteilung hier im Erdgeschoß gab es ausschließlich Schwulenpornos,

in einer anderen Peitschen und Ketten und in einer dritten großen Abteilung gab es, soweit ich es überblickte, Amateurvideos. Es waren Hunderte von Anthologien und Sammlungen der Dinge, die Menschen in ihren eigenen Schlafzimmern dank des Wunders der Videokamera gefilmt hatten. Das war zuviel, einfach zuviel.

Um eine Ecke herum, an einem Wandregal mit Dildos, Vibratoren, Butt Plugs und einer Reihe anderer farbenfroher, batteriebetriebener Geräte vorbei, führte ein Durchgang zu einer engen Treppe hinauf in die nächste Etage. Auf einem Schild stand: TÄNZERINNEN NUR FÜR SIE, EINE TREPPE HÖHER.

Ich holte tief Luft und ging hinauf. Das Licht wurde schummriger, weil das Treppenhaus nur vom Erdgeschoß aus und von einem roten Schild mit der Aufschrift AUSGANG beleuchtet wurde. Oben erwartete mich eine verschlossene Tür. Ein weiteres Schild sagte mir: WENN SIE NACKTSEIN ALS ANSTÖSSIG EMPFINDEN, TRETEN SIE BITTE NICHT EIN!

Dafür war es zu spät, als ich die Tür aufstieß. Der Raum war groß und umfaßte beinahe die gesamte erste Etage. Nackte, abgenutzte Holzböden deuteten auf den Ursprung des Gebäudes als Warenlager. An den Wänden entlang standen planlos Kabinen, deren Wände aus schlecht verarbeiteten Fertigteilen bis etwa dreißig Zentimeter unter die Decke reichten. Von einigen blätterte die Farbe ab. Vor dem Eingang zu jeder Kabine war ein Vorhang zugezogen.

Die Musik plärrte einen Urban Gangsta Rap, ein simples Liedchen, in dem etwas von einem Mann erzählt wurde, der mit der Schwester und der Mutter eines anderen Mannes gleichzeitig Sex hatte, um sich wegen einer geschäftlichen Transaktion zu rächen, die den Bach hinuntergegangen war.

Zumindest glaube ich, daß dies die genaue Umschreibung ist. Es läßt sich schwer sagen.
Vier Sofas waren in der Mitte des Raumes zu einem Quadrat aufgestellt. Auf zwei nebeneinanderstehenden Sofas saß jeweils ein Mann, jeder mit einer nur dem Begriff nach angezogenen Frau.
Eine große Rothaarige mit schwarzem Wildleder-BH, Strapsen und Hundehalsband kam auf mich zu.
»Hallo, ich bin Candy«, überschrie sie die Musik.
»Hallo, Candy«, begrüßte ich sie.
»Schon mal hier gewesen?« fragte sie fröhlich.
»Zum ersten Mal.«
»Na ja, also hier oben läuft das so«, erklärte sie. »Du darfst dich gern überall hinsetzen, und wenn du eine siehst, die dir gefällt, gehst du in eine der Kabinen für einen Tanz nur für dich. Wenn du nur oben ohne willst, macht das zwanzig, nur unten ohne fünfunddreißig und total nackt fünfzig. Tänze dauern etwa zwanzig Minuten oder so und sind absolut nur für dich privat. Nur du und die Phantasie, die dir am meisten liegt, ganz allein. Na, wie hört sich das an?« Sie lächelte und drehte kokett den Kopf.
»Großartig. Ist das in Ordnung, wenn ich mich ein bißchen umschaue?«
»Klar. Darf ich dir was zum Trinken bringen? Hier gibt's keinen Alkohol, aber weiche Getränke kannst du haben.«
»Wie wär's mit einem Ginger Ale?«
»Kommt sofort.«
Sie ging weg in Richtung der Schatten auf der anderen Seite des Raumes. Meine Augen gewöhnten sich an das schummrige Licht, und ich erkannte eine kleine Bar in der Ecke. Mehrere Frauen, die mehr oder weniger nichts anhatten, lehnten dagegen und unterhielten sich mit dem Barmann, der offensichtlich in einer Doppelrolle auch zum Platten-

auflegen zuständig war. Auch ein paar wirklich große Jungs in Anzügen lungerten herum.
Die zwei Herren auf dem Sofa sahen von ihren Mädchen auf, als ich dort stehenblieb. Ich war nervös, und mir war es peinlich wie einem Trottel, der auf eine Party eingeladen wird, zu der er allein kommt und wo er niemanden kennt.
Ich ging um die Sofas herum in eine Ecke, wo zwei andere Vinylsofas an einer Wand standen. Auf eines davon ließ ich mich gleiten, hielt aber plötzlich inne. Ich spürte etwas Klebriges. Ich zuckte zusammen, stand wieder auf und setzte mich schwungvoll auf das andere.
Eine der Frauen an der Bar hatte mich erspäht und setzte zum Todesstoß an. Sie hatte so schwarzes Haar, daß es gefärbt sein mußte, und Ringe unter den Augen, und sie war so spindeldürr, daß ihre Rippen durch ihre blasse Haut schimmerten. Sie trug einen marineblauen String-Bikini und Stöckelsandaletten aus Wildleder.
»Hallo«, begrüßte sie mich und landete neben mir auf dem Sofa. Ich war gegen die dick gepolsterte Armlehne des Sofas gestützt, und mein linker Arm lag auf der Seite. Sie kuschelte sich so eng an mich, daß sie mich noch fester ins Polster drückte. Im schummrigen Licht erkannte ich auf ihrem Arm blaue Flecken, das andere waren vielleicht Narben.
»Hallo, ich bin Rio.«
»Hallo, Rio.«
»Willst du mich für einen Tanz nur für dich engagieren?«
»Vielleicht etwas später.«
»Prima. Während du überlegst, könnte ich was zum Trinken brauchen.«
»Gut«, stimmte ich zu. »Sie weiß, was du willst, oder?«
Rio nickte.
»Na dann los.«
Rio machte ein kurzes, fast nicht wahrnehmbares Zeichen

mit ihrem Kopf, und Candy, die mit meinem Getränk auf uns zusteuerte, änderte ihren Kurs und marschierte zur Bar zurück.

Ich wandte mich Rio zu. Sie war mindestens Anfang Dreißig, also viel älter als die Mädchen aus dem Club Exotique. Und die zwei Frauen auf den Sofas direkt am Eingang hatten ebenfalls einige verdammte Jahre mehr auf dem Buckel. Auch körperlich waren sie nicht so gut in Form: Die Frau in dem durchsichtigen Nachthemd hatte etwa fünfzehn Kilo zuviel.

»Wie lange arbeitest du schon hier, Rio?«

»Etwa sechs Monate«, antwortete sie.

»Und woher kommst du?«

»Oh, von Detroit, über Gary und Indianapolis.«

»Wie lange bist du schon in Nashville?«

»Ungefähr sechs Monate.«

»Oh, dann bist du wohl nach hierher weitergereicht worden, oder?«

Candy näherte sich mit einem Tablett und reichte mir ein Ginger Ale und Rio eine Cola. »Fünf Dollar, Schätzchen.«

Das war etwa halb so teuer wie in dem anderen Laden, in dem ich gewesen war. Dieser Schuppen hier schien ein Stück weiter unten in der Nahrungskette angesiedelt zu sein.

Ich reichte Candy einen Zwanziger und beobachtete sie dabei, wie sie sorgfältig fünf Ein-Dollar-Scheine und einen Zehner zusammenzählte. Ich gab ihr einen Ein-Dollar-Schein zurück und stopfte den Rest in meine Tasche.

»So«, sagte ich, »wo waren wir stehengeblieben?«

Rio nippte am Glas. »Du hast einen Haufen Fragen gestellt.«

»Ich wollte nur etwas Konversation betreiben«, entschuldigte ich mich. »Nicht neugierig sein.«

Sie preßte ihren dünnen Arm gegen meine rechte Schulter

und rieb mit ihrer Schuhspitze an meiner Wade. »Neugierig sein. Eigentlich könnten wir uns ziemlich gut kennenlernen«, sagte sie.

Die Musik wechselte in einen wilden Heavy Metal, das Quietschen der Gitarren wurde nur vom Quietschen der talentlosen Idioten übertroffen, die ihren Scheiß dazu hinausschrien.

Dieser Laden war eine Krankheit, ein Absteige, die nicht allzu weit entfernt war von der letzten Haltestelle auf dem Weg von der hochbezahlten Tänzerin zur Hure auf einer dunklen Seitenstraße. Corey könnte eines Tages an einem Ort wie diesem enden, aber an diesem Abend war sie nicht da. Darauf hätte ich meine Miete verwetten können.

»Was ist in den Kabinen?« schrie ich über die Musik hinweg.

»Ein Sofa. An den Wänden hängen Spiegel. Man geht da rein, schnuppert etwas Privatatmosphäre und hat viel Spaß dabei.«

»Wieviel Spaß?«

»Das mußt du schon selber herausfinden, Schätzchen«, konterte sie, grinste mich an, flirtete, reizte und umgarnte mich. Ihre Zähne waren schief, und oben hatte sie eine Lücke. Sie legte ihren Arm über meinen Schoß. Ich sah hinab, beobachtete ihn und versuchte, die Linien zu erkennen, die sich in der Armbeuge bildeten. Ihre Haut war schwabbelig und schlaff.

»Hör mal, Rio, du bist eine wirklich nette Dame, aber ich glaube, ich muß gehen«, sagte ich.

»Och, komm schon, sei kein Frosch«, drängte sie, als sie ihren Arm gegen meinen Schoß preßte. Mein Herz pochte ein bißchen schneller, und mein Magen verkrampfte sich.

»Danke«, lehnte ich ab, »danke nein.«

Sie öffnete ihre Hand und ließ sie zwischen meinen Schenkeln bis in meinen Schritt hinaufgleiten. Als sie gefunden hatte, was sie suchte, drückte sie rhythmisch dagegen.

Vor uns stand kein Tisch, so daß ich mich über ihren Arm beugen mußte, um mein Glas auf den Boden zu stellen. Dann lehnte ich mich wieder zurück, nahm ihren Arm aus meinem Schoß und schob ihn fort. Ich stand auf und blickte auf sie hinunter.

»Wir sehen uns bestimmt mal wieder, Rio«, verabschiedete ich mich.

Ihre Augen verdunkelten sich, und das Lächeln verschwand.

»Nicht, wenn ich dich zuerst sehe, du Wichser«, zischte sie.

Von da an ging's bergab mit dem Abend. Keine neue Spur und keine Corey. Im Otra Vez Club schüttete mir eine zugedröhnte Fixerin ihr Getränk in meinen Schoß. Als ich nicht zuließ, daß sie mir die Hose zum Trocknen auslutschte, versuchte sie, die Schweinerei mit ihrer Zunge aufzulecken.

Im XXX A-Go-Go gerieten zwei Typen einer Studentenschaft, die ein bißchen zu viel Schwung in den Laden bringen wollten, mit einem der Mädchen in einen Wortwechsel und wurden rausgeschmissen. Der größere der beiden holte seinen Baseball-Schläger, den er unter dem Vordersitz seines Chevy S-10 Pickup versteckt hatte, wodurch er sich die schlimmste Abreibung einhandelte, von der ich je mitbekommen hatte. Ich fuhr gerade in dem Moment vom Parkplatz, als die Bullen ankamen.

Der Türsteher im Odyssey informierte mich darüber, daß der Club keine Showbar mehr, sondern jetzt unter neuer Leitung ein Pärchenclub sei. Er erklärte mir noch die Regeln, als ich bereits zum Wagen zurückmarschierte.

Vor dem Classic Cat auf der Eighth Avenue, einem der älteren, renommierteren Clubs der Stadt, wurde ich von einem betrunkenen Transvestiten in rotem Abendkleid angemacht, der eine Rasur und fünf Dollar für ein Taxi bitter nötig hatte. Er hatte sich im Victor/Victoria, der Fummelbar gegenüber vom Cat, seine Handtasche klauen lassen. Der Typ heulte so sehr, daß er mir leid tat, aber mir ging selber das Geld aus.

Im Double Platinum Club hätte ich Corey finden können. Dieser Club war nahezu so elegant wie das Classic Cat und das Deja Vu. Ich lungerte etwa eine Stunde herum, verpulverte zwanzig Piepen für das Gedeck und die Getränke, schob einer Tänzerin einen Zwanziger und meine Karte zu mit dem Hinweis, es sei noch ein Hunderter für sie drin, wenn sie mich anrufe, falls Corey hier wegen Arbeit aufkreuze. Intuitiv zog ich auch Staceys Bild aus der Tasche und fragte, ob sie sie gesehen habe. Kein Glück.

Zu dem Zeitpunkt verlor ich bereits den Überblick über meinen Zeit- und Geldaufwand. Ich leerte den Inhalt meines Portemonnaies auf den Beifahrersitz, während ich an einer roten Ampel wartete, und stellte fest, daß ich nur noch fünfundzwanzig Dollar hatte. Das würde mich nicht sehr weit bringen, aber mir gingen sowieso die Lokale aus, in denen ich hätte suchen können.

Die Ampel auf der Church Street wurde grün, ich überquerte die Kreuzung über die I-40 hinweg und fuhr in Richtung Elliston Place. Es gab ein anderes Lokal neben dem Baptist Hospital, das in den Siebzigern eine Schwulenbar mit dem Namen The Cabaret gewesen war. Früher einmal war ich dort nach einer Party mit einem Rudel von Leuten gewesen, die glaubten, es sei noch zu früh, um nach Hause zu gehen. Es war so ein nettes, lustiges Plätzchen gewesen, zu dem auch Heteros Zutritt hatten und rumgaffen konnten, solange sie sich nicht danebenbenahmen.

Eine Zeitlang war es geschlossen gewesen und vor ein paar

Jahren als Showbar wieder eröffnet worden. Ich hatte ihre Anzeigen in der *Scene* gesehen, aber an die genaue Adresse konnte ich mich nicht erinnern. Ich irrte durch das Straßenlabyrinth um das Krankenhaus herum, dann erblickte ich endlich das blinkende rot-grüne Neonschild, auf dem FANTASY ISLAND stand.

Mir fiel die Fernsehserie ein. »Das Flugzeug ... das Flugzeug«, summte ich

Nun, dachte ich, irgendwie ... na, ich weiß nicht.

Der Typ mit den schulterlangen Haaren und dem obligatorisch schlecht sitzenden Smoking erklärte mir die Regeln, die den Regeln der anderen Lokale ziemlich genau entsprachen. Der Eintritt kostete mich zehn Dollar, und weitere zehn Dollar für die Mindestgetränke, was bedeutete, daß mir nichts blieb, um die Mädchen dazu zu ermutigen, mit mir zu reden. Keine großartige Sache; es war nach Mitternacht, und ich war enttäuscht und erschöpft. Ich wollte nur so lange bleiben, bis ich mich einmal umgesehen hatte.

Hier wurde Rockmusik aus den Siebzigern gespielt, der wilde Bob Seger, Huey Lewis und so Zeug, das einen mitriß, dem aber der Totenkopfschwung der Gangstas und Rocker fehlte. Das war wenigstens eine gute Möglichkeit, den Abend ausklingen zu lassen. Eine hübsche Blondine in französischer Dienstmädchenaufmachung und mit Netzstrümpfen nahm meine Bestellung entgegen und brachte mir eine Cola. Die Mädchen promenierten entspannt und zwanglos auf und ab. Dies war eines der Lokale, in dem dir niemand »zufällig« sein Getränk über die Hose schüttet, um dich anschließend im Schritt trocken zu klopfen.

Die Hauptbühne machte eine Wölbung in den Zuschauerraum hinein. Im Hintergrund stand eine nachgemachte viktorianische Couch mit Spiegeln dahinter, die die ganze

Wand bedeckten. Für die Mädchen gab es nur eine Messingstange zum Hochklettern.
Der DJ rief ins Mikro, daß Debbie als nächste an der Reihe sei, und eine große Frau mit brünettem, glattem Haar, das im Crystal-Gayle-Stil bis zur Hüfte reichte, stolzierte auf das polierte Parkett und machte sich an die Arbeit. Ich warf einen Blick über die Menge hinweg und blickte nur ab und zu zur Bühne, wo die Vorstellung bis jetzt eher nach dem Motto »alles schon mal dagewesen« ablief.
Debbie beendete ihre Nummer mit einem begeisterten und wilden Applaus der etwa dreißig Typen, die so spät noch anwesend waren. Auch die anderen Mädchen applaudierten und johlten für ihre Kollegin. Das mußte ich ihnen lassen: Die Mädchen in diesem Lokal bewiesen mehr Corpsgeist als in allen anderen, in denen ich gewesen war.
»Und nun, meine Herren«, rief der nervige Depp, »eure Begeisterung wird nicht aufzuhalten sein für die nächste, unbeschreibliche Schönheit des Fantasy Island! Applaus für Ventana!«
Ich sah von meinem Glas auf und klatschte mit so wenig Begeisterung in die Hände, wie ich aufbringen konnte. Der Vorhang links von der Bühne öffnete sich einen Spalt weit und ließ eine Wade und einen Oberschenkel sehen.
Dann schlenderte Corey auf die Bühne. Sie trug denselben purpurroten Spitzen-BH und dasselbe purpurrote Spitzenhöschen wie beim ersten Mal, als ich sie kennengelernt hatte.

KAPITEL 13

Während sie noch vom Scheinwerferlicht geblendet wurde, wechselte ich zu einem in der hinteren Ecke stehenden Tisch im Schatten eines großen Pflanzengefäßes voller Farn.

Ich konnte nicht zusehen, wie sie tanzte. Statt dessen beobachtete ich die Zuschauer.

Die Männer johlten, brüllten, stampften mit den Füßen auf dem Boden und warfen ihr Dollarscheine zu. Ich starrte in eine verwässerte Cola, während die Musik rhythmisch wie die Buschtrommeln in einem alten, rassistischen Schwarzweiß-Tarzan-Epos dröhnte. Die Stroboskope blitzten, und die farbigen Scheinwerfer tauchten in meinem Gesichtsfeld auf und verschwanden immer wieder, als seien sie eine Flüssigkeit.

Das Ganze war nach einer Zeit vorbei, die mir wie eine schreckliche Ewigkeit vorkam, vermutlich aber nur fünf Minuten gedauert hatte. So machen sie es in diesen Lokalen: Sie halten die Dinge in Bewegung, so daß sich die Trottel nicht langweilen. Sie dürfen taub, geil, besoffen oder doof im Kopf werden, aber niemals dürfen sie sich langweilen.

Ich sah auf, als Corey ihre Unterwäsche und die Dollarscheine vom Holzboden aufsammelte. Die Stimme des Diskjockeys wurde zu einem lauten, verschwommenen Geplärre. Corey ging die paar Stufen links von der Bühne hinab und verschwand seitlich, ihre Kleidung und die Scheine hielt sie krampfhaft in der Hand.

Ein paar Minuten später tauchte sie wieder auf, diesmal angezogen, sofern man es mit diesem Ausdruck bezeichnen konnte, und sorgfältig gekämmt. Ich lehnte mich auf dem Stuhl zurück, als sie durch den Raum schritt und die Typen zu einem Couchtanz verlocken wollte. Die Männer wollten nicht; es war spät, und darüber hinaus war die Puppe, die sich mittlerweile auf der Bühne schüttelte, ein echter Knüller.

Sie näherte sich mir von rechts, fragte an jedem Tisch, wobei sie schüchtern lächelte und auf eine unschuldige, zurückhaltende Art flirtete, mit der sie in einem oder zwei Jahren niemanden mehr hinter dem Ofen vorlocken könnte.

Zwei Tische von mir entfernt sah ein depressiv wirkender Typ mit weißem Polohemd und grünen Polyesterhosen aus, als wollte er das Angebot annehmen. Sie beugte sich hinab, warf sich ihm förmlich ins Gesicht und quasselte ein paar Sekunden lang freundlich mit ihm. Er lächelte, griff in seine Gesäßtasche und nahm das Portemonnaie heraus. Er hielt es auf, überprüfte unauffällig seine finanzielle Situation und machte das Portemonnaie wieder zu, das er in seine Tasche zurückstopfte.

Corey lächelte ihn an. Vielleicht war sie enttäuscht, aber mit Sicherheit würde sie ihm keinen Kinnhaken verpassen. Sie stellte sich gerade hin, Brustkorb nach vorne, und kam zu meinem Tisch herüberstolziert, wo ich meinen Kopf nach unten gesenkt und den Blick nach oben gerichtet hatte, wobei ich sie kaum ansah.

»Hallo«, sagte sie, als sie sich herabbeugte, um gegen die laute Musik anzukämpfen. »Ich bin Ventana. Möchtest du einen ...«

Als ich meinen Kopf hob, verschwand das Lächeln aus ihrem Gesicht, als würde eine Tür zugeschlagen werden.

»Ich dachte, du treibst dich nicht in solchen Lokalen herum.«

»Setz dich«, forderte ich sie auf. »Bitte.«

»Ich bin neu hier«, entgegnete sie. »Man erwartet von mir, daß ich auf Suche gehe.«
»Ich weiß«, sagte ich. »Ich habe schon den ganzen Abend nach dir gesucht und bin nun pleite. Kannst du dich nicht eine Minute hinsetzen?«
Sie zog den schwarzen Chromstuhl mit Vinylbespannung heran und ließ sich neben mir nieder. »Was glaubst du wohl, was du machst, Harry?«
»Ich versuche, ein sehr krankes Mädchen zu finden«, antwortete ich.
Sie war geplättet. Ihr Gesicht erstarrte für einen Augenblick. »Du meinst, sie ist ...«
»Ja. Sie hat sich wieder aus dem Staub gemacht.«
»Hey, Junge, du solltest daran denken, daß sie beobachtet wird«, sagte Corey.
»Du mußt mir helfen, sie zu finden.«
Sie schüttelte den Kopf, so daß die Mähne ihrer feinen, braunen Haare über ihre nackten Schultern vor und zurück fiel.
»O nein, Brüderchen. Ich nicht.«
»Corey, bitte.« Ich faßte nach ihrer Hand.
»Wozu machst du dir Sorgen?« fragte sie. »Du wurdest dafür bezahlt, sie zu finden, und du hast sie gefunden. Was sie danach mit ihr anstellen, ist deren Problem.«
Nun schüttelte ich den Kopf. »Du hast sie gesehen. Du weißt, in welchem Zustand sie ist.«
»Dann laß das von der Polizei regeln.«
Ich ließ den Kopf sinken und starrte ins Schwarze jenseits des Tisches. »Vielleicht sollte ich das. Aber ich habe einfach das Gefühl, daß sie dann endgültig den Abgrund hinunterstürzt.«
Sie berührte mein Kinn mit ihrer freien Hand und schob es vorsichtig nach oben, bis unsere Gesichter auf glei-

cher Höhe waren. »Du bist ein süßer Junge, Harry. Aber diese Typen haben jemanden umgebracht. Die meinen es ernst.«

»Noch ein Grund mehr, mir um sie Sorgen zu machen. Ich denke, daß sich Stacey bei jemandem versteckt, den sie über Red Dog kennt. Ich scheue mich, das Wort ›Freund‹ zu verwenden, aber hast du jemals gesehen, daß Red Dog mit jemandem unterwegs war?«

»Nein, er kam immer allein in den Club.«

»Ich habe mit einer von Red Dogs Nachbarinnen gesprochen. Eine alte Dame, die sagte, ein kurzhaariger Typ sei ab und zu bei ihm in der Wohnung aufgekreuzt. Er hätte wie ein Yankee geredet. Klingelt's bei dir?«

»Nein. Nichts.«

»Sieh mal, ich weiß, daß ich kein Recht habe, dich wieder in die Sache reinzuziehen, aber du bist die einzige, die überhaupt mit mir spricht. Ich habe Staceys Foto den ganzen Abend herumgezeigt. Alle machen sie zu.«

Sie stand auf und brachte ihren Nabel rücksichtslos auf die Höhe meiner Augen. »Du meinst es ernst, nicht wahr?« fragte sie. »Du hast wirklich die Absicht, dieses kleine Mädchen zu finden.«

Ich biß mir auf die Unterlippe und nickte.

»Wie spät ist es?« fragte sie.

Ich sah auf meine Uhr. »Viertel nach eins.«

»Um zwei hab' ich frei. Du kannst mich nach Hause fahren. Parke weiter vorne auf der anderen Straßenseite. Wir dürfen nicht mit Kunden rausgehen.«

»Bei dem ganzen Geld, das du hier verdienst, hast du kein Auto?«

Sie stemmte ihre Arme in die Hüften und ließ die Hände abstehen. »Ich bin immer mit einem der Mädchen aus dem Club Exotique nach Hause gefahren. Jetzt, wo ich hier

arbeite, werde ich so lange mit einem Taxi fahren, bis ich das finde, was ich suche.«
Corey drehte sich um, um zu gehen. Die Kurven ihrer Hüften verschmolzen mit der Rundung ihrer Wirbelsäule zu einer festen Linie, die Jugendlichkeit ausstrahlte und so verführerisch war, daß sie einen Toten zum Leben erwecken könnte. »Hey, Corey, mir ist gerade was eingefallen«, rief ich hinter ihr her.
Sie blieb stehen und drehte sich um. »Was?«
»Ich weiß noch nicht einmal deinen Nachnamen.«
»Kerr«, rief sie zurück. »Corey Kerr.« Dann machte sie wieder eine Kehrtwendung und schwebte fort.
»Hast du im Exotique gekündigt wegen dem Abend davor?« rief ich ihr noch einmal nach, diesmal lauter.
Sie sah mich über ihre Schulter hinweg an und kräuselte die Lippen. »Nein«, hänselte sie mich. »Ich hatte Angst, dir noch einmal zu begegnen.«

Die Nachtluft war kühl und feucht. Die Straßen waren zum größten Teil ruhig, aber ich war oft genug mitten in der Nacht in Downtown gewesen, so daß ich wußte, daß sie nicht sicher waren.
Ich schaltete einen UKW-Sender im Radio an und lauschte der Stimme des Sprechers. Ich drehte am Radio und bekam nur das verhaßte Nachtprogramm für Anrufer, fertige Prediger, die sich lautstark über die Apokalypse auslassen, und die endlose Werbeparade rein.
Hunger und Müdigkeit machten mir zu schaffen. Beinahe wünschte ich, ich würde rauchen, um wenigstens etwas mit meinen Händen anfangen, mich mit etwas beschäftigen zu können. Ich sah in dem schummrigen Licht einer nahen Straßenlaterne auf die Uhr: noch zehn Minuten.
Die zehn Minuten waren wie eine Ewigkeit. Endlich ging die

Tür zum Club auf, und Corey trat heraus, gekleidet in einer Jeans und blauem Jeanshemd. Ihr Haar war wieder zu einem Pferdeschwanz zusammengebunden. Sie sah aus wie eine Studentin, die nach einem Abend in der Bibliothek nach Hause geht.

Sie redete kurz mit einem Rausschmeißer, sah dann über die Straße und erblickte mich im Mustang. Der Rausschmeißer sagte etwas zu ihr, sie aber schüttelte den Kopf. Dann klemmte sie sich ihre Umhängetasche unter den Arm und überquerte die Straße.

Ich griff auf die andere Seite und entriegelte die Beifahrertür. Als Corey sich in den Wagens setzte, summte der Motor im Leerlauf.

»Wohin?« fragte ich.

»Ich wohne in einem Zweifamilienhaus oben in Madison«, sagte sie.

»Prima. Ich wohne in East Nashville. Das ist die gleiche Richtung.«

Ich fuhr auf die Ampel am Broadway zu. »Deinen Verlobten stört es nicht, wenn ich dich so spät nach Hause bringe?«

»Meinen wen?«

»Na, deinen College-Jungen. Den du heiraten willst.«

Sie blickte aus dem Fenster, weg von mir. Schatten flogen vorbei. »Es gibt keinen Verlobten.«

»Und was ist mit dem Ring?« Die Ampel sprang auf Grün. Ich blieb noch einen Moment stehen, während drei ankommende Autos die rote Ampel der Querstraße überfuhren, bog dann auf den Broadway ab und fuhr Richtung Fluß.

Sie hielt ihre Hand vor sich hoch. »Der ist falsch. Alle Mädchen tragen so einen, damit sie nicht belästigt werden.«

Ich schaltete mich durch die Gänge, so daß der Wagen in einem weichen Rhythmus beschleunigte und wieder langsamer wurde. »Ich wette, daß du auch nicht aus Boston kommst.«

Corey legte ihre Hand in ihren Schoß zurück.

»Du kannst eine richtige Nervensäge sein, Harry. Hat dir das schon mal jemand gesagt?«

»Zweimal am Tag. Also, woher kommst du?«

Die Ampel zur Second Avenue hatte uns erwischt. Ich bremste, als einige betrunkene Touristen vor uns die Straße überquerten, um vom Wildhorse Saloon und dem Hard Rock Cafe zu ihren Autos zurückzustolpern.

»Ich bin in Franklin geboren, in Kentucky«, antwortete sie nach einer kurzen Pause. »Wir sind früher allerdings viel herumgereist.«

»Dann hast du also auch nicht das Simmons College verlassen …«

»Ich war auf dem College«, verteidigte sie sich entschieden. »Nur nicht dort. Ich war in Chattanooga auf der Uni von Tennessee. Ich hab' mit dem Tanzen dort in den Clubs angefangen.«

»Chattanooga ist eine ziemlich rauhe Stadt«, sagte ich.

»Was glaubst du wohl, warum ich dort weg bin?«

Die Ampel wurde grün, und ich bugsierte uns durch eine Lücke in der vorbeiziehenden Autoparade. Ich bog auf die First Avenue ab und fuhr den Berg zur Brücke hinauf. »Wie kommt es, daß du keinen Südstaatenakzent mehr hast?«

»Ich hatte Theaterspielen als Hauptfach. Viele Stunden in Sprechausbildung. Und als Kind habe ich Filme synchronisiert.«

Ich sah sie bewundernd von der Seite an. »Tolle Arbeit.«

Wir schwiegen, als wir den Fluß überquerten und nach East Nashville hineinfuhren. Der Verkehr hatte sich beinahe aufgelöst, als wir an der Main Street abbogen und die Gallatin Road entlangfuhren.

»Was soll ich also tun?« fragte sie.
»Jemand in einem der Clubs muß etwas wissen«, sagte ich. »Frag einfach rum. Du weißt schon, ›Red Dog hatte eine Freundin. Sie wohnte bei ihm, als er getötet wurde. Weißt du was von ihr?‹ Irgend so was.«
Sie bewegte sich unruhig auf ihrem Sitz und seufzte. »Das Problem ist, daß ich im Fantasy Island überhaupt niemanden kenne. Die Mädchen im Club Exotique kenne ich am besten.«
»Wir haben nicht viel Zeit, Corey.«
»Ich denke, ich könnte in den Club Exotique zurückgehen. Dort müßte es für den Anfang am besten sein.«
Ich bremste an der Ampel und sah Corey wieder an. »Das kannst du machen? Einfach kündigen und wieder zurückgehen?«
Sie lächelte. »Bobby ist prima. Er mag mich. Ich werde ihm erzählen, ich hätte es einen Abend im Fantasy Island versucht, und wir hätten nicht miteinander harmoniert.«
»Wenn du glaubst, das sei das Beste. Du darfst aber keinen Verdacht erregen. Laß es ganz zwanglos aussehen.«
Die Ampel wurde grün. Ich legte den Gang ein und fuhr über die Kreuzung. »Hey, du bist aalglatt. Du schaffst das schon.«
»Danke, Mann.«
»Macht's dir was aus, wenn ich kurz wo halte?« fragte ich.
»Nein. Wo denn?«
»Ich muß bei einer kranken Freundin vorbeischauen«, antwortete ich. »Dauert bloß eine Minute.«
Sie zuckte mit den Schultern. »Das ist egal. Ich bin sowieso nicht müde.«
»Wo lebt deine Familie jetzt, Corey?«
»Glaubst du nicht, daß das genug Fragen für einen Abend waren?«

Ich fuhr die Gallatin Road hinunter, Richtung Inglewood, bog nach links auf die Nebenstraße ab, am alten Inglewood Theatre vorbei und brachte den Wagen vor dem Maschendrahtzaun um Lonnies Schrottplatz sanft zum Stehen.
Corey blickte nervös aus dem Fenster. »Wo sind wir hier?« flüsterte sie. Ich machte die Tür auf, und das Innenlicht des Wagens tauchte uns in ein schwaches, gelbes Licht. Sie schien verängstigt.
»Keine Sorge«, beruhigte ich sie. »Das ist schon in Ordnung.«
»Das ist verdammt gruselig hier.«
»Willst du hier draußen warten? Ich bin in einer Minute zurück.«
»Bist du verrückt? Glaubst du, ich bleibe in diesem Viertel allein im Auto sitzen?«
Ich stieg aus und schlug die Tür zu. »Also gut. Dann los.« Auch sie stieg aus, eilte zu mir herüber und ergriff meinen Arm mit beiden Händen.
»Könntest du mir vielleicht verraten, wo wir hier sind?« fragte sie, als wir am Zaun entlanggingen. Ich griff in meine Tasche und zog einen zweiten Schlüsselbund heraus, fummelte an ihm in dem grellen Licht einer Lampe herum, die an einem Telefonmast angebracht war, und fand schließlich den kleinen Messingschlüssel, den ich gesucht hatte. Ich öffnete das Vorhängeschloß, zog es aus der Halterung heraus und drückte das Tor auf.
»Das hier gehört einem Freund von mir. Er ist weggefahren.«
»Wenn er weggefahren ist, was machen wir dann hier?« fragte sie und drückte sich fester an mich heran, als wir uns zwischen den ausrangierten Autos und Wrackteilen zum Wohnwagen hindurchschlängelten.
»Nach einer Freundin sehen«, sagte ich. Ich kniete mich an

der Ecke des Wohnwagens vor die Radkappe des De Soto. In dem Moment, als ich den Schlüssel ins Schloß schob, kam von innen ein tiefes Grummeln, das plötzlich zu einem wahren Höllengebell losbrach.

»Du heiliger Strohsack!« rief sie entsetzt. »Du wirst doch da nicht reingehen, oder?«

»Sch! Ist schon in Ordnung.«

Dann öffnete ich die Tür einen Spaltbreit. »Shadow«, säuselte ich wie zu einem Baby. »Hallo, Mädchen. Hey, Schätzchen.«

Sie gab noch ein beängstigendes Brummen von sich, dann hörte ich ein Schleifen, als sie versuchte, von der Couch zu krabbeln. Ich wollte nicht, daß sie allzu schnell heruntersprang, und schaltete rasch das Licht an. Durch die unvermittelte Helligkeit war ich geblendet, und sie wurde still, was aber verdammt gefährlich sein konnte.

»Shadow«, beruhigte ich sie wieder. »Na los, Schätzchen.«

Corey trat hinter mir ein, hielt sich aber an meinem Hemd fest, als könnte sie mich vor der Gefahr schützen. Ich hatte keine Zeit, ihr zu erzählen, daß es ein ganzes Bataillon von Show-Mädchen nicht schaffen würde, mich herauszuzerren, wenn Shadow sich entschließen sollte, uns auseinanderzunehmen.

Tief in meinem Hals machte ich ein langes, säuselndes Geräusch,. das in ein Gurgeln überging. Ich rief nochmals ihren Namen, worauf eine Sekunde lang Stille und dann ein Winseln folgte.

»Komm rein, wir sind in Ordnung«, sagte ich.

Corey zog mich am Hemd.

»Nein, es ist in Ordnung«, wiederholte ich.

Ich machte die Tür ganz auf und trat ein. Shadow lag auf dem Sofa, ihr Schwanz trommelte wie ein Flugzeugpropeller auf das Polster. Ich ging zu ihr und ließ mich vor ihr auf die

Knie sinken, dann legte ich meine Arme um ihren gewaltigen Nacken.

»Hallo, mein Schatz«, flüsterte ich. Ich schrubbte ihr über das Fell, zwischen den Ohren und am Rücken, dann am Bauch. Sie hob ihren riesigen Kopf und beschlabberte mich. Ich mußte lachen und wich zurück, dann rieb ich meinen Kopf gegen ihren Nacken.

Ich drehte mich um. Corey stand am Eingang, etwas entspannter als vorher, und beobachtete uns mit verschränkten Armen.

»So, das ist also deine kranke Freundin? Was fehlt ihr denn?«

»Etwas, was du nicht verstehen würdest.«

»Und was ist das?«

Als ich wieder aufstand, knackten meine Knie. »Es ist das Alter.«

Ich blickte mich im Raum um. Ein Häufchen lag auf der Zeitung, die Lonnie für sie vorbereitet hatte. Ich wickelte sie zusammen, brachte sie nach draußen in den Abfalleimer, legte wieder eine neue Zeitung zurecht und füllte ihre Wasserschüssel. Schließlich schüttete ich etwas von der Spezialdiät, ein teures Trockenfutter aus dem Reformhaus, in ihren Freßnapf.

Shadow kletterte mühsam von der Couch, um rasch zum Freßnapf zu kommen, aber ihre Hüften sackten nach ein paar Sekunden ab. So schleppte sie sich zum niedrigen Sofa zurück, lehnte sich seitlich dagegen und ließ sich hinaufrollen.

»Das arme Ding«, sagte Corey, »Was ist mit ihren Beinen los?«

Ich setzte mich auf den Rand der Couch neben Shadow und streichelte sie wieder zwischen den Ohren.

»Sie ist ein Mischling, halb Deutscher Schäferhund und halb

Amerikanischer Wolfshund. Vom Schäferhund hat sie ein genetisches Hüftproblem mitbekommen. Wenn sie alt werden, zersetzen sich die Hüften langsam. Ich weiß nicht genau, wie das funktioniert, aber ich glaube, bei Menschen nennt man das Hüftgelenksarthrose.«

Corey kam zur Couch herüber.

»Armes Ding«, sagte sie zärtlich, streckte ihre Hand aus, um den Hund zu streicheln.

»Mach langsam«, warnte ich sie. »Sie soll dich zuerst riechen und sich ein bißchen an dich gewöhnen.«

Shadow hob ihren Kopf und schnüffelte mit ihrer feuchten, schwarzen Nase über Coreys Handrücken. Dann schleckte ihre dicke, rosa und schwarz gefleckte Zunge darüber.

»Du bist in Ordnung«, sagte ich. »Jetzt kennt sie dich.«

Corey setzte sich und streichelte Shadow, während ich in die Küche ging, um die Hundefuttertüte luftdicht zu verschließen und alles wieder aufzuräumen.

»Wem gehört sie?«

»Meinem Freund Lonnie«, rief ich von der Küche aus. »Er ist da oben in deiner Gegend, um jemandem einen Mercedes abzuluchsen.«

»Abzuluchsen?«

»Er führt Rückholaktionen durch«, erklärte ich. »Das heißt, wenn er nicht auf Vermißtensuche oder als Kopfgeldjäger unterwegs ist.«

Corey sah sich im Wohnzimmer des Wohnwagens um. An einer Wand standen alte, grüne Aktenschränke, an der anderen ein Schreibtisch. Auf dem Boden lagen kreuz und quer verstreut schmierige Autoteile und Werkzeug herum.

»Und hier wohnt er?« fragte sie.

»Hauptsächlich arbeitet er hier«, antwortete ich. »Er hat noch irgendwo eine Wohnung, aber seit Shadow krank ist,

ist er sehr oft hier. Sie hatte den Platz immer bewacht, solange es noch ging.«

Corey blickte wieder zu Shadow hinab und ließ ihre Hand über das dicke, schwarz-braune Fell auf dem Bauch gleiten. Shadows Schwanz bewegte sich schwach auf und ab.

»Das muß furchtbar sein«, sagte sie.

»Lonnie hat erzählt, daß der Tierarzt meint, sie hätte keine starken Schmerzen. Noch nicht jedenfalls.«

»Wird sie die haben? Ich meine, eines Tages?« Corey hob ihren Kopf in meine Richtung; ihre Augen waren feucht.

Ich nickte. »Ja, eines Tages. Vielleicht schon bald.«

»Und dann mußt du ...?«

»Ich muß überhaupt nicht«, sagte ich. »Ich glaube nicht, daß ich es könnte. Aber Lonnie wird es tun. Er wird sie nicht leiden lassen.«

Sie erhob sich und stellte sich vor mich hin. »Ich glaube nicht, daß du irgend jemandem etwas antun könntest, Harry. Du machst dir wirklich Sorgen um sie, nicht wahr?«

Ich hob meine Schultern. »Sie ist ein guter Kerl.«

Das Licht hinter ihr schimmerte diffus durch ihr Haar hindurch und ließ sie im Gegenlicht unscharf erscheinen. Ich spürte, wie sie ihre Hand sanft auf mein Schlüsselbein direkt unterhalb der Schulter legte und dort ließ.

»Du bist auch ein guter Kerl«, sagte sie. »Ich lerne zur Zeit nicht viele gute Menschen kennen.«

Ihre großen, braunen Augen strahlten Wärme aus, und von ihr schien eine Hitze auszugehen, die mich wellenfömig durchströmte. Gedanken schossen durch den Rest meines erschöpften Gehirns, und die meisten fingen an mit: Hey, Junge, was zum Teufel glaubst du wohl, was du da machst?

Dann trat sie näher an mich heran und hob ihr Kinn, während sich ihr Gesicht dem meinen näherte. Ihr rechter Arm legte sich um meine Taille, ihr linker um meine rechte

Schulter, als ich verwirrt bemerkte, daß auch meine Arme sie umfaßt hatten und ich sie an mich zog. Auf meinem Hals spürte ich ihren warmen und süßen Atem, der noch frei war von all dem, was mit dem Alter kommt. Dann spürte ich, wie meine Lippen die ihren berührten, nur zaghaft, zögernd am Anfang, dann aber fester. Unsere Lippen preßten sich aufeinander, ihre öffneten sich, und ich erforschte das heiße und feuchte Innere ihres Mundes.

Ich zog sie fester an mich heran und drückte sie, sie lehnte sich mit ihrem ganzen Gewicht gegen mich. Wir umschlangen uns schweigend, Corey auf Zehenspitzen, mit ihren Armen um meinen Hals.

Wir küßten uns, bis uns die Luft ausging, unsere Augen öffneten sich, unsere Gesichter lösten sich voneinander, und wir holten erst einmal tief Luft.

Dann schlug die Wirklichkeit wieder zu.

Sie starrte mich an, wie sie mich nie zuvor angesehen hatte.

»Was ist?« fragte sie.

Mein Knie waren weich geworden, und mir war schwindlig, ich fühlte mich benommen und außer Kontrolle. Sie hatte mich einen guten Kerl genannt. Wenn sie nur wüßte! Erregung vermischt mit Schuldgefühlen, Hoffnung vermischt mit Verlangen und Rückzug bildeten eine dicke, glühende Suppe, in der ich zu ertrinken drohte. Es gibt eine Frau, die das Beste auf der Welt ist, was mir passieren kann, und die zu Hause im Bett liegt und mir vertraut – ich aber stehe hier vor einer anderen, die so jung ist, daß sie meine Tochter sein könnte, und auf die ich so scharf bin, daß ich mich kurz vor einem Herzinfarkt befinde.

Gut, das wäre ein Ausweg.

»Harry, was ist los?«

Meine Stimme versagte, ich konnte nicht antworten, trat einen Schritt zurück. »Corey, es tut mir leid«, sagte ich.

»Warum?«
Langsam kehrte mein Herzschlag wieder dorthin zurück, wo ich mich nicht mehr in der Gefahr eines medizinischen Notfalls befand. Meine Gedanken wurden etwas klarer, allerdings nicht viel. Vielleicht kehrte mein Blut gerade wieder von dort zurück, wo es gewesen war.
Sie rückte wieder näher an mich heran und streckte ihre Hände aus. »Stimmt was nicht? Ich meine …« Dann zogen sich ihre Augenbrauen zusammen, und ihre Stimme wurde leiser. »Oh, jetzt hab' ich verstanden. Es gibt eine andere.«
Ich nickte.
»Sie bedeutet dir ziemlich viel?«
Ich nickte wieder.
Sie seufzte – es war ein langgezogener Seufzer, ein Ausdruck der Resignation – und sah an mir vorbei. »Na ja, so eine Scheiße passiert eben.«
Corey wollte sich umdrehen, aber ich griff nach ihren Händen. Sie waren zart und in meinen so klein. Ich sah meine Hände an, und im Schein der Leuchtstoffröhren über uns erkannte ich die Linien und Falten und das Blaue der Adern und die Knöchel auf meinen Handrücken. Und auf ihren sah ich nur die weiche, unschuldige Haut eines jungen Mädchens.
Wir wandten die Gesichter für einen Moment voneinander ab.
»Komm«, unterbrach ich die Stille, »ich bring' dich besser nach Hause.«

KAPITEL 14

Auf der Fahrt nach Hause durch East Nashville um drei Uhr morgens fühlte ich mich wie durch den Fleischwolf gedreht. Die Straßen um diese nächtliche Zeit sind nahezu leer, abgesehen von den ruhelosen Unholden und Gesetzeslosen auf der Suche nach Ärger.

Ich habe Frauen darüber reden hören, daß das Gehirn von Männern in deren Hose sitze, aber bei mir war es das erste Mal seit langem, daß es in diese Richtung gewandert war. Ich versuchte mir vorzustellen, was da vor sich ging. Wie konnte es soweit kommen? Die Gedanken in meinem Kopf schwirrten herum wie die verrückten Seemöwen in *Die Vögel* von Hitchcock. War es Angst? Hatten Marshas Körper- und Geistkrise – der Wunsch nach einem Baby – und meine vielleicht allzu voreilige Zustimmung, das Programm fortzuführen, irgendwie Angst und Zweifel in einem Maß ausgelöst, das ich nicht verstehen konnte? Oder war ich bloß ein dreckiger, neurotischer Mann mittleren Alters?

Eins wußte ich allerdings sicher: Es war nicht nur Sex. Etwas in Corey hatte mich jenseits dieses Bereichs berührt. Wir hatten uns an einem anderen Ort befunden, in einem Zustand tieferer Leidenschaft, in einer gefährlichen Situation. In einer wirklich gefährlichen.

Und die Schuldgefühle. O verdammt, die Schuldgefühle. Ich versuchte mich zu beruhigen, indem ich mir als Mantra vorbetete, ich hätte sie nur geküßt und nicht ins Bett gezerrt. Ich war Marsha nicht wirklich untreu gewesen. Ein schwacher Trost war allerdings, daß es mir erging wie Jimmy Carter, dessen Herz sich ebenfalls einst nach einer anderen Frau gesehnt hatte.

Der Schlaf hatte mich so weit in sein Reich hinabgezogen, daß das Klingeln des Telefons gedämpft durch Raum und Zeit zu mir durchdrang. Ich war tief abgetaucht, träumte nicht einmal, und mein Schlaf glich eher dem Tod als einem Ausruhen.

Unbewußt zählte ich die Klingelzeichen. Beim vierten Klingeln griff ich nach dem Hörer, bevor der Anrufbeantworter anspringen konnte.

»Ja …«, murmelte ich.

»Wer ist die Kleine?« Die Stimme klang vertraut.

»Was?«

»Die Kleine, Kumpel. Die, die Kinda aus der Wiege geklaut hat.«

»Oh.« Ich zog die Decke ganz von meinem Kopf und klapperte mit den Augenlidern, um mich an das Tageslicht zu gewöhnen. »Lonnie, was ist los?«

»Du mußt eine harte Nacht hinter dir haben«, kommentierte er. »Es ist fast Mittag.«

»Stimmt«, gab ich zu. »Eine furchtbare Nacht.«

»Hab' ich dich also zu einer blöden Zeit erwischt?«

»Nein.« Ich setzte mich auf und klemmte mir den Hörer zwischen Ohr und Schulter, um meine Arme ausstrecken zu können. »Ich muß sowieso aufstehen.«

»Ist sie schon weg, hä?«

Meine Stirn kräuselte sich. »Was?«

»Das Püppchen«, sagte er. »Die Kleine.«

»Woher weißt du …«

»Los, du Kanone, wach auf.«

Langsam bildeten sich die Gedanken in meinem Kopf zu einem zusammenhängenden Netz und gaben dem Ganzen einen Sinn. Ich hatte die auf Bewegung reagierenden Videokameras vergessen, die jeden Winkel von Lonnies Schrottplatz beobachteten.

»Wieviel hast du mitbekommen?«
Er lachte. »Wieviel hätte ich mitbekommen können?«
»Verarsch mich nicht, Mann, ich hab' noch keinen Kaffee gehabt.«
»Keine Sorge, ich hab' nur die Aufnahmen von den beiden Kameras vorne gesehen. Hey, danke, daß du nach meinem Mädel geschaut hast.«
»Ist mit ihr alles in Ordnung?«
»Ja«, versicherte er. »Sie schläft gerade auf der Couch. Übrigens hast du meine Frage nicht beantwortet.«
Ich rieb mir die Augen, zog die Haut meiner Augenlider vor und zurück und massierte schließlich meine Stirn. »Sie ist ein Showgirl«, antwortete ich verschlafen.
»Was rennst du auch mit einem Showgirl herum?«
»Immer noch auf der Suche nach der Ausreißerin«, antwortete ich. »Warte kurz, ich muß schnell das andere Telefon nehmen.«
Ich legte den Hörer auf die Seite, ging in die Küche, nahm das schnurlose Telefon und ging damit ins Bad.
»Noch dran?« fragte ich.
»Was ist das für ein Geräusch?«
»Ich muß pinkeln, wenn dich das nicht stört.«
Er lachte. »Also, du hast die Nacht damit verbracht, dich durch eine Horde nackter Mädchen zu kämpfen. Aber du hast nur nach der Richtigen gesucht.« Sein schallendes Gelächter weckte in mir den Wunsch, ihm durchs Telefon eine Ohrfeige zu verpassen. »Das ist eine dreckige Aufgabe, Kumpel, aber jemand muß sie erledigen.«
»Würdest du mir auch nur annähernd Glauben schenken, wenn ich dir sage, daß die ganze Geschichte absolut beschissen ist?«
Ich drehte den Hahn auf und ließ das Wasser laufen. Es dauerte etwa eineinhalb Minuten, um heißes Wasser von

Mrs. Hawkins Boiler im Erdgeschoß in meine Wohnung heraufzubefördern.
»Weißt du was, Harry? Du bist der einzige Typ, den ich kenne, der in einem Zimmer voller nackter Mädchen nur Däumchen dreht.«
»Danke, das glaub' ich auch. Hey, Mann, jetzt werd aber mal ernst. Ich muß das Mädchen finden, bevor sie draufgeht.«
Das Kichern hörte auf. »Was glaubst du, wo sie steckt?«
»Als einziges fällt mir ein, daß sie zu jemandem zurückgegangen ist, den sie über Red Dog kennengelernt hat, du weißt schon, den Typen, der in den Showbars gearbeitet hat.«
»Und der seinen Namen in die Zeitung gebracht hat, indem er seinen kleinen Körper abmurksen ließ«, sagte Lonnie.
»Ja, aber darüber brauchen wir hier nicht zu reden. Übrigens hatte ich das Mädchen gefunden und sie nach Hause gebracht, wie ich dir erzählt habe. Aber sie ist wieder abgehauen. Corey wird ein bißchen herumfragen und sehen, was sie herausfinden kann. In der Zwischenzeit bin ich für Vorschläge offen.«
Ich drehte den Kaltwasserhahn auf und mischte die beiden Strahle.
»Ich werde dich einem Freund von mir vorstellen«, sagte er. »Der Typ könnte dir vielleicht helfen.«
Ich hantierte mit dem undichten Stopfen am Ausguß bei dem Versuch, genug Wasser ins Waschbecken laufen zu lassen, um mich rasieren zu können.
»Wen?«
»Wie wär's, wenn wir uns in einer dreiviertel Stunde bei Mama Lee treffen? Wir essen zusammen zu Mittag. Oder in deinem Fall wird es wohl eher ein Frühstück.«

Mrs. Lee zeigte einen noch finstereren Gesichtsausdruck als gewöhnlich. Ich marschierte durch die von schweren, setschuanischen Gewürzen geschwängerte Luft zur Theke. Mrs. Lee sah von der Kasse auf, löste die Mine ihres Kugelschreibers und ließ geschäftig ihre Hand über den grün linierten Block schweben.

»Was dalf's sein?« fragte sie.

Ich blieb einen Moment schweigend stehen. »Gut, was ist los?« fragte ich.

»Was?« fragte sie irritiert. »Muß sein immer was los?«

»Na los, etwas nagt an Ihnen. Was geht in Ihnen vor?«

»Sie wollen bestellen odel was, Hally? Ich nicht haben Zeit dafül.« Auf ihrer Oberlippe zeigte sich ein dünner Hauch von Schweiß, und ihre Stirn glänzte. Eine Stimme in mir sagte, daß dies keine gute Zeit sei, um weiterzubohren.

»Entschuldigung. Ich wollte nicht aufdringlich sein. Ich würde gern das Ingwerhühnchen probieren und süßen Tee.«

Sie kritzelte chinesische Zeichen auf den Block. »Viel fünfundsiebzig«, sagte sie.

Ich zog den letzten Fünf-Dollar-Schein aus meiner Brieftasche und reichte ihn ihr. »Wenn ein Mann bis auf seinen letzten Fünfer abgebrannt ist, ist das hier der richtige Ort, um ihn auszugeben.«

Sie gab mir fünfundzwanzig Cent zurück. »Dinge stehn so schlecht, Hally?«

Ich grinste sie an. »Nein, ich mach' bloß Witze. Hatte keine Zeit, zur Bank zu gehen.«

»Sie können lassen anschleiben«, bot sie mir an, »solange Sie nicht sagen andelen.«

Ich schüttelte den Kopf. »Nicht nötig. Aber danke für das Angebot. Ich werde mich daran erinnern.«

Ich trat von der Theke zurück, während sie meine Bestel-

lung an das Stahlrad klemmte, das im Fenster zur Küche hing. Im Restaurant waren nur drei andere Tische besetzt. Das war ungewöhnlich ruhig für die Mittagszeit.
»Ich treffe mich hier mit Lonnie«, sagte ich.
»Gloßaltig«, antwortete sie. »Jetzt wild mein Lestaulant vol Hunde gehen, ganz sichel.«
Ich verschränkte meine Arme und beobachtete sie. Sie polierte die Theke mit einem zusammengefalteten, feuchten, weißen Handtuch. Eine graugesprenkelte Strähne hing ihr über die Stirn.
»Von Mary gehört?« fragte ich.
Sie verstärkte den Druck auf ihr Handtuch, als wollte sie den rostfreien Edelstahl in einen Spiegel verwandeln. Sie senkte ihren Kopf und beugte sich mit einer Heftigkeit über ihre Arbeit, die an Wut grenzte.
»Wann wird sie nach Hause kommen?« fragte ich. O verdammt, ich wollte doch nur ein bißchen schwatzen. Mrs. Lee polierte weiter, wobei das Ende des weißen Tuches als Ergänzung zu ihren Anstrengungen rhythmisch-peitschende Bewegungen machte.
Ich seufzte. Offensichtlich hatte ich sie zu einer schlechten Zeit erwischt. »Na ja, wenn Sie von ihr hören, sagen Sie ihr einen schönen Gruß von mir.«
Sie knallte das Handtuch so hart auf die Theke, daß es schepperte. »Sie endlich wollen sein still von Maly?« zischte sie.
Schockiert trat ich einen Schritt zurück. »Tut mir leid.«
»Maly sagen, sie nicht kommen nach Hause«, erklärte sie mit feuchten Augen.
»Was?«
»Sie fahlen in Felien ilgendwo in Cape Cod. Sie sagen, sie und Mädchen aus ihlem Zimmer. Aber ich wissen, sie gehen mit diesem Jungen. Wil haben gestlitten am Telefon.«

»Hah«, spuckte sie noch verächtlich aus. »Cape Cod!«
»Oh, Missis Lee«, tröstete ich sie. »Das tut mir wirklich leid.«
»Ich nicht wissen, was ich tun mit ihl.« Eine Träne rann von ihrem linken Auge seitlich herab. Dies war der stärkste Gefühlsausbruch, den ich je bei ihr gesehen hatte.
»Es geht mich ja nichts an«, sagte ich, hielt aber schnell einen Finger vor meine Lippen, bevor sie mir zustimmen konnte, »aber ich kann nicht erkennen, was sie verkehrt macht. Sie ist ein anständiges Mädchen, Missis Lee.«
»Sie blingen Schande auf Familie.«
»Nur, wenn Sie das als Schande empfinden«, sagte ich.
»Die Lügen meinel Tochtel blingen Schande«, beharrte sie.
»Wäre es nicht besser zu prüfen, ob es wirklich Lügen sind, bevor Sie es mit Schande abtun?«
O Jesses, das hört sich wie Kung Fu an. Wenn einer von uns den anderen »Grashüpfer« nennt, muß ich kotzen.
Gott sei Dank ertönte die Glocke hinter ihr, und ich war aus dem Schneider. Mrs. Lee drehte sich um und nahm mein Tablett durch das Fensterchen von ihrem Mann entgegen. Ihre Gefühle verbarg sie vor ihrem Mann hinter einer Maske der Geschäftigkeit. Hinter uns trat Lonnie mit einem dünnen, weißhaarigen Mann in schwarzer Jeans und schwarzem T-Shirt ein. Ich deutete auf einen Tisch und nahm Mrs. Lee das Tablett ab.
Ihre Maske ließ sie auch für mich auf. Als sie sich Lonnie und seinem Freund zuwandte, flüsterte ich: »Machen Sie sich keine Sorgen. Es wird schon wieder.« Darauf erhielt ich keine Antwort.
Ich bearbeitete das Ingwerhühnchen, biß in die Ingwerstücke und hatte ein Gefühl wie beim Zahnarzt, wenn er einem den Kiefer betäubt, bevor er den Bohrer ansetzt. Lonnie führte den dünnen Mann an meinen Tisch. Ich

blickte zu ihnen hinauf, ein Stück dunkles, tropfendes Hähnchenfleisch zwischen meinen Eßstäbchen.
»Du bist Gott sei Dank im richtigen Moment aufgetaucht«, begrüßte ich ihn. »Ich hatte mich da auf eine unangenehme Unterhaltung mit ihr eingelassen.«
»Was ist los?« fragte Lonnie.
»Laß es mich so ausdrücken: Marys Zeit in Harvard ist für Familie Lee nicht gerade leicht.«
Lonnie arrangierte die Plastikteller auf dem Tisch, nahm dann sein Tablett und das des anderen Typen und stellte sie auf den Tisch nebenan.
»Harry«, sagte er, als er sich hinsetzte, »seit wann zum Teufel lungerst du bei allen Familien herum, die Probleme mit ihren minderjährigen Töchtern haben?«
»Vielleicht sollte ich mir ein Schild an die Bürotür hängen und ins Geschäft einsteigen.«
»Das kann für dich nicht schlimmer werden, als es jetzt schon ist«, mutmaßte Lonnie.
Ich streckte meinen Arm über den Tisch, um dem Fremden meine Hand zu reichen. »Hallo, mein Name ist Denton. Harry Denton. Sind Sie auch ein Freund von diesem Gauner?«
Der Typ ergriff meine Hand. Sein Griff war fest, aber seine trockenen Hände waren so dürr, daß seine Knöchel wie Knöpfe herausstanden.
»Oh, tut mir leid«, entschuldigte sich Lonnie, »ich hab' meinen Anstand zu Hause gelassen. Phil, das ist Harry Denton, Privatdetektiv. Harry, das ist Philip Cheek vom Metro Police Department.«
Mein Hand erstarrte mitten in der Luft. »Metro Police?«
Lonnie schaufelte eine Ladung Pfannengemüse in sich hinein und sprach mit vollem Mund: »Ja, das ist der Kerl, von dem ich dir erzählt habe.«

Ich stand auf und starrte Lonnie an. »Meine Herren, ich möchte nicht unhöflich sein, aber wenn ich gewußt hätte, daß du die Polizei mit ins Spiel bringst, wäre ich nicht hergekommen.«

Lonnie saugte eine Bambussprosse durch seine Lippen. »Mach dir nicht gleich in die Hosen. Er ist von der Sittenpolizei.«

»Was für einen Unterschied macht das in bezug auf das Vertrauen meinem Klienten gegenüber?« fragte ich.

»Er schuldet mir was«, sagte Lonnie.

»Gibt es jemanden in der Stadt, der das nicht tut?« Meine innere Stimme fragte, wie weit ich mit meiner Patzigkeit noch gehen konnte.

»Harry«, lenkte Detective Cheek ein. Er sprach zum ersten Mal. Seine Stimme wirkte leicht, irgendwie hoch, ohne diese künstliche Autorität, wie sie es einen auf der Akademie lehren. »Lonnie hat mir nichts über den Fall erzählt, an dem Sie arbeiten. Er hat mich lediglich gebeten, Ihnen alle Hintergrundinformationen zu geben, die Sie benötigen. Ich werde keine Fragen stellen, und Sie brauchen das Vertrauen Ihres Klienten nicht zu verletzen.«

Ja, das sagst du jetzt. Aber warte nur, bis du herausfindest, daß ich in jener Nacht in Red Dog Turners Wohnung war, in der er ermordet wurde.

»Los«, forderte Lonnie mich auf, »iß dein Hähnchen weiter.«

Ich setzte mich wieder hin, obwohl mir der Appetit vergangen war, und starrte den Polizisten an. Wieviel würde ich ihm erzählen können, und wie sollte ich anfangen?

»Mein Klient hat mich engagiert, um einen siebzehnjährigen, fast achtzehnjährigen Ausreißer zu finden und zurückzubringen. Es gibt Hinweise darauf, daß diese Person mit jemandem zu tun hat, der in der ...«

Ich dachte einen Augenblick nach. Es gab keinen Grund, zuviel preiszugeben.

« … Sexindustrie hier in Nashville arbeitet.«

Lonnie sah grinsend von seinem gebratenen Reis auf. »Was? Hier gibt's eine Sexindustrie? In Nashville? Nichts wie hin …«

Der Bulle grinste blöde zurück. »Sie glauben also, daß dieses Mädchen …«

»Ich habe nicht gesagt, daß es sich um ein Mädchen handelt.«

Detective Cheek stocherte in den Sesamnudeln und nahm eine Gabelvoll. »Nun, Harry, wir haben nicht viele minderjährige Jungs in der Sexindustrie, es sei denn, Sie sprechen von männlicher Prostitution. Aber das ist ein anderes Kapitel.«

»Gut«, gab ich zu, »ein Mädchen.«

»Sie glauben, dieses Mädchen macht was? In einem Massagesalon arbeiten?«

»So weit kann ich nicht ins Detail gehen«, beharrte ich. »Aber ich möchte herausfinden, wer der Besitzer dieser Pornoläden, Massagesalons, Begleitservices, Showbars und dem ganzen Zeug ist. Dann möchte ich die Angestellten angraben, weil ich denke, daß das Mädchen mit einem von denen zu tun hat. Ich glaube nicht, daß das Mädchen in einem dieser Lokale arbeitet. *Noch* nicht jedenfalls.«

»Sie glauben, sie spielt mit einem der Typen, der in diesen Spelunken arbeitet, ›Versteck die Salami‹?«

»Das ist eine etwas unfeine Art, den Sachverhalt auszudrücken«, kommentierte ich, »aber ja, so ungefähr verhält es sich.«

»Nun, eins kann ich Ihnen sagen«, meinte Detective Cheek mit leiserer Stimme, »solange sie kein Huhn ist, das goldene

Eier legt, wird er sie bald zur Arbeit schicken. So werden diese Mädchen rekrutiert.«
Ich wollte ihm nicht erzählen, daß dies, metaphorisch gesprochen, genau der Fall war. »Sie meinen Prostitution?«
»Egal was. Massagesalons, die Showbars. All das. Obwohl die Showbars ein bißchen anders sind.«
»Inwiefern?« fragte ich.
»Zum einen kommen die Mädchen von der Straße herein, um sich für diese Arbeit zu bewerben. Damit kann man so verdammt viel Geld machen.«
»Ja«, stimmte ich zu, »das habe ich gehört.«
»Aber vielleicht endet das alles auf die gleiche Weise. Sie fangen in den Showbars an«, erklärte Cheek, »und sie arbeiten dort, solange sie jung sind und gut aussehen. Aber im Laufe der Zeit rauchen sie ein bißchen Gras, vielleicht sind sie auch dem Koks nicht abgeneigt. Als nächstes kommt die Verzweiflung. Und die Showbars sind wie Kasinos: Das Geld eines Verzweifelten gewinnt nie.
Dann verlieren sie ihre Arbeit, und sie arbeiten sich die Erfolgsleiter in den Showbars hinunter. Dann landen sie entweder beim Begleitservice, wenn sie Glück haben, oder in den Massagesalons.«
»Wo die echte Prostitution anfängt«, ergänzte ich.
»Normalerweise ja«, erklärte er. »Technisch gesprochen bedeutet eine Massage an einem Ort wie der Havana Sauna auf der Twelth Avenue oder dem Garden of Delight auf der Nolensville Road reine Handarbeit. Aber man kann auch mehr aushandeln.«
Detective Cheek füllte seinen Mund mit einer Ladung tropfendem Gemüse und Rindfleisch und redete dann weiter: »Das machen sie ein paar Jahre so. Mittlerweile sind sie schon über dreißig. Vielleicht auch älter. Ihre Drogenabhängigkeit ist weiter fortgeschritten, und sie sehen ziemlich

abgehalftert aus. Entweder das oder sie haben sich ein paar Kinder an den Hals hängen lassen. Das bedeutet dann Schwangerschaftsstreifen und zwanzig Kilo mehr. Wenn sie zuletzt auch aus den Salons gefeuert werden, ist es ganz aus.«

»Und kündigen?« fragte ich. Ich dachte an Corey und wie sie in zehn Jahren aussehen würde.

Er grinste. »Kündigen? Nein, niemand kündigt jemals. Nicht, bis man sie eintopft und aussetzt. Dann gehen sie auf der Murfreesboro Road oder dem Dickerson Pike als Straßennutten auf den Strich. Es gibt nichts Schlimmeres oder Gefährlicheres als das.«

»Ich würde denken, daß man sie ab jetzt bemitleiden könnte«, sagte ich.

»Oh, das würden Sie tatsächlich, ja? Gut, Sie können mit der Vermutung anfangen, daß jede von ihnen HIV-positiv ist. Die meisten haben auch Hepatitis. Haben Sie eine Ahnung, wie viele Menschen die anstecken? Sie bumsen so viel rum, bis sie sich den Weg in ein erstklassiges Haus erkaufen können, dann werden sie aus dem Puff geprügelt und landen wieder auf der Straße, sobald sie krank werden. Diejenigen, die am schlimmsten dran sind, essen nichts und baden nie. Und die meisten werden angeklagt, weil sie einen ausgeraubt haben, ohne mit ihm Sex gemacht zu haben. Sie geben dir eins über die Rübe, schnappen sich deine Brieftasche und springen aus dem Auto. O Mann, so was ist echt an der Tagesordnung.«

Ich spielte nervös an meiner Plastiktasse mit Eistee. Kaltes Kondenswasser tropfte mir auf die Finger. »Jesus Maria«, stöhnte ich. »Großartiges Leben, oder nicht?«

Lonnie starrte mich eine Sekunde lang an. »Ich habe den Eindruck, daß du deine für diesen Beruf nötige Distanz verlierst, Superhirn.«

»Ich habe das Mädchen gesehen«, sagte ich. »Sie ist noch ein Kind.«
Detective Cheek hielt seine Gabel mitten auf dem Weg zum Mund an. »Dachte, Sie hätten gesagt, sie sei ausgerissen?«
»Ist sie auch. Ich hatte sie gefunden und nach Hause gebracht, aber dann ist sie wieder ab durch die Mitte. Ich möchte sie zurückholen, bevor sie in Ihrem Polizeirevier auftaucht oder noch Schlimmeres passiert.«
Cheek kaute langsam und schluckte. Dann kratzte er seinen Teller mit der Plastikgabel sauber.
»Ich kann Ihnen erzählen, was ich weiß«, sagte er, »wozu auch immer es Ihnen nützt. Die Vorspeise: Eigentlich jedes Geschäft, das in diesem Staat mit Sex zu tun hat, angefangen bei den Showbars über Pornoläden bis zu den Begleitservices und Massagesalons, ist in den Händen einiger weniger. Vielleicht drei oder vier Typen, und es gibt eindeutige Verbindungen zur organisierten Kriminalität.«
Meine Augen trafen sich mit denen von Lonnie. »Prima«, stimmte ich zu, »dann hab' ich's hier also mit der Mafia zu tun.«
Cheek hob seine Schultern. »Das jedenfalls glauben wir. Und das sagt unser Geheimdienst. Und wir wissen, daß von allen Aktionen, mit denen wir von der Sitte zu tun haben – illegales Wettgeschäft, Drogen, Sex, egal was –, dies hier das einträglichste Geschäft ist. Ungefähr gleichwertig mit den Drogen, und mit großem Abstand zu allem anderen.«
Ich war baff. »Meinen Sie das ernst? Ich wußte zwar, daß da Geld im Spiel ist ...«
»Sie wären sprachlos«, fuhr er fort. »Und das meiste davon ist geschützt. Es ist sogar legal, wie diese Showbars, oder das Recht wurde ad acta gelegt. Oder es ist wie bei den Massagesalons, die es schon so lange gibt, daß sie das Recht auf ihrer Seite wissen und jemanden in die Falle tappen lassen

können. In den Massagesalons muß man sich nackt ausziehen, bevor das Mädchen den Raum betritt. Das macht die Angelegenheit irgendwie schwierig, eine Wanze zu verstecken.«

Lonnie grinste. »Ich weiß nicht, man kann immer irgendwo eine Wanze verstecken.«

Cheek grinste zu ihm zurück. »Du weißt schon, einer hat das mal probiert. Der kleine Draht, der ihm aus dem Arsch hing, hat ihn verraten.«

Beide brachen in Gelächter aus. Ich rieb mir die Augen. »Könntet ihr beide mal für eine Minute ernst bleiben?«

Lonnie sah mich finster an. »Hey, Harry, du wirst mit der Zeit immer humorloser.«

Ich ließ es auf sich beruhen. »Wenn ich mit einem der Typen sprechen wollte, die die Sachen hier am Laufen halten – sagen wir, die Showbars –, an wen müßte ich mich dann wenden?«

»Oh, nichts leichter als das«, antwortete Cheek. »Besuchen Sie Big Moe.«

»Wen?«

Cheek stopfte sich den Mund mit Hühnchen und Bambussprossen voll. »Big Moe«, murmelte er. Soße tropfte von seinen Mundwinkeln. »Maurice Klinkenstein. Man nennt ihn Big Moe.«

KAPITEL 15

Daher stammte also das M. in M. L. Klinkenstein. Seltsame Sache.

»Big Moe?« fragte ich ungläubig. »Bitte sagen Sie mir, daß das ein Witz ist.«

Detective Cheek grinste. »Wenn Sie ein organisierter, großer Schurke wären, würden Sie sich nicht auch einen Spitznamen zulegen?«

Ich schlug meinen Notizblock auf. »Und wie finde ich Big Moe?«

»Er hat sein Büro hinter einem seiner Pornoläden, ein Geschäft namens ›The Purple Firefly‹ draußen auf der Nolensville Road. Ich weiß die Adresse nicht, aber es ist in der Nähe des Messegeländes.«

»Ein Pornoladen, der ›The Purple Firefly‹ heißt?« fragte Lonnie. »Das hört sich eher nach einer Schwulenkneipe an.«

»Eine Menge Pornoläden sind schwule Anmachläden«, erklärte Cheek. »Das hat mich auch vom Hocker gehauen, als mir das einer erzählt hat, aber es stimmt. So wahr ich hier sitze.«

Ich sah von meinem Notizblock auf. »Ich war in ein paar der Pornoläden, als ich das Mädchen gesucht habe. Ich würde sagen, gut die Hälfte war für Schwulenpornos reserviert.«

»Dafür gibt's einen großen Markt«, erklärte Cheek. »Der Stadtrat versucht seit Jahren, die Türen der Peepshow-Kabinen aus den Angeln zu heben, aber es ist nichts zu machen. Big Moe hat gute Anwälte.«

»Ich wette, er weiß, wie man schmiert«, sagte Lonnie.

»Das hat nicht nur was mit Schmiergeldern zu tun«, entgegnete Cheek. »Big Moe selber ist einer.«
Das verstand ich nicht. »Was ist er?«
»Einer von ihnen«, flüsterte Cheek. »Sie wissen schon ...« Er hielt seine Hand abgeknickt vor sich und schüttelte sie hin und her.
»O Mann«, stöhnte ich, »der König aller auf Erwachsene gerichteten Scheiße in Music City ist ein schwuler Typ ...«
»Ein jüdischer Typ«, unterbrach mich Cheek.
»Ich verstehe richtig: ein schwuler, jüdischer Typ namens Maurice«, fuhr ich fort.
»Bist du dir sicher, daß du nicht die Königin der Scheiße meinst?« fragte Lonnie.
»Meine Herren«, tönte ich, »diese Unterhaltung hat neue Tiefen in der Geschichte der menschlichen Spezies aufgerissen.«
»Big Moe hört sich wie ein Komiker an«, erklärte Cheek, »und er sieht auch so aus: eine fette Tonne in braunen Polyesterhosen. Er hat eine Brille mit Gläsern, die so dick sind wie die Fenster im Weißen Haus. Und normalerweise stinkt er.«
»Ein reizender Junge«, sagte ich.
»Und gefährlich. Wir wissen von mindestens drei Treffern, die er persönlich angeordnet hat. Und das waren Treffer, weil das Ergebnis jeweils ein Toter war. Ein paar seiner Mädchen, die sich nicht zu benehmen wußten, kamen auch in die Metzgerei. Sie wurden nicht getötet, bei Gott nein, sondern so zurechtgemacht, daß sie nicht mehr arbeiten konnten. Und wir glauben, daß er erst vor ein paar Tagen eine Abreibung für einen seiner Angestellten in Auftrag gegeben hat, einem echten Arschloch, das unter dem Namen Red Dog rumlief.«

Ich tat gelassen. »Einer seiner Angestellten. Au Backe, das ist hart.«

»Er hat einen Leibwächter, ein Typ mit Namen Caramello. Angelo Caramello, aber man nennt ihn Mousy. Ein Import aus New Jersey. Wiegt ungefähr siebzig Kilo, ist durchgedreht, Skinhead-Militär-Typ mit Hakenkreuz-Tätowierungen. Färbt seine Haare blond. Seltsamer Blick in den Augen, als würde er ein Bundesgebäude voller Kinder in die Luft jagen können, wenn er fähig wäre, so weit zu denken. Ein extrem gefährlicher Punk. Passen Sie auf Ihren Arsch auf.«

Import aus New Jersey. Das war der Yankee, den die alte Dame im Haus von Red Dog gesehen hatte …

»Wo wohnt Klinkenstein?« fragte ich. »Wo wohnt Mousy? Was für Autos fahren sie? Nennen Sie mir einen Ort, vor dem ich mich postieren kann.«

»Klar«, sagte er, »kann ich machen. Solange Sie mir versprechen, sich von dem John-Wayne-Kram fernzuhalten. Wenn Sie das Mädchen finden und einigermaßen leicht da rausholen können, rufen Sie mich an.«

»Sie haben kapiert«, sagte ich.

Phil stand auf und ging zu Mrs. Lees Münztelefon. Er klemmte sich den Hörer zwischen Ohr und Schulter und zog ein kleines Notizbuch aus seiner Gesäßtasche. Lonnie und ich beobachteten ihn, wie er wählte, leise in den Hörer sprach und schließlich ein paar Notizen machte. Das Ganze dauerte weniger als zwei Minuten.

Er riß die Seite heraus und reichte sie mir. »Mousy und Klinkenstein haben dieselbe Adresse.«

»Au weia«, sagte Lonnie, »eine große, glückliche Familie.«

Ich überlegte. »Ja, vielleicht. Aber vielleicht hat das was mit Klinkensteins Paranoia zu tun. Wie viele Leute kennen Sie, die rund um die Uhr einen Leibwächter brauchen?«

»Die Automarken und -nummern stehen auch da drauf«,

erklärte Cheek. »Mousy fährt einen Lexus, Klinkenstein einen GBC.«
»GBC?« Ich blickte auf.
»Ja.« Cheek grinste. »Einen großen, beschissenen Cadillac.«
»Phil, ich bin Ihnen wirklich dankbar.«
Er schüttelte mir die Hand. »Wenn Sie in die Bredouille kommen, rufen Sie uns an, ja?« Er griff in seine Jackentasche und zog eine Visitenkarte heraus. »Hier ist die Nummer für meinen Piepser. Geben Sie einfach die Nummer ein, die ich zurückrufen soll, dann warten Sie auf die drei Piepstöne.«
»Kapiert.«
Cheek und Lonnie reichten sich die Hände. »Ich muß los. Danke für das Essen. Ihr zwei paßt auf euch auf, ja?«
»Hey, ist Mousy Caramello der Freund von Big Moe?« fragte ich noch.
Phil Cheek grinste bis über beide Ohren. »Ich weiß es nicht. Warum fragen Sie ihn nicht selber?«

Ich wußte nicht, ob irgend etwas davon, was ich erfahren hatte, es wert war, daß ich dem nachging, aber es gab auch sonst kein Ziel, das ich hätte ansteuern können. Kein Ziel, das ich ansteuern konnte, und kein Geld, um die Fahrt zu bezahlen. Der Tank meines Mustangs wurde immer leerer. Zumindest dachte ich, es sei so. Eigentlich aber funktionierte die Anzeige nicht richtig. Meine Ausgaben bei der Suche nach Stacey Jameson stiegen ins Unermeßliche, und bis jetzt hatte ich alles vorgestreckt. Es war an der Zeit, daß Betty Jameson was springen ließ.
Sie war nicht zu Hause, als ich von meinem Büro aus anrief, aber Emily erzählte mir, sie sei zwischen drei und vier wieder zurück. Ich rief Marsha im Leichenschauhaus an und plauderte mit ihr eine Weile, aber das meiste war seltsames, unangenehmes und belangloses Geschwätz. Ich erzählte

ihr, ich müsse wieder bis spät in die Nacht arbeiten, fragte sie aber, ob wir am nächsten Abend zusammen essen könnten. Sie stimmte zu, klang aber distanziert.

Ich ging die übliche Post durch: Rechnungen und Werbung für eine einmalige Chance, eine Zeitschrift für professionelle Sicherheitskräfte zum halben Preis zu abonnieren. Jedoch keine Schecks. Die Reklame landete im Papierkorb, der Rest auf einem Stapel, dann räumte ich das Büro ein wenig auf und tippte noch eine Rechnung für Betty. Ich versuchte, nicht über Corey und darüber nachzudenken, was am Abend zuvor geschehen war und was in dem unnachgiebigen Licht der Nachmittagssonne immer unwirklicher wurde. Vielleicht war überhaupt nichts geschehen.

Wenn es geschehen war, dann verbrachte ich entschieden zuviel Zeit mit meinen Tagträumen.

Ich lenkte den Mustang aus dem Parkhaus und fuhr den Broadway hinter dem Zeitungsgebäude entlang, das ich einmal meine Heimat genannt hatte, auf die I-40. Zu dieser Tageszeit würde ich über den Freeway Zeit sparen, auch wenn der Weg etwas weiter war.

An der White Bridge Road fuhr ich von der I-40 ab und überquerte die Charlotte Avenue, fuhr hinter dem The Carousel vorbei, einem Pornoladen, den es schon seit Jahrmillionen gab. Ich hatte ihn schon bemerkt, ohne ihn richtig zu bemerken, und war natürlich noch nie drin gewesen. Jetzt sprang er förmlich in mein Bewußtsein, so wie man erst merkt, wie viele VWs es auf der Straße gibt, wenn man selber einen kauft. Dann scheinen sie plötzlich überall herumzufahren.

Ich fuhr durch den dichter werdenden Verkehr auf der White Bridge Road entlang, bog nach rechts auf den Hardening Place, kam nach Belle Meade und erreichte endlich das Anwesen der Jamesons.

Emily öffnete die Tür und machte einen Schritt zur Seite, damit ich eintreten konnte.
»Hallo«, begrüßte ich sie. »Wie geht's Ihnen, Emily?«
»Danke, Sir, Miss Betty erwartet Sie im Büro des Generals.«
Ich ging auf die Tür zu, drehte mich aber noch einmal um. »Übrigens, haben Sie etwas von Stacey gehört?«
Emily blickte mich unter schweren Augenlidern ausdruckslos an. »Warum sollte ich von Miss Stacey gehört haben?«
Ich ballte eine Faust in meiner Hosentasche. »Ich glaube, Sie wären die einzige, die sie anrufen würde.«
»Nun, ich habe von niemandem etwas gehört«, sagte sie und entfernte sich in Richtung Küche.
Innerlich zuckte ich mit den Schultern. Vielleicht war es so, wie sie sagte, vielleicht auch nicht.
Betty Jameson saß hinter dem Schreibtisch ihres Vaters. »Würden Sie bitte die Tür schließen?« bat sie mich, als ich eintrat.
Ich schloß die Tür und setzte mich vor den Schreibtisch des Generals. Die Vorhänge waren zugezogen und das Licht heruntergedreht. Lediglich zwei Schreibtischlampen versorgten den Raum mit Licht. Die Klimaanlage war so weit aufgedreht, daß sie die Luft leicht kühlte.
Betty Jameson trug eine khakifarbene Hose mit Bügelfalte und eine weiße Bluse mit Schulterklappen im Militärstil. Ihr Haar war zurückgekämmt, und sie hatte sich nur wenig geschminkt, als sei sie im Garten spazierengegangen oder ausgeritten oder hätte etwas gleichermaßen Aristokratisches und Herrschaftliches getan. »Was haben Sie herausgefunden?« fragte sie.
»Nicht viel, aber ich habe einige Fortschritte gemacht. Wie ich mir die Sache vorstelle, muß Stacey mit jemandem abgehauen sein, den sie über Red Dog kennt. Sie hat kein Auto, wahrscheinlich auch nicht viel Bargeld …«

»Wir hatten ihr bereits die Kreditkarten abgenommen«, unterbrach mich Betty. »Und ihr Girokonto war nahezu immer leer.«

»Dann steht ihr also nicht viel zur Verfügung, und so, wie sie aussieht, läßt sie hier im Viertel niemand rein. Es muß jemand sein, mit dem sie über ihn zu tun hat.«

»Und was hilft uns das?« fragte sie. »Was veranlaßt Sie zu glauben, daß einer dieser Leute uns helfen würde.«

»Genau deswegen wollte ich mit Ihnen reden«, antwortete ich nach einer Pause, wobei ich mir meine Worte genau überlegte. »Hören Sie, Betty, Sie wollen Ihre Schwester zurückhaben, richtig?«

»Natürlich.«

»Und das soll auf dem schnellsten und einfachsten Wege geschehen.«

»Alles soll geschehen, um Stacey zurückzubekommen.« Der Zorn auf ihre Schwester, mit dem sie bei unserem ersten Treffen über sie geredet hatte, war zu echter Sorge, wenn nicht gar Verzweiflung geworden.

»Gut«, sagte ich. »Ich denke, ich habe eine Möglichkeit. Ich kann mir nicht vorstellen, wer Stacey aus lauter Liebe und Zuneigung hilft, sich zu verstecken. Bei diesen Typen läuft das nicht so. Ich könnte wetten, daß Red Dog Turner etwas über das Treuhandvermögen herausgefunden hat und daß er es demjenigen erzählt hat, der ihr jetzt hilft. Sie sind hinter dem Geld her, und sie denken, wenn sie Stacey bis zu ihrem achtzehnten Geburtstag versteckt halten können, haben sie leichte Beute.«

»Wenn Sie recht haben«, warf Betty ein, »haben sie uns in der Hand.«

»Nicht ganz«, antwortete ich. »Wenn sie glauben, daß Sie vor Gericht gehen, um Stacey für unzurechnungsfähig erklären zu lassen, werden zwei Dinge passieren. Zuerst läuft

Stacey Gefahr, die Kontrolle über das Geld und ihre Anziehungskraft auf diese Arschlöcher zu verlieren. Zweitens ist die Chance ziemlich groß, daß ein Richter anordnet, daß sie sich einer Untersuchung unterziehen muß. Dann wird ihnen die Polizei auf der Pelle hocken.«

Betty runzelte mißbilligend die Stirn und verknotete ihre Finger. »Aber das können wir nicht tun, das habe ich Ihnen schon gesagt. So etwas wird nicht geschehen. Meine Eltern werden das niemals zulassen.«

»Das Schwein, das Stacey versteckt, muß es ja nicht wissen«, sagte ich. »Wenn er Ihnen abkauft, daß Sie es tun könnten, wie hoch ist dann seine Chance? Andererseits, wenn derjenige, der sie hat, schnell absahnen und sich aus der Affäre ziehen kann, ist das für ihn besser als nichts.«

Sie dachte einen Moment nach. »Was schlagen Sie also vor?«

Ich beugte mich über den Schreibtisch und sah direkt in Bettys Gesicht. »Kaufen Sie sie zurück.«

Sie ließ ihre Kinnlade schockiert nach unten fallen. »Sie meinen, ein Lösegeld bezahlen?«

»Was für ein Lösegeld? Sie ist doch nicht entführt worden. Sie bieten lediglich einen Finderlohn an.«

»Aber das … das ist verkehrt.«

»Hier muß noch ein Wörtchen in puncto Eigennutz gesagt werden«, entgegnete ich. »Schauen Sie, ich darf die Polizei nicht ins Spiel bringen. Ich kann nicht dort eindringen und alles zusammenknallen wie der Wilde Harry. Stacey könnte verletzt werden. In der Hitze des Augenblicks kann man die Kontrolle über die Ereignisse sehr schnell verlieren.«

Junge, wußte ich wirklich, daß man …

Betty lehnte sich im Ledersessel ihres Vaters zurück. Die ausgeleierten Halterungen und Federn quietschten. »Wieviel würde es kosten?« fragte sie vorsichtig.

»Wieviel ist es Ihnen wert? Sagen wir, hunderttausend? Das

ist mickriges Wechselgeld im Vergleich zu Staceys Treuhandvermögen.«

Sie wurde blaß. »Ich glaube nicht, daß ich soviel freimachen kann. Jedenfalls nicht ohne das Wissen des Generals.«

»Nun, wieviel könnten Sie zusammenbekommen?«

Sie biß sich auf die Unterlippe und starrte nachdenklich in die Luft. »Ich weiß es nicht. Vielleicht fünfundzwanzigtausend.«

Ich ließ einen Pfiff hören. »Das ist alles? Das ist alles in allem nicht viel.«

»Ich weiß. Ganz viel ist in Aktien, Treuhandvermögen und Immobilien angelegt. Wir sind nicht sehr flüssig. Manchmal ist es nicht leicht, viel Bargeld aufzutreiben.«

Ich schüttelte ironisch den Kopf. »Probleme, Probleme, Probleme ...«

»Sie sind grausam«, verteidigte sie sich.

Ich deutete auf die vielen Antiquitäten im Raum. »Es ist nicht leicht, Mitleid mit Ihnen zu haben.«

»Glauben Sie es oder glauben Sie es nicht, Harry, Wohlstand ist nicht immer so, wie man behauptet.«

Ich unterdrückte ein Lachen. »Apropos Wohlstand: Mit meinem ist es auch nicht weit her.« Ich zog die Rechnung aus meiner Manteltasche. »Ich hatte eine Menge Ausgaben, bis jetzt aber von Ihnen noch nichts bekommen.«

»Ich habe in der Buchhaltung gesagt, man solle Ihnen einen Scheck schicken«, entschuldigte sie sich.

»Nun, den habe ich noch nicht erhalten. Und mir wäre es recht, wenn ich hiervon etwas zurückerstattet bekäme.«

Sie nahm die Rechnung und sah sie sich unter der Schreibtischlampe an. »Gütiger Himmel, Harry, was haben Sie gemacht? Dem gesamten Haus Getränke spendiert?«

»Informationen kosten Geld«, erklärte ich. »Ich mußte fast alles bezahlen, was ich bekommen habe.«

»Wieviel davon ist für das Mädchen gewesen, das mit Ihnen neulich abend hier war?«
Ich bekämpfte mein Verlangen, eine ziemlich rüde Bemerkung loszulassen.
»Nicht viel«, sagte ich kalt. »Aber sie schnüffelt genau in diesem Moment für mich herum, in dem wir hier miteinander reden, und ihr müßte dafür etwas zustehen.«
»Ich weiß nicht, ob mich das glücklich macht«, sagte sie.
»Ich bin nicht hier, um Sie glücklich zu machen. Ich bin hier, um Ihre Schwester zu finden. Wenn Sie Glück wollen, ist mein Tagessatz um einiges höher.«
»Ja, natürlich«, entgegnete sie trocken, zog dann aber eine Schublade seitlich am Schreibtisch auf und entnahm ihr dasselbe große Scheckbuch, in dem ich am Tag zuvor herumgeschnüffelt hatte.
Sie stellte einen Scheck aus und reichte ihn mir über den Schreibtisch hinweg. »Ich kann Ihre Ausgaben aus dem Haushaltskonto decken«, erklärte sie. »Der Rest wird über die Buchhaltung geregelt werden. Ich werde dafür sorgen. Ein Scheck sollte bei Ihrer Post sein.«
Na so was, sogar die Reichen versuchen es auf diese Tour.
Ich faltete den Scheck und steckte ihn in meine Hemdtasche. »Gut, ich kann dann also bei diesen Typen aufkreuzen und ihnen fünfundzwanzig Riesen für die sichere Rückkehr von Stacey anbieten. Wenn sie nicht vor ihrem achtzehnten Geburtstag zurückkommt, werden Sie eine gerichtliche Verfügung erwirken, um den Geldtransfer auf Staceys Namen zu stoppen, und ein Verfahren für ihre Einweisung in eine Anstalt in die Wege leiten.«
»Das können Sie ihnen sagen.« Sie schniefte. »Mehr nicht.«
Ich erhob mich. »Prima. Ich werde ungefähr ein oder zwei Tage brauchen, um die richtigen Leute aufzuspüren. Ich

verfolge eine Spur von Red Dogs Chef, aber das kann auch ins Leere gehen.«

Sie hob ihr Gesicht. Auf ihrer Stirn und um ihre Augen zeigten sich Sorgenfalten. »Wo Sie gerade von diesem Mann sprechen: Ist schon irgend etwas durchgesickert von neulich nacht?«

»Ich begebe mich auf eine Gratwanderung«, antwortete ich. »Bis jetzt konnte ich die Sache noch unter Kontrolle halten.«

»Ich hoffe, Sie können so weitermachen.« Sie stützte einen Ellenbogen auf die Stuhllehne und legte ihre Wange in die Handfläche. »Ich weiß nicht, was ich tun würde, wenn ...«

Plötzlich ging die Tür hinter mir mit einem Geräusch auf, das von über den Teppich streichendem Holz herrührte. Betty Jameson wurde augenblicklich still. Ich drehte mich um.

Ein großer Mann mit einer dichten Mähne aus weißem Haar stand auf der Schwelle, seine dicken Arme hingen seitlich herab. Er trug braune Hosen und ein weißes Seidenhemd, das maßgeschneidert zu sein schien, damit es gut zu seinem prächtigen Aussehen paßte.

»Papa«, sagte sie zaghaft.

»Wer ist der Mann?« fragte er und fixierte mich dabei argwöhnisch.

Betty erhob sich vom Sessel und ging um den Schreibtisch herum, sich selbst beruhigend. »Das ist Mister Denton. Er ist ...«

Sie machte eine Pause. Ihre Augen bekamen einen kurzen, panischen Ausdruck, und ich merkte, daß nicht nur der General nicht wußte, wer ich war, sondern Betty ihm wahrscheinlich auch nicht erzählt hatte, daß Stacey verschwunden war.

Ich streckte eine Hand aus und ging auf ihn zu. »General Jameson, mein Name ist Harry Denton. Es ist mir eine Ehre, Sie kennenzulernen.«
Er nahm meine Hand und schüttelte sie mit festem Griff. Er wirkte auf mich wie ein Mann in nahezu perfektem Zustand, vor allem in Anbetracht seines Alters. Er zeigte eine gerade und feste Haltung, sein Blick war scharf und direkt.
»Ich bin Sicherheitsberater«, improvisierte ich in allerletzter Sekunde. »Ich hatte Miss Jameson um einen Termin gebeten, um ihr eine neue Serie drahtloser Bewegungsmelder unserer Firma vorzustellen. Ich war gerade dabei, ihr zu erklären, daß …«
»Betty«, unterbrach er in der Art eines Mannes, der etwas zu sagen hat und nicht gewohnt ist zu warten, »ich habe mit dem Arzt deiner Mutter gesprochen. Er denkt, wir müßten bei ihren Medikamenten etwas ändern. Ich erwarte dich oben, wenn du einen Moment Zeit hast.«
Dann wandte er sich an mich. »Wir sind mit dem gegenwärtigen Sicherheitssystem ziemlich zufrieden, Mister Denton. Dennoch vielen Dank, daß Sie vorbeigeschaut haben.«
»Gern geschehen«, säuselte ich mit einer Stimme wie ein Speichellecker, »wenn ich wiederholen darf, General, es ist mir eine große Ehre und Freude, einen Mann wie Sie kennengelernt zu haben.«
General Breckenridge Jameson drehte sich um und marschierte fort, bevor ich den Satz zu Ende gesprochen hatte. Ich drehte mich zu Betty; sie taumelte, als würde sie hintenüberfallen. Ich ging zu ihr, nahm ihren Arm und führte sie zu dem Stuhl, auf dem ich gesessen hatte. Die Tür zum Arbeitszimmer stand immer noch offen, aber ich hatte den General die Treppe hinaufgehen hören.
»Warum haben Sie es ihm nicht erzählt?« fragte ich leise.
Sie hielt eine Hand vor die Augen und rieb ihr Gesicht, ließ

sie dann wieder in den Schoß fallen. »In seinem Zustand! Ich wollte ihn einfach nicht beunruhigen.«

»Sein Zustand?« Ich war skeptisch. »Er sieht doch putzmunter aus.«

Sie schüttelte den Kopf. »Er ist nicht sehr oft so.«

»Warum haben Sie solche Angst vor ihm?«

Sie lächelte schwach. »Das war ziemlich gute Arbeit, ihm so in den Arsch zu kriechen.«

»Man darf nie glauben, daß das, was man an der Oberfläche sieht, die Wirklichkeit ist. Übrigens haben Sie meine Frage nicht beantwortet.« Ich beugte mich weit zu ihr hinunter, mein Gesicht war nur zentimeterweit von ihrem entfernt.

Sie zuckte zurück. »Sie verstehen das nicht. Sie verstehen das einfach nicht.«

Ich richtete mich wieder auf. »Stimmt, aber ich würde es gern versuchen.«

KAPITEL 16

Und wieder einmal fuhr ich durch das Tor vom Grundstück der Jamesons hinaus mit dem nicht zu leugnenden Gefühl, daß ich ein gut ausgestattetes Asyl verließ. Bis jetzt gab es einen reichen Kriegshelden mit Alzheimer, der spitz wie eine Nadel war; eine starke, unabhängige, verantwortungsbewußte Frau, die in Gegenwart ihres Vaters einen Buckel macht; eine minderjährige Tochter, die sich auf Teufel komm raus selber umbringen will; eine Mutter, die im ersten Stock wie ein Geist herumspukt; und ein über allem schwebendes, sphinxähnliches, weises, altes Hausmädchen, das möglicherweise alles weiß, aber verdammt gut Geheimnisse für sich behalten kann.

Lebte Tennessee Williams noch, hätte er mit dieser Familie seinen Spaß …

Mit etwas mehr Tempo könnte ich Bettys Scheck noch vor Schalterschluß einlösen. Der Autoschalter meiner Bank hatte nur bis halb sechs geöffnet. Auf der Twenty-first Avenue schoß ich über die zwei Spuren des Gegenverkehrs und reihte mich genau um sieben vor halb hinter fünf Autos in die Schlange ein. Sekunden später – ich stand hinter einem stinkenden Lincoln Continental mit einem Aufkleber vom Vanderbilt Commodore Club auf dem Heckfenster – kam jemand aus der Bank und stellte eine Absperrung hinter mir auf die Fahrspur.

Mir wurde leicht ums Herz, jetzt, wo ich wußte, daß ich es geschafft hatte. Nach zehn Minuten Wartezeit konnte ich endlich vor den verglasten Schalter vorfahren, hinter dem die Kassiererin saß. Betty hatte mir einen Scheck über fünfhundert Dollar ausgestellt, und ich hatte auf dem Einzahlungsschein notiert, daß ich hundert Dollar in bar mitnehmen wollte.

Die Kassiererin tippte einige Zahlen in einen Computer, dann sah sie sich den Einzahlungsschein an.

»Tut mir leid, Mister Denton«, tönte ihre Stimme durch den billigen Sprechapparat, »Ihr Kontostand ist niedriger als das, was Sie ausgezahlt haben möchten. Und auf diesen Scheck können wir Ihnen kein Geld auszahlen.«

»Aber er ist auf eine örtliche Bank ausgestellt«, protestierte ich. Mein Blutdruck stieg, und ich spürte, wie mein Gesicht rot anlief.

»Stimmt, aber er ist nicht auf diese Bank ausgestellt.«

»Aber, aber ...« Ich konnte nur stammeln.

»Es tut mir leid. Dieser Scheck muß erst abgerechnet werden, bevor wir Ihnen daraus etwas in bar auszahlen können.«

»Wie lange wird das dauern?«

»Zwischen drei und fünf Tagen.«

Himmel, Arsch und Wolkenbruch. »Gut, wieviel habe ich noch auf dem Konto?«

Das hübsche, junge Mädchen hinter der Scheibe tippte wieder ein paar Zahlen ein. »Sie haben achtunddreißig Dollar und fünfunddreißig Cent zur Verfügung.«

Gott sei Dank, ich bin gerettet. »Gut, dann geben Sie mir fünfunddreißig.«

Sie sah mich mitleidig an und räusperte sich ins Mikrophon. »Es ist ja nicht meine Angelegenheit, Mister Denton, aber morgen gehen die Kontoauszüge raus. Möchten Sie nicht soviel auf dem Konto lassen, daß die monatlichen Gebühren gedeckt sind?«

Ich hasse Banken.

Ich rutschte tiefer in meinen Fahrersitz. Wenn sie patzig oder herablassend gewesen wäre, hätte ich mich auf meine

Hinterbeine stellen und sie beißen können. Aber wie die meisten Südstaatler, die sich als Unglücksboten betätigen, teilte auch sie schlechte Nachrichten so gottverdammt lieb mit, daß es schwer war, sie anzuschreien.

Ich wendete meine Augen ab. »Gut, versuchen wir's mit dreißig.« Zumindest könnte ich was essen und tanken.

Sie lächelte auch diesmal verbindlich. »Prima.« Sie blätterte sechs Fünf-Dollar-Scheine hin – es sollte wohl nach mehr aussehen – und legte das Geld zusammen mit der Auszahlungsquittung in das Übergabefach.

»Vielen Dank für Ihren Besuch, Mister Denton«, flötete sie. »Einen schönen Abend noch.«

»Einen schönen Abend, Harry, du Arsch«, murmelte ich, als ich mich wieder in den Verkehr einfädelte.

Ein riesiger Sattelschlepper war auf der I-440 in Richtung Westen umgekippt, was bedeutete, daß der Verkehr Richtung Osten auf schnelle Schrittgeschwindigkeit gedrosselt wurde, so daß sich die Schaulustigen die Szene lang und ausgiebig betrachten konnten. Ich hangelte mich durch den Verkehr, bis ich die Nolensville Road erreichte, weil ich dachte, daß die Sache wieder etwas in Bewegung käme, wenn ich die Abfahrt nehmen würde. Leider dachten alle anderen genauso.

Wir krochen die gewundene Abfahrt hinab, wobei es immer nur wenige Autos auf einmal über die Ampel schafften, um sich in den fortwährenden, nahezu stehenden Verkehrsstrom auf der Nolensville Road einzufädeln. Dies war ein Stadtteil, in den ich nicht so oft kam, aber in vielerlei Hinsicht ähnelte er East Nashville. Die Nolensville Road in der Nähe des Messegeländes ist zusammengewürfelt aus älteren Geschäften mit Schaufenstern, Tankstellen, Krämerläden, Handleserinnen, Wahrsagerinnen und seltsamen kleinen Geschäften, ehemalige Wohnungen, wo heute Gipstiere, Gartenschmuck und Gartengerät verkauft werden.

Da dieser Stadtteil älter war und vor allem den Übergang zum ärmeren Arbeiterviertel bildete, siedelten sich hier auch die Immigranten an. Das beste thailändische Restaurant der Stadt befand sich um die Ecke auf der Thompson Lane. Eine Kombination aus Lebensmittelladen und Restaurant mit dem angeblich einzigen echten mexikanischen, also nicht texanisch-mexikanischen Essen in der Stadt lag in der Nähe der I-440. Eine seltsame Mischung aus stinkenden, ungebildeten, ethnischen …

Und da waren natürlich auch die obligatorischen Pornoläden, Massagesalons und Showbars.

Das Purple Firefly befand sich am Ende der Nolensville Road in der Nähe des Eingangs zum Messegelände, gleich neben einer Spelunke mit Gitarrenzupfmusik und einem herrlichen Ausblick auf den Nashville Raceway hinter dem Parkplatz. Ich war schon oft vorbeigefahren, hatte aber auch diesem Pornoladen bisher wenig Aufmerksamkeit beigemessen.

Das Backsteingebäude, dessen Fenster purpurrot übermalt waren, bestand nur aus einem Stockwerk. Der Parkplatz davor war klein, aber auf einem Schild stand: *Weitere Parkplätze im Hof.* Ich fuhr um das Gebäude herum, weil ich dachte, es sei immer besser, an Orten wie diesem nicht gesehen zu werden.

Hinten waren nur ein paar Parkplätze belegt, die meisten von älteren Limousinen, einigen Pickups und einem oder zwei protzigen Schlitten. Ich parkte meinen Wagen so weit wie möglich von den anderen entfernt, stellte den Motor ab und blieb noch einen Augenblick sitzen, um noch einmal die wenigen Notizen zu überfliegen. Big Moe Klinkenstein

und sein Büro befanden sich in diesem Haus, zusammen mit Mousy Caramello und Gott weiß was noch. Plötzlich wurde mir bewußt, daß ich bei diesem Fall an einem Punkt angelangt war, an dem man sich fragt, was zum Teufel man überhaupt macht.
Letztendlich konnte ich mich vor der Sache nicht drücken, und um ehrlich zu sein, auf dem Parkplatz eines Pornoladens länger herumzuhängen, bringt einen wahrscheinlich in genauso viele oder sogar noch mehr Schwierigkeiten, als gleich hineinzugehen.
Es gab einen Hintereingang, eine einzelne purpurfarbene Tür, die in die fensterlose Backsteinmauer eingelassen war. Auf der Tür stand in schwarzen, kursiven Buchstaben:

The Purple Firefly
Eingang
Wenn Sie Nacktsein als anstößig empfinden,
treten Sie bitte nicht ein!

Ich öffnete die Tür, und ein Hauch schwerer, eiskalt klimatisierter Luft wehte mir entgegen. Eine Dunstglocke aus Desinfektionsmittel und Rauch hing über allem. Der ziemlich kleine Laden bestand aus nur einem Raum mit billiger Wandverkleidung und unlackierten, wild zusammengenagelten Kiefernholzregalen. Weiß verkleidete Leuchtstoffröhren hingen wie in einer Fabrikhalle an Ketten von der Decke.
Ich trat ein und sah mich um. In einer Ecke standen zwei muskulöse Typen in T-Shirts gebeugt vor einem Ständer voller Magazine. Ein gestriegelter junger Mann mit Polyesterhemd, direkt aus einer Siebziger-Jahre-Disko, und mit drei Ringen in dem einen Ohr, zwei im anderen und einem in der Nase stand rechts von mir hinter der Ladentheke. Er

lächelte mich an, als ich nähertrat, und entblößte eine Reihe gerader, weißer Zähne unter einem akkurat gestutzten Schnurrbart.

Ein paar Typen in Mantel und mit Krawatte streunten selbstbewußt herum, offensichtlich Geschäftsmänner, die schnell angehalten hatten, um noch etwas Aufregendes zu erleben, bevor sie nach Hause fuhren, wo sie ein Abend vor dem Fernseher mit Ehefrau und Mikrowellenessen erwartete. Ein dürrer Teenager mit gräßlicher Haut und schmierigen, mit Wasserstoffsuperoxid gebleichten Haaren stand verstohlen vor einem Regal mit Videos, auf deren Hüllen Männer abgebildet waren, die andere Männer in einer ganzen Reihe von Positionen liebten.

Mein Magen verkrampfte sich, und mein Bauch tat mir weh. Mir wurde klar, daß ich wie ein Depp dastand. Also entschloß ich mich dazu, ein wenig herumzustöbern, den Ort zu sondieren und herauszufinden, wo das Büro von Big Moe Klinkenstein sein könnte. Rechts vom Hintereingang war der Bereich der Ladentheke. Dahinter stand ein zweieinhalb Meter hohes Regal mit übereinandergestapelten Erwachsenenvideos. Die Videohüllen waren leer und dienten nur als Auslage. Wollte man ein schmutziges Video kaufen, brachte man die Hülle zur Theke und bezahlte, dann holte der Angestellte das Gewünschte aus dem Regal.

Dies schien eine wirksame Methode gegen Ladendiebstahl zu sein. Dann bemerkte ich in allen vier Ecken unauffällig von der Decke hängende, kleine Videokameras. Angesichts der Tatsache, daß er einen Vollzeitleibwächter um sich hatte und überall Videokameras angebracht waren, schien Big Moe doch ein klein wenig paranoid zu sein.

Ich konnte keine Tür entdecken, zumindest keine, die zu einem Büro führen könnte. Nur der Vorder- und Hintereingang waren zu sehen.

Schließlich nahm ich allen Mut zusammen und schlenderte zur Theke hinüber. Der geschniegelte Kassierer mit seinem Siebziger-Fimmel hatte gerade einen Kunden zu Ende bedient.
»Kann ich Ihnen helfen?« fragte er lächelnd und mit hoher, gekünstelter Stimme.
»Ja, das hoffe ich. Mein Name ist Denton, Harry James Denton, und ich bin Privatdetektiv.«
»Du meine Güte, ein Privatschnüffler.«
Ich räusperte mich und holte meine Lizenz heraus. »Nun, ja, ich versuche, Mister Klinkenstein ausfindig zu machen.«
»Wen?« fragte er schüchtern.
»Mister Klinkenstein. Sie wissen schon, der Typ, dem der Laden hier gehört.«
»Oh, dieser Mister Klinkenstein.« Er rümpfte die Nase. »Mister Klinkenstein empfängt für gewöhnlich niemanden ohne Termin.«
Ich dachte an die Filme, in denen hartgesottene Privatdetektive wie Mike Hammer/Sam Spade zu diesem Zeitpunkt der Handlung einen Finger in den Nasenring des Typen gesteckt und diesen über den Ladentisch gezerrt hätten. Alan Ladd oder Robert Mitchum hätte diesen Kerl in Bruchteilen einer Sekunde zum Kreischen gebracht.
Allerdings dachte ich nicht, daß diese Methoden im wirklichen Leben funktionierten, besonders nicht, weil ich wußte, daß ein Kerl vom Format eines Hulk Hogan die Videokameras überwachte.
Ich zog eine der Visitenkarten aus dem Plastikumschlag meiner Lizenz und reichte sie über den Ladentisch. »Würde es Ihnen etwas ausmachen, ihn wenigstens zu fragen, ob er mich sehen möchte? Und sagen Sie ihm bitte, daß ich wegen der Familie Jameson hier bin.«

Er las sorgfältig meine Karte, sah mich an und hob eine Augenbraue. »Wer sind die Jamesons?«

»Sie wissen schon, die schlecht funktionierenden Jamesons aus Belle Meade.«

Er grinste und zuckte mit den Schultern, als würde ihm dies etwas sagen. »Oh, diese Jamesons. Gut, ich werde mit ihm reden. Warten Sie hier.«

Er verschwand zwischen den Regalen hinter dem Ladentisch. Am Ende einer Reihe ging er nach rechts. Auch ich ging etwas nach rechts, um zu sehen, wohin er ging, aber dieser Teil des Raumes lag im Schatten.

Ich drehte mich herum und lehnte mich gegen die Theke, mit dem Rücken zu den Regalen. In der anderen Ecke kicherten die beiden Typen, die ich schon beim Eintreten gesehen hatte, über einem Magazin, das einer in der Hand hielt. Der andere legte einen Arm um die Schulter des Freundes, ließ seine Hand an dessen Rücken hinabgleiten und tätschelte ihm zärtlich den Hintern.

Die Tür des Hintereingangs öffnete sich und ließ einen Strahl der Nachmittagssonne herein, der wie eine Säule aus Goldstaub aussah. Selbstbewußt verschränkte ich meine Arme und wünschte, der Verkäufer würde entweder zurückkommen, um mich in Klinkensteins Büro zu führen, oder mich wegschicken. Eins von beiden, aber er sollte mich nicht hier herumhängen lassen.

Im Rahmen erschien ein großer Typ, in dessen verspiegelter Pilotensonnenbrille das grelle Licht der Leuchtstofflampen reflektiert wurde. Er trug ein Cowboy-Hemd, enge Jeans und spitze Cowboy-Stiefel, die hier in der Gegend als »Kakerlaken-Killer« bekannt sind, weil man mit ihnen so gut in die Ecken kommt. Er warf mir einen Blick zu, die Haut auf seinen von Akne vernarbten Wangen hob sich zu einem Lächeln. Als er am Ladentisch vorbeiging, streifte er leicht

meinen Arm, bog dann in einen der Gänge zwischen den Regalen ab und blieb vor einem Ständer voller Magazine in durchsichtigen Umschlägen stehen. Hinter sich zog er eine Wolke von billigem Rasierwasser her. Er blätterte einige Magazine durch, sah dann zu mir auf und lächelte wieder. Hinter mir hörte ich Schritte, als der Verkäufer zurückkam.
»Mister Klinkenstein meint, er würde Sie gern sehen. Hier entlang.«
Ich ging um den Ladentisch herum und folgte dem Verkäufer. Vor einer bemalten Holztür blieben wir stehen. Er klopfte ein paarmal an und hielt sie mir schließlich auf.
Ich betrat ein rechteckiges, mit Teppichen ausgelegtes Büro, in dem ziemlich in der Mitte ein wuchtiger Schreibtisch aus Holz stand. Diesem gegenüber standen an einer Wand eine Couch, daneben ein Tisch und eine Lampe. Ein Aktenschrank mit einem Faxgerät und einer Einbaustereoanlage darauf stand an der anderen Wand. Eine offene Tür rechts von mir führte in ein Badezimmer.
Ein kleiner und widerlich fetter Mann hinter dem Schreibtisch sah von einem Stapel Papier auf. »Ja«, krächzte er und schielte mich durch eine dicke Brille an, »setzen Sie sich.« Seine Stimme war hoch, beinahe piepsig.
In der Ecke unter einer Klimaanlage, die in die Wand eingebaut war, stand ein Mann. Er lehnte mit überkreuzten Beinen an der Wandverkleidung, trug Springerstiefel und die Hose eines Tarnanzugs, darüber ein ärmelloses, weißes T-Shirt. Obwohl er schmächtig war, waren seine Arme dick und gut ausgebildet. Auf Bizeps und Schultern prangten großflächige Tätowierungen. Sein kurzgeschorenes Haar war blond gefärbt, sein Gesicht bartlos. Er starrte mich aufmerksam an, als ich herüberkam und mich setzte.
»Mister Klinkenstein«, fing ich an, »ich bin Ihnen dankbar, daß Sie sich Zeit für mich genommen haben, um ...«

»Ja, ja, ja«, unterbrach er mich. »Richtig.« Er drehte sich mit seinem Stuhl herum, kam hinter dem Schreibtisch mit einer für sein Format überraschenden Geschwindigkeit hervorgeschossen und baute sich vor mir auf.

Seine braune Hose hatte er beim Essen und Trinken vollgekleckert. Er trug einen dicken, breiten Gürtel mit einer riesigen Bronzeschnalle, die das Zeichen eines großen Hamburgers zierte, unter dem HOME OF THE WHOPPER zu lesen war.

»Kommen Sie zur Sache.« Er grinste. »Was wollen Sie von mir?«

Er ließ sich neben mich auf die Couch plumpsen, so daß sie bedenklich wackelte. Wie ich zuvor darauf hingewiesen worden war, roch Big Moe Klinkenstein, als habe er einige Tage nicht geduscht. Die dunklen Flecken unter den Achseln seines karierten Hemdes sahen wie dauerhaft gefärbt aus.

»Nun, ich ...« Ich hielt unvermittelt inne, als er seine riesige Hand mit den schmutzigen Fingernägeln auf meinen Oberschenkel legte und ihn knetete. Auf dem Gesicht des Militärtyps mit dem seltsamen Blick erschien ein gemeines Lächeln. Er drehte sich ein wenig und ließ auf seinem linken Arm eine Tätowierung sehen, die ein mit der amerikanischen Flagge verschlungenes Hakenkreuz darstellte.

Ich räusperte mich und bekämpfte den Drang fortzurennen. »Mister Klinkenstein, ich vertrete eine Frau, die um das Wohlergehen ihrer jüngeren Schwester sehr besorgt ist.«

»Jüngere Schwester, hä?« Klinkenstein starrte auf mein Bein, als er meinen Schenkel streichelte. Dann lehnte er sich zu mir herüber, wobei er beinahe gegen meine Schulter fiel. »Was hat das mit mir zu tun?«

»Direkt nichts. Aber wir haben einige Hinweise, daß die jüngere Schwester – die übrigens, Mister Klinkenstein, noch minderjährig ist – mit einem Ihrer Angestellten zu tun hat. Einem gewissen Mister Turner, glaube ich.«

Klinkensteins Kopf schoß nach oben, und er suchte Augenkontakt mit seinem Gefährten. Etwas passierte zwischen den beiden, aber ich konnte verdammt noch mal nicht sagen, was es war.

»Es gab einen Turner, der für mich gearbeitet hat. Das tut er aber nicht mehr.«

Der Typ in der Ecke grinste wieder. Ich könnte wetten, daß es wegen diesem Kerl einen ganzen Schwarm Schmetterlinge ohne Flügel gab.

»Ich verstehe«, antwortete ich. »Aber die Familie ist immer noch um die Sicherheit des Mädchens besorgt. So hat sie mir die Vollmacht erteilt, eine beträchtliche Belohnung für die sichere Rückkehr des Mädchens anzubieten.«

Klinkenstein drehte sich wieder zu mir. Er zog eine Grimasse und schielte gleichzeitig. Sein langes, schwarzes, fettiges Haar lichtete sich bereits und hing in Strähnen über die Stirn. Er war mir so nahe, daß ich einen Schwall seines nach saurer Milch riechenden Atems abbekam.

»Beträchtliche Belohnung, hä? Erklären Sie ›beträchtlich‹.«

Er ließ seine Hand zu meinem Knie gleiten und massierte es. Mir wurde immer mulmiger, aber ein Schlag auf seine Hand würde meine Chance auf eine Zusammenarbeit garantiert senken. Ganz zu schweigen davon, daß Mousy mir den Kopf einschlagen würde. »Die Jamesons haben bis zu fünfundzwanzigtausend Dollar geboten für die sichere Rückkehr ihrer Tochter Stacey Jameson, ohne weitere Fragen zu stellen.«

»Oooh, fünfundzwanzig Riesen«, höhnte der Kerl in der Ecke. »Ein Mordsgeschäft ...«

Klinkensteins Blick blitzte quer durch den Raum. »Halt's Maul, Mousy«, befahl er.

Mousy Caramello kam mit vier schnellen Schritten auf uns zu und blieb direkt vor dem Sofa stehen. Mit feurigem Blick sah er auf uns herunter. »Los, Moe, was quatschst du noch mit dem Häschen? Laß mich diesen Arsch hier rausbefördern.«

»Jetzt werd wieder nüchtern, verdammt noch mal!«

»Und sieh dich mal an«, beschwerte sich Mousy weiter, »wie du ihn anhimmelst. Warum beugst du dich nicht einfach runter und bläst ihm einen ...«

Mir wurde speiübel.

»Halt's Maul!« keifte Big Moe. »Oder es wird dir noch leid tun.«

Mousy trat vor mich. Seine großen, dunklen Augen waren voller Haß. »Was kümmerst du dich um diese kleine Fotze? Hast du ihn bei ihr schon drin gehabt, oder was? Vielleicht solltest du es dir besser hier vom Klinkster besorgen lassen, he? Man nennt ihn nicht umsonst Big Moe.«

Mein Blutdruck stieg mit jedem Herzschlag. Dieses Kind war krank, ein Psychopath, und so gern ich ihm auch das Licht auspusten wollte, war mir doch klar, daß ich Ruhe bewahren mußte, falls ich hier mit minimalem Schaden rauskommen wollte. Ich atmete einmal tief durch und wandte mich Klinkenstein zu.

»Wie ich schon sagte, Mister Klinkenstein«, fing ich an. Plötzlich sah ich in meinem linken Augenwinkel, wie sich Mousys Kopf wie ein Blitz auf mich zubewegte. Ich zuckte, aber es war zu spät: Es gab kein Entrinnen mehr.

Mousy Caramello streckte seine Zunge wie eine Katze heraus und ließ sie von meinem Unterkiefer seitlich am Gesicht bis fast zu meinen Augen hinaufgleiten. Ich erstarrte zur Salzsäule, preßte die Kiefer aufeinander und blieb still sitzen. Seine Zunge war heiß, aber trocken, sie kratzte beinahe auf meiner Haut.

Ich hatte eher einen Schock als etwas anderes. Er drehte sich leicht, ließ seine Zunge wieder herausschnellen und traf die Unterseite meines Ohrläppchens. Diesmal zuckte ich zurück und starrte ihn an.

»Versuch's doch mal«, flüsterte er. »Los, etwas mehr Begeisterung!«

Klinkenstein streckte eine Hand aus und stemmte sie gegen Mousys Brust. »Verdammt, Mousy. Hör mit diesem Spielchen auf.«

Mousy richtete sich auf und trat einige Schritte zurück. Ich starrte ihn an und versuchte, nicht zu blinzeln, aber das Kind war eiskalt, eiskalt und gut. Nach ein paar Sekunden mußte ich doch blinzeln und sah auf den Boden.

»Sie müssen meinen Freund hier entschuldigen«, sagte Klinkenstein. »Er weiß nicht, wann der Spaß aufhört.«

»Ja, das vermute ich auch«, entgegnete ich.

»Nun, zurück zu Ihrer Belohnung, die Sie anbieten. Ich weiß selbstverständlich nicht, wovon Sie reden. Aber nehmen wir mal an, ich wüßte es. Mit fünfundzwanzig Riesen kann man sich nicht einmal ein anständiges Auto kaufen. Also beleidigen Sie mich nicht, Baby.«

»Im Moment ist es das Spitzenangebot. Die Möglichkeit, daß mehr drin ist, gibt es immer.«

»Und was ist, wenn Sie das Mädchen nicht finden?«

»Dann wird die Sache etwas unangenehm«, sagte ich. Über uns schnaubte Mousy höhnisch. Ich sah ihn an; er starrte immer noch auf mich herab wie eine Schlange, die versucht, ihr Abendessen zu hypnotisieren.

»Wissen Sie, an ihrem achtzehnten Geburtstag erhält das Mädchen einiges Geld. Das einzige Problem ist, daß ihr Benehmen die Familie davon überzeugt hat, daß sie unfähig ist, ihre eigenen Angelegenheiten zu regeln. Wenn das Mädchen also nicht sicher in den Schoß der Familie zurückkehrt, geht man vor Gericht, um sie für geschäftsunfähig erklären zu lassen.«

»Das wäre hart, wenn Sie die kleine Hure nicht finden würden.« Das kam von Mousy.

»Vielleicht«, antwortete ich. »Aber, Mister Klinkenstein, wenn einer Ihrer Angestellten dem Mädchen, sagen wir, dabei ›hilft‹, sich zu verstecken in der Hoffnung, für den Gefallen bezahlt zu werden ... nun, so weit wird es nicht kommen.«

Klinkensteins Hand, die während unseres Gesprächs auf meinem Knie geruht hatte, erwachte plötzlich wieder zum Leben und bewegte sich an der Innenseite meines Oberschenkels hinauf. »Da keiner meiner Angestellten ein Interesse daran hat, einem ausgerissenen Mädchen zu helfen oder was auch immer, ist dies eine sinnlose Diskussion.«

Ich preßte meine Beine zusammen und hoffte, er würde den Wink verstehen. Das tat er nicht.

»Das verstehe ich«, sagte ich. »Ich überbringe lediglich ein öffentliches Angebot. Jeder, der das Mädchen zurückbringt, hat einen Anspruch auf die Belohnung. Das Angebot bleibt auf jeden Fall bestehen.«

Er zog seine Hand aus meinem Schritt und tätschelte mein Knie. »Nun, das ist nur fair.«

Mich drängte es von ihm fort. Langsam stand ich auf. Mousy war nun hinter mir. Seine Augen brannten in meinem Nacken wie eine Infrarotlampe.

»Vielen Dank, daß Sie mir Ihre Zeit geopfert haben«, verabschiedete ich mich. Klinkenstein grapschte nach meiner Hand. Sein Griff war schwach, seine Handfläche triefte beinahe, aber er behielt meine Hand in seiner, als er sich von der Couch erhob.

»Es war mir eine Freude«, entgegnete er. »Sie können jederzeit wiederkommen. Das meine ich ernst.«

Hinter uns zeterte Mousy: »Ich wette, das tust du auch.«
Als ich Richtung Tür ging, spürte ich, wie sich mein Mund öffnete, um die Worte herauszusprudeln, ohne daß ich sie aufhalten konnte. Ich versuchte noch, auf die Bremse zu treten, aber es war zu spät.
Verdammt, ich hasse es, wenn ich das mache.
»Oh, noch eine andere Sache, Mister Klinkenstein.« Ich hielt an der bereits geöffneten Tür an und drehte mich um.
»Ja?«
Ich sah zu Mousy hinüber, den ich ernst anlächelte. »Sagen Sie diesem kleinen, abgesägten, psychotischen Hurensohn, der für Sie arbeitet, daß ich ihn umbringe, sollte er mich noch einmal anfassen.«
Hinter Klinkenstein ballten sich Mousys Hände zu zwei Fäusten. Klinkenstein hielt mit einer Hand Mousys Schulter fest und stoppte ihn.
»Könnten Sie das für mich tun?« fragte ich.
»Klar, kann ich tun.«
»Danke. Und noch einen schönen Tag.«

KAPITEL 17

Ich knallte die Tür vom Mustang so fest zu, daß die Scheiben wackelten, dann boxte ich in blinder Wut auf das Lenkrad ein, bis meine Hände vor Schmerzen rebellierten.

»Verdammt, verdammt, verdammt, verdammt, verdammt, verdammt!« Ich unterstrich jeden Fluch mit einem Schlag auf das Lenkrad. »Wie konnte ich nur so blöd sein!«

Eins war sicher: Bei einer erneuten Begegnung mit Mousy Caramello wäre es besser für mich, ein paar wirklich starke Jungs dabeizuhaben.

Ich saß mit geschlossenen Augen da und versuchte, meine Atmung zu verlangsamen. Früher hatte mein Mund Schecks ausgeschrieben, die mein Arsch nicht einlösen konnte, aber so weit wie jetzt hatte ich es noch nie getrieben. Vor meinem geistigen Auge sah ich die Hakenkreuz-Tätowierung auf seinem Arm und das verrückte Funkeln in seinen Augen. Klinkenstein konnte ihn bis zu einem gewissen Punkt kontrollieren, aber dahinter war alles reine Vermutung.

Ich gewann den Rest meiner Haltung zurück, ließ den Wagen an und fuhr zurück auf die Nolensville Road. Im Handschuhfach bewahrte ich eine kleine Schachtel Tissue-Tücher auf. Ich zerrte ein halbes Dutzend aus der Schachtel heraus und rieb über meinen Kiefer, bis Fetzen von dem Zeug an meinen Bartstoppeln hängenblieben.

Mit quietschenden Reifen fuhr ich die Auffahrt zur I-440 hinauf und drückte das Gaspedal durch, bis ich schneller als hundertzehn Stundenkilometer fuhr. Aus irgendwelchen unerfindlichen Gründen hatte die Freitagabend-Stoßzeit bereits früher als normal nachgelassen. Zwanzig Minuten später fuhr ich auf den Parkplatz vor Marshas Eigentumswohnung und stellte meinen Wagen gegenüber vom Porsche ab.

Sie öffnete nach dem dritten Klopfen, immer noch in ihren Arbeitsklamotten. Sie wirkte fröhlich. »Hallo, ich habe mich gerade gefragt, ob ...«

Ich stürmte an ihr vorbei in den Korridor. Sie schloß die Tür hinter mir.

»Was ist los?«

Ich drehte mich um. »Ich hatte einen echt saumäßigen Tag. Ich brauch' was zum Trinken und muß mich duschen.«

»Im Kühlschrank ist noch etwas Weißwein.«

»Hast du was Stärkeres?«

Sie kam in die Küche hinterher. »Du hast einen saumäßigen Tag gehabt. Was ist das weiße Zeug auf deiner Wange?«

Ich strich mir seitlich über den Kiefer. »Das ist egal, ich erklär's dir später.«

»Ist dir ein Jack Daniels mit Wasser recht?«

»Ja, danke. Tust du mir einen Gefallen und bringst ihn mir ins Bad?«

Sie sah mich besorgt an. »Ja, ich bring' ihn dir sofort rein.«

Bereits auf dem Flur in Richtung Schlafzimmer hatte ich mir Jacke und Hemd ausgezogen, es folgten die Schuhe, schließlich Socken und Hose. Als ich unter der heißesten Dusche stand, die ich ertragen konnte, füllte sich das Badezimmer mit Dampf. An der Wand hing ein Luffaschwamm von Marsha. Diesen ergriff ich, um alle Spuren des Purple Firefly zu beseitigen.

Die Tür ging auf, während ich an mir herumscheuerte. Meine Haut wurde rauh und rot wie nach einem Sonnenbrand. Ich zog den Vorhang zurück, als Marsha mir ein Glas Whisky mit Eis reichte.

»He, sei vorsichtig damit«, warnte sie. »Sonst wirst du noch deine Tarnung verlieren.«
Ich schüttete den Inhalt in zwei Zügen hinunter. Der Alkohol traf meinen Magen wie ein Feuersturm, der bis in meine Zehenspitzen drang.
Ich gab ihr das Glas zurück und setzte meine Einseiforgie fort. Der Duschvorhang war so weit aufgezogen, daß ich Marsha im Spiegel beobachten konnte.
Sie stellte das Glas auf dem Schrank ab und lehnte sich mit verschränkten Armen gegen die Fliesen. »Würdest du mir bitte erzählen, was hier vor sich geht?«
Ich streckte beide Arme aus, lehnte mich gegen die hintere Wand der Dusche und senkte meinen Kopf. Die Wasserstrahlen aus dem Duschkopf pieksten meine nackte Haut wie Nadeln.
»Ich habe mich mit dem Mann getroffen, dem die meisten Spelunken im County gehören, vielleicht auch im ganzen Staat«, erklärte ich mit leiser, bei dem Geräusch der Dusche kaum wahrnehmbarer Stimme. »Er hat seine Hände auf meine Schenkel gelegt, und sein Leibwächter hat mich abgeleckt.«
Sie schüttelte den Kopf. »Es tut mir leid, daß ich das verpaßt habe. Hast du gesagt ...«
Ich sah sie an. »Ja, abgeleckt.«
Sie zog eine Grimasse und kniff ihre Augen zu. »O Gott, Harry. Wo bist du diesmal reingeraten?«
Ich spülte den letzten Rest der Seife ab und drehte das Wasser ab.
»Ich weiß es nicht«, antwortete ich erschöpft und nahm das dicke Handtuch, das sie mir hinhielt. »Aber ich will da raus. Das ist bei weitem zuviel. Eine echte Überdosis ...«
»Dann mach, daß du da rauskommst.«
Ich rubbelte mit dem Handtuch meine Haare, bis sie eini-

germaßen trocken waren, dann wickelte ich es mir um die Hüften.
»Das Problem ist: Da ist noch das Mädchen.«
»Laß das die Polizei machen.«
»Wenn die Bullen dazukommen, wird das Mädchen sterben.«
»Du glaubst, sie bringen sie um?«
Ich stieg aus der Dusche. »Ich glaube, sie wird sich selber umbringen.«
»Menschen tun so etwas, Harry. Manchmal kann sie niemand davon abhalten.«
Ich nahm das Handtuch wieder in die Hand und trocknete mich ab. »Du bist eiskalt, Marsha. Du warst schon mit zuviel Leichen zusammen.«
Ihre Unterlippe zitterte.
»Es tut mir leid«, sagte ich leise. »Das war echt Scheiße. Ich hab's nicht so gemeint.«
Sie blickte in den beschlagenen Spiegel. Das Schweigen schien zu einer Ewigkeit zu werden.
»Was mußt du tun, um aus der Sache rauszukommen?« fragte sie schließlich.
Ich schloß die Augen und verbarg mein Gesicht wild reibend im Handtuch, als wären dort noch Spuren von Mousy Caramello. »Das Mädchen finden und es nach Hause bringen.«
»Dann tu das, Harry. Tu das oder verschwinde aus meinem Leben, in dem ich dich auf diese Art nicht haben will.«
Sie drehte sich um und verließ das Badezimmer. Ich folgte ihr direkt auf den Fersen. Neben dem Bett griff ich nach ihr und stoppte sie.
»Warte. Es tut mir leid. Ich weiß nicht, was in mich gefahren ist. Aber ich weiß, daß ich das andere nicht will.«
»Das andere?«

»Aus deinem Leben verschwinden.« Ich legte meine Arme um sie und zog sie an mich heran.
»Ich will auch nicht, daß du aus meinem Leben verschwindest. Aber, Schatz, so ist es die Hölle.«
Ich strich mit meinen Fingern durch ihre Haare. »Ich habe darüber nachgedacht, worüber wir neulich abend geredet haben.«
»Tatsächlich?«
»Ich glaube, wir sollten heiraten.«
Sie entfernte sich von mir, nur ein Stück, aber immerhin.
»Oh.«
»Ja.«
»Harry, ich glaube nicht, daß es eine gute Idee ist zu heiraten, weil du im Moment eine wirklich schwere Zeit durchmachst. Heiraten schafft noch mehr Probleme, anstatt sie zu lösen.«
»Gut«, stimmte ich zu. »Du bist direkt, aber du hast recht. Laß mich die schlimme Zeit durchleben. Dann werden wir es tun.«
Sie sah zur Seite. »Ich bin mir nicht sicher, ob ich schon bereit bin, zu heiraten.«
Meine Augenbrauen zogen sich zusammen. »Aber worüber wir an jenem Abend gesprochen haben …«
Sie drehte ihren Kopf zurück und sah mich mit finsterem Blick an. »Du hast über Heiraten geredet. Ich habe davon geredet, ein Kind zu bekommen. Das sind zwei total verschiedene Sachen.«
Ich kam mir vor, als hätte sie mir mit einem Stück Holz einen Schlag in den Magen verpaßt. »Oh«, war alles, was ich sagen konnte.
Sie streckte ihre Hände aus. »Ja, vielleicht eines Tages. Die Zeit spielt dabei keine Rolle. Wir können jederzeit heiraten, wenn die Zeit reif ist. Das ist ein Unterschied.«

»Ja«, stimmte ich zu. »Ich verstehe. Du willst im Moment nur deine Brut austragen.«
»O Gott, Harry!« brauste sie auf. »Warum mußt du es gleich so ausdrücken?«
»Wie soll ich es denn deiner Meinung nach ausdrücken?«
Sie drehte sich um und wollte aus dem Zimmer. »Ich denke, du solltest dich anziehen. Anziehen und gehen.«
»Nein, warte.« Ich griff nach ihrem Arm. »Du kannst nicht mittendrin einfach weglaufen! Das ist nicht richtig, Marsh. Du erzählst mir, du willst nicht mich, sondern nur einen Teil von mir, der dir zu dem verhilft, was du wirklich willst.«
»Wie kannst du das sagen?« Ihre Augen glänzten, und ihre Stimme wurde weicher. Ich zog sie an mich heran. Sie sträubte sich kurz, fügte sich aber schließlich. »Das habe ich so überhaupt nicht gemeint. Zählt denn nicht, daß ich die ganze Sache gar nicht wollte, bis ich dich kennengelernt habe? Ich wußte nicht einmal, daß ich eine biologische Uhr habe, bis du aufgekreuzt bist.«
Ich hielt sie an mich gedrückt, und sie hatte ihre Arme um mich gelegt. »Es tut mir leid.«
Sie entzog sich meiner Umarmung mit nassen Wangen. Das Handtuch rutschte und fiel zwischen uns auf den Boden. Sie starrte mich an, wie ich so nackt und schutzlos dastand.
»Mir tut es auch leid«, sagte sie. »Ich wünschte, ich könnte die Sache ganz schnell wieder rückgängig machen, aber das kann ich nicht. Was möchtest denn du, Harry? Was möchtest du wirklich?«
Ich streckte meine Arme erneut aus, und sie ergriff meine Hände. Ich zog sie vorsichtig an mich, fand ihre Lippen mit meinen und küßte ihre nassen Wangen, ihr Gesicht, ihr Haar. Meine Hand glitt in ihre Bluse, über die nackte Haut

ihres Rückens an die heiße Stelle zwischen ihren Schulterblättern genau hinter dem Herz.
»Dich«, flüsterte ich, »dich.«

Sie schmiegte sich eng an mein Ohr, als ich zwischen Halbschlaf und Wachsein hin und her wechselte. Erschöpfung und Entspannung hatten mich schließlich eingeholt. Wir hatten uns mit einer Leidenschaft geliebt, die an Verzweiflung grenzte, und hinterher hatte ich ihr alles erzählt; wie ich Stacey im Schlafzimmer gefunden hatte, in dem nebenan Red Dog Turner ermordet worden war, und wie wir sie hinausgeschafft hatten. Und ich hatte ihr von Corey erzählt.
Alles.
»Ich wünschte, du hättest es mir eher erzählt«, flüsterte sie. »Ich hätte es verstanden.«
»Ich fühlte mich so schuldig.« Dies hatte ich in der Vergangenheitsform gesagt. Die Schuld war jetzt vorbei, ich hatte sie gebeichtet und war davon freigesprochen.
»Weil du jetzt mit mir zusammen bist, heißt das nicht, daß du keine andere mehr attraktiv finden darfst. Das heißt nicht, daß dieser Teil von dir jetzt verschwindet. Es kommt darauf an, wie du damit umgehen willst.«
»Ich glaube, ich hatte Angst. Plötzlich fühlte ich mich alt. Zum ersten Mal in meinem Leben alt. Diese ganze Geschichte mit Kinderkriegen. Und ich war ausgelaugt und gestreßt. Und dann dieses kranke, verzweifelte Mädchen zu sehen ... o Gott.«
Sie schob sich näher an mich heran und ließ ein Bein an mir hochgleiten.
»Hmmm«, stöhnte sie, »das glaube ich nicht.«
»Was glaubst du nicht?«
»Daß du schon alt bist.«

Ich mußte kichern. »Danke für das Kompliment. Aber damit ist mein Problem auch nicht gelöst.«
»Ich weiß. Du mußt das Mädchen noch finden.«
Ich drehte mich zu ihr. »Und was ist mit dem Rest der Geschichte?«
»Was?«
»Nun, meine Liebe, ich habe der städtischen stellvertretenden Leichenbeschauerin gerade gebeichtet, daß ich am Tatort eines echten Mordes war, Beweismittel manipuliert, eine Augenzeugin weggeschafft und diese möglicherweise zum Gesetzesbruch angestiftet habe.«
Sie stützte sich auf einen Ellenbogen und blickte auf mich herab. In der nahezu vollständigen Dunkelheit des Zimmers erkannte ich nur die Umrisse ihres Gesichts, umgeben von ihrem Haar.
Sie wollte mich ärgern. »Junge, du steckst in einer ganzen Schiffsladung voller Schwierigkeiten.«
»Hör auf, ich meine das ernst. Das letzte, was ich will, ist, dir Probleme zu bereiten.«
Sie kicherte. »Dafür ist es etwas zu spät.«
»Jetzt werd mal ernst.«
»Hmmm, ich denke, das beste für mich wäre, Lieutenant Spellman von der Mordkommission anzurufen und dich einbuchten zu lassen. Das Problem ist nur, daß ich dich mittlerweile ziemlich mag und keine Zeit für Knastbesuche habe.«
»Ich glaube, dann ist's aus mit uns, stimmt's, Baby?« ahmte ich Edward G. Robinson ziemlich schlecht nach.
»Ich werde dir einen Kuchen mit einer Feile drin backen, wie wär's damit?«
»Aber ich glaube, die Bullen achten mittlerweile auf so was. Nein, ernsthaft, Schatz, was sollen wir tun?«
Sie legte sich wieder hin und starrte die Decke an. »Nun,

soweit ich davon betroffen bin, ist das Schlafzimmer so viel wert wie der Beichtstuhl. Wenn mich jemand unter Eid befragt, werde ich nicht lügen. Bis dahin werde ich einfach meinen Mund halten und hoffen, daß du dich von weiteren Schwierigkeiten fernhältst.«

Ich legte meine Hand auf ihren Magen und strich vorsichtig darüber. »Da ist noch etwas, das mich beschäftigt. Ich weiß nicht, mit wem sie im Moment zusammen ist, aber dieser widerliche, kleine Psychopath, der für Klinkenstein arbeitet, hat mir zuviel gegrinst, so daß ich glaube, er weiß was. Entweder er hat sie, oder er weiß, wer sie sonst hat.«

»Du wirst doch nichts gegen ihn unternehmen, oder?« Ihre Stimme klang düster. »Wenn er in der Sache drinsteckt, wirst du die Polizei verständigen, ja?«

Ich sagte nichts.

»Ja?« wiederholte sie.

»Ich werde vorsichtig sein.«

»Das ist nicht die Antwort, die ich hören wollte.«

»Ich muß es tun«, sagte ich.

Wir schwiegen eine Zeitlang. Ich legte mich wieder hin und schmiegte mich an Marsha. Ihr warmer Atem streifte meinen Hals.

»Hör mal«, fuhr ich fort, »ich will, daß du weißt, daß das, was mit Corey in jener Nacht passiert ist, nur ein Zufall war. Eines jener seltsamen, unerklärlichen Dinge, die niemals zuvor passiert sind und nie wieder passieren werden.«

»Jesses, Harry, du hast sie nur geküßt«, beruhigte sie mich. Dann, nach einer kurzen Pause: »Stimmt's?«

»Ja, das war alles. Aber einen Augenblick lang, nur für den Bruchteil einer Sekunde wollte ich mehr tun.«

»Aber du hast es nicht getan.«

Ich lächelte in der Dunkelheit. »Das stimmt. Ich habe nichts gemacht. Aber ich war echt ein Wichser. Ich hätte Corey niemals da hineinziehen sollen. Es ist in so vieler Hinsicht viel zu gefährlich. Sobald ich sie finde, muß ich sie aus der Scheiße raushalten. Heute abend noch. Bevor sie in noch mehr Schwierigkeiten gerät.«

Marsha drehte sich um. »Mein Magen knurrt. Hast du Hunger?«

Sie kuschelte sich eng an mich heran und zog mich fest in das Y ihrer ausgestreckten Beine. Dann legte sie ihre Arme um mich und zog mich auf sich drauf.

»Ja«, sagte sie, »du mußt gehen.«

Marsha in einer Freitagnacht allein zu lassen, nachdem wir einen solchen Abend miteinander verbracht hatten, war ungefähr das Schlimmste, was ich bisher getan hatte. Wir hatten eine Möglichkeit zu einer Lösung gefunden, eine Art Frieden geschlossen. Dies war die frustrierendste, verrückteste Woche meines Lebens gewesen, und ich war erleichtert, daß die Sache, zumindest was Corey betraf, beinahe ausgestanden war.

Der Parkplatz des Club Exotique war besetzt. Davor wimmelte ein fleischiger Gewichtheber in Jeans und weißem T-Shirt die Autos ab. Ich fand einen Parkplatz auf der Straße, stellte den Mustang ab und schlenderte geradewegs auf den Eingang des Clubs zu. Da es an diesem Abend sehr geschäftig zuging, kassierten zwei Typen den Eintritt und erklärten die Regeln, nicht nur der gelangweilte Kerl in dem billigen Smoking allein, wie an den Tagen vorher.

Ich reichte dem ersten Typen zwei Fünfer. Er sah mich seltsam an. »Tut mir leid, Kumpel. Freitag abend. Heute kostet's zwanzig Piepen.«

»Wußt' ich nicht.« Ich griff wieder nach meinem Portemonnaie und zog noch zwei Fünfer heraus. »Warum so voll? Ist es freitags immer so?«

»Sondervorstellung heute abend. Chesty Del Rio.«
»Und wer ist Chesty Del Rio?« Ich wollte an ihm vorbei zur Tür.
»Berühmter Pornofilmstar«, rief er über seine Schulter hinweg, als er bereits seine Hand für den nächsten Gast hinhielt.
Großartig, dachte ich, als ich mich in die Schlange einreihte, um eingelassen zu werden. Ich hoffte, wenigstens Corey zu finden, denn ich hatte nicht die Absicht, eine Minute länger als nötig im Club zu bleiben.
Der obligatorische Angriff auf meine Sinne überwältigte mich, sobald ich das Lokal betreten hatte. Verschwitzte Kerle, die eingepackt waren wie die Alabama-Fans beim Football-Spiel in Auburn, Musik, die aus allen Richtungen dröhnte, nahezu nackte Mädchen, die herumschwirrten wie Bienen auf einem Feld voller wilder Blumen.
Ich blieb gleich am Eingang stehen und versuchte, mich zurechtzufinden. Ein eindeutig besoffener Kerl aus einer Studentenschaft rammte mich von der Seite, drehte sich herum und entschuldigte sich mit einem gelallten »Pardon«. Dann stolperte er weiter. Ein anderer Typ rempelte mich von hinten an, und instinktiv griff ich an meine Gesäßtasche, um sicherzugehen, daß mein Portemonnaie noch da war, wo es sein sollte. Ich wußte zwar, daß bei mir nichts zu holen war, aber woher sollten das die anderen wissen.
Ich ließ meinen Blick über das Lokal schweifen, jedenfalls über das, was ich sehen konnte. Auf der Bühne tanzten und hüpften drei nackte Frauen gleichzeitig. Ihre Bewegungen waren frenetischer, elektrisierter als sonst bei den Mädchen, die ich an den anderen Abenden gesehen hatte. Es lag eine beinahe explosive Energie in der Luft.
Der Strom von Testosteron trug mich weiter in den Raum hinein, wo sich der Verkehr schließlich auflöste, weil die

Menge hier einen Platz fand. Corey war nirgends zu sehen; andere Mädchen erkannte ich nicht.

Ich suchte nach einem freien Tisch, eher einem Platz zum Verstecken, doch alle Plätze waren besetzt. Ich steuerte nach hinten durch und lehnte mich gegen eine Wand. Neben mir, auf einer erhöhten Ebene, lag eine kleine Frau mit einer blonden, lockigen Mähne auf einem Tisch auf dem Rücken. Ihr Kopf war so weit zurückgebeugt, daß sie mich umgekehrt ansehen konnte. Ihre Beine formten mitten in der Luft das Victory-Zeichen, während zwei Männer auf der Couch sie ausdruckslos begutachteten.

Ich drehte mich weg. Vielleicht war Corey gar nicht da, sondern gab eine dieser kleinen Privatvorstellungen. Langsam zwängte ich mich zwischen den Männern hindurch. Die Frauen glitten in durchsichtigem Was-auch-immer und mit obligatorischem Lächeln an mir vorbei.

Im Gewirr aus Stimmen, hämmernder Musik, Schreien, Johlen und Klatschen kündigte der DJ den besonderen Gast des Abends an.

»Meine Herren, Applaus für Chesty Del Rio!« schrie er.

Ich drehte mich um, als eine große Frau, der dieser Name so passend auf den Leib geschrieben war wie keiner anderen, die ich bisher gesehen hatte, zur Bühne tänzelte. Sie trug einen weißen Satinbikini und mindestens zwanzig Zentimeter hohe Stöckelschuhe. Ihr seidener Schal wurde von einer platinblonden Haarmähne, die ihr auf die Schultern fiel, beinahe verdeckt. Als die Musik loslegte, fing sie zu tanzen an. Nein, tanzen ist nicht das richtige Wort. Sie schlich auf der Bühne herum. Sie jagte. Sie war auf Beutefang. Die Zuschauer waren das Frischfleisch, und sie war eine hungrige Amazone.

Ich drehte mich weg, als sie das Oberteil des Bikinis abnahm. Ein Tumult brach los. Zwei Kerle sprangen schreiend von ihrem Tisch hoch und fielen, alle viere von sich gestreckt, rückwärts über ihre Stühle in die Menge hinein, eine Kette menschlicher Dominosteine mit sich reißend.

Wo zum Teufel war sie? Sie sagte, sie würde hier sein, verdammt noch mal! Ich hatte in jede Privatkabine gesehen, und falls sich Corey in einer davon aufhielt, steckte sie so tief drin, daß man sie nie finden würde.

Der Eingangsbereich füllte sich mit immer mehr Männern, die hereindrängten. Jemand ließ einen Rebellenschrei direkt in mein rechtes Ohr los und brachte mein Trommelfell beinahe zum Platzen. Ich wollte ihm einen ernsthaft bösen Blick zuwerfen, aber eigentlich hatte er mich gar nicht gesehen. Sein verzückter Blick war auf die Bühne gerichtet, wo Chesty Del Rio gerade mit ihrem letzten Kleidungsstück beschäftigt war. Nur der Schal blieb.

Ich mußte hier raus, aber nicht, ohne vorher Corey gesehen zu haben.

Dann erblickte ich aus dem Augenwinkel heraus einen weißen Haarschopf auf einem hohen Gestell. Ich drückte mich um zwei Typen mit den gleichen T-Shirts und leuchtend braunen Hosen aus Fallschirmstoff herum, um besser sehen zu können.

Sie trug einen Bikini mit dem Muster der amerikanischen Flagge.

Wie hieß sie noch? Wie hieß sie, verdammt noch mal!

Auf halbem Weg zu ihr war die Erinnerung wieder da. Das Mädchen war gerade aus der Garderobe gekommen und stand mit mehreren anderen Tänzerinnen vor der Kabine des DJ.

»Tyler«, übertönte ich die Musik, als ich mich durch die Menge hindurch in ihre Richtung zwängte. Wenn sie mich gehört hatte, ließ sie es sich nicht anmerken. Sie blickte müde und gelangweilt.

Unsere Blicke trafen sich, als ich noch etwa einen Meter von ihr entfernt war. Sie sah mich verwirrt an, und dann kam es ihr. Sie drehte sich schnell um, sagte etwas zu einem der anderen Mädchen und hechtete in Richtung Garderobe zurück.

Ich fing sie direkt vor dem Vorhang ab, hinter den ich nicht gehen durfte.

»Tyler, warten Sie!« Ich ergriff ihren rechten Arm am Trizeps.

Sie wirbelte wütend herum. »Faß mich nicht an, Mann! Ich laß dich mit einem Arschtritt vor die Tür setzen!«

Ich zuckte mit der Hand zurück, blieb aber stehen. »Ich muß sie finden. Wo ist sie?«

»Wo ist wer?« Sie stemmte ihre Arme in die Hüften, direkt über die Stars and Stripes, und zog ihren Kopf verteidigend zurück.

»Corey. Sie wollte hier sein.«

»Ich hab' dir doch gesagt, Mann, daß sie nicht mehr hier arbeitet.«

»Ich hab' sie in einem anderen Club gefunden. Sie sagte, sie würde heute abend wieder hierherkommen.«

»Nun, Kumpel, dann hat sie gelogen, weil sie nicht hier ist«, überschrie sie die Musik. »Kapier das endlich, Mann!«

»Tyler, sie hat mich nicht angelogen ...«

»Hör mal, Sportsfreund, in diesem Club bist du nicht gern gesehen«, sagte sie, als der Lärm kurz nachließ. Sie zeigte mit dem leuchtend rot bemalten, scharf gespitzten Fingernagel ihres Zeigefingers auf meine Brust. »Deinen jämmerlichen Arsch brauchen wir hier nicht. Und wenn du nicht abhaust, bekommst du eins in die Stellen geknallt, von denen du nicht einmal wußtest, daß du sie hast. Jetzt verpiß dich!«

Ich spürte auf meiner Schulter eine Hand in der Größe

eines Klodeckels. Ich drehte mich um und entdeckte, daß die Hand zu einem Arm vom Umfang meines Oberschenkels gehörte.

»Dieser Kerl belästigt dich, Tyler?«

»Ja, Tommy, er geht mir auf die Nerven. Setz diesen Arsch vor die Tür.«

Ich sah den Kerl an und hielt meine Hand demütig nach oben, mit der Handfläche auf ihn gerichtet. »Ich wollte gerade gehen.«

Damit war er einverstanden. »Gut so.« Er riß mich am Hemdkragen nach oben und führte mich durch die Menge wie einen Hund an der Leine. Die sich drängenden Männer gingen auseinander, als teilte sich das Rote Meer, und innerhalb von ein paar Sekunden war ich an die frische Luft befördert worden, wie man einen Fisch ins Wasser zurückschmeißt, weil er zu klein ist.

Der Mustang hustete, spuckte ein paarmal, dann war er abgewürgt. Ich hatte ihn absaufen lassen, und nun mußte ich ein paar Minuten warten, bevor ich einen neuen Versuch starten konnte. Ich sah auf die Uhr: Für Showbars war es noch früh, aber für einen Mann jenseits seiner Erschöpfungsgrenze war es mitten in der Nacht.

Wo war sie? Sie hatte mich nicht angelogen. Oder vielleicht doch?

Es gab nur einen Weg, dies herauszufinden.

Ich kurbelte am Motor, bis er ansprang, dann trat ich vorsichtig das Gaspedal, bis er gleichförmig lief. Ich wendete und fuhr zum Broadway hinüber, dann hinaus aus dem Zentrum.

Der Parkplatz am Fantasy Island, dem schäbigeren Club, in dem ich Corey gefunden hatte, war bei weitem nicht so voll wie der des Club Exotique. Der Block war unangenehm

dunkel, die Straßenlaternen beleuchteten schwach den Asphalt vor den stillen Backsteingebäuden.
Und wieder wünschte ich, ich wäre nicht allein hergekommen. Ich wollte nicht hier sein, wollte kein Teil dieser Sache sein, sondern versuchte, aus der Sache rauszukommen. Ich war es absolut satt, diesen Leuten das Geld mit vollen Händen vor die Füße zu schmeißen.
Ein unbeschreiblicher Typ, auch er in einem schlecht sitzenden Smoking, stand an der Tür. Ich hatte den Umschlag mit meiner Lizenz bereits aus der Tasche gezogen, als ich vor ihn hintrat. Ich blitzte ihn an und fing an zu reden, bevor er die Möglichkeit hatte, seinen Mund aufzumachen.
»Mein Name ist Denton. Ich bin Privatdetektiv in einem Fall, bei dem es um ein ausgerissenes Mädchen geht, das vielleicht in einer der Showbars arbeitet. Die Kleine ist noch minderjährig, deswegen wird's eine Menge Zunder geben, wenn wir sie finden.«
»Hey, wir haben keine ...«, stotterte er.
»Halt's Maul und hör zu.« Ich hielt ihm einen Finger vor die Nase. »Ich habe nicht die Absicht, irgendwelchen Ärger zu machen, aber ein Anruf genügt, und die Bullen sind hier, verstanden? Mehr braucht's dazu nicht. Aber das liegt nicht in meiner Absicht. Hier arbeitet ein anderes Mädchen, von dem wir glauben, daß es eine Freundin von ihr ist. Sie hat letzten Abend hier getanzt. Ich habe sie gesehen. Sie heißt Corey Kerr, aber ihr Künstlername ist Ventana.«
Ich beobachtete sein Gesicht. Kaufte er mir die Geschichte ab, oder würde ich einen Salto durch die Luft machen? Entweder – oder.
»Ich werde den Geschäftsführer für Sie holen. Kommen Sie rein.«
Ich folgte ihm ins Fantasy Island, mein Herz schlug vor Erleichterung doppelt so schnell. Jesus Maria, er hat's ge-

fressen. Vielleicht sollte ich diese Macho-Platte öfters auflegen.

Aber vielleicht hatte ich auch nur dieses eine Mal Glück.

Drinnen waren nur etwa halb so viele Männer wie im anderen Club, aber das wurde durch eine höhere Lautstärke wieder ausgeglichen. Der Türsteher schnappte sich einen anderen Kerl, der ihn vertreten sollte, und führte mich durch den Club an der Bar vorbei und durch eine Tür hindurch in einen langen Flur. Zwei Frauen – die eine mit einem Babydoll, die andere in Leder und mit Hundehalsband – traten aus einer Tür, auf der ein ausgeschnittener Pappstern klebte. Sie kicherten beim Vorbeigehen.

»Garderobe«, erklärte der Türsteher. Er führte mich bis zum Ende des Flurs, öffnete eine Tür und lotste mich hinein. Ein Typ mit Spitzbart und schütterem Haar saß hinter einem billigen, grünen Schreibtisch, glatte Ausschußware, vor sich einen Stapel Papier und einen großen Tischrechner. Der Typ wies mir einen Stuhl zu und entließ den Türsteher.

Ich zeigte ihm meine Marke und machte wieder einen auf hart. Er lauschte aufmerksam, wirkte, als sei er zur Zusammenarbeit bereit. Und als ich fertig war, zuckte er mit den Schultern und lächelte.

»Ja, sie hat hier gearbeitet, aber heute nachmittag hat sie angerufen und gekündigt. Wir haben einen verdammt regen Wechsel hier, wissen Sie?«

»Hat sie Ihnen gesagt, wohin sie gehen wollte?«

»Sie hat's nicht gesagt, ich hab' nicht gefragt. Wie ich bereits sagte ...«

»Ja, ja«, unterbrach ich ihn, als ich mich vom Stuhl erhob, »Sie haben einen verdammt regen Wechsel hier.«

Angenommen, Tyler hatte mich nicht angelogen, was eine vage Vermutung war, und der Geschäftsführer des Fantasy Island hatte mich ebensowenig angelogen – eine gleichermaßen vage Vermutung, wie mir klar wurde –, dann ließ sich nur ein Schluß aus der abendlichen Suchaktion ziehen: Sie war vor mir abgehauen.

O verdammt, vielleicht war es besser so. Jetzt konnte ich von vorne anfangen, nämlich herausfinden, wo Stacey Jameson steckte. Nun mußte ich nicht mehr mit so vielen Dingen auf einmal jonglieren. Wie gesagt, ich bin ein mieser Jongleur, und je älter ich werde, desto klarer wird mir das. Ich tu besser daran, nur eine Sache auf einmal zu erledigen.

Ich dachte daran, nach Green Hills zurückzufahren, aber wahrscheinlich schlief Marsha schon lange, und aufwecken wollte ich sie nicht. Ich würde sie morgens anrufen, sie wissen lassen, was vor sich ging, dann die Dinge neu ordnen.

Ich nahm die Schnellstraße durch die Stadt bis zur Auffahrt zur I-65 Nord. Ein paar Ausfahrten weiter fuhr ich an der Trinity Lane ab und weiter Richtung East Nashville und in die Behaglichkeit und Sicherheit meiner eigenen kleinen Wohnung.

Aber etwas nagte an mir, und es wollte nicht aufhören, egal, wie stark ich versuchte, nicht darauf zu achten. Corey und ich hatten in der sehr kurzen und intensiven Zeit bereits einiges miteinander durchgemacht. Wie bei zwei Soldaten, die sich einen Fuchsbau miteinander teilen, war ich dabei, sie kennenzulernen.

Und ich glaubte einfach nicht, daß sie sich aus dem Staub gemacht hatte. Ich hatte mich schon öfter in Menschen getäuscht, öfter als ich mich erinnern konnte. Jetzt war es anders. Egal, wie müde ich war, dieser Gedanke würde mir keine Ruhe geben, und ich würde nicht eher schlafen können, bis ich es wußte.

Ich fuhr über den Ellington Parkway auf die Trinity Lane, nahm dann intuitiv die Auffahrt auf den Parkway Richtung Norden. In der Hitze der vorletzten Nacht hatte ich dummerweise vergessen, mir Coreys Adresse aufzuschreiben, nicht einmal eine Telefonnummer hatte ich, aber ich glaubte, das Haus wiederzufinden. Sie hatte mich durch Madison geführt, den Parkway entlang, bis dieser zu einer Wohnstraße wurde. Wenn ich Zen die Sache übernehmen lasse, habe ich einen ziemlich guten Orientierungssinn.

Ich folgte meinen Instinkten und bog in ein Viertel mit Backsteinhäusern im Ranch-Stil ein, die Ende der Fünfziger, Anfang der Sechziger gebaut worden waren. Die Straße wand sich nach links, plötzlich machte sie wieder eine Kurve nach rechts, und danach kam, so glaubte ich mich zu erinnern, eine Sackgasse.

Da war sie! Ich fuhr langsamer, bemüht, die Häuser in der unbeleuchteten Straße zu erkennen. Corey wohnte fast am Ende der Straße, in einer Hälfte eines Doppelhauses, dessen anderer Teil leer stand.

Ein kleines Schild steckte im Vorgarten: DOPPELHAUSHÄLFTE ZU VERMIETEN, darunter die Telefonnummer.

Ich stellte den Motor ab und machte die Lichter aus.

Das Haus war dunkel, weder innen noch außen brannte Licht. Am Haus nebenan waren Sicherheitsscheinwerfer am Giebel angebracht, die zum Teil Coreys Auffahrt beleuchteten.

Ich stieg vorsichtig aus dem Wagen, darauf bedacht, nicht zu viel Lärm zu verursachen. Ich wollte nicht, daß ein umherstreunender Bullterrier oder ein allzu wachsamer Nachbar mit einer Schrotflinte meinen Besuch stören würde.

Der Kies knirschte unter meinen Füßen, als ich zu Coreys vorderer Terrasse links am Haus entlangging. Dunkle Schatten sprangen spitzwinklig und scharfkantig aus den Backsteinen hervor. Ich betrat die Terrasse. Eine Aluminium-Sturmtür war verschlossen, sprang aber nach energischem Rütteln auf. Ich klopfte dreimal so leise wie möglich.

Nichts.

»Verdammt, Corey«, flüsterte ich. »Sei da. Wach auf. Los.«

Ich klopfte noch einmal, diesmal lauter. Wieder nichts.

Diese Strategie wiederholte ich mehrere Male, dann gab ich auf. Die Sturmtür ging mit einem Zischen zu, als ich den Weg zurück und um das Haus nach hinten marschierte. Ein Maschendrahtzaun umgab den Garten, am Ende der Auffahrt befand sich ein offenes Tor, durch das ich in den Schatten hinter dem Haus trat.

Zwei Betonstufen führten zu einem Hintereingang und dieser vermutlich in die Küche. Ich hatte Corey nicht bis ans Haus begleitet, sondern sie nur mit dem Versprechen vor dem Haus aussteigen lassen, sie an diesem Abend treffen zu wollen. Es war ein Versprechen, das ich beabsichtigte einzulösen.

Die Rückseite des Hauses war ebenfalls nicht beleuchtet. Ich klopfte einmal. Die Tür öffnete sich etwa fünf Zentimeter.

Mein Herz pochte in meiner Brust.

Ich trat für den Fall, daß jemand drinnen war, zur Seite, wie ich es im Film gesehen hatte, und mit einer Hand gab ich der Tür einen Schubs. Sie öffnete sich noch ein Stück. Nur Stille kam mir entgegen.

Voller Angst schlich ich geduckt um die Ecke und starrte in die Dunkelheit. Da war nichts, nichts bewegte sich, zumindest nichts, was ich sah.

Ich stellte mich im Eingang auf, langte nach innen und tastete, auf der Suche nach einem Lichtschalter, die Wand ab. Meine Hand spürte Plastik und schnippte leicht nach oben.

Der Raum wurde von dem weißen Licht einer Deckenlampe

überflutet. Ich kniff meine Augen vor Schmerz und Schreck zusammen, zwang mich aber, sie wieder zu öffnen, um etwas zu erkennen. Dann spürte ich mein Herz wieder, es war wie Seitenstechen bei einem Vierzig-Kilometer-Marathonlauf. Corey Kerrs Wohnung sah aus wie nach einem schlechten Tag in Bosnien.

KAPITEL 18

Herausgerissene Schubladen, zerschlagene Teller, überall Abfall, ein basketballgroßes Loch in der Wandverkleidung neben der Tür zur Speisekammer, die aus der oberen Angel gerissen worden war ...

Ich starrte einen Moment lang sprachlos vor mich hin, bevor mein Hirn wieder einen Gang einlegte. Ich sprang mit einem Satz in die Küche, stieß einen Tisch aus dem Weg und rannte durch den Flur ins Wohnzimmer.

»O mein Gott«, flüsterte ich. Das Sofa war quer über die Polster aufgeschlitzt, das Füllmaterial überall verteilt worden. Eine teure Stereoanlage war über ein Bücherregal geschmissen und zu wertlosem Metall und Glas zertrampelt worden. Der Wohnzimmertisch in der Mitte des Zimmers wird keinem mehr Freude bereiten.

Panik vertrieb meine Vorsicht. Wer auch immer dies getan hatte, er konnte im Zimmer nebenan mit einem Hackebeil warten. Egal, ich mußte sie finden, falls sie noch hier war. Atemlos fluchte ich vor mir hin und hechtete in den Flur zurück.

Am Ende des Flurs befand sich auf jeder Seite ein Schlafzimmer. Im Vorbeihasten drückte ich auf den Lichtschalter. Das linke Zimmer war bis auf ein paar durchwühlte Packkisten leer. Alte Schallplatten, Kleider und der Inhalt eines Verbandskastens waren, wie all der andere Kram, auf dem Holzfußboden verstreut worden.

Gegenüber diesem Zimmer lag Coreys spärlich möbliertes Schlafzimmer. Ich schaltete die Deckenlampe an. Das Glas eines zweiten zertrümmerten Fernsehers lag auf dem Boden verstreut. Die Schubladen einer billigen Kommode waren herausgezogen, die Kleider herausgezerrt und im ganzen Zimmer verteilt worden. Das Bettzeug lag, vom Bett gezerrt, herum. Auf der Matratze waren ein paar kleine, kupferrote Kleckse.

Ich strich mit einem Zeigefinger über einen der Flecke. Ich bin zwar kein Experte, aber es sah wie Blut aus. Es war dick, klebrig und fast trocken.

»Gut«, sagte ich laut. »Du mußt einen klaren Gedanken fassen. Bloß nicht hysterisch werden.«

Das demolierte Schlafzimmer deutete auf nichts weiter als auf Chaos, auf einen Hurrikan der Zerstörung hin. Ich ging wieder in den Flur, raste ins Wohnzimmer zurück. Hier sah es nicht anders aus. Hatte vielleicht jemand etwas gesucht?

Aber die zertrümmerte Stereoanlage und der zertrampelte Fernseher widerlegten diese Vermutung. Nein, das Ganze zeugte von einer Besessenheit, die nichts mit Einbruch und Diebstahl zu tun hatte.

Dies hier war Vergeltung, eiskalte Rache, Leidenschaft, Wut. Ich lehnte mich völlig erschöpft gegen eine Wand und machte mir Vorwürfe, daß ich Corey in die Geschichte hineingezogen hatte. Ich hätte sie sofort wieder aus dem Wagen schmeißen sollen, als sie freiwillig eingestiegen war. Es war schlimm genug, daß ich sie beim ersten Mal mitreingezogen hatte, aber hingehen und sie wieder für die Sache herzunehmen, war unverzeihlich.

Es mußten Entscheidungen getroffen, Möglichkeiten erwogen werden. Die Polizei?

Ja. Nein.

Vielleicht.

Das würde die Dinge noch komplizierter machen, und mein gutes Gefühl sagte mir, daß ich keine Zeit hatte.

Aber Zeit wofür? Eine Stunde zuvor hatte ich keinen Schimmer gehabt, wie ich ein vermißtes Mädchen finden sollte, und jetzt erst recht nicht, wo es zwei waren!

Es war kurz nach Mitternacht, und meine Möglichkeiten nahmen schnell ab. In dem Durcheinander verwirrter und panischer Gedanken war nur eins klar: Ich konnte nicht mehr allein weitermachen.

Lonnie.

Er manövrierte den Abschleppwagen mit einem dunkelgrünen Mitsubishi GT 3000 am Haken durch den Maschendrahtzaun, als ich vorfuhr. Ich folgte ihm, stieg aus und schloß das Gatter hinter uns.

Lonnie kletterte aus dem Führerhaus und knallte die Tür zu. »Hübsches Auto, ne? Was denkste?«

Er muß meinen Blick in dem grellen Licht des Schrottplatzes bemerkt haben. »He, Mann, was ist los?«

»Erinnerst du dich an das Mädchen auf dem Video?« hörte ich meine eigene Stimme sagen.

»Ja, nette Dame.«

»Sie ist weg. Vermißt.«

»Hör mal«, sagte er schnell. »Laß uns reingehen.«

Er pfiff, als er die Tür öffnete, um Shadow wissen zu lassen, daß wir kamen. Ich folgte ihm in den Wohnwagen.

Shadow klopfte mit dem Schwanz auf das Sofa. Lonnie kratzte sie kurz hinterm Ohr und ging weiter in die Küche.

»Was soll ich machen?« Verzweiflung lag in meiner Stimme. »Sie könnte, o Gott ...«

Ich setzte mich auf den Rand des Sofas neben Shadow, beugte mich hinüber und streichelte sie geistesabwesend zwischen den Ohren. Dann kuschelte ich mich an ihren Hals. Ihr Fell war dick und warm – eine Wohltat. Du meine Güte, was habe ich getan?

Lonnie kam um die Ecke, und ein Arm schnellte nach

vorne; eine Dose Bier kam durch die Luft gesegelt: Ich schnappte sie und stellte sie vor mir auf den Tisch.
»Jetzt nicht.«
»Vermißt«, sagte er. »Wohin ist sie gegangen?«
»Wenn ich das wüßte, du Arsch, dann wäre sie nicht vermißt!« schrie ich.
»Durch Schreien bringst du sie auch nicht zurück, Harry. Beruhig dich erst mal und erzähl, was passiert ist.«
»Ich hätte sie heute abend im Club Exotique treffen sollen. Aber sie war nicht da. Ich habe ein paar Fragen zuviel gestellt und wurde höflich nach draußen begleitet. Ich ging in eine andere Kneipe. Dort hatte ich auch kein Glück. Ich hatte mich entschieden, sie aus der Sache rauszuhalten. Es wurde ein bißchen zu unheimlich. Schließlich wollte ich in ihrer Wohnung nachsehen.«
»Und?«
»Jemand hat sie auseinandergenommen. Das war ganze Arbeit!« Ich berichtete Lonnie kurz von meinen Erlebnissen, einschließlich dessen, wie wir den ermordeten Red Dog gefunden haben.
Er dachte eine Sekunde nach. »O Mann, diesmal steckst du wirklich in der Tinte.«
»Ich war bei diesem Kerl, von dem uns dein Kumpel von der Sitte erzählt hat, Big Moe Klinkenstein. Und sein psychotischer Leibwächter war auch da. Das kann doch fast kein Zufall sein, daß ich die beiden am selben Tag kennengelernt habe, an dem Corey verschwindet.«
»Du glaubst also, daß Klinkenstein und Mousy die Wohnung zertrümmert haben?« fragte er.
»Wenn nicht sie, wer dann?«
Ich stand auf und marschierte nervös innerhalb der engen Grenzen von Lonnies Wohnzimmer umher. »Ich muß aufhören zu reagieren, verdammt. Die ganze Sache hat den

Tanz in eine bestimmte Richtung getrieben. Ich glaube, es ist Zeit, daß wir die Führung übernehmen.«

»Wir?«

»Bist du dabei?« fragte ich.

Er trat auf mich zu und hob seine Bierdose, um anzustoßen. »Die Frage ist, bist du's?«

»In was auch immer Corey da reingeraten ist, es ist meine Schuld. Ich schulde es ihr, sie da rauszuholen. Ich bin verantwortlich dafür, Mann. Was Stacey Jameson betrifft, habe ich das Gefühl, daß eins zum anderen führt.«

»Wenn diese Leute so sind, wie Phil Cheek sagt«, sagte Lonnie, »kann es nur bedeuten, daß wir uns auf ihr Niveau begeben müssen.«

»Ich bin schon drauf. Der einzige Weg zurück ist der, die Mädchen zu finden, und dann nichts wie weg.«

»Das könnte heißen, ernst zu machen, Sportsfreund. Wenn du nicht die Polizei mit reinziehen willst, mußt du mit den Regeln des Marquis de Saftsack spielen.«

Ich dachte einen Moment nach. Vielleicht würde es nicht so weit kommen. Oder vielleicht doch?

»Wenn es sein muß ...«, sagte ich.

Er leerte die Dose und feuerte sie in einen überquellenden Abfalleimer. »Gut, fangen wir an.«

Lonnie zog seine verschmierten Jeans aus und eine schwarze Jogging-Hose aus Nylon an. »Bist du dir sicher, daß ich nicht zu Klinkenstein gehen soll?« fragte er, als er sich seine schwarzen Turnschuhe zuband.

»Nein, das ist meine Sache. Du gehst zum Purple Firefly und schaust, ob sein Auto noch da ist. Ich werde zu Klinkensteins Haus fahren.«

Ich faltete den Fetzen Papier auseinander, den Cheek mir gegeben hatte, und entzifferte die Krakelei. »Jesus Maria.

Kingston Springs. Webb Hollow Road. Schon mal davon gehört?«

»Ja. Fahr von der I-40 Richtung Kingston Springs ab, nach links, über die Schnellstraße zurück und am Lkw-Rastplatz vorbei. Die Straße ist irgendwo in den Hügeln. Eine Landstraße. Nur Splitt und Teer.«

»Na so was. Großartig. Big Moe Klinkenstein wohnt mitten im gottverlassenen Nichts. Ich hoffe, daß es am Rastplatz wenigstens einen genießbaren Kaffee gibt.«

Lonnie warf mir einen Schlüsselbund zu, als wir aus der Tür traten. »Hier, fahr nicht mit dem Mustang. Den kann man leicht erkennen. Nimm den Jesus-Laster.«

Der Jesus-Laster – so genannt wegen seines großen, vorderen Nummernschilds, auf dem WENN DU JESUS LIEBST, DANN HUPE! stand – war ein durchgerosteter 78er Ford F100 Pickup. Unter den orangefarbenen und braunen Streifen verbarg sich ein wieder hergerichteter, aufgebohrter und aufgemotzter Acht-Zylinder-Turbolader, oder was weiß ich, wie das im Fachjargon für Rennautos heißt. Davon verstehe ich nichts. Ich weiß nur, daß Lonnie und ich uns den Wagen eines Abends für eine Probefahrt geschnappt hatten und er den Motor auf zweihundertzwanzig Sachen hochjagte, bevor ich ihn diplomatisch bat, wieder langsamer zu fahren.

»Nimm das Handy, damit wir in Kontakt bleiben«, wies er mich an. »Ich hab noch eins im anderen Transporter.«

Ich ging Richtung Ford, aber Lonnie packte mich am Arm. »Komm mit.« Ich folgte ihm zum Chevy. Er öffnete die Tür, dann das Handschuhfach und griff hinein. »Ich glaube, du weißt, wie man damit umgeht.« Er reichte mir einen kleinen Revolver mit kurzem Lauf.

Ich nahm ihm die Waffe behutsam ab. »Verdammt, ich will das Ding nicht.«

»Es ist besser, du nimmst ihn. Es ist ein 38er Airweight. Ich hatte ihn dir schon mal geliehen.« Er griff noch einmal ins Handschuhfach und zog eine kleine Schachtel heraus. »Ein paar Patronen extra. Nimm sie. Irgendwann in den nächsten Tagen werde ich dir zeigen, wie man mit einer Schnellfeuerpistole umgeht.«
»Dafür haben wir jetzt keine Zeit.«
»Nimmst du jetzt das verdammte Ding, oder was?«
»Schon gut.« Ich nickte und ließ den Revolver in meine Jackentasche gleiten. »Ja, ich glaube, es ist doch besser.«
»Guter Junge. Laß dich nicht damit erwischen, ja?«
»Hör mal, noch eins«, sagte ich. »Sollten wir nicht die Polizei wegen Coreys Wohnung verständigen?«
Er hob seine Schultern. »Deine Entscheidung, Kumpel. Aber wenn du dich mit den Bullen einläßt, wirst du garantiert keine Chance mehr haben, selbst nach ihr zu suchen.«
Ich dachte einen Augenblick nach. »Wie wär's mit einem anonymen Anruf?«
Lonnie grinste. »Du hast ihre Adresse.«
Ich zog meinen Notizblock aus der Tasche. »Ja, dieses Mal habe ich sie aufgeschrieben.«
»Gib sie mir«, forderte er mich auf. »Ich werde an einer Telefonzelle anhalten. Anonymer, nicht nachvollziehbarer Tip. So was passiert ständig.«
Ich war ihm dankbar. »Gut. Und wenn du die beiden Wichser findest, ruf mich an.«
Er nickte. »Das gleiche gilt für dich, wenn du sie in dem Haus findest, ja? Ruf mich vorher an. Stöbere nicht da drinnen rum wie der alte John Wayne.«
Lonnie lachte und kletterte in den Chevy. »Wir bleiben in Kontakt. Und«, rief er durch das Fenster, »bring meine Pistole wieder heil nach Hause.«

Selbst zu dieser Zeit, mitten in der Nacht, dauerte es eine dreiviertel Stunde bis Kingston Springs, einer kleinen Stadt westlich von Nashville, die zur beliebten Schlafstadt für Leute geworden ist, die aus dem Zentrum herauswollten. Ich hielt am Ende der Ausfahrt am Straßenrand an und blieb bei laufendem Motor einen Moment lang sitzen. Meine Augenlider waren schwer; es war fast zwei Uhr morgens, und ich fühlte mich, als hätte ich seit zehn Jahren keinen erholsamen Schlaf mehr gefunden. Links von mir strahlten vor den weiter hinter liegenden Hügeln die goldenen Lichter des stark besuchten Lkw-Rastplatzes.

Ich legte den Gang wieder ein, fuhr über die Interstate und parkte schließlich in der Nähe einer langen Reihe abgestellter Sattelschlepper. Sogar hier draußen roch es nach allem möglichen, in altem Fett Gebratenem und nach Zigarettenrauch, das Ganze vermischt mit dem Gestank von Diesel und Schweiß.

Das Restaurant war etwa halb voll von Lkw-Fahrern in Jeans und Flanellhemden, einige mit Lederwesten und Cowboy-Hut. Sie wurden von einer properen Kellnerin in einer schlecht sitzenden, weißen Uniform bedient. Ich trat ein, fühlte mich etwas fehl am Platz und setzte mich an die Theke. Die Kellnerin huschte herum und verteilte Teller an die Fahrer, bis sie schließlich hinter die Theke tänzelte. Sie hatte bereits ihren Kugelschreiber hinter dem Ohr vorgeholt, als sie vor mir stand.

»Was darf's sein, Schätzchen?«

»Ich mach's Ihnen heute nacht leicht.« Ich lächelte sie an. »Großen Kaffee mit Milch und Zucker und eine Wegbeschreibung.«

Sie schrieb. »Wohin willst du, Schätzchen?«

»Ich suche die Webb Hollow Road. Die muß hier irgendwo sein. Schon mal gehört?«

Sie dachte kurz nach. »Nö, aber ich frag' Leroy.«
Sie verschwand durch eine Doppelschwingtür in die Küche und rief schon beim Loslaufen: »He, Leroy, Schätzchen, haste schon mal was von der Webb Hollow Road gehört?«
Kurz darauf erschien sie wieder und ging zur Kaffeemaschine hinüber. »Haben Sie was rausbekommen?« fragte ich.
»Klar, Schätzchen, gleich.«
Ein Kerl in T-Shirt und mit Schürze stieß die Tür auf und kam zur Theke.
»Gut«, legte er los, »du fährst vom Parkplatz runter und dann nach links. Ich weiß nicht, wie die Straße heißt, aber die fährst du etwa fünf oder sechs Kilometer geradeaus. Die macht ein paar Kurven, und da draußen wird's verdammt dunkel. Die Straße geht einen Hügel rauf, der heißt Webb Ridge. Wenn du oben bist, mußt du aufpassen. Da geht links wieder eine Straße runter. Die ist es.«
»Danke.« Die Kellnerin hatte mir einen großen Plastikbecher hingestellt.
Die Luft draußen auf dieser Seite von Nashville, außerhalb der Stadt und weg von Beton und Asphalt, schien kühler und schwerer zu sein. Abseits der lärmenden Schnellstraße und der Laster auf dem Parkplatz war es zudem ruhiger. Ich stieg wieder in den Ford, fuhr auf die zweispurige Straße und steckte ein oder zwei Minuten später so tief in der Pampa, daß Nashville nur noch eine Erinnerung für mich war.
Straßenlaternen gab es nur auf den nächsten ein bis zwei Kilometern, und als sich die gewundene Straße in überhöhten Kurven immer weiter zum Hügelkamm hinaufschlängelte, wurde es stockfinster. Die Häuser wurden nach und nach älter, und je weiter man fuhr, desto mehr Bauernhäuser waren es.
Ich schaltete den Wagen runter und fuhr langsamer, weil es dunkel und ich mit der Gegend nicht vertraut war. Manch-

mal sah ich ein Licht, das schwach durch die Fenster eines Hauses leuchtete, und ab und zu einen Sicherheitsscheinwerfer. Die meiste Zeit aber war die Welt hier draußen pechschwarz.

Ein paar Kilometer weiter erreichte ich den Hügelkamm, fuhr auf der anderen Seite wieder hinunter, und zwar noch langsamer als vorher, weil ich die Abzweigung nach links suchte. Ein Schild tauchte auf: Webb Hollow Road. Ich bog auf die kleine Straße ab, die eher einer Landstraße aus in Teer gedrücktem Kies glich. Ein Verkehrsschild wies mit dem allgemein üblichen Zeichen auf Wildwechsel hin.

Kies knirschte unter dem Gummi, und die Straße wurde so schmal, daß das Gras den Transporter streifte. Die Scheinwerferkegel sprangen vor und zurück und erledigten ihre Aufgabe nur ungenügend. Ich faßte in meine Tasche und zog den Zettel mit Klinkensteins Adresse heraus.

Ein Postkasten tauchte auf. Ich fuhr im Schrittempo daran vorbei und las die Nummer auf der Seite: 8463 Webb Hollow Road. Klinkenstein wohnte in der Nummer 8825 – noch ein gutes Stück weiter.

Die Straße machte eine Kurve nach links, und das Licht der Scheinwerfer zog einen weiten Bogen, als ich weiterfuhr. Vor mir lag ein riesiges Rohr von mehreren Zentimetern Durchmesser quer auf der Straße. Ich drückte auf die Bremse.

Das Rohr bewegte sich.

Ich brachte die Bremsen zum Blockieren. Kies wirbelte auf, als der Wagen hielt. Ich fuhr ein Stück zurück und schielte über das Armaturenbrett.

Das Rohr bewegte sich wieder. Diesmal hob sich ein Kopf, und zwei glänzende Augen starrten mich im reflektierenden Licht der Scheinwerfer an.

Eine Schlange. Scheiße. Ich hasse Schlangen.

Ihr Kopf bewegte sich auf den Transporter zu, der Körper folgte in einem Bogen. Sie mußte mindestens eineinhalb Meter lang und so dick wie mein Unterarm sein. Soweit ich im künstlichen Licht erkennen konnte, war sie braun und grau schattiert mit einem diamantförmigen Muster auf dem Rücken. Als sie in die Mitte der Straße glitt und sich etwas zusammenrollte, schnellte der Schwanz nach oben. Das Ende vibrierte.

Ich hatte gehört, daß man hier auf solche Schlangen treffen kann und daß manche dieser Viecher bis zu zwei Meter lang werden können. Ich hatte aber nie gedacht, daß mir jemals eine begegnen würde.

Ohne nachzudenken, kurbelte meine Hand das Fenster hoch. Dann merkte ich, was ich getan hatte.

»Blöder Depp«, sagte ich laut. »Die kommt doch nicht durch das bescheuerte Fenster gekrabbelt.«

Wir verhielten uns etwa dreißig Sekunden lang still. Ich fand es nicht richtig, einfach drüberzufahren; immerhin befand ich mich in ihrem Revier. Andererseits wollte ich hier nicht die ganze Nacht hocken.

Ich fragte mich, wie sich die Rassel anhören mochte.

Plötzlich piepste etwas auf dem Beifahrersitz laut und rhythmisch.

»Jesses!« schrie ich, als ich einen Satz nach oben machte und mit meinem Kopf hart gegen das Metalldach knallte. Meine Hand faßte nach dem Türgriff, mein Herz rutschte in die Hose, als ich endlich kapierte.

»Oh, Scheiße!« Obwohl ich den umgekippten Kaffeebecher sah, entspannte ich mich mit einem Seufzer der Erleichterung und ließ mich gegen das Lenkrad fallen. Ich blickte auf die schwarze Ablage neben mir: Ein grünes, blinkendes Licht leuchtete mir entgegen.

Das Handy. Dieses gottverdammte Handy.
»Ja«, sagte ich ins Telefon, während ich mir den Kopf rieb.
»Wo treibst du dich rum, Kumpel?«
»Ich stecke mitten auf der Webb Hollow Road fest und betrachte mir die Mutter aller Klapperschlangen.«
»Ist das ernst gemeint?« Lonnies Stimme ging aufgeregt nach oben.
»Ich kann nicht dran vorbeifahren. Sie blockiert die Straße.«
»Fahr vorbei! Steig aus und pack sie dir, Junge! Hinten auf dem Transporter ist eine Kiste. Schnapp dir das Vieh und bring's nach Hause.«
Mein Kiefer fiel herunter. »Schnapp du sie dir gefälligst und bring sie nach Hause. Ich werde nicht aus dem Wagen steigen.«
»Du Schisser. Pack sie einfach hinter dem Kopf. Dann kann sie dich nicht beißen.«
»Dich auch nicht. Also schlage ich dir vor, daß du dich mit der Schlange zusammentust und ihr beide eine anatomische Unmöglichkeit vorführt.«
»Und ich versuche, dir zu helfen ...«
»Genau. Und wo steckst du?«
»Hinter dem Purple Firefly. Hey, dieser Schuppen brodelt mitten in der Nacht. Mich haben schon zwei Typen angebaggert und zu sich nach Hause eingeladen.«
Ich lachte und griff auf dem Beifahrersitz nach einem Lappen, den ich auf die Kaffeepfütze am Boden warf.
»Wirst du das Angebot annehmen?«
»Nein. Ich hebe mich lieber für eine Ehe auf.«
»Viel Glück. Irgendein Zeichen von dem Lexus oder von Klinkensteins Cadillac?«
»Nichts. Ich schaue mich hier noch eine Weile um, dann rufe ich dich wieder an.«
»Ja, in Ordnung. Ich bin fast am Haus von Klinkenstein,

wenn diese Schlange der Hölle mir endlich aus dem Weg geht. Wenn ich da nichts finde, rufe ich dich an.«

»Ich schlaffe langsam ab«, sagte Lonnie.

»Ich auch. Bis später.«

Die Schlange vor dem Wagen war verschwunden. Ich hatte doch nur einen Augenblick nach unten geschaut. Ich sah nach vorne, so weit die Scheinwerfer reichten.

Sie mußte sich ins hohe Gras verkrochen haben.

Ich drückte auf das Gaspedal, und der Transporter fuhr los. Ich spürte keine Unebenheiten und hörte keine Schlangenschreie, also schien ich über nichts drübergefahren zu sein.

Mein Herz schlug fast wieder normal, als ich rechts einen weißen Briefkasten erblickte, auf dem nur die Nummer stand. Ich verlangsamte das Tempo wieder.

Ich hatte Klinkensteins Haus gefunden, zumindest seinen Briefkasten. Eigentlich ging die Zufahrt einen Hang hinunter zwischen Bäumen hindurch, ohne daß irgendwo ein Anzeichen eines Hauses zu erkennen gewesen wäre.

Hier, so dachte ich, wohnte ein Mann, der nicht wollte, daß Besucher zufällig reinschneiten.

Ich fuhr an seinem Haus vorbei und ein paar hundert Meter weiter, bis ich eine Einfahrt fand, an der ich wenden konnte. Dann schaltete ich die Scheinwerfer aus und fuhr nur mit dem schummrigen Standlicht zurück. Vor Klinkensteins Anwesen brachte ich den Wagen zum Stehen und schaltete den Motor und das restliche Licht aus.

Es schien kein Mond, aber die Sterne am Himmel tauchten das Gelände in genügend Licht, so daß Umrisse zu erkennen waren. Ich hatte vergessen, wie schön der Himmel aussah, wenn man einmal aus der Stadt heraus war.

Wie ruhig es hier war …

Hinter mir war das rhythmische *Bawump* eines Ochsen-

froschs auf der Suche nach Liebe das einzige, was die Stille durchbrach. Ich blieb einige Minuten sitzen und dachte nach. Ich war weit genug an den Straßenrand herangefahren, so daß, würde ich mich ducken, der Transporter aussehen müßte, als hätte er eine Panne und sei stehengelassen worden. Beim ersten Auto, das auftauchen würde, wollte ich mich unter dem Armaturenbrett verkriechen.
Allerdings würde das Sitzenbleiben nicht viel nützen, ich konnte weder die Einfahrt hinuntersehen noch das Haus erkennen. Solange es so dunkel und still war, könnte ich genausogut den Weg hinunterschleichen und die Lage peilen.
Vorsichtig, aus Angst, sie könnte aus Altersschwäche quietschen, öffnete ich die Tür des Transporters. Lonnie hatte jedoch gute Arbeit geleistet, denn sie ließ sich weich und leise öffnen. Als ich meinen Fuß auf die Straße setzte, bemerkte ich sofort, warum die Schlange hier ihre Zelte aufgeschlagen hatte. Die Restwärme strahlte von der Oberfläche ab. Sie glühte fast, nachdem sie den ganzen Tag von der Sonne aufgeladen worden war.
Schon machte mein Magen einen Salto: die Schlange.
Ich sah mich mit angestrengten Augen in dem düsteren, blauen Licht um. Wenn eine Schlange da war, gab es sicher noch andere. Ich biß die Zähne zusammen. Vielleicht sollte ich in den Wagen zurückspringen, die Einfahrt hinunterfahren und wild hupen, damit jemand herauskommt und etwas unternimmt.
Wenn allerdings Stacey und Corey da unten waren …
Gut, das war's. Ich fahre nach Hause und lege mich ins Bett. Ich habe genug. Ich gebe auf.
Ich stand da, mein Kopf drehte sich vor Müdigkeit und Angst. »Schlangen«, flüsterte ich, »Klapperschlangen …«
Ich schluckte einmal kräftig, dann setzte ich meinen linken

Fuß vor meinen rechten, den rechten vor den linken Fuß, links, rechts – und ich blieb am Leben.

Achte auf das Rasseln!

Aber ist das nicht wie bei ankommender Artillerie? Wenn man sie hört, ist es schon zu spät.

»Hör auf damit«, sagte ich laut zu mir. »Geh einfach diesen dämlichen Weg runter.«

Ich versuchte, mein Bewußtsein auszuschalten, so in der Art einer Annäherung an das Leben mit *Zen und die Kunst, sich vor Angst nicht in die Hosen zu scheißen.*

Die Zufahrt bestand aus hochwertigem Beton, war beste Qualität und teuer und führte von der Straße hinab in ein Dickicht von Bäumen. Ich eilte den Weg lautlos hinunter. Meine Hand in meiner Manteltasche umfaßte locker Lonnies Pistole.

Rechts von mir in den Bäumen der Ruf einer Eule, gefolgt von einem Rascheln in den Büschen darunter …

In der Ferne in Richtung des Hügelkamms das Bellen eines Kojoten …

Geräusche wurden in der schweren Nachtluft weit getragen. Wenn ich aufmerksam lauschte, konnte ich von Osten her das Surren der Lkw-Räder hören, die mit hundertdreißig Sachen auf der Schnellstraße entlangrasten.

Ich erreichte die Baumgruppe und ging weiter. Die Blätter über mir bildeten einen Bogen und warfen, weil sie das bißchen Licht abhielten, über alles einen tiefschwarzen, formlosen Schatten.

Ich bewegte mich allein mit Hilfe meines Gefühls und Instinkts weiter. Nach vielleicht zwanzig Schritten waren die Sterne wieder zu sehen, als der Weg ins Freie führte, und dann die deutlichen Umrisse eines Hauses. Es stand nur etwa zehn oder zwölf Meter vor mir. Ich blieb mitten auf der Zufahrt stehen und erkannte einen überdachten Balkon

entlang der gesamten Vorderseite des in den Hang gebauten Hauses. Die Seitenterrasse wurde von Pfeilern gestützt. Die Zufahrt wand sich in einem geschlossenen Kreis vor dem Haus, eine Garage war nicht zu sehen.
Ich strengte mich an, mehr zu erkennen, doch keine Autos, kein Licht, keine Bewegung, kein Geräusch. Entweder war niemand zu Hause, oder das gesamte Haus hatte sich längst auf die Reise ins Land der Träume gemacht.
Vorsichtig näherte ich mich dem Haus, schon etwas mutiger, immer darauf bedacht, Bewegungen, Licht oder andere Anzeichen von Gefahr rechtzeitig wahrzunehmen.
Plötzlich hörte ich ein Klicken, und die vordere Hausfront wurde in grelles Licht getaucht; ich hatte nicht mit Bewegungssensoren gerechnet.
Ich sprang zwischen die Bäume, ungeachtet der Reptilien, die dort schlafen mochten, versteckte mich hinter einem kleinen Busch, zog die Pistole aus meiner Tasche und duckte mich, so tief ich konnte. Ich fing zu schwitzen an, und wieder einmal pochte mein Herz wie wild. Trotzdem zitterte ich in der kalten Nachtluft.
Nichts.
Ich hatte erwartet, daß innen ein Licht anging oder ein Gesicht am Fenster erschien, egal was. Aber niemand kam, um nach Eindringlingen Ausschau zu halten.
Nach etwa fünf Minuten erhob ich mich wieder. Womöglich kam so etwas wegen streunendem Wild öfter vor. Ich hastete über die Zufahrt und duckte mich erneut hinter einer Buschreihe an der Vorderseite des Hauses.
Mit wachem Ohr war ich jederzeit bereit, beim ersten Knall einer Gewehrsalve wie ein Karnickel loszuwetzen. Doch nichts tat sich. Ich tauchte auf, schlich rechts um das Haus herum und lauschte.
Stille. Hinter mir gingen die Lampen wegen der eingebau-

ten Zeitschaltuhr aus, und das gesamte Gelände lag wieder im Dunkeln.

Vermutlich hatte Klinkenstein nur an der Vorderseite Sensoren angebracht, um seinen Weg zu finden, wenn er nachts nach Hause kam.

Ich schlich weiter den mit Gras bewachsenen Abhang hinauf, der vom Tau rutschig war. In den Hang war seitlich eine kleine Terrasse gegraben worden, die sorgfältig mit Pflastersteinen und Betonplatten ausgelegt und von einem Rankgitter umgeben war. Auf diesem versteckten Plätzchen stand eine abgedeckte Badewanne. Wirklich nettes Arrangement. Ein Haufen perverses Geld.

Leise betrat ich die Terrasse. Die geschlossenen Vorhänge hinter einer Schiebeglastür verwehrten den Blick nach innen. Ich ging weiter und stellte fest, daß an der ganzen Breitseite des Hauses Bäume standen. Ich könnte es schaffen, wenn ich es versuchte, aber dann fielen mir wieder die Schlangen ein.

Ach, scheiß drauf, dachte ich, hier ist niemand. Ich gehe zum Wagen zurück, rufe Lonnie vom Handy aus an und überlege, was als nächstes zu tun ist.

Ich hatte bisher nichts gehört, war aber neugierig, wie das Innere des Hauses aussah. Vielleicht gab es ein Untergeschoß, und Stacey und Corey waren dort gefesselt. Ich könnte sie losbinden, hier herausholen und den Helden spielen. Warum nicht? Was ist schon eine lächerliche Verschleppung von Beweismitteln nach all dem, was diese Woche schiefgegangen ist?

Ich trat zur Schiebetür, drückte mich an die Mauer und legte langsam meine Hand auf den Chromgriff.

Die Tür bewegte sich leicht. Ich drückte etwas fester, und sie glitt einige Zentimeter auf.

Sie war tatsächlich nicht verschlossen.

Ein zarter Luftzug kam mir durch den Spalt entgegen, zusammen mit einem etwas modrigen Geruch, aber nichts war zu hören.

Ich schob die Tür weiter auf, griff nach innen, und meine Hand bekam Vorhangstoff zu fassen.

Mit der Waffe in der anderen Hand schob ich den Vorhang zur Seite und trat ein. Kein Licht, kein Geräusch, nur pechschwarze Dunkelheit und der seltsame, wenn auch nicht sehr aufdringliche Geruch. Vorsichtig tastete ich an der Wand entlang nach einem Lichtschalter.

Ich griff auf hartes Plastik, hielt den Atem an und drückte den Lichtschalter nach oben. Augenblicklich erstrahlte der Raum in weißem Licht.

Unwillkürlich schoß die Luft aus meinen Lungen und ließ dabei einen lauten Schrei entstehen.

Big Moe Klinkenstein lag, alle viere von sich gestreckt, auf dem Bett, ausgenommen wie ein erlegter Hirsch.

KAPITEL 19

Ich hatte früher einmal, in meinen Tagen als Reporter, an einer Autopsie teilgenommen. Hin und wieder hatte ich Marsha gegenüber erwähnt, daß ich Interesse hätte, noch einmal bei einer dabeizusein.

Hier hatte ich sie.

Beine und Arme von Maurice Klinkenstein waren mit dicken Seilen an den vier Ecken des Bettes angebunden. Er war von der Kehle bis zum Schambein aufgeschlitzt, seine Eingeweide quollen als große, glänzende braune und blaue Schlingen durch den Einschnitt, die Haut auf seinem Oberkörper hatte sich zurückgezogen und kräuselte sich. Eine große, dunkelrote Wunde klaffte dort, wo seine Genitalien hätten sein sollen. Unterhalb dieser gräßlichen Wunde schaute ein großer Plastikvibrator zur Hälfte hervor.

Literweise Blut war an seinem Körper hinunter aufs Bett und dann auf den Boden geflossen. Schockiert trat ich näher, wobei ich vermied, in die dicken, geronnenen Klumpen zu treten. Mir stieg ein kupfriger Geruch zusammen mit dem der Verwesung in die Nase.

Ein rotes Halstuch war in seinen Mund gestopft worden und blähte seine Wangen wie die eines Trompeters auf. Er hatte seine im Tod blinden Augen geöffnet, und sein Oberkörper war übersät von roten Stichwunden. Diese Barbarei übertraf jegliches Maß an Menschenverstand.

Plötzlich wurde der Raum dunkler, kleine rote und graue Flecken tanzten in den Ecken meines Blickfeldes. Die Seiten meines Kopfes brannten, und meine Beine fühlten sich an, als hätten sie sich schon schlafen gelegt.

Ein Schwindelgefühl brach über mich herein. Der Kaffee

vom Rastplatz jagte mir in die Kehle herauf. Ich kämpfte, um ihn unten zu behalten. Meine Brust schnürte sich mir zu, ich konnte kaum mehr atmen. Um mich herum wurde es dunkler: Das Vorgefühl eines Panikanfalls setzte ein.

Ich torkelte rückwärts, stolperte über einen Stuhl und fiel gegen die Schiebetür. Den Vorhang zur Seite schleudernd, zog ich mein Taschentuch heraus, hielt es mir vors Gesicht, torkelte hinaus und schloß dann schnell die Tür hinter mir. Über die Terrasse rannte ich in Richtung Büsche. Dort würgte und kotzte ich, bis sich mein Magen nur noch krampfhaft zusammenzog, ohne daß etwas kam.

Meine Rippen schmerzten, mein Kopf pochte, und zu Tode erschreckt starrte ich in die Dunkelheit. Wer auch immer dies getan hatte, er konnte immer noch hier draußen sein, mich beobachten und sich heranpirschen.

Noch nie in meinem Leben hatte ich gleichzeitig so viel Angst, Ekel und Wut verspürt. Meine klaren, logischen Gedanken verließen mich; meine Reaktionen waren auf ein Minimum reduziert. Adrenalin durchströmte mich wie der Johnstown Flood, und ich rannte ohne Kontrolle den glitschigen Rasen hinunter, wobei ich auf dem feuchten Gras immer wieder ausrutschte. Mein Geist löste sich vom Körper, und ich beobachtete mich beim Rennen, als sei ich jemand anderes. Hinter mir leuchteten die Sicherheitsscheinwerfer durch die Bewegungsmelder auf wie die Blitzlichter beim Fotografen, und das Gelände erstrahlte geisterhaft weiß. Mein Körper warf inzwischen einen sechs Meter langen Schatten, und diesem jagte ich hinterher. Erst in dem kleinen Wäldchen umgab mich wieder die absolute Finsternis, und ich mußte mich anstrengen, die Umrisse schwarzer Formen in der Nacht zu erkennen.

Plötzlich durchfuhr mich der Gedanke: Ich mußte ja zurück!

Was war, wenn Mousy, Corey und Stacey noch da drinnen waren? Wenn sie noch lebten oder, schlimmer, halbtot dringend Hilfe brauchten? Ich konnte doch nicht abhauen und sie eventuell allein lassen.
Wieder kam mir Klinkenstein oder das, was von ihm übrig war, in den Sinn, und schon würgte es mich erneut.
»Scheiße!« sagte ich laut.
Die Pistole fühlte sich warm in meiner Hand an. Ich kehrte um, mied die Mitte des Grundstücks in der Hoffnung, daß das Licht nicht wieder ansprang. Einmal stolperte ich über einen großen Ast, aber ich schaffte es im Dunkeln bis zur Seite des Hauses.
An der Seitenterrasse entlang preßte ich mich gegen die rauhe Holzwand und stand alsbald vor der Glasschiebetür, die in Klinkensteins Schlafzimmer führte. Dummerweise hatte ich das Licht angelassen, hörte jedoch von innen keinen Laut und trat ein. Mein Blick ging über die Bilder an der Wand, auf die Deckenlampe, auf irgendwas, damit ich ja nicht aufs Bett schauen mußte, bis ich das Zimmer durchquert hatte.
Vor mir war alles dunkel. Ich tastete mich vorsichtig den Flur entlang, den 38er Airweight nach vorn gerichtet. Alles war ruhig, nicht einmal das Summen einer Klimaanlage oder eines Kühlschranks war zu hören. Ich kam zu einer offenen Tür, schaltete das Licht an und betrat ein spärlich eingerichtetes Schlafzimmer. Schnell ging ich zum Schrank und öffnete ihn; ein paar Kartons, einige Kleidungsstücke auf Bügeln, nichts schien durcheinandergebracht worden zu sein.
Auch im Badezimmer nichts Auffälliges, bis auf eine Batterie von Fläschchen mit verschreibungspflichtiger Medizin und eine halbleere Flasche Wodka. Am Ende des Flurs fand ich ein Zimmer mit Holzvertäfelung und gegenüber eins, das

ein großer Kamin mit Steinbank und Breitbildfernseher beherrschten.
Neben dem Fernseher auf dem Boden lagen Stapel von Videos. *Hübsche Jungs in der Kutte* hieß der obere Titel.
Die Jungs waren tatsächlich hübsch und hatten ziemlich wenig an. Vermutlich naschte Big Moe gern aus seinem eigenen Warenbestand …
Angst schärfte immer noch meine Wahrnehmungsfähigkeit. Ich spürte meinen Herzschlag pulsieren, als ich mit vorgehaltener Pistole den Rest des Hauses durchsuchte. Nichts. Kein Anzeichen von irgend etwas oder irgend jemandem. Erleichtert und ängstlich zugleich, entschied ich mich dafür, das Haus durch den Vordereingang zu verlassen. Es machte keinen Sinn, Big Moe noch einmal sehen zu müssen.
Als ich wieder in der Dunkelheit stand, war der Schock zwar vorbei, doch das Grauen packte mich erneut. Ich flitzte die Zufahrt hinauf, die Lichter sprangen an, erreichte die Straße und hechtete, schnaufend wie ein Rennpferd, hinüber zum Pickup. Schweiß rann mir herunter, mein Brustkasten hob und senkte sich wie verrückt. Ich riß die Tür auf, rutschte auf den Sitz und knallte die Tür sofort wieder zu. Dann kramte ich in den Taschen nach den Schlüsseln, die ich zweimal fallen ließ, bevor ich das Zündschloß traf, griff nach dem Handy und wählte die 911. Meine Hände zitterten unkontrolliert, meine Gedärme fühlten sich an, als seien sie voller Wasser.
»Gütiger Himmel«, stammelte ich, »geh schon ran.«
Das Telefon klingelte neunmal, bevor eine weibliche Stimme antwortete: »Notrufzentrale.«
»Ich möchte …« Um Gottes willen. Anrufe von Handys konnten nachverfolgt werden.
Rasch drückte ich die Aus-Taste. Ich mußte zwar die Polizei anrufen, aber nicht so.

Nachdem ich das Telefon in die Halterung gesteckt hatte, startete ich den Transporter. Die Reifen drehten wie verrückt durch, wirbelten Kies und Teer auf, doch schließlich griffen sie.
Die Kurve vor mir kam zu schnell auf mich zu, und bevor es mir bewußt wurde, hing ich schon mit zwei Rädern in der Luft. Ich kurbelte am Lenkrad, ging mit dem Fuß vom Gaspedal, mußte gegenlenken und schleuderte herum, dann war ich endlich wieder mit allen vier Rädern auf der Straße, ohne im Graben gelandet zu sein. Ich verlangsamte das Tempo, wobei ich gleichzeitig versuchte, meine Atmung und meine Gedanken unter Kontrolle zu bekommen und jenen Herzinfarkt zu vermeiden, der längst überfällig war.
Ich kam auf die Asphaltstraße und raste Richtung Rastplatz; es schien ewig zu dauern.
Ich fuhr auf den Parkplatz bis vor die Telefonzelle.
»Notrufzentrale«, antwortete dieselbe weibliche Stimme.
»Hören Sie aufmerksam zu. Es ist ein Mord begangen worden. 8825 Webb Hollow Road.«
»Warten Sie ...«, sagte die Stimme, aber da hatte ich schon den Hörer wieder auf die Gabel geknallt.
Auf der I-40 fuhr ich nach Nashville zurück. Das Tempo der allgemeinen Geschwindigkeit angepaßt, reihte ich mich in eine Kolonne von Sattelschleppern ein und griff wieder zum Handy.
»Wo steckst du?« Lonnies Stimmte war von Rauschen begleitet. »Ich hab' versucht, dich zu erreichen.«
»Wo bist du?«
»Vor dem Firefly, schlaf schon fast, wollte gerade gehen ...«
»Geh nach Hause. Schnell. Ich treffe dich dort.«
»Mich treffen? Warum machen wir nicht Feierabend?«
»Ich bin in einer halben Stunde da. Vielleicht auch schneller.«

»Harry, hast du eine Idee, wie spät es ist ...«
»Tu es, verdammt!« rief ich noch und drückte schon den Aus-Knopf.
Mit dem eintönigen Brummen des Verkehrs und den singenden Reifen als Hintergrundgeräusch versuchte ich, ein Gebet für Maurice Klinkensteins Seele zu sprechen, aber es kamen keine Worte.
Dafür tauchte aus der Erinnerung das Böse in Mousy Caramellos Augen auf.

Auch Lonnie nahm die Geschichte mit.
»Heilige Mutter Gottes«, flüsterte er. »Welche Art von Tier kann so etwas tun?«
»Was glaubst du wohl, wer das war?« fuhr ich ihn an. »Es muß dieses kranke, miese Arschloch gewesen sein, das für ihn arbeitet.«
»Tier ist auch nicht der richtige Ausdruck dafür.« Lonnie saß auf der Couch. Er hatte seinen Arm um Shadow gelegt und seine Finger in ihrem Fell vergraben. »Tiere tun sich so etwas gegenseitig nicht an.«
Ich marschierte vor ihm ruhelos wie ein manisch Verrückter auf und ab. »Es ist etwas passiert.« Meine Gedanken standen in direkter Verbindung zu meinem Mund. »Es ist etwas passiert, aber was? Was hat ihn soweit getrieben?«
Ich strich mit der Hand über meinen Kopf, packte einige Haare und zog daran, bis es weh tat. Der Schmerz schien mich wieder klarer denken zu lassen und meine Energie zu bündeln.
»Er hat Stacey«, sagte ich. »Und Corey, wenn sie noch lebt.«
Ich dachte an Corey und daran, was Mousy Caramello ihr antun könnte oder würde. Mir war noch genügend Verstand geblieben, um zu wissen, daß es möglicherweise zu spät war. Deswegen hoffte ich, daß es – was auch immer es war –

schnell geschehen war und daß sie ihre letzten Momente in der gesegneten Sprachlosigkeit eines Schocks erlebt hatte.

»Denkst du, die Chancen stehen gut, daß eine von ihnen noch lebt?« fragte Lonnie.

Ich zog noch fester an der Haarsträhne, bis sie auszureißen drohte. Schließlich ließ ich sie los und drehte mich zu Lonnie. »Wenn Mousy wirklich zu einer psychotischen Scheißhausratte geworden ist, hat er sie genauso wie Klinkenstein als Ausstellungsobjekt hergerichtet.«

»Vielleicht hat er das, und wir haben sie bloß noch nicht gefunden.«

»Vielleicht. Aber vielleicht haben wir auch noch Zeit.«

»Wozu?« Lonnie atmete schwer. »Sieh mal, Kumpel, es wird Zeit, daß die Kavallerie anrückt.«

»Die Bullen?«

»Kennst du andere Jungs in blauen Uniformen?«

Ich schleppte mich zu einem Sessel und ließ mich hineinfallen. Ich war besiegt. Lonnie hatte recht: Die Ereignisse hatten ihren Lauf genommen, und von Anfang an hatte ich sie nicht unter Kontrolle gehabt. Es war Zeit, dies zu ändern, höchste Zeit.

»Wen sollten wir anrufen?«

»Vielleicht zuerst Phil Cheek«, schlug Lonnie vor. »Hast du noch seine Karte?«

Ich kramte in meiner Jackentasche und fischte die Karte von Detective Cheek heraus. »Ja, hier ist sie. Willst du ihn anrufen oder soll ich?«

Lonnie warf mir das schnurlose Telefon zu. »Es sieht besser aus, wenn du es tust.«

Ich tippte die Nummer des Detective von der Sitte ein, und nach den drei Pieps-Tönen Lonnies Nummer. Dann legte ich auf und lehnte mich seufzend zurück.

»Jetzt warten wir«, sagte Lonnie. »Willst du ein Bier?«

Ich schüttelte den Kopf. »Ich glaube nicht, daß ich's bei mir behalten kann. Wie lange kann's dauern, bis er zurückruft?«
Er zuckte mit den Schultern, als das Telefon klingelte.
Ich riß den Hörer hoch und drückte die Gesprächstaste.
»Ja?«
»Lonnie?«
»Nein, Phil, hier ist Harry.«
»Machen Sie es schnell, Harry. Ich habe heute nacht alle Hände voll zu tun.«
»Die Kacke ist am Dampfen, Kumpel. Moe Klinkenstein ist tot.«
Einen Augenblick herrschte Stille, die durch das Rauschen des Handys am anderen Ende noch deutlicher herauskam.
»Woher wissen Sie das?« Cheeks Stimme klang ernst.
»Woher würden Sie das wissen?«
»Verarschen Sie mich nicht. Schließlich wollen Sie nicht, daß Ihnen die ganze Mörderbande mit der Lupe an Ihrem Arsch hinterherläuft, oder? Ich habe Sie was ganz Einfaches gefragt.«
»Ich habe ihn gefunden, heute nacht in seinem Haus, als ich nach den beiden Mädchen suchte. Die Schiebetür zu seinem Schlafzimmer war offen, es brannte aber kein Licht. Ich ging hinein, und da lag er.«
»Er war tot, als Sie hinkamen?«
»Ziemlich. Ich denke, ich bin etwas ausgerastet. Ich habe mich noch im Garten übergeben, bin dann zum Rastplatz und habe die 911 angerufen.«
»Gut, dann waren Sie das also. Hören Sie, das Cheatham County Sheriff's Department hat uns angerufen. Die Mordkommission ist bereits mit einem mobilen Untersuchungslabor und dem Leichenbeschauer auf dem Weg dorthin. Howard Spellman hat die Sitte verständigt, als er erfahren hat, daß es sich um Klinkenstein handelt.«

»Ich vermute, das wird die Leute ganz schön durcheinandergebracht haben«, sagte ich.

»Drücken wir es mal so aus: Der Hilfssheriff war so durcheinander, daß er seine Kugeln aus der Hemdtasche genommen und sie in sein Gewehr gesteckt hat.«

»Lachen Sie nicht. Wenn Sie da rausgehen, werden Sie verstehen, warum. Das war echt auf rituell gemacht. Auf mich wirkte es so, als sei er gefoltert und dann wie eine Trophäe zurechtgemacht worden.«

»Toll, und ich hatte bloß Spaghetti zum Abendessen«, witzelte er noch immer.

»Was soll ich tun?« fragte ich.

»Bleiben Sie zu Hause«, riet er. »Ich werde Howard Spellman berichten, was Sie mir erzählt haben. Höchstwahrscheinlich wird er mit Ihnen reden wollen. Ich schlage vor, Sie räumen Ihr Hirn schon mal ein bißchen auf.«

»Kapiert.«

Ich schaltete das Telefon aus und legte es beiseite. Lonnie fragte neugierig: »Was hat er gesagt?«

»Er will, daß ich meinen Kram in Ordnung bringe. Die nächsten Tage werden sicher interessant werden.«

Lonnie riß die Lasche einer Dose Budweiser auf. »Das ist die Untertreibung des Jahrzehnts.«

Ich stand auf. »Ich muß ein bißchen schlafen. Ich kann nicht mehr klar denken.«

»Du gehst doch wohl nicht nach Hause, oder?«

Ich starrte ihn an. »Wohin sonst?«

»Der Kerl könnte immerhin vor deinem Haus auf dich warten.«

Dies tat meinen Innereien besonders gut. »Danke, Lonnie. Genau das hab' ich gebraucht.«

»Das meine ich ernst. Was ist, wenn er da ist?«

»Dann sollte ich wegen Missis Hawkins nach Hause ge-

hen. Sieh mal, ich behalte die Pistole, wenn es dir recht ist.«
Er zuckte mit den Schultern. »Unter diesen Umständen bestehe ich sogar darauf.«

Als ich in die Einfahrt fuhr, war es bereits vier Uhr morgens. Müdigkeit und Schock zählten nicht mehr. Ich stieg, mit der Pistole in der Hand, aus dem Mustang. Würde ich wirklich fähig sein zu schießen, falls Mousy Caramello auf mich wartete?
Phil Cheek hatte gesagt, das Leichenschauhaus in Nashville sei verständigt worden. In einigen der umliegenden Counties gab es kein voll ausgestattetes Leichenschauhaus, und man war dort auf die Hilfe der staatlichen Leichenbeschauer oder derjenigen der größeren Städte angewiesen. Höchstwahrscheinlich war in diesem Moment Marsha in Kingston Springs draußen und zog den Reißverschluß vom Leichensack zu, um Klinkenstein in die Stadt transportieren zu lassen, wo sie die Metzgerarbeit zu Ende bringen mußte.
Konnte ich die Sache wirklich so laufen lassen? Lebte Corey noch? Müdigkeit hatte mich gepackt, meine Sinne waren vernebelt, die Gedanken verschwommen, aber Schlaf war wohl eher nicht angesagt.

KAPITEL 20

Schließlich übermannte mich der Schlaf doch, aber er war nur kurz und alles andere als erholsam. Ich hatte mit Alpträumen gerechnet, befand mich jedoch wie in Narkose.

Als mich das klingelnde Telefon aus diesem Zustand riß, fühlte ich mich, als wachte ich in einer zwei Meter tiefen Schüssel mit Pudding auf. Alle Bewegungen waren langsam, das Denken war eine Qual. Ich dachte, meine Augen seien noch geschlossen, dann merkte ich, daß es draußen noch dunkel war.

»Hallo«, sagte ich ungefähr in die Richtung des Hörers in meiner Hand.

»Harry Denton?«

Ich nuschelte ein Ja.

»Spellman hier. Ein paar ernste Worte sind angesagt, Denton – schaffen Sie Ihren Arsch hierher.«

»Ich glaube, es ist erst fünf«, sagte ich gähnend.

»Sofort!« Er hatte offensichtlich schlechte Laune.

»Es ist sechs …«, erwiderte ich noch, aber da hatte er schon aufgelegt.

Klinkenstein schien ein Traum zu sein, sein blutiger, geschändeter Körper nur ein surreales Bild. Als ich eine Tasse Aufbrühkaffee runterkippte, bevor ich mich nun auf den Weg in die Stadt machte, bestand die Wirklichkeit für mich in der Tatsache, daß ich mich mit der Polizei zu beschäftigen hatte, ganz zu schweigen von den Folgen meines Fehlschlags.

Meine Abneigung, die Polizei ins Spiel zu bringen, war auf den Wunsch meiner Klientin gegründet, die nicht wollte, daß irgend etwas über die Familie oder Staceys Probleme an die Öffentlichkeit geriet. Diesem Wunsch konnte sie Lebewohl sagen. Ich hatte die Morgenzeitung noch nicht in die Finger bekommen, aber es sollte mich stark wundern, wenn nicht auf der ersten Seite nur vom Mord an Maurice Klinkenstein berichtet werden würde. Und eine Sache würde zur anderen führen.

Verschlafen trank ich den Kaffee aus und grübelte darüber nach, wie ich Betty die Sachlage erklären sollte. Ich könnte damit anfangen, daß eine minderjährige Tochter, die in Schwierigkeiten steckt, keinen Weltuntergang bedeutet. Die Welt war voller durchgeknallter Kinder. Die meisten schafften es, dem zu entwachsen und vernünftig funktionierende Mitglieder der Gesellschaft zu werden. In fünf Jahren würde sich kein Schwein mehr daran erinnern.

Aber wenigstens ein Gespräch unter vier Augen war ich Betty Jameson schuldig. Neuigkeiten, wie ich sie hatte, sollten nicht über das Telefon erzählt werden. Doch als erstes waren da noch Howard Spellman und die Mordkommission von Nashville.

Lieutenant Howard Spellman trug eine Jeans und ein schickes Sporthemd, das einem Freizeitstil entsprach, wie ich ihn bisher an ihm noch nicht gesehen hatte. Sein sandblondes, leicht schütteres Haar war zurückgekämmt, und seine müden Augen waren für einen Mann, der in seinem Leben zu oft nachts draußen gewesen war, entsprechend blutunterlaufen.

Neben ihm am Tisch saß E. D. Fouch, ein übergewichtiger Detective mittleren Alters in einem zerknitterten Anzug. Sein auffallendstes Merkmal war ein Spinnennetz aus roten Venen, das seine Knollennase überzog. Sein ganzes Gesicht sah eigentlich aus wie eine 3-D-Straßenkarte. Man war so freundlich gewesen, mit mir in ein Konferenzzimmer am Ende des Gangs, auf dem Spellmans Büro lag, zu gehen, anstatt in eins der normalen, nackten Zimmer für Verhöre. Dies wußte ich zu schätzen. Sie hatten eine Tasse heißen, starken Polizeistation-Kaffee vor mich hingestellt und beobachteten mich dabei, wie ich so lange Kaffeeweißer in Pulverform darin verrührte, bis er seine Farbe von Schwarz in ein ekliges Grau wechselte.

Spellman raschelte mit der ersten Ausgabe der Morgenzeitung und schlug sie hastig auf, dann legte er sie mit der Titelseite nach oben zwischen uns auf den Tisch. Ich las den Artikel nicht, aber die Überschrift sprang mir ins Gesicht: BRUTALER MORD SCHOCKIERT KINGSTON SPRINGS.

»Hab' gehört, Ihre letzte Nacht sei ziemlich hart gewesen.«

Ich sah die beiden Männer an. »Ja. War echt beschissen.«

»Wollen Sie mir erzählen, was Sie da draußen gesucht haben?«

»Hab' nach dem Mädchen gesucht, und bitte keine blöden Bemerkungen, ja?«

»Harry, ich habe zwei Morde zu bearbeiten, von denen Sie wahrscheinlich etwas wissen. Dazu kommen noch die sieben anderen, die in den letzten drei Tagen passiert sind. Mir ist also auch nicht nach blöden Bemerkungen zumute. Was ist also los?«

Mittlerweile hatte ich nichts mehr zu verlieren, wenn ich die Wahrheit sagte, und durch Lügen könnte noch viel mehr Schaden entstehen. Also erzählte ich ihnen von allen: Stacey Jameson, Red Dog, Corey, alles. Es dauerte nur etwa drei Minuten, eine kurze Zeit, so schien mir, für eine dermaßen lange Reihe von katastrophalen Entscheidungen, die ich getroffen hatte.

»Ich wünschte, Sie wären früher zu mir gekommen«, sagte er, als ich fertig war.

»Wenn ich gewußt hätte, in welche Richtung dieses Spiel geht, hätte ich das auch getan. Ich dachte ehrlich, ich könnte das Mädchen mit einem Minimum an Ärger zurückbringen.« Ich machte eine kurze Pause. »Es wäre nett, wenn Sie mir sagen würden, wie tief ich drinstecke.«

Spellman rieb sich die Wangen, zog sie Richtung Haaransatz, dann fast bis zu seinem Hals. »Das liegt nicht an mir, das zu beurteilen, Harry.«

Fouch machte ein paar Notizen, dann drehte er sich unruhig auf seinem Stuhl. »Was ist mit der Nutte?«

Wut stieg in mir auf. »Sie ist keine Nutte!«

»Stripperin, Showgirl, was auch immer ...«

»Das letzte Mal habe ich von ihr gehört, bevor ich ihre demolierte Wohnung vorgefunden habe.«

»Wir werden ein paar Männer hinschicken«, sagte Spellman. »Die sollen sich umschauen, vielleicht finden sie was raus. Detective Fouch kümmert sich um den Mord an Turner. Technisch gesehen gehört der Mord an Klinkenstein in den Topf von Cheatham County, aber Fouch hat sich mit ihnen zusammengetan.«

»Ich habe mir einen Auszug aus dem Strafregister von diesem kleinen Caramello besorgt«, erzählte Fouch. »Er hat eine ganze Latte von Festnahmen vorzuweisen, ist aber nur ein paarmal wegen Überfällen verurteilt worden. Eine Vergewaltigung, aber das Mädchen ist vor der Verhandlung verschwunden. Er stand bei mehreren Morden in New Jersey unter Verdacht, doch man konnte ihm nie was anhängen. Keine Fahndungsgesuche oder bevorstehenden Verurteilungen.«

»Prima. Und seit wann sind wir für den Müll aus New Jersey zuständig?«

Spellman schüttelte den Kopf. »Ich weiß es nicht. Ich wünschte, wir könnten ihnen auch was von uns schicken.« Dann wurde er ernst. »Ich habe vergangene Woche mit einem Detective aus Newark über einen anderen Fall gesprochen. Er sagte, daß ein paar von diesen Bengeln, die sich zur Zeit einen Namen machen, so abgedriftet sind, daß sich sogar die althergebrachten Moustache Petes Sorgen machen. Eine Horde durchgedrehter Viecher ...«

Spellman drehte sich zu mir. »Er hat mehrmals gesagt, daß sie diese Chaoten irgendwohin schicken wollen, in den Süden runter oder in den Westen, bloß um sie sich vom Hals zu schaffen.«

»Na prima«, sagte ich. »Mousy Caramello ist in Nashville aufgetaucht, bloß weil die Mafia ihn nicht in Zaum halten konnte. Wo bleiben wir dabei?«

»Das hört sich an, als sei Caramello ein durchgeknallter Psycho-Freak. Ein echt kranker Frischling. O Jesses.« Er seufzte. »Skinheads und Bandenmitglieder. Ich habe nur noch zwei Jahre, bis ich in Pension gehen kann. Vielleicht mache ich das dann und gehe nach Florida. Was hältst du davon, Ed?«

Fouch legte ein gemeines Grinsen auf. »Glaubst du, in Florida ist es besser?«

Ich mußte wieder an Corey denken und daran, wo sie stecken, was mit ihr passiert sein könnte. Diese Gedanken lasteten tonnenschwer auf mir.

»Howard, Corey ist ein nettes Mädchen, wirklich. Mir wird ganz unwohl, wenn ich daran denke, daß ihr etwas zugestoßen sein könnte.«

»Wir werden sie finden oder das, was von ihr übrig ist. Inzwischen haben wir ja alles, was wir von Ihnen brauchten. Das heißt, Harry, daß Sie fertig sind. Verstanden? Sie sind aus der Sache draußen.«

Ich nickte. »Schon gut. Ihr Jungs wollt also nicht, daß Harry James Denton weiterhin sein Unwesen treibt.«
Fouch stand auf und zog seine Hose nach oben. »Wissen Sie«, sagte er abschweifend, »mein Alter hat unter Jameson im Zweiten Weltkrieg gedient. Hab' auch viel über ihn nachgedacht. Irgendwie hasse ich es, mit ansehen zu müssen, daß der alte Junge so endet.«
Spellman erhob sich von seinem Stuhl und streckte sich. »Ach, verflucht, aus der Sache kommt sowieso niemand lebend raus.«

Emily stand an der Tür, fast als hielte sie Wache, als ich eintrat.
»Es ist Samstag, Emily. Haben Sie niemals einen Tag frei?«
Ihr Gesicht war regungslos, nur das Gelb ihrer Augen bewegte sich hin und her. »Ich habe sonntags und jeden dritten Samstag frei«, antwortete sie eisig.
»Ziemlich freizügig«, gab ich zurück, obwohl ich keinen Grund hatte, mich wie ein Arsch zu verhalten. Aber so war ich nun einmal. »Wo ist sie?«
»Miss Betty bat darum, daß Sie im Büro des Generals warten. Sie wird sofort herunterkommen.«
Ich biß die Zähne aufeinander. »Gut für sie.«
Ich trat in das mit schweren Stores abgedunkelte Büro, als Emily den Flur hinunter verschwand. Das Haus war still, kein Klang eines Radios oder Fernsehers, keine Schritte, kein Gequake von Nachbarn oder der Familie. Eine Treppe höher saß Betty Jamesons Mutter in einem selbstgeschaffenen Gefängnis. Irgendwo auf dem Grundstück oder in diesem überteuerten Kerker wanderte der General in seinem eigenen Kopf umher und verlor nach und nach den Halt an sich und der Welt um sich herum.
Dieser Ort ist ein verdammtes Leichenschauhaus, dachte

ich. Ich war froh, daß dies mein letzter Besuch sein würde. Die Reichen sollten es behalten.

Nachdem ich zehn Minuten gewartet hatte, wurde ich unruhig. Auch unter den besten Umständen hatte ich noch nie gutes Sitzfleisch gehabt. Ich erhob mich von dem noblen Lederstuhl und schritt nervös auf und ab. Ich trat ans Fenster und sah zwischen den dichten Gardinen hindurch. Draußen, in einer Ecke des Gartens, die der Straße am nächsten war, spazierte General Breckenridge langsam an einer mit Efeu bewachsenen Backsteinmauer entlang. Er zog im Herbstwind seinen Mantel fester zu, marschierte erhobenen Hauptes und mit regelmäßigen Schritten dahin, während er seine Augen nach vorn gerichtet hielt.

Er sah nicht aus wie ein von Alzheimer geplagter Mann.

Unbewußt kaute ich auf meiner Unterlippe, während mein Blick ihm folgte. Er ging zur Auffahrt, dann den Weg entlang zu meinem Auto. Er hielt an, sah ins Innere des Wagens und schließlich zum Haus hinauf. Sein Blick glitt suchend über die Vorderseite, bis er das Fenster seines Arbeitszimmers fixierte. Unsere Blicke trafen sich. Er runzelte die Stirn und kam die Stufen zum Haus hinauf.

Im Flur vor dem Arbeitszimmer quietschte die Eingangstür, als er sie öffnete. Seine Schritte waren schwer.

Ich drehte mich um, als er eintrat und mich anstarrte, als sei ich einer seiner ungehorsamen Unteroffiziere von früher.

»General«, grüßte ich ihn.

»Wer sind Sie?«

Ich verschränkte meine Arme und lehnte mich gegen die Fensterbank. Mit prüfendem Blick kam er näher. Plötzlich schien es bei ihm zu dämmern.

»Ich bin Harry Denton, Sir. Wir haben uns neulich kennengelernt.«

»Ah, ja, der Sicherheits...«
»Eigentlich, General, bin ich Privatdetektiv.«
»Detektiv?« Er starrte mich an.
»Ja, Sir. Ich bin engagiert worden, um Stacey zu suchen.«
Leichte Röte überzog sein Gesicht. »Von wem?«
»Von Betty.«
»Warum sollte sie jemanden engagieren, um Stacey zu suchen, ohne mir davon zu erzählen?«
»Das müssen Sie mit ihr ausmachen. Ich glaube, sie wollte Sie nicht beunruhigen.«
Sein Blick wurde weicher, als hätte sich ein vorübergehender Schleier der Verwirrung über seine Gedanken gelegt. »Abgesehen davon wird Stacey gar nicht vermißt.«
Ich trat auf ihn zu und vergrub meine Hände aus Verlegenheit in den Hosentaschen. »Es tut mir leid, aber sie wird vermißt. Sie ist weggelaufen. Ich habe sie gefunden und zurückgebracht. Dann ist sie wieder weggelaufen.«
»Wie könnte Stacey davonlaufen? Sie ist doch noch ein Baby.«
Sein Blick schweifte ab, irgendwohin außerhalb dieses Zimmers. Welchen Einfluß hatte Streß auf das Voranschreiten der Krankheit? Fügte ich ihm durch meine Erzählungen Schaden zu?
»Die junge Dame steckt in ziemlichen Schwierigkeiten. Sie braucht Hilfe.«
»Nun, dann werden wir ihr helfen. Wir werden ihr helfen.«
»Ja, Sir, ich weiß, das werden Sie. Sobald wir sie wieder zurückgebracht haben.«
Betty Jameson trat hinter ihrem Vater ins Zimmer. Sie trug enge Jeans und einen Cashmere-Pullover mit Kapuzenkragen. Ihr Haar hatte sie locker hinten zusammengebunden.
»Paps, was ist los?«

Der General drehte sich um, um seine Tochter anzusehen. »Dieser Mann sagt, daß Stacey vermißt wird«, sagte er beinahe verteidigend. »Wo steckt sie?«

Betty blickte mich haßerfüllt an, ballte ihre Hände zu Fäusten.

»Hör nicht auf ihn. Er weiß nicht, wovon er redet. Stacey geht es gut. Sie ist bloß weggefahren, um ein paar Freunde zu besuchen.«

»Betty, er sollte es wissen«, verteidigte ich mich.

»Halten Sie den Mund«, schnauzte sie. »Mit Ihnen rechne ich später ab.« Sie wandte sich wieder an ihren Vater, und ihr Gesicht bekam sofort einen weicheren Ausdruck. »Paps, ich glaube, du solltest wieder nach draußen gehen. Laß mich das hier erledigen, und ich werde später mit dir darüber reden, ja?«

»Ich weiß nicht«, entgegnete er. »Wenn Stacey vermißt wird, sollte ich es ...«

»Mach dir keine Sorgen. Es ist alles in Ordnung. Warum schnappst du dir nicht Emily, damit sie dir das Mittagessen zubereitet?«

»Gut.« Seine Stimme klang auf einmal dünner, älter. Betty nahm seinen Arm und schob ihn leicht in Richtung Tür. Seine militärische Haltung war fort, und seine Schritte wurden kürzer, schlurfender. Sie führte ihn nach draußen, rief nach Emily und blieb im Flur stehen, bis sie sicher sein konnte, daß ihr Vater gegangen war.

Sie kehrte zurück, schob die Tür des Arbeitszimmers zu und kam zu mir herüber, und bevor ich sie aufhalten konnte, holte sie aus und knallte mir eine. Der Schlag brannte in meinem Gesicht, Tränen schossen mir in die Augen, ich war überrascht, schockiert.

Sie hob ihren Arm abermals, aber dieses Mal fing ich sie am Handgelenk ab. »Machen Sie das nicht noch einmal!« droh-

te ich. Etwas in meiner Stimme muß ihr gesagt haben, daß es mir ernst war.
»Wie konnten Sie!«
»Er muß es wissen, verdammt noch mal.«
»Wer zum Teufel hat Ihnen das Recht gegeben, das zu entscheiden?«
»Es gab noch einen Mord«, erklärte ich ohne Umschweife. Ihr Arm entspannte sich, und ich ließ ihr Handgelenk los.
»Und vielleicht einen dritten. Ich kann Corey nicht finden, und ihre Wohnung ist auseinandergenommen worden.«
»Corey? Das Mädchen, das ...«
Ich nickte. »Der Boß von Red Dog Turner ist letzte Nacht umgebracht worden. Ich hatte mich bei seinem Haus umgesehen, weil ich hoffte, Stacey und Corey dort zu finden. Statt dessen habe ich seine Leiche gefunden.«
Tränen traten ihr in die Augen. »O mein Gott«, flüsterte sie. »Stacey ...«
»Sie war nicht dort. Und es gibt noch was. Die Polizei weiß alles. Es ist zuviel passiert, als daß man sie da raushalten kann. Die Sache liegt nicht mehr in meinen Händen.«
Als sie das hörte, kam ein Seufzer aus ihrem tiefsten Innern. Ihre Schultern fielen nach vorn, und ihre Wirbelsäule schien sich zu krümmen. Sie ging rückwärts und fiel beinahe auf einen Stuhl, dann hob sie die Hände und bedeckte ihr Gesicht.
»Deswegen müssen es Ihre Eltern wissen. Sie müssen sie darauf vorbereiten. Die Polizei ist eingeschaltet, und die Sache wird an die Öffentlichkeit kommen. Es gab zwei Morde, eine Entführung und vielleicht ...«
Betty blickte mit tränengefüllten Augen auf. »Vielleicht was?«
Ich biß die Zähne zusammen und sah von ihr weg. »Ich glaube, auch Sie müssen sich darauf vorbereiten. Es besteht

die Möglichkeit, daß wir Stacey nicht wiederfinden. Zumindest nicht lebend.«
Sie erstarrte. »Wer hat sie? Und wo?«
»Turners Boß war ein Mann namens Klinkenstein, und er war einer der Hauptbeteiligten an dem dreckigen Geschäft. Er hatte einen Leibwächter, einen psychotischen Skinhead namens Mousy. Ich glaube, Mousy und Red Dog haben dabei geholfen, Stacey zu verstecken, weil sie von dem Treuhandvermögen wußten. Irgend etwas ist schiefgelaufen. Es endete in einem Kampf, oder Klinkenstein war von Red Dog angekotzt. Ach, Scheiße, ich weiß es nicht. Aber Red Dog Turner ist als Leiche geendet, und Mousy wollte Stacey für sich allein. Dann haben sich Klinkenstein und Mousy wegen irgendwas in die Wolle gekriegt. Vielleicht hat Klinkenstein auch von den möglichen Schwierigkeiten gewußt und sich gedacht, Stacey sei es nicht wert.
Wie dem auch sei, Klinkenstein ist tot, und Mousy, dem jetzt vielleicht zwei Morde angehängt werden, hat nichts mehr zu verlieren. So stelle ich mir das vor. Es kann zwar verkehrt sein, aber ich glaube nicht, daß ich allzu weit von der Wahrheit entfernt bin.«
»Gute, arme Stacey«, murmelte Betty. »Sie hatte nie eine Chance.«
»Sie müssen sich auf alles einrichten, was auch immer passiert. Und Sie müssen auch Ihre Eltern vorbereiten.«
»Es muß doch noch einen Weg geben, um die Sache aufzuhalten«, beschwor sie mich. »Sie haben keine Ahnung, was das für diese Familie bedeuten wird. Wenn die Sache zu weit geht, wird das unsere Familie ruinieren.«
Das reichte. Ich hatte die Nase voll. Bevor ich mir dessen überhaupt bewußt wurde, spalteten sich wieder mein Handeln und mein Denken, und ich explodierte.
»Sie und Ihr verdammter Ruf!« schrie ich. »Sie hochnäsige,

arrogante, verwöhnte Göre! Kapieren Sie denn nicht, daß Staceys Leben wichtiger ist als Ihre gottverdammte Mitgliedschaft in dem gottverdammten Belle Meade Country Club? Warum scheren Sie sich darum, was die Leute über Sie reden? Sie haben alles auf der Welt, und nichts davon hat eine Bedeutung, wenn Stacey nicht an einem Stück aus der Sache herauskommt!«

Sie sprang von ihrem Stuhl auf und stand im Bruchteil einer Sekunde vor mir. »Halten Sie mir keinen Vortrag, Sie selbstgefälliger Hurensohn! Sie haben ja keine Ahnung, was hier auf dem Spiel steht!«

»Eine beschissene Ahnung habe ich! Ich weiß genau, was hier auf dem Spiel steht: Das Leben eines kranken, durchgedrehten, reichen Mädchens und das eines anderen, das dummerweise versucht hat, mir zu helfen, als ich ihr helfen wollte.«

»Das ist Ihr Problem, mein Herr. Sie sind es, der das andere Mädchen da mit reingezogen hat. Sie sind es, der damit leben muß!«

Mein Gesicht wurde rot, und ich fühlte mich, als platzte mir der Kopf. »Glauben Sie etwa, daß ich das nicht weiß? Wenn Corey irgend etwas zustößt, werde ich das für den Rest meines Lebens mit mir herumtragen müssen.«

»Und dasselbe gilt für mich bei Stacey!«

»Dann verhalten Sie sich auch so!« schrie ich. »Ich bin hier und riskiere meinen Arsch, weil ich versuche, Ihre Schwester zu finden, und Sie wollen mir nicht einmal erzählen, warum sie weggelaufen ist! Von Anfang an sind Sie nicht ehrlich zu mir gewesen. Ich kapier' das einfach nicht!«

»Das könnten Sie auch nicht«, sagte sie. »Das könnten Sie auch nicht.«

»Woher wollen Sie das wissen? Wenn ich wirklich wüßte, was hier vorgefallen ist, hätte ich vielleicht eine Vorstellung davon … ach, Mist, ich könnte herausfinden, was wirklich hier vorgefallen ist.«

Ich wußte, daß mich die Gefühle überrannt hatten. Mein Gerede machte nicht viel Sinn. Aber ich hatte nichts anderes, woran ich mich festhalten konnte.

»Das Geld hat wirklich keine Bedeutung«, fing sie an. »Alles, was wirklich zählt, ist der gute Name. Ihn jetzt zu verlieren, nach allem, was wir durchgemacht haben.«

Ich kratzte mich am Kopf. »Würden Sie bitte Ihren Worten etwas mehr Sinn geben, bevor ich die Orientierung ganz verliere?«

Sie ging quer durchs Zimmer zum Bücherregal hinüber, so weit weg von mir wie möglich. Sie schlang ihre Arme um sich, umarmte sich selbst, als wollte sie eine Kälte abhalten, vor der sie keine Wärme schützen konnte.

»Sehen Sie, Betty, ich weiß nicht, wie oft ich es wiederholen muß. Diese Welt ist voll von vermurksten Kindern.« Ich durchquerte ebenfalls das Zimmer, bis ich hinter ihr stand, legte ohne nachzudenken meine Hände auf ihre Schultern und massierte sie leicht. Sie waren hart, jeder Muskel war zu einem Knoten zusammengezogen.

»Das ist doch keine Schande«, sagte ich. »Der Ruf Ihrer Familie wird nicht zerstört werden, bloß weil Ihre Schwester durchgedreht ist.«

Langsam hob sie ihren Kopf und starrte in die Reihen der mit Leder eingebundenen Bücher. Und als sie sprach, war ihre Stimme absolut monoton.

»Genau das ist es, Harry. Es ist eine Schande, mehr als Sie sich denken können. Stacey ist meine Schwester«, sagte sie langsam. »Aber sie ist auch meine Tochter.«

KAPITEL 21

Heiliger Strohsack. Und ich hatte mich gescheut, ihr eine zu knallen.

Das passiert mir jedesmal: Wenn ich denke, es könnte nicht mehr schlimmer werden, belehren mich die Umstände eines besseren. Ich meine, ich habe all die obligatorischen Witze über die Südstaateninzucht gehört, manchmal auch über sie lachen müssen.

– Wenn sich deine Frau unten im Süden von dir scheiden läßt, ist sie dann immer noch deine Schwester?

– »Papa, ich hab' grad rausgefunden, daß Jolene eine Jungfrau ist!« – »Dann schick sie nach Hause, mein Sohn. Dann taugt sie nichts für ihre Kinder, und für uns schon gar nicht.«

Plötzlich waren diese alten Witze gar nicht mehr so lustig.

Meine Hände rutschten von Bettys Schultern, und völlig verblüfft starrte ich auf ihren Hinterkopf. Ich suchte nach Worten, doch lange Zeit konnte ich nichts sagen. Schließlich raffte ich meinen ganzen Mut zusammen und brachte einen zusammenhängenden Satz heraus.

»Wie können Sie ...«, stammelte ich, »wie können Sie dann hier im gleichen Haus bleiben?«

Sie drehte sich zu mir um, die Arme über ihrer Brust verschränkt. »Sie meinen bei ihm?«

»Natürlich. Wie können Sie ihm überhaupt noch ins Gesicht sehen?«

Sie seufzte. »Er ist mein Vater, Harry. Als solchen liebe ich ihn.«

Ich drehte mich auf meinen Absätzen um und ging durchs Zimmer, teils aus Erregung, teils aus Abscheu.

»Wie? Wie können Sie jemanden lieben, der Ihnen das angetan hat?«
Sie ließ ihre Arme sinken. »Es war nicht so. Nicht, wie Sie denken. Es war ein dummer, grausamer Fehler, den wir beide immer bereut haben. Aber wir haben es irgendwie geschafft, zusammenzubleiben, die Familie zusammenzuhalten. Bis jetzt jedenfalls.«
Ich starrte sie schweigend und verständnislos an.
»Ich war siebzehn«, erzählte sie. »Es war im Frühjahr, bevor ich aufs College ging. Mutter ging es damals immer schlechter. Sie war lange Zeit depressiv gewesen. Mit dem Trinken wurde es schlimmer. Sie war einfach hilflos. Darüber hinaus gab es in der Firma einen schrecklichen Machtkampf. Mein Vater stand geschäftlich unter dem stärksten Druck, den er jemals zu spüren bekommen hatte. Er war dabei, alles zu verlieren.«
Sie schüttelte den Kopf. »Ich war ein Einzelkind, und ich betete meinen Vater an. Aber die Dinge hier standen ziemlich schlecht.«
Ich legte meine Hände auf die Rückenlehne eines Ohrensessels und drückte kräftig zu. Ich war mir nicht sicher, ob ich das wirklich hören wollte, aber gleichzeitig spürte ich die Notwendigkeit, Einblick in die Hintergründe zu bekommen.
»Es war während der Frühjahrsferien. Die Hitze war in jenem Jahr früh ausgebrochen. Eines Abends war ich spät von einer Pool-Party nach Hause gekommen. Ich hatte was getrunken. Ich war zwar nicht betrunken, aber etwas beschwipst. In jenem Jahr war ich auf vielen Parties gewesen. Meine Zulassung zum College hatte ich früh erhalten, und ich hatte einfach beschlossen …«
Sie machte eine kurze Pause. »Nun, ich hatte einfach beschlossen, die Zeit zu genießen. Seit dem Herbst war ich

auch keine Jungfrau mehr, aber der Junge und ich hatten uns direkt danach getrennt.«

»So«, sagte ich, »Sie kamen also von einer Pool-Party nach Hause und hatten was getrunken.«

Betty nickte mit starrem Ausdruck. Ihre Stimme war immer noch flach. »Ich hatte meinen Badeanzug an, war pitschnaß, kam zur Vordertür herein und bemerkte, daß mein Vater da war. Ich nahm an, daß er so spät noch arbeitete, aber als ich sein Zimmer betrat, sah ich, daß er auf der Couch saß und auch was trank. Er bot mir was zu trinken an und sagte, daß ich jetzt aufs College gehen würde und es Zeit sei, zusammen etwas zu trinken.

Ich war glücklich. So von einem Erwachsenen behandelt zu werden, wie eine Erwachsene, wie eine volljährige Frau, von jemand Älterem, so Wichtigem und Mächtigem – das war etwas, wovon ich immer geträumt hatte. Er begann von seiner Ehe zu erzählen, von den ganzen Schwierigkeiten, die er mit Mutter hatte. Sie hatte nach meiner Geburt aufgehört, mit ihm zu schlafen. Sie hatte sich emotional und physisch vom Rest der Welt abgekapselt. Er war einsam, war es seit fast zwanzig Jahren gewesen. Scheidung zog er nicht in Betracht. Für ihn war das eine Frage der Ehre.«

»Ehre?« fragte ich wie vor den Kopf gestoßen. »Ehre? Betty, es gibt auf der ganzen Welt einsame Männer. Und nicht alle schwängern deswegen gleich ihre Töchter.«

Sie zuckte zusammen, holte einmal tief Luft und hielt den Atem an. Als sie weiterredete, standen ihre Augen unter Tränen, und ihre Stimme klang, als würgte sie. »Es war spät. Wir hatten viel zum Trinken. Eins führte zum andern.«

Sie wandte sich wieder ab. »Es war ein furchtbarer Fehler. Wir beide wußten es sofort. Einige Wochen später merkte ich, daß ich schwanger war. Meine Mutter ist natürlich hoffnungslos durchgedreht, als sie es mitbekam.«

»Ihre Mutter wußte, wer ...?«
Betty nickte. »Ich war ganz außer mir, als ich es herausfand. Ich erzählte es ihr. Das war der nächste große Fehler. Sie wurde buchstäblich verrückt. Sie hätte sich von meinem Vater scheiden lassen, ihn ruiniert, uns alle ruiniert. Aber sie war schon so weit durchgedreht, daß mein Vater sie in eine Klinik gebracht hat. Irgendwo runter nach Florida.«
Sie setzte sich auf die Couch, schlug ihre Beine übereinander und stützte sich ermattet auf die Armlehne. »Ich schloß die High-School ab, bevor man mir etwas ansehen konnte, übersprang das erste Jahr vom College und ging allein nach Europa. Stacey wurde in Griechenland geboren. Ich hatte die Absicht, sie zur Adoption freizugeben, aber als es soweit war, brachte ich es nicht übers Herz.«
»Dann haben Sie sie nach Hause gebracht?«
»Mein Vater lebte hier fast ein Jahr lang allein. Er hatte den Machtkampf gewonnen. Meine Mutter kam etwa zur gleichen Zeit aus dem Krankenhaus und fühlte sich stark genug, um alles durchzustehen. Sie stimmte zu, Stacey als ihr eigenes Kind anzunehmen und das Geheimnis für sich zu behalten.«
»Und Sie?«
Sie blickte fast geistesabwesend an mir vorbei. »Sie haben keine Vorstellung davon, wie groß die Schande ist, die man bei einer Sache wie dieser hier empfindet.«
»Da haben Sie recht.«
Betty sah wieder zu mir, und unsere Blicke trafen sich. »Die Zeiten damals waren anders, Harry. Die Menschen redeten nicht so wie heute über solche Sachen. Es gab keine Selbsthilfegruppen, keine politischen Lobbies, keine Fernsehfilme. Man redete einfach nicht über Inzest. Also schwieg ich und ging fort aufs College, aber in mir hatte sich etwas

geändert. Ich war verschlossen. Ich vergrub mich während der vier Jahre College in Arbeit, deprimiert und zornig, wußte aber nicht, warum.«

»Sie wußten nicht, warum?«

»Ich dachte, ich hätte das alles verarbeitet«, verteidigte sie sich. »Es hinter mich gebracht. Ich dachte, ich sei wieder in Ordnung, ich könne mit meinem Leben weitermachen. Und dann habe ich im letzten College-Jahr einen Jungen kennengelernt. Er war nett, freundlich, sehr geduldig. Extrem geduldig. Wir hatten eine Beziehung, und er fragte mich, ob ich ihn nach dem College-Abschluß heiraten wolle. Schließlich sagte ich ja.«

»Dann haben Sie also geheiratet.«

»Es war eine Katastrophe. Zu der Zeit konnte ich Berührungen nicht ertragen, weder von ihm noch von jemand anderem. Es tut mir leid, sagen zu müssen – ich schäme mich, das sagen zu müssen –, daß ich diesem Jungen alles angetan habe, außer ihn zu töten.«

»Haben Sie es ihm je erzählt?«

Sie schüttelte den Kopf. »Nie. Ich konnte es nicht. Es war damals noch zu frisch, zu früh. Wir waren zwei Jahre verheiratet gewesen, als ich schließlich Schluß machte und er die Scheidung einreichte.«

»Und was war mit Stacey?«

»Die ersten zwölf Jahre oder so blieb alles ruhig. Ich lebte eine Zeitlang in Chicago, dann in New York City. Meine Eltern zogen Stacey als ihr eigenes Kind auf. Körperlich schien alles in Ordnung zu sein. Ein sehr munteres, lebhaftes Mädchen, voller Energie. Sie opferte nicht viel Zeit für Dinge, die sie nicht interessierten.«

»Ein normales kleines Mädchen.«

»Ja, wenn auch vielleicht etwas zu verwöhnt. Dann, etwa vor fünf Jahren, fing das Chaos von vorne an.«

Ich machte ein kurzes Ratespiel. »Mal sehen, ungefähr zu der Zeit, als Stacey – ich glaube, euphemistisch gesagt heißt es: ›aufblühte‹.«
Betty nickte. »Meine Mutter wurde paranoid und depressiv, und sie fing wieder an zu trinken. Ich war verzweifelt, weil sie mich ständig mitten in der Nacht betrunken anrief. Mein Vater würde Stacey mißbrauchen, behauptete sie.«
»Sexuell meinte sie.«
»Ja. Zuerst wußte ich nicht, was ich glauben sollte. Ich flog nach Hause und stellte meinen Vater zur Rede. Er leugnete natürlich alles. Aber als ich mit Stacey redete und keinen Hinweis dafür sah, glaubte ich ihm. Was meine Mutter nur noch mehr aufbrachte.«
»Wie ist Stacey damit umgegangen?«
»Wie jedes Kind, dessen Familie durchdreht. Sie gab vor, gleichzeitig hart im Nehmen und verständnisvoll zu sein. Sie ließ nie durchblicken, daß sie wegen der Sache entsetzt war. Aber man könnte sagen ...«
»Also haben Sie sich entschlossen, nach Hause zu ziehen.«
»Nein, zu dem Zeitpunkt noch nicht. Erst vergangenes Jahr. Während Stacey zu einer hübschen jungen Frau heranwuchs, verfiel meine Mutter immer mehr. Die Situation zu Hause hatte einen zunehmend schlimmen Einfluß auf Stacey, und sie bekam Probleme in der Schule. Probleme mit der Disziplin, mit dem Lernen. Sie trieb sich mit den falschen Leuten herum. Sie fing zu trinken an. Später, glaube ich, nahm sie Drogen. Die Sache spitzte sich zu, bis schließlich ...« Betty hörte auf zu reden. Ich wartete geduldig und fragte mich, welche schrecklichen Dinge ihr durch den Kopf gingen.
»An Staceys sechzehntem Geburtstag war Mutter unglaublich betrunken und wurde ausfallend. Eine schlechte Parodie eines Stückes von Edward Albee. Sie und Stacey fingen

an zu streiten, und mittendrin hat Mutter losgeplärrt und Andeutungen gemacht.«
»Mein Gott, das muß höllisch gewesen sein.«
»Das können Sie sich vorstellen. Vater rief mich in New York an, und ich schnappte mir sofort ein Flugzeug. Er holte mich vom Flughafen ab, und auf dem Weg nach Hause entschieden wir uns dazu, ihr die Wahrheit zu sagen.«
»Warum in aller Welt haben Sie das getan?«
Betty sah mit Tränen in den Augen und schmerzerfülltem Gesicht zu mir auf. »Wie hätten wir es ewig verheimlichen können?« Sie weinte. »Sobald Stacey mich sah, wußte sie es. Und sie haßte mich. Haßte mich mit jeder Zelle, jedem Atemzug. Und sich haßte sie ebenso.«
»Jesus, Maria und Joseph«, murmelte ich.
»Zur gleichen Zeit ging es meinem Vater immer schlechter. Für ihn ergab sich die dringende Notwendigkeit, in Pension zu gehen. Wir haben ihn vor sechs Monaten endlich zu einer Reihe von Untersuchungen überredet. Sie kennen die Diagnose.«
»Das war, als Sie nach Hause zogen?«
»Ich mußte. Mutter stand die ganze Zeit unter Medikamenten. Wenn sie die nicht von den Ärzten verschrieben bekam, besorgte sie sich das Zeug eben selber. Vater hatte keine Kontrolle mehr über Stacey, und sie war vollständig wild geworden. Sie wurde aus der Privatschule geschmissen und ist mindestens fünf- oder sechsmal abgehauen. Das letzte Mal haben wir über eine ihrer Freundinnen von dem gräßlichen Mann erfahren, mit dem sie weggelaufen ist.«
»Und das war, als Sie mich anriefen«, sagte ich.
»Sie kennen den Rest.« Sie blickte wieder aus dem Fenster, und wir schwiegen, bis sie erneut zu sprechen begann.
»Es ist seltsam, Harry. Ich dachte daran, sie abtreiben zu lassen, als ich herausfand, daß ich schwanger war, und dann

überlegte ich, sie wegzugeben. Wenn ich eins davon getan hätte, wäre all das hier nicht geschehen. Aber ich bin froh, daß ich es nicht getan habe. So sehr ich mich auch dessen schäme, was hier geschehen ist: Ich schäme mich doch nicht ihretwegen.«

Ich mußte schlucken.

»Mit meinen Eltern wird es nicht mehr lange gehen. Wir sind die letzten aus der Linie, Stacey und ich. Wenn Mutter und Papa tot sind, ist sie alles, was mir geblieben sein wird.«

»Betty«, sagte ich vorsichtig, »diese Dinge passieren vielleicht öfter, als wir merken. Auch in Ihren sozialen Kreisen. Es gibt keinen Grund zu glauben, daß das an die Öffentlichkeit gerät. Aber wir stehen immer noch vor dem Problem, Stacey zu finden.«

Sie blickte auf den Boden und sagte kleinlaut: »Ich mache mir keine Sorgen mehr darum, daß es an die Öffentlichkeit kommt. Ich möchte sie nur wiederhaben.«

Dann sah sie mich wieder an. »Kündigen Sie?«

Ich stemmte meine Hände in die Hüften und ging vor ihr auf und ab. »Ich weiß es nicht. Ich meine, ich ... nun ja, die Polizei und so. Ich weiß einfach nicht, was ich noch tun könnte. Ich weiß nicht, wo ich noch suchen soll.«

»Kann ich nicht helfen?« flehte sie. »Gibt es nichts, was ich tun kann?«

Ich zuckte mit den Schultern und ließ einen tiefen Seufzer hören. »Hätte ich eine Antwort darauf, würde ich sie Ihnen sagen. Aber die habe ich nicht. Das einzige, was ich tun kann, ist, zum Anfang zurückzukehren. Versuchen, jemanden oder etwas zu finden, der oder das mir eine Idee verschafft, wo Mousy Caramello sie versteckt haben könnte. Und dann auf Gott hoffen, daß ich diesen Ort finde, bevor der Typ irgend etwas tut, was nicht rückgängig zu machen ist.«

»Es klingt, als sei er ein gräßlicher Mensch«, sagte sie.
»Er ist kein Mensch. Er ist eine Bestie.«
Sie ging zum Fenster hinüber und blickte über den großflächigen Rasen vorm Haus. Das tat sie einige Sekunden lang, dann sprach sie wieder.
»Harry, Sie sind der einzige, dem ich jemals davon erzählt habe, abgesehen von einigen Therapeuten im Norden, die sich womöglich nicht mehr an meinen Namen erinnern.«
»Keine Sorge«, beruhigte ich sie. »Das Geheimnis der Familie Jameson ist sicher. Wissen Sie, Betty, sie muß sowieso irgendwohin gehen. An einen sicheren Ort, wo sie intensive Hilfe bekommen kann.«
»Das weiß ich.«
»Vielleicht Ihre Eltern ebenfalls. Ihre Mutter braucht alle erdenkliche Hilfe, und ziemlich bald wird der General mehr Fürsorge brauchen, als Sie ihm geben können.«
Sie nickte.
»Sie könnten eine Weile allein in diesem Haus bleiben.«
Sie lächelte schwach. »Bei diesem Gedanken friert's mich. Vielleicht verkaufe ich es, wenn die ganze Sache vorbei ist.«
»Das scheint mir keine schlechte Idee zu sein. Sehen Sie zu, daß es Stacey gutgeht, dann bringen Sie sie irgendwohin, wo Sie beide wieder neu anfangen können. Sie sind beide noch jung. Sie haben das Leben noch vor sich.«
Ihre Augen füllten sich wieder mit Tränen. »Glauben Sie?«
Ich nickte. »Manchmal lassen sich durch bloßes Überleben genauso große Bande schließen wie durch Blut und Liebe.«
Bei diesen Worten legte Betty ihre Hände vor das Gesicht und schluchzte. Ihr ganzer Körper wand sich unter Qualen. Ich ging zu ihr hinüber, unfähig, mir selbst zu helfen, und nahm sie in die Arme. Ich hielt sie fest, während sie zitternd weinte. Als es vorbei war, ließ ich sie los und erzählte ihr –

trotz meines Versprechens der Polizei gegenüber –, daß ich tun würde, was ich konnte.
Emily hielt mir die Tür auf, als ich die pompöse Bude der Jameson verließ. Und als ich die Auffahrt hinunterfuhr, stand vor der Garage General Breckenridge stocksteif im Herbstwind und beobachtete mich mit scharfem, intensivem Blick wie ein Raubvogel, der eine Feldmaus von oben erspäht hat.

Ich war von Howard Spellman verwarnt worden, war in eine Sackgasse geraten und konnte nirgendwo mehr hinschauen, nirgendwo mehr hingehen. Es schien, als sei meine Suche nach Stacey Jameson und Corey Kerr zu einem Ende gekommen, ganz gleich, was ich selber wollte.
Ich war wie betäubt. Die Fahrt zurück in mein Büro geschah automatisch. Niedergeschlagen und müde schleppte ich mich die Treppe hinauf. Das rote Lämpchen des Anrufbeantworters blinkte wie wild. Ich drückte den Knopf und hörte Marshas Stimme.
»Harry, ist mit dir alles in Ordnung? Ich habe heute noch nichts von dir gehört, und ich weiß alles über Kingston Springs. Sie haben mich mitten in der Nacht rausgeklingelt. Hör mal, ich bin bis Mittag im Büro, dann gehe ich nach Hause. Ruf mich an, ja, mein Schatz?«
Dann Lonnie. »Jesses, Mann, haste die Zeitung gelesen? Es hätte ziemlichen Knatsch gegeben! Hör mal, ich wollte heute abend nach Manchester runterfahren und ein paar Rückholaktionen erledigen, aber ich kann das auch aufschieben, wenn du mich für irgendwas brauchst.«
»Danke, Kumpel«, sagte ich, »Das einzige Problem ist, daß auch du nichts tun kannst.«
Ich setzte mich an den Schreibtisch und legte die Füße hoch. Wo zum Teufel konnte er stecken? Mir war gesagt worden,

Mousy Caramello hätte mit Klinkenstein zusammengelebt, aber es schadete nichts, das dennoch nachzuprüfen. Ich zog das Telefonbuch hervor und schlug bei *C* auf. Nichts. Kein Caramello. Ich hatte letzten Monat mein ganzes Geld zusammengekratzt, um ein neues Telefonbuch von der Stadt zu kaufen, und jetzt benutzte ich es zum ersten Mal.

Nichts.

Ich rief die Auskunft an, nur für den Fall, daß seine Nummer nicht im Telefonbuch eingetragen war. Kein Caramello in Nashville, Kingston Springs, Hendersonville, Mount Juliet, Franklin oder in einer der anderen kleinen Städte um den County herum.

Ich zog den Ordner heraus, den ich über den Fall Jameson angelegt hatte, und machte ein paar handschriftliche Notizen eher zur Übung als aus einem anderen Grund, dann heftete ich sie in den Ordner, legte ihn vor mich hin und starrte eine Weile die Wand an. Schließlich wählte ich Marshas Nummer. Sie antwortete nach dem zweiten Klingeln.

»Hallo, Schatz«, sagte ich.

»Du hörst dich müde an.«

»Du dich auch. Warum haben sie dich eigentlich nachts aus dem Bett geholt?« Die Stadt hatte zwei Gerichtsmediziner, die normalerweise für Verbrechen zuständig waren.

»Ich nehme an, du hast heute noch keine Nachrichten gesehen«, sagte sie.

»Warum? Was war los?«

»Letzte Nacht gab es in Nashville einen Dreifachmord. Ein verpatztes Drogengeschäft, Ecke Twelfth und Clay Street. Dann gab es einen Fall in einem Haus in der Gegend von Hickory Hollow. Ein Typ hat seine Frau erschossen, ihr das Hirn rausgepustet. Danach gab es einen Zusammenstoß mit drei Autos …«

»Das reicht schon«, unterbrach ich sie. »Bitte. Dann hattet ihr letzte Nacht wohl unter Personalmangel zu leiden?«
»Ja, aber für dich muß es ziemlich schrecklich gewesen sein, Baby. Ich meine, jemanden so wie den zu sehen.«
Ich rieb mir die Augen und reckte meinen Hals, um ihn zu lockern. »Es war ungefähr das Schlimmste, was ich bisher gesehen habe. Lustig ist nur, daß es mir jetzt wie aus einer anderen Welt vorkommt. Ziemlich unwirklich.«
»Das ist ein Trauma für dich. Eine Art Segen, weil es einen eigentlich fertigmacht. Allerdings wird man als Zeuge unglaubwürdig.«
»Ich werde sowieso keinen guten Zeugen abgeben. Ich habe die Leiche gefunden. Das ist alles. Hast du ihn schon seziert?«
»Nein. Zu viel zu tun. Ich muß morgen hin und die Woche etwas früher anfangen lassen.«
»Morgen ist Sonntag«, protestierte ich. »Ich habe gehofft, wir könnten uns zusammen verstecken.«
»Die Idee gefällt mir. Vielleicht gehe ich nur für ein paar Stunden hin.«
»Wie steht's mit heute abend? Ich würde dich wirklich gern sehen.«
»Laß uns zu Hause bleiben. Ich werde was kochen.«
»Abgemacht. Ich werde im Büro solange Däumchen drehen und eine Weile herumgrübeln. Wir sehen uns dann um sieben, in Ordnung?«
»Klar, mein Schatz«, antwortete sie mit zarter, tröstender Stimme.

Der Trost in Marshas Stimme dauerte nur ein paar Sekunden an, nachdem ich aufgelegt hatte. Ich nahm meine Füße vom Schreibtisch herunter, stand auf und ging in dem kleinen Büro auf und ab wie ein Tier in seinem Käfig. Es mußte etwas geben, was ich übersehen hatte. Praktisch jeder außer Betty Jameson wollte mich davon abhalten, zuerst nach Stacey und jetzt auch nach Corey zu suchen. Aber ich konnte nicht aufgeben.

Und wollte nicht aufgeben …

Da mußte noch etwas sein. Ich setzte mich wieder an den Schreibtisch, zog meine Notizen aus dem Jameson-Ordner und sortierte die Papiere zu kleinen Stapeln, um alles noch einmal durchzugehen.

Als ich engagiert worden war, um Stacey zu finden, hatte ich als erstes die ganze Schreibtischarbeit erledigt. Ich wollte wissen, wer der Besitzer des Club Exotique war, und als ich es herausgefunden hatte, wollte ich wissen, was sie sonst noch besaßen.

Die Fährte mit dem Unternehmen führte mich nirgendwohin. Angesichts des toten Big Moe Klinkenstein war es egal, wie viele Scheinfirmen und Dachunternehmen seine schmutzigen Geschäfte deckten. Ich blätterte also meine Notizen und die Unternehmensliste durch und notierte mir im Geiste, daß ich schlimmstenfalls immer noch die Spur der anderen in Klinkensteins Firma verwickelten Personen verfolgen könnte. Jetzt allerdings konnte das warten.

Interessanter war die Eigentumsliste.

Klinkensteins Haus in Kingston Springs war natürlich nicht aufgeführt, da es in einem anderen County lag. Aber seine Firmen – K & K Enterprises, Ltd., Camerotica Inc. und Bluenote – besaßen Grundstücke und Häuser über das ganze Stadtgebiet verteilt, und von allen hatte ich mir Ausdrucke gemacht.

Ich erkannte die Adresse der ersten Immobilie wieder: Es war der Club Exotique. Ich griff nach dem Telefonbuch, um die anderen Häuser zu überprüfen, und konnte ganz schnell den Otra Vez Club, das Autumn Dancers, das XXX

A-Go-Go, The Purple Firefly und einen Club auf der Charlotte Avenue, die Modern Times Lounge, durchstreichen. Das Modern Times, so erinnerte ich mich aus meinen Tagen bei der Zeitung, war eher ein Jazzclub als eine Striptease-Bar, obwohl man hier gelegentlich auch eine Nackte finden konnte.

Das schien mich nirgendwohin zu führen. Sofern das Komplott größer war als vermutet, würde Mousy Caramello wahrscheinlich Stacey und Corey nicht in einem Gebäude voller Menschen verstecken. Ich hatte keinen Beweis, daß Klinkenstein von Mousy getötet worden war, aber seine nicht zu übersehende Unauffindbarkeit lenkte die Schuld mit allergrößter Wahrscheinlichkeit auf ihn. Wenn ich annahm, er sei schuldig, taten dies vermutlich auch Klinkensteins Gesellschafter, Partner, Freunde und Angestellte.

Mousy Caramello hatte zur Zeit wahrscheinlich wenig Freunde.

Sechs weitere Häuser gehörten zu Gesellschaften, die im Besitz von Moe Klinkenstein gewesen waren oder die er geleitet hatte. Eine Adresse war unten in der West End Avenue, in einem Häuserblock nahe der Stelle, wo die West End Road in die Harding Road übergeht. Im Geiste fuhr ich die breite Avenue hinauf und erinnerte mich an einen Drugstore in einem schmalen Streifen von Gebäuden, ein Stück vom St. Thomas Hospital entfernt. Ich ging die Telefonbücher durch und überprüfte die Adresse. Ja, das war's, der Drugstore.

Gut, den kann ich durchstreichen.

Der nächste Ausdruck war über ein Gebäude auf der Second Avenue South, wahrscheinlich auf der anderen Seite des Broadway, abseits vom überentwickelten, touristischen Teil der Second Avenue. Diese Gegend bestand hauptsächlich aus Tankstellen und Autowerkstätten, war eher ein Indu-

striegebiet im Gegensatz zum Rest des Zentrums. Ich versuchte, mir drei oder vier Blocks der Second Avenue südlich des Broadway vorzustellen.
Jetzt hatte es gefunkt. Stimmt, da unten gab's noch einen Club. Wie zum Teufel hieß der noch?
Genau, Punk Aeschylus. Der alternative Club für Leute mit Ringen durch die Brustwarzen und schwarzem Lippenstift. Gut, dachte ich, ein schwarzes Gebäude ohne Fenster. Vielleicht gibt es ein Erdgeschoß, möglicherweise einige Räume, die vom Hauptteil des Clubs abgetrennt waren. Hier ließen sich ziemlich leicht zwei Frauen fesseln und verstecken.
»Vielleicht«, flüsterte ich. »Aber dann braucht er jemanden, der dort arbeitet und ihm hilft.«
Ich überflog im Telefonbuch die Liste mit den Unternehmen, bis ich die Nummer des Punk Aeschylus fand. Nachdem ich diese gewählt hatte, teilte ein Ansagegerät mit, daß der Club von neun Uhr abends bis vier Uhr morgens geöffnet habe.
Bei diesem hier bestand eine Möglichkeit. Ich machte ein Häkchen auf den Ausdruck und legte ihn beiseite. Die nächste Immobilie war abseits der Trinity Lane in einem Industriepark in der Nähe der neuen Polizeistation des East Sector. Dort gab es große Lagerhallen, ein paar Fabriken und Lagerhäuser zum Mieten.
»Vielleicht«, flüsterte ich. Auch auf diesen Ausdruck machte ich ein Häkchen und legte ihn beiseite. Ich könnte überall hinfahren und alles unauffällig vor Ort überprüfen. Würde ich irgendeinen Hinweis darauf finden, daß sich Mousy dort herumtrieb, würde ich die Polizei anrufen und sie dort hinlotsen, damit sie den Rambo-Teil erledigte.
Der Nachmittag wurde später, und die Schatten, die die Häuser auf der anderen Seite der Seventh Avenue warfen,

wurden immer länger. Ich stand am Fenster und blickte die Seventh Avenue in Richtung Broadway hinunter. Waren Corey und Stacey noch am Leben?
Ich strengte mich an, um diese Art von Gedanken abzustellen. Das einzige, was ich tun konnte, war, mich wieder an die Arbeit zu machen. Ich hatte noch zwei Ausdrucke vom Finanzamt. Auf dem einen stand eine Adresse auf der Division Street in der Nähe der Uni. Ich schloß die Augen und versuchte, mir das Gebäude vorzustellen. Ich kannte diese Gegend ziemlich gut, so daß es mir möglich sein sollte, sie mir ins Gedächtnis zu rufen.
Ich erinnerte mich an eine Arztpraxis in der Nähe eines chinesischen Restaurants. Warte, war es eine Arzt- oder eine Zahnarztpraxis? Ich griff nach den Gelben Seiten und suchte die Zahnärzte. Es gab eine Unterteilung nach Stadtteilen; ich überflog die Liste der Praxen in der Gegend der Uni. Gefunden! Der Typ hatte sogar eine Anzeige geschaltet. Ich fragte mich, ob Dr. Michael Fields, D.D.S., »Keine Anzahlung auf Zahnspangen«, wußte, wer der Besitzer des Gebäudes war, das er mietete.
Diesen kann ich durchstreichen. Auf dem anderen Ausdruck stand eine Adresse auf der Church Street, einer Querstraße zu derjenigen, in der mein Büro lag. Ich konnte mir nicht vorstellen, wo die Hausnummer auf der Church Street lag, aber es mußte irgendwo zwischen der Seventh Avenue und der I-40 sein. Das war ein ziemlich langer Abschnitt, in dem auch das Church Street Viaduct liegt, das heißt die Brücke über die Gegend, die als »Die Schlucht« bekannt ist und wo ich als Zeitungsreporter immer mein Auto geparkt hatte.
Verdammt, warum konnte ich die Hausnummer nirgends unterbringen? Gut, da ist das Haus für Theaterbedarf, dann das Lokal, das ich für eine schwule Diskothek und Kneipe

hielt. Konnte es die sein? Ich erinnerte mich an den Namen, das Groucho's, und schlug im Telefonbuch nach.
Nein, die ist es nicht, weil das Gebäude, nach dem ich suchte, von der Nummer her näher am Zentrum liegt. Ich setzte meine Geistreise fort, am Downtown Y vorbei, an einigen Restaurants auf der Eighth Avenue, einer Sportlerkneipe und einem Haus, das schon so lange leer stand, daß ...
»Ja«, sagte ich laut, »das ist es. Was ist das für ein Haus?«
Ich sah mir den Ausdruck vom Finanzamt an. Die Immobilie war steuerlich nur mit 110000 Dollar veranschlagt, was mir vom Betrag her eher für ein Wohnhaus als für ein Geschäftsgebäude zu gelten schien, besonders, da es in Downtown lag. Nur daß es auf diesem Teil der Church Street keine Wohnhäuser gab, sondern nur Geschäftsgebäude.
Was sind also die Alternativen? Ein Gebäude, das steuerlich so niedrig veranschlagt war, mußte praktisch abbruchreif sein. Ich sah mir den Ausdruck genauer an, und da hatte ich es. Die steuerliche Veranlagung teilte sich so auf, daß achtzig Riesen auf das Grundstück kamen und dreißig auf das Gebäude. Ein Gebäude im Wert von 30000 Dollar auf der Church Street konnte nur eine Bruchbude, mußte eine Beleidigung für das Auge sein.
Dieses Gebäude mußte es sein. Es stand seit Jahren leer, mindestens fünfzehn, vielleicht zwanzig Jahre. Es hatte auch einen Zwischenfall gegeben: Ein Teil des Gebäudes war vor einigen Jahren eingekracht. Ich versuchte, mich an die Geschichte aus der Zeitung zu erinnern, und dann war sie wieder da. Es war ein kleines Kino gewesen, eines der letzten in Downtown, bis es in den Siebzigern geschlossen wurde. Das Vordach war auf den Bürgersteig gefallen. Niemand war verletzt worden, aber es hatte doch einen riesigen Wirbel gegeben.
Bei der Erinnerung mußte ich lächeln: Es war eine dieser

seltsamen und lustigen Geschichten gewesen, die harmlos und erfreulich sind, weil niemand leiden muß.
Dann wurde ich ernst. Ich erinnerte mich daran, um welche Art von Kino es sich gehandelt hatte und warum es schon so lange geschlossen war. Auf dem Vordach stand geschrieben, als es noch Teil des Gebäudes gewesen war: DOWNTOWN CINEMA. Eine kurze Zeit in den Sechzigern und Siebzigern war es ein Wahrzeichen gewesen, ein berüchtigtes Wahrzeichen. Es war bestreikt, bedroht, verklagt, behördlich geschlossen und von jedem Kanzelprediger im County verflucht worden. Nun war es ein Relikt, ein verlassenes und zerfallendes Überbleibsel einer Kultur, die, im Vergleich zum heutigen dunklen, düsteren sexuellen Klima, seltsam jung und unschuldig wirkt.
Gott, ich hatte jahrelang nicht mehr an dieses Haus gedacht – Downtown Cinema, das berühmte Pornokino von Nashville.

KAPITEL 22

Mit der Erfindung des modernen Videorecorders wurde das traditionelle Pornokino in Downtown genauso unmodern wie die großen 8-Spur-Kassetten und Steine, die man als Talisman bei sich trug. Warum auch sollte man auf einem schmierigen Kinosessel umgeben von anderen Menschen sitzen, vor denen man sich eher fürchten sollte, wenn man seine Verrücktheiten in der Privatsphäre seines eigenen Schlafzimmers austoben konnte?

In den späten Sechzigern jedoch, während der glücklichen Tage der sexuellen Revolution, waren solche Kinos der letzte Schrei. Samstag abends fuhren die Angestellten aus den Vororten mit ihren Frauen in die Stadt. Ehrbare Menschen sahen sich Pornofilme an, um sie anschließend auf Cocktailparties kritisch unter die Lupe zu nehmen.

Jene Tage sind seit langem vorbei. Die Peepshows und Pornoläden florieren immer noch, aber es gibt nicht mehr viele Großraumkinos, in denen harte Pornofilme gezeigt werden, zumindest nicht hier in der Gegend.

Ich sah auf die Uhr. Mir blieben noch ein paar Stunden, bevor ich nach Hause mußte, um mich zu duschen und umzuziehen. Das Gebäude war seit Jahren abgeschlossen und mit Brettern vernagelt. Es sollte eher enteignet werden. Man müßte schon verrückt sein, um dort hineinzugehen.

»Ja«, sagte ich, »verrückt.«

Es würde aber nichts schaden, nachzusehen. Abgesehen davon lud der schöne Samstagnachmittag geradezu zu einem Spaziergang ein.

Ich überlegte, daß es keine schlechte Idee wäre, Howard

Spellman anzurufen und ihn wissen zu lassen, was ich herausgefunden hatte. Vielleicht könnte ich sein Interesse wecken. Ich blätterte meinen Ordner mit den Visitenkarten durch und wählte seine Nummer.

Nichts. Es klingelte zehnmal, ohne daß er antwortete. Ich sah die Nummer der Mordkommission nach, wählte diese und ließ es zwanzigmal klingeln, bevor ich auflegte.

Frustriert erinnerte ich mich daran, daß wir früher, während meiner Zeit als Reporter, dasselbe Problem hatten. Vielleicht sind die Polizeidienststellen überall so, aber hier in Music City antwortet niemand am Telefon, wenn das Büro nicht besetzt ist. Es gibt keine Zentralen, und ich vermute, dort hat auch noch niemand etwas von Anrufbeantwortern gehört.

Ich warf mir die Jacke über und schloß die Bürotür hinter mir ab. Draußen blies der trockene Wind die Beton- und Asphaltschlucht der Seventh Avenue entlang, Staub und Abfall aufwirbelnd. Den Hügel hinauf, etwa zehn Meter weiter, lag die Church Street.

Ich ging die Seventh Avenue hinauf, aber in der Mitte des Blocks blieb ich stehen. Meine Chancen, irgend etwas zu finden, standen nicht gut, aber es dürfte dennoch keine schlechte Idee sein, vorbereitet hinzugehen.

Ich machte kehrt und ging zurück ins Parkhaus. Im Mustang befand sich für den Notfall eine kleine Taschenlampe. Auch der Bodyguard Airweight, den Lonnie mir geliehen hatte, lag dort.

Die Taschenlampe steckte ich in meine linke Jackentasche, den Revolver hielt ich nervös in der Hand. Das kleine Format und der mit Gummi überzogene Griff waren genauso unangenehm wie die Tatsache, daß ich das Ding noch nie benutzt hatte. Ich löste die Trommel und schob sie wieder zurück. Meine Hand war fast so lang wie die Waffe. Ich fragte

mich, wie und wozu sie im Falle auftretender Schwierigkeiten und im Eifer des Gefechts nützlich sein könnte.
»Laß das«, flüsterte ich und sah mich um, ob mich jemand bei meinen immer häufiger vorkommenden Selbstgesprächen belauschte. »Das endet sowieso in einer Sackgasse …«
Ich ließ die Pistole in meine rechte Jackentasche gleiten und schloß den Kofferraum wieder ab. Draußen unter freiem Himmel fühlte ich mich gehemmt und dachte, ich würde auffallen. Es waren wenig Fußgänger unterwegs, und es gab keinen Grund zu denken, daß irgend jemand vermuten könnte, ich liefe illegalerweise mit einer Waffe herum.
Als ich in die Church Street bog, suchte ich das Downtown Cinema. Wenn mich meine Erinnerung nicht täuschte, war es nicht sehr weit entfernt, höchstens ein paar Blocks. Ich erreichte die Kreuzung an der Eighth Avenue und wartete einen Augenblick darauf, daß die Ampel auf Grün schaltete. Als sie das nicht tat, ging ich bei Rot über die Straße.
Da war es, zwei Häuser nach der Eighth Avenue. Wie ich mich erinnert hatte, war das Vordach weg, aber da stand noch das verglaste Kartenhäuschen neben den mit Brettern vernagelten doppelten Glastüren. Durch die Türgriffe hatte man eine Kette geschlungen, die von einem rostigen, scheinbar seit Jahren nicht benutzten Vorhängeschloß zusammengehalten wurde. Der Eingangsbereich zum Kino befand sich in einer mit Fliesen ausgelegten Nische, die ein Stück vom Gehsteig entfernt lag. Leere Flaschen und anderer Müll häuften sich auf dem Boden, der ekelhaft nach Schweiß, schlechtem Wein und Urin stank.
Ich ging die Stufen hinauf und versuchte, einen Blick durch den Spalt zwischen zwei Preßspanplatten ins Innere zu werfen. Alles, was ich erkennen konnte, waren verschwommene Konturen in verschiedenen Grautönen. Ich trat zurück und sah nach rechts und links. Die Gebäude standen ohne Lücke

aneinander. Drei Häuserfronten weiter rechts allerdings mündete eine Gasse auf die Church Street.

»Das ist total bescheuert«, murmelte ich, als ich die Straße entlangging. Ich erreichte die Gasse und spähte hinein. Der Weg war mit Müll übersät, und am Ende stand ein überfüllter Müllcontainer: Dies war genau der Ort, an dem man mit Vorliebe seinen Samstagnachmittag verbringt.

Unter meinen Füßen knirschte zerbrochenes Glas, als ich so zwanglos wie möglich durch die Gasse schlenderte. Am Ende kreuzte eine andere Gasse, die hinter den Gebäuden entlangführte. Ich ging nach links weiter, während ich im Geiste durchspielte, welches der Gebäude welches war. Ich zählte, bis ich die Rückseite desjenigen Hauses erreichte, das ich für das verlassene Kino hielt.

In der Mitte der Rückseite befand sich eine Stahltür, von der der graue Lack abblätterte und die mit schwarzen Graffiti vollgeschmiert war. Aber anders als beim Vordereingang mit der Kette und dem verrosteten Vorhängeschloß befand sich an dieser Tür ein nagelneues, kräftiges Zylinderschloß mit einer Schutzplatte aus Metall darüber, um es gegen das Werkzeug von Einbrechern zu schützen. Die Tür war gesichert wie die einer Wohnung in New York, und es gab keinen Weg, dort hineinzukommen.

Seltsam.

Ich hatte meine Dietriche nicht dabei; abgesehen davon bin ich nur ein Amateurschlosser. Und der Ort war nicht versteckt genug. Als allerletztes wollte ich wegen Einbruchs und Tragens einer nicht registrierten Waffe geschnappt werden.

Am Gebäude neben dem Kino führte eine rostig-rote, eiserne Feuerleiter nach oben. Zu dieser ging ich und stellte fest, daß das untere Ende bis etwa einen Meter über meinem Kopf reichte. Ich brauchte etwas zum Hinaufsteigen. Es lag zwar ein Haufen Müll herum, aber nichts, das mir helfen könnte.

Der Container um die Ecke fiel mir ein. Ich trabte die Gasse zurück zu dem stinkigen, grünen Metallcontainer. Schmieriges Zeug lief an der Seite herunter. Vergammelndes Gemüse voller Fliegen lag auf einem Stapel von Kartons und Kisten.

Mit angehaltenem Atem stemmte ich den Deckel ganz auf, schob die oberste Müllschicht zur Seite und grub herum. Meine Hand stieß auf etwas Nasses, und ich zuckte erschreckt zurück.

Prima, jetzt brauchte ich wirklich eine Dusche.

Im hinteren Eck des Containers lag eine Kiste, die eher aus Holz als aus Pappe zu sein schien. Ich zerrte sie nach vorne. Was auch immer das für ein Ding war, es konnte noch nicht allzu lange hier liegen; andernfalls hätte es jemand herausgezogen und inzwischen in eine Wohnung umfunktioniert. Die Kiste war vielleicht einsfünfzig lang und zwischen einem halben und einem Meter breit. Ich zerrte sie hinter mir her bis zur Feuerleiter und stieg drauf. Sie hielt mein Gewicht. Die unterste Stufe der Feuerleiter war genau über mir. Ich griff hinauf, stellte mich auf die Zehenspitzen und konnte so die unterste Stange erreichen.

Ich hatte seit dem Sportunterricht auf der High-School keine Übungen mehr gemacht, bei denen ich mich nach oben hangeln mußte. Außerdem hatte ich mittlerweile ein paar Kilo zugelegt. Ich stöhnte auf, als sich mein rechter Arm zusammenzog, um mich hinaufzuziehen, damit meine linke Hand nach der nächsten Sprosse greifen konnte. Diese bekam ich zu fassen und wollte es gleich noch einmal versuchen, aber diesmal verfehlte ich die Stufe, und ich mußte ziemlich herumzappeln, um nicht den Halt zu verlieren.

Ich setzte ein weiteres Mal an, und jetzt schaffte ich es. Nun jedoch kam der Zeitfaktor ins Spiel. Wie lange würde ich so weitermachen können? Doch mit einem Ruck hatte ich die nächste, dann auch die übernächste Sprosse erreicht, als meine Arme nach einer Pause schrien.

Ich verschnaufte einen Moment, um dann eine weitere Hürde zu erklimmen, bis meine Füße die Leiter ertasteten. Nun konnte ich endlich auf herkömmliche Art weiterklettern.

Dieses Gebäude bestand, genauso wie das Kino, aus vier Etagen. In Null Komma nichts war ich auf dem Flachdach, nachdem ich noch über eine Brüstung aus Beton geklettert war. Ich stand inmitten von Lüftungs- und Klimaanlagen, großen Ventilatoren mit Metallgittern darüber und kreuz und quer umherliegenden Drähten. Geduckt bewegte ich mich vorwärts, merkte dann aber, daß viele Gebäude um mich herum höher waren. Das beste würde sein, mich so zu bewegen, als gehörte ich hierher.

Als ich aufmerksam über das Dach schritt, behielt ich meine rechte Hand in der Jackentasche auf der 38er. Langsam erkannte ich den Reiz eines solchen Dings: Es ist furchtbar, daß ich es zugeben muß, aber ich fühlte mich sicherer damit.

Das Dach des Kinos war etwa einen Meter tiefer als das, auf dem ich mich befand. Als ich über den Rand blickte, sah ich, in welch furchtbarem Zustand es sich befand. Der Kondensator einer Klimaanlage war durchgebrochen, jetzt klaffte da ein großes Loch. Überall lag Müll herum, der Teerbelag wies Risse und Bruchstellen auf, Drähte lagen verstreut herum, und der Mauerteil zur Straße hin senkte sich gefährlich.

Ich stieg auf eine Mauer, um einen Überblick über das Kinodach zu erhalten. Es war nur ein kurzes Stück bis dahin, kein allzu gefährlicher Sprung. Aber was ist, wenn das Dach nicht hält? Der Gedanke, durchzubrechen und vielleicht fünfzehn Meter in die Tiefe zu stürzen, um mich dann auch noch von irgend jemandem gefangennehmen zu lassen, behagte mir überhaupt nicht.

Ich hatte die Wahl zwischen Gehen oder Bleiben und entschied mich für letzteres.

Unter mir knackte etwas, als ich den Sprung abfederte, aber das Dach hielt. Mein Blick schweifte wieder über das Müllchaos. Ich fragte mich, wie zum Teufel es nun weitergehen sollte. Was war, wenn das neue Schloß unten an der Tür für mich Endstation war?

Darüber wollte ich mir jetzt noch keine Sorgen machen. Ich trat vorsichtig über Schutt und an einem halben Meter großen Loch vorbei, in dem rostige Träger zu sehen waren, bis zu einer Tür, die in das Innere des Gebäudes führte. Sie war mit einem Vorhängeschloß versehen, aber der Bügel wirkte so verrostet, daß es mir möglich sein könnte, ihn aufzubrechen.

Ich schaute mich rasch um, ob mich jemand beobachtete, dann suchte ich nach einem geeigneten Werkzeug. Ein Eisenrohr ragte aus der kaputten Klimaanlage heraus. Ich ging vorsichtig hinüber und drehte so lange daran herum, bis es aus der Halterung schnappte. Aber das Rohr paßte nicht zwischen den Bügel und die Tür. Also machte ich mich am Türknauf zu schaffen. Staub wirbelte aus den Scharnieren und der Verfugung des Türrahmens, als die Tür einen Ruck machte. Das Scharnier hatte sich einige Millimeter gelöst, so weit, daß das Rohr genau dazwischenpaßte.

Nun stemmte ich einen Fuß gegen den Türrahmen, ergriff das Rohr mit beiden Händen und ruckte mit aller Kraft daran.

Der rostige Verschluß brach knirschend in zwei Teile, die Tür sprang auf, und ich wurde nach hinten geschleudert. Das Rohr fiel mir aus der Hand, ich wirbelte mit meinen Armen wie ein Propeller und kam erst zum Stehen, als mein linker Fuß in eine weiche Stelle trat, in die ich bis zum Knie einsank.

Ich jaulte auf, denn ich hatte mir beim Einsinken das Handgelenk verletzt und das Bein scheußlich aufgekratzt. Der Gedanke an Tetanus schoß mir durch den Kopf, als ich vorsichtig mein Bein befreite und aus dem Loch zog. Es war noch nichts Ernstes, aber bis morgen würde es schlimmer werden.

Die Tür stand offen, so weit hatte ich es geschafft. Jetzt gab es kein Zurück mehr.

Ich starrte in die Dunkelheit. Die Taschenlampe bohrte ihren dünnen Schein durch das Treppenhaus mit Spinnweben, ein Zeichen dafür, daß es schon lange nicht mehr betreten worden war.

»Was zum Teufel mache ich hier?« flüsterte ich, ging die Treppe aber trotzdem hinunter.

Ein Stockwerk, dann noch eins, bis ich vor eine Tür kam, auf der ZUTRITT NUR FÜR ANGESTELLTE stand. Ich öffnete sie einen Spaltbreit und leuchtete hinein.

Ein Raum voll mit alten Filmprojektoren, Ablagetischen, großen Spulen und Kontrolltafeln lag vor mir. Fasziniert trat ich ein. So in etwa mußte sich Howard Carter 1922 gefühlt haben, als er Tut-anch-Amuns Grab entdeckte. Spinnweben hingen auch hier von der Decke und den Geräten herunter, und alles war mit einer dicken Staubschicht überzogen. Vorsichtig starrte ich durch das Projektionsfenster, konnte aber nicht viel erkennen, obwohl es so aussah, als stünden die Zuschauersitze immer noch im Kinosaal, und das, was möglicherweise die zerfetzten Überreste der Leinwand waren, hing am anderen Ende. Keine Anzeichen von menschlicher Aktivität – der Ort war eine Gruft.

Irgend etwas in mir fing an zu tanzen, als ich mich der Tür auf der anderen Seite des Projektionsraumes näherte. Ich öffnete sie vorsichtig: Müll, Kabeltrommeln und ein paar leere, verschimmelte Bierflaschen waren im Treppenhaus verstreut. Ich ging behutsam bis ins Foyer hinab und beleuchtete es mit meiner Taschenlampe.

Ein dumpfer Geruch lag in der Luft: Das Foyer war klein, begehbar von zwei Seiten durch Treppen. Die mittlere Tür führte offensichtlich in den Kinosaal, die daneben zu den Toiletten.

Ich öffnete eine Doppeltür und betrat den Kinosaal. Überrascht über den Kitsch, blieb ich stehen. Vor dreißig Jahren war dieser Ort ziemlich schick und absolut »in« gewesen. Der Steinboden war jedoch nicht mit Teppich ausgelegt, und die billigen Sitze waren direkt darauf festgeschraubt. Es roch modrig und verstaubt.

»Nun, du Sportskanone, und was jetzt?« flüsterte ich. Ich ging den Mittelgang entlang bis zur leicht erhobenen Bühne. Die Leinwand befand sich immer noch dort, allerdings klaffte in der Mitte ein Loch in der Form einer Träne, und an einem Ende hing sie lose herab. Ich kontrollierte schnell den Bereich hinter der Bühne und konnte keine Türen entdecken, die woanders hingeführt hätten. Dann ging ich ins Foyer zurück. Ich erinnerte mich an die Gerüchte, die vor dreißig Jahren zwischen uns Jungs die Runde machten. Wir waren von diesem Ort natürlich maßlos fasziniert und überzeugt davon gewesen, daß es sich hier um den wahren Fundort für die Schätze der Sünde handeln mußte. Am häufigsten hatte man sich allerdings erzählt, das Kino sei auch ein Haus von schlechtem Ruf, ein Puff. Einer der Jungs hatte sogar zu berichten gewußt, daß man sich oben einen

Pornofilm ansehen, dann nach unten in einen abgeschiedeneren Bereich gehen konnte, wo noch andere verruchte Schlechtigkeiten angeboten wurden. Wir hatten nervös darüber gewitzelt, daß man hier unerhörte Sachen gleichzeitig kaufen konnte.

Ich ging zurück ins Foyer und die andere Treppe hinauf. Sie führte zu einem kleinen Büro, vermutlich dem des Geschäftsführers. Hier war nichts zu finden.

Dann kontrollierte ich die kleinen Toilettenräume. In der Herrentoilette waren die Pissoirs von den Wänden gerissen und zertrümmert worden. Die Damentoilette war noch winziger, was wahrscheinlich dem Kundenverhältnis entsprach. Langsam bekam ich Panik, daß ich nichts fand und auf dem gleichen Weg zurück mußte, den ich gekommen war. Statt dessen sollte ich besser die Hintertür auf die Gasse hinaus finden.

Ein verschlissener, zerrissener Vorhang erregte meine Aufmerksamkeit. Ich schob ihn beiseite; da war eine verschlossene Tür.

»Nun«, sagte ich zu mir, »dann gehe ich auch noch durch Tür Nummer drei.«

Vorsichtig drehte ich am Türknauf. Er ließ sich leicht drehen, und die Tür öffnete sich. Dahinter erschien eine Treppe, die steil nach unten führte.

Der Schein der Taschenlampe beleuchtete ein überraschend ordentliches, riesiges Treppenhaus, dessen Ende ich nicht erkennen konnte. Langsam und behutsam schlich ich hinunter, stets darauf bedacht, jede Stufe erst zu prüfen, ob sie quietschte.

Etwa nach zwei Dritteln war die Rigipsverkleidung plötzlich zu Ende, die Wand bestand nur noch aus Stein und Mörtel, und ich befand mich im Keller. Zu meiner Rechten stand ein Boiler, an dem ein niedriger Gang vorbeiführte. Der

Boden war aus rauhem Beton, und in der kalten Luft hing der Geruch von Schimmel. Ich leuchtete über eine rosa gestrichene, staubbedeckte Mauer, und zwei Schritte entfernt entdeckte ich eine Nische.

Ich schlich darauf zu, eine schwarz-weiß karierte Tür versperrte den Weg.

Ich mußte lächeln. Also stimmten die Gerüchte doch. Ich hatte das seit langem verloren geglaubte Untergrund-Bordell entdeckt.

Wieder ließ sich der Türknauf leicht drehen, und ich öffnete die Tür einen Spaltbreit.

Licht!

Blitzschnell schaltete ich die Taschenlampe aus, verharrte und mobilisierte alle meine Sinne, damit mir auch nicht das leiseste Geräusch entging. Als sich nichts tat, drückte ich langsam die Tür auf und erblickte einen quadratischen, in Rosa gehaltenen Raum mit durch Vorhänge abgetrennten Kabinen an zwei Wänden, ein zerschlissenes, schwarzes Vinylsofa und Sessel. Eine Gaslaterne beleuchtete den mit wandhohen Spiegeln ausgestatteten Raum. Den Boden bedeckte schwarz-weiß kariertes Linoleum.

Ich ergriff den 38er Airweight, zog ihn vorsichtig aus der Tasche, umfaßte den Griff mit beiden Händen, wie Lonnie es mir gezeigt hatte, und hielt ihn vor mich.

Nichts rührte sich. Aber wer zum Teufel hat diese Laterne angezündet? Ich entspannte mich, ließ aufatmend die Waffe sinken, dann hörte ich jemanden in einer Kabine links von mir leise aufschluchzen.

Stille.

KAPITEL 23

Stocksteif blieb ich stehen. Hatte ich mir das Geräusch nur eingebildet?
Nein, das war nicht möglich. Aber woher war es gekommen?
Da wurde die Stille wieder gebrochen, diesmal von einem langgezogenen Stöhnen.
Das Geräusch kam mit Sicherheit aus der hinteren Ecke des Raumes. Vorsichtig trat ich einen Schritt vor und sah mich um. War das eine Falle? Hatte sich jemand in einer der Kabinen versteckt? Egal, mit wenigen Sätzen war ich an der letzten Kabine angelangt. Die flackernde Laterne warf unruhige Schatten in den Spiegeln. Ich blickte auf und sah Dutzende erschreckte Harry James Dentons.
Ich stand direkt vor dem Vorhang, so nahe, daß ich dahinter ein verhaltenes Atmen, dann wieder ein kurzes Stöhnen hören konnte. Ein fauliger Gestank kam aus der Kabine. Langsam schob ich mit dem Pistolenlauf den Vorhang beiseite.
Corey lag nackt, an allen vieren am Metallrahmen eines Bettes festgebunden, auf einer nicht bezogenen, ekelhaften Matratze.
»O mein Gott!« entfuhr es mir, ich eilte zu ihr und fiel auf die Knie. Sie war schmutzig, ihr fettiges Haar stand in alle Richtungen ab.
Sie drehte ihren Kopf halb bewußtlos zu mir und versuchte, mich anzusehen.
»Harry?« Ihre Stimme war dünn und schwach. Ich strich mit einem Finger über ihre Wange. Tränen quollen aus ihren Augen.
»Harry«, piepste sie, dann erstarb ihre Stimme. Sie fing an zu weinen, ihr Körper bebte.

»Was hat er mit dir gemacht?« flüsterte ich.
»Bitte«, krächzte sie, »binde mich los.« Ich hatte mich bereits an ihrer rechten Hand zu schaffen gemacht, die mit einem groben, dicken Seil an den Bettrahmen gebunden war. Ihr Handgelenk war blutig aufgescheuert und geschwollen, aber ihre Hand sah im Schatten farblos aus.
Ich fummelte noch immer am Knoten und zog am Seil, worauf Corey vor Schmerzen wimmerte.
»Ich muß es aufschneiden. Halte noch ein bißchen durch.«
Ich zog ein kurzes Taschenmesser heraus, blickte mich dabei in der Kabine um und sah nun, woher der Gestank kam.
Ein Eimer auf dem Boden neben dem Bett hatte offenbar schon eine Zeitlang als Toilette gedient. Ich hielt den Atem an und bekämpfte einen Würgereflex, während ich erst mal den Eimer vorsichtig aus dem Weg schaffte.
Corey schluchzte nur noch, als ich wie verrückt säbelte, bis endlich das Seil durchgeschnitten war. Sie beugte ihren befreiten Arm, hielt aber mitten in der Bewegung inne und schrie vor Schmerz auf.
»Ich weiß, ich weiß«, versuchte ich sie zu beruhigen. »Das tut weh, aber bald ist alles vorbei.«
Ich machte mich am anderen Arm zu schaffen. Als er frei war, griff ich ihr unter den Rücken und richtete sie auf, so daß die Spannung in ihren Beinen nachlassen konnte. Sie zitterte unkontrolliert, wimmerte und stöhnte, während ich sie in meinem Arm hielt und tröstend hin- und herwiegte. Sie war vollkommen verdreckt und stank. Ich löste mich von ihr, betrachtete sie mir genauer.
Ihr Gesicht war voller blauer, grüner und roter Flecken, und über ihrem linken Auge verlief ein tiefer Schnitt von der Augenbraue am Gesicht herab. Ihre geschwollenen, aufgeplatzten Lippen waren mit Blut verklebt.

»Was in Gottes Namen hat er gemacht?«
Voller Scham drehte sie ihr Gesicht zur Seite.
Nur mit Mühe bekämpfte ich den Drang, mich zu übergeben. Ihre Brüste waren mit gräßlichen roten Malen übersät. Ein schwarzer Fleck überdeckte einen Teil ihrer linken Brustwarze. Auf ihrer rechten Körperseite waren Striemen und weitere Flecken zu sehen. Ihre Knie waren aufgeschürft und vereitert.
Sie sah an sich hinunter. »Zigaretten«, krächzte sie schluchzend. »Er hat mich verbrannt.«
Es bedurfte keiner weiteren Fragen mehr. Sie war gefoltert und höchstwahrscheinlich vergewaltigt worden. Meine Gedanken überschlugen sich, Trauer, Mitleid, vor allem aber Wut machte sich breit. Und Haß, ungezähmter Haß.
Corey bedeckte ihr Gesicht mit ihren Armen, zog ihre Beine so weit hoch wie möglich und kauerte sich zusammen. »Bitte«, bettelte sie, »gib mir was zum Anziehen.«
Ich zog meine Jacke aus und legte sie ihr um. »Kannst du das Seil selbst von deinen Handgelenken losmachen, während ich mich um deine Beine kümmere?«
Sie nickte, und schon säbelte ich wie ein Verrückter an den Fesseln an ihren Fußgelenken. Die linke hatte ich nach ein paar Sekunden frei und löste auch bald die rechte, als Corey das letzte Stück Seil wegschleuderte.
Ich massierte ihr Fußgelenk, war aber zu grob. Sie schrie auf und zog das Bein weg.
»Tut mir leid.«
»Schon gut, ich bin bloß ...« Ihre Stimme versagte.
Ich legte meinen Arm wieder um sie, küßte ihre Stirn und blickte ihr dann ins Gesicht.
»Kannst du aufstehen? Wir müssen hier raus.«
Sie nickte. Ich langte in die Seitentasche meiner Jacke und zog den Revolver heraus, den ich in meine Hosentasche

gleiten ließ. Sie beobachte mich dabei, schloß die Augen und nickte wieder schwach.
»Ja«, flüsterte sie, »bitte, laß uns gehen.« Sie streifte meine Jacke von ihren Schultern, zog sie richtig an und wickelte sie fest um ihren Körper.
Ich half ihr beim Aufstehen und hielt sie so lange fest, bis sie ihr Gleichgewicht wiedererlangt hatte.
»Gut so?«
Sie nickte. »Harry«, sagte sie.
»Was?«
Sie ließ ihren Kopf gegen meine Brust fallen. »Es tut mir wirklich leid.« Ihr brach die Stimme, und Tränen rollten wieder über ihr Gesicht.
Ich umarmte sie fest. »Ich bin derjenige, dem es leid tun muß. Es war alles mein Fehler.«
Sie wollte noch etwas sagen. »Nicht jetzt«, kam ich ihr zuvor. »Wir müssen dich zuerst zu einem Arzt bringen.«
Ich machte einen Schritt in Richtung Vorhang und zog sie mit mir.
»Nein.« Sie schluckte. »Stacey. Sie ist auch hier.«
Ich war überrascht. »Wo?«
»In einer der anderen Kabinen.« Sie atmete schnell, flach und panisch. »Er hat ihr irgendeine Droge verpaßt.«
Ich überlegte blitzschnell. Das beste wäre, ich würde Corey hier rausbringen und mit den Marines wiederkommen. Ja, da gab es nichts zu überlegen. Corey war zuerst dran; sie hatte genug gelitten. Wegen Stacey würde ich noch einmal herkommen müssen.
»Ich werde dich zuerst hier rausbringen«, sagte ich bestimmt. »Stacey wird in Ordnung sein.«
Ich hielt sie noch einen Augenblick lang fest, bis ich dachte, sie könnte gehen, dann schob ich den Vorhang zur Seite.
Coreys Schrei blieb ihr in der Kehle stecken.

Mousy Caramello stand in der Nähe des Eingangs, vor sich, eingeklemmt in seinem linken Arm die schwache, zerbrechliche, stark unter Drogen gesetzte Stacey Jameson.
Sie trug ein zerrissenes T-Shirt und Jeans, aber keine Schuhe. An ihrem linken Handgelenk hingen Handschellen. Er trug eine Jagdhose in Tarnfarben und ein oliv- und beigefarbenes T-Shirt. Sein stoppeliger Haarschnitt sah in dem flackernden Licht wie eine Bürste aus.
In seiner rechten Hand hielt Caramello ein Messer mit einem Griff aus Knochen und einer mindestens dreißig Zentimeter langen, silbrig glänzenden Klinge, ein tödliches Sammlerstück.
Die Schneide lag an Staceys Kehle.
»O nein«, wimmerte Corey. »O Scheiße, nein ...«
Ich ließ meine Hand in die rechte Hosentasche gleiten und zog den Airweight heraus. Er fühlte sich jetzt schwerer in meiner Hand an und gab mir Sicherheit. Ich schob Corey sanft von mir fort; sie lehnte sich gegen einen der Spiegel und versuchte, sich auf den Beinen zu halten. Ich hob die Waffe mit ausgestreckten Armen, richtete sie aus und zielte direkt auf Mousy Caramellos Gesicht.
»Oh, er hat eine Waffe mitgebracht«, frotzelte er. Unter seinen wilden Augen zeichneten sich dunkle Ringe ab, und seine Wangen waren eingefallen. Die Hakenkreuz-Tätowierung bewegte sich, als sein Arm sich spannte.
Ich biß die Zähne zusammen, bis mir die Kiefer schmerzten, entspannte mich dann, atmete tief durch und sagte mit ruhiger Stimme: »Laß sie los und geh von der Tür weg.«
Er grinste, preßte Stacey noch fester an sich und ließ die Klinge an Staceys nacktem Hals entlanggleiten. In ihren Augen war keine Angst zu erkennen, nur Teilnahmslosigkeit.

»Wie hast du dieses Versteck gefunden?« fragte er.
Ich wußte nicht so recht, ob ich mich auf eine Diskussion mit diesem Unmenschen einlassen sollte, aber solange wir miteinander redeten, würde niemand verletzt werden.
»Aufzeichnungen vom Finanzamt«, antwortete ich. »Auch Klinkenstein mußte Steuern zahlen.«
Er sah mich einen Augenblick überrascht an, als überlegte er, ob er mir glauben sollte oder nicht.
»Apropos Klinkenstein«, fuhr ich fort, »warum hast du ihn umgebracht? Und Red Dog?«
Er lachte. Es war ein dünnes, gemeines Lachen, das etwas Kaltes in mir aufsteigen ließ. »Dieser schwule, jüdische Bastard hat's verdient. Er wollte, daß ich mein kleines Mädchen laufenlasse. Er meinte, sie sei das Risiko nicht wert. Natürlich hatte der nix damit zu tun, deswegen wußte er auch nicht, was die Sache wert war.«
»Gut, und wie steht's mit Turner? Warum mußte er ins Gras beißen?«
Mousys Arm um Staceys Hals entspannte sich, und er schüttelte den Kopf. »Dog hab' ich nicht erledigt, stimmt doch, Baby, oder?«
Stacey hustete und schniefte. Mousy schmiegte sich an sie und vergrub sein Gesicht in ihren Haaren.
»Sag ihm, los, mein Schatz, sag ihm, wer Red Dog umgebracht hat.«
Stacey wand sich nervös in seinen Armen.
»Los«, befahl Mousy, »sag's ihm.«
Er packte fester zu und stieß ihr mit seiner Hüfte in den Rücken. Sie stöhnte auf und wollte sich wehren, dann entspannte sie sich und ließ ihn ihr Gewicht tragen.
»Papa«, nuschelte sie so leise, daß ich es fast nicht hörte.
»Jesses, Caramello«, polterte ich, »von dir hätte ich Besseres erwartet.«

Er sagte nichts, dafür stöhnte Stacey abermals auf und wand sich in seinen Armen.
»Nein«, sagte sie, »Papa ist ihm gefolgt. Wir wußten das nicht. Billy kam an jenem Abend nach Hause, und wir waren …«
Sie zögerte. »Erzähl's ihm, Schatz«, zischte Mousy.
»Billy lag auf mir, und Papa kam rein.«
Mousy grinste. »Also stimmt das mit Papa? Oder war es Großpapa? Schauen wir mal, wer das noch auf die Reihe kriegt. Ich sag' nur so viel: Der Alte hat noch seine beiden Eier.«
»Ich glaube dir nicht«, widersprach ich.
»Ich habe Red Dog nicht umgebracht«, sagte er. »Aber es wird mir eine Freude sein, dich umzubringen. So richtig langsam, so wie Klink.«
Meine Arme wurden allmählich schwer, verkrampften sich, und ich hatte Probleme, die Waffe gerade zu halten. Ich zielte, zuerst auf Mousy, dann auf Stacey und rief: »Heute bringst du niemanden um! Laß Stacey los und geh aus dem Weg.«
»Ich habe eine bessere Idee«, erwiderte er. »Du schmeißt die Waffe rüber, vielleicht lasse ich dann das Mädchen leben.«
Hinter mir atmete Corey tief ein.
»Du wirst sie nicht töten. Du willst, was sie hat, und wenn du sie tötest, wirst du es nie bekommen.«
»Du kapierst auch gar nichts«, sagte er. »Mein kleines Mädchen möchte sterben, oder nicht, mein Schatz? Sie ist ein Mutant, eine Kranke.«
»Stacey, du willst nicht sterben«, beschwor ich sie. »Egal, wie schlimm die Sache wird, es ist eine Einbahnstraße. Wenn du den Weg einschlägst, dann war's das. Keine weiteren Möglichkeiten.«

Ihr abwesender Blick zeigte keinerlei Angst oder Energie. In Gedanken war sie bereits tot, war sie es schon seit sehr langer Zeit.
»Corey, Stacey und ich werden das Haus jetzt verlassen«, sagte ich. »Wenn du versuchst, uns aufzuhalten, erschieße ich dich.«
Ich drehte mich zu Corey. »Komm, gehen wir.«
»Harry«, sagte sie angespannt.
»Gehen wir«, forderte ich lauter. Ich machte zwei Schritte auf Mousy und Stacey zu. Die linke Hand mit der Waffe lag in Hüfthöhe, die rechte war in ihre Richtung ausgestreckt.
»Gib mir deine Hand, Stacey. Ich werde dich nicht nach Hause bringen, wenn du nicht willst, aber ich bringe dich hier raus.«
»Warum?« fragte sie wehleidig, beinahe traurig.
»Weil ich nicht will, daß du stirbst«, gab ich zur Antwort.
Mousy zerrte sie seitlich zu den Kabinen hin.
»Corey, komm hervor und geh schon mal die Treppe rauf«, forderte ich sie auf. Ihre nackten Füße machten keine Geräusche auf dem Boden, aber aus dem Augenwinkel sah ich im Spiegel, daß sie sich bewegte.
»Du sagst ihr besser, sie soll stehenbleiben«, warnte Mousy. Seine Augen blitzten zornig, aber seine Stimme war flatterig. Ich ging weiter auf ihn zu.
»Nein, es ist vorbei«, sagte ich ruhig. »Komm, gehen wir, Stacey.«
Ihr Blick traf meinen mit einer zuvor nicht dagewesenen Energie und Lebenskraft. Ich nickte ihr zu, die Hand nach ihr ausgestreckt.
Mousy zuckte, sein Arm hielt Staceys Hals wie ein Schraubstock, ihr Kopf wurde zurückgeschleudert, ihre Augen flehten.
»Hör auf«, warnte ich. »Laß sie los.«

Langsam hob sie ihren Arm in meine Richtung, um nach meiner Hand zu greifen, als Mousys Wut losbrach.
Die Muskeln in seinem rechten Arm zogen sich nochmals zusammen.
»Nein!« schrie ich und riß den Revolver hoch.
Das Messer zitterte für den Bruchteil einer Sekunde.
Mein Finger spannte sich.
Stacey riß die Augen weit auf, als das Messer zuckte.
Ich trat auf die Seite und versuchte zu zielen.
Sein Ellenbogen schoß zurück, ein schwacher, fleischfarbener Strich war zu sehen.
Hinter mir stieß Corey einen Schrei aus.
Stacey riß ihren Mund auf. Nichts war zu hören.
Ich brüllte.
Metall blitzte auf, gefolgt von einem Rot, hellem, fließendem, spritzendem Rot.
Er stieß sie zu mir und stürmte los. Stacey sackte in sich zusammen. Ich drückte, bis etwas ruckte und zurückschnappte, dann kamen ein graues Rauchwölkchen und ein roter Blitz seitlich aus der Pistole.
Kein Geräusch. Ich hatte kein Geräusch gehört.
Was war mit dem verdammten Geräusch?
Mousy Caramello sprang wie ein Tiger. Sein Mund war zu einem stillen Aufschrei geöffnet, seine Augen brannten, die Hand mit der Waffe nach oben gerichtet, kam er immer noch auf mich zu. Ein roter Fleck breitete sich vorne auf seinem T-Shirt aus.
Ich trat unbewußt zurück.
Ich drückte wieder ab; grauer Rauch und ein roter Blitz; dann noch einmal.
Und noch einmal.
Noch einmal.
Er hielt an. Einen Augenblick lang sah er mir direkt in die

Augen, und ich sah ihn, wie er wirklich war. Die absolute Verbindung zwischen uns, die vollständige Vertrautheit. Für keinen von uns würde es noch einmal einen Augenblick wie diesen geben. Er dauerte nicht länger als eine Sekunde, aber für diese eine Sekunde waren wir Brüder. Die Wut und die Leidenschaft, das Feuer und der Haß verschwanden aus den Augen von Mousy Caramello. Sein rechter Arm sank hinab, das Messer fiel ihm aus der Hand, schien auf den Boden zu fallen, in Zeitlupe, wie ein Blatt im Herbstwind, tot und doch schön.

Er fiel um.

Corey hastete zu Stacey hinüber, ich ließ den Revolver fallen und sprang über Caramello hinweg.

Stacey lag auf dem Rücken und versuchte zu schreien. Ihr Blick raste in Panik hin und her, ihre Hände fuchtelten wild an ihrem Hals, ihr Körper wand sich auf und ab.

Ihr Hals war von einem Ohr zum anderen aufgeschnitten.

Hellrotes Blut spritzte rhythmisch auf Corey. Ich schob sie zur Seite, kniete nieder und tat das einzige, was mir einfiel: Ich drückte meine flache Hand seitlich gegen ihren Hals, gegen den dicken, hellroten Strom.

Staceys Oberkörper zuckte. Corey, von deren Gesicht und Haaren das Blut tropfte, ließ sich neben Stacey fallen, um die Arme des jungen Mädchens nach unten zu drücken.

Das gab mir die Gelegenheit, mein Hemd auszuziehen und als Bandage, als Kompresse gegen ihre Kehle zu drücken.

Allmählich wurden ihre Bewegungen schwächer, ihre Augen trüb. Ich spürte, wie der Druck gegen meine Hand nachließ.

Corey erhob sich, ich aber setzte mich mit gekreuzten Beinen auf den Boden und zog das Kind in meine Arme. Ich starrte in Staceys Augen und nahm ihre Hand, an der die Handschellen wie ein Armband hingen.

Ihr Mund öffnete sich und schloß sich wieder, ein vergeblicher Versuch zu sprechen. Sie drückte meine Hand, schwach, kaum noch wahrnehmbar.

Eine Träne quoll aus ihrem linken Auge hervor, dann erstarrte ihr Blick.

Ich hielt noch immer ihre Hand.

Coreys Hand lag auf meiner Schulter.

Ich küßte Staceys Stirn. Meine Lippen waren naß von ihrem Blut.

KAPITEL 24

Als Stacey Jameson starb, starb auch etwas in mir. Als das Licht in den Augen von Mousy Caramello erlosch, war auch mein Licht verändert.

Die Jamesons beerdigten Stacey drei Tage später in engstem Kreise in ihrer Familiengruft auf einem vornehmen, alten Teil des Mount-Olivet-Friedhofs. Ich war nicht eingeladen. Etwa eine Woche später legte ich Blumen vor die Tür der Gruft.

Die Polizei verhörte mich, allerdings nur ein paar Stunden. Es war klar, was passiert war. Sie konnten mich nicht einmal wegen der nicht registrierten Waffe belangen. Der Gesetzgeber hat einen Zusatz an das Gesetz des Wilden Westens angehängt, der besagt, daß es gleichgültig ist, ob man einen Waffenschein besitzt oder nicht, wenn man jemanden zur Selbstverteidigung erschießt.

Howard Spellman sah aus, als wollte er mich während des Verhörs lebend fressen, aber nachdem er alle Einzelheiten gehört hatte, war er versöhnlicher. Vermutlich dachte er, mein Tag sei schon schlimm genug gewesen.

Corey wurde direkt ins General Hospital eingeliefert, brauchte aber nur über Nacht zu bleiben. Mousy Caramello hatte sie tatsächlich mehrmals und brutal vergewaltigt. Der Schatten von AIDS würde so lange über ihr schweben, bis vier vierteljährliche Tests zu ihren Gunsten ausfallen würden. Aber gegenwärtig war keine ihrer Verletzungen lebensbedrohlich. Es gab keine gebrochenen Knochen, keine inneren Verletzungen; jedenfalls nichts, was einen längeren Krankenhausaufenthalt im Zeitalter des neuen Pflege-Managements nötig machte.

Allerdings konnte sie eine Zeitlang nur langsam gehen.
Was die emotionalen Wunden angeht, bekam sie im Krankenhaus Besuch von einem Berater der Hilfsorganisation für Verbrechensopfer. Sie wollte ein paar Termine bei einem ehrenamtlichen Therapeuten im örtlichen Frauenzentrum wahrnehmen. Corey erklärte jedoch, ihr einziger Wunsch sei, so schnell wie möglich aus Dodge wegzukommen.
Auf keinen Fall wollte sie in ihre Wohnung zurückkehren. Sie mietete sich einige Tage in einem Motel ein, bis wir ihre Wohnung leerräumen konnten, was in der Hauptsache darin bestand, das wenige zu retten, was zu retten war, und den Rest wegzuschmeißen. Caramello hatte ganze Arbeit geleistet.
»Ich habe Verwandte in Kalifornien«, erklärte Corey. »Die sind gut drauf und haben mir angeboten, ich könnte bei ihnen bleiben, bis ich wieder auf eigenen Füßen stehen kann. Ich werde mir eine Arbeit suchen, mich regulär anmelden und vielleicht wieder zur Schule gehen.«
»Mit den Showbars ist's wohl aus, he?«
»Zum Glück, Harry«, bestätigte sie, als sie den Verschluß eines Koffers zuschnappen ließ. »Nie wieder.«
»Was ist mit einem Seelenklempner? Du wirst vielleicht Hilfe brauchen, um das alles zu verarbeiten.«
»Ich weiß nicht so recht«, antwortete sie. »Darüber will ich jetzt noch nicht nachdenken.«
»Brauchst du Geld?«
»Ich habe mit meiner Tanzerei einen Haufen gespart.«
Gott sei Dank, ich war nämlich absolut pleite.
Ich lieh mir einen von Lonnies Kleintransportern und schaffte ihre Kisten zur Busstation, um sie dort aufzugeben. Auf dem Weg dorthin fuhr ich hinter der Union Rescue Mission vorbei und erblickte eine riesengroße, grüne Rekla-

metafel mit einer spärlich bekleideten Frau, die sich auf einem Sofa lümmelte. *CLUB EXOTIQUE!* stand darauf. *WO DIE PARTY NIE ZU ENDE GEHT*.

Am nächsten Tag fuhr ich Corey zum Flughafen von Nashville. Sie war stark geschminkt und trug eine Sonnenbrille, um die blauen Flecken zu verbergen. Wir waren beide merkwürdig, fast unangenehm schweigsam, während ich den Briley Parkway entlangfuhr.

Ich half ihr bei der Gepäckaufgabe und begleitete sie zum Flugsteig. Sie checkte ein und erhielt ihren Bordpaß in dem Moment, als die Fluggäste zum Einsteigen aufgerufen wurden.

»Ich denke, ich gehe besser«, sagte sie.

»Gut. Hör mal, paß auf dich auf, ja?«

Sie wollte losgehen, drehte sich aber noch einmal um. »Harry, ich wollte dir noch danken, daß du mich aus diesem schrecklichen Haus rausgeholt hast.«

»O Gott, Corey!« stieß ich so laut hervor, daß andere Fluggäste sich umdrehten. »Du wärst meinetwegen beinahe umgebracht worden!«

Ich konnte ihr nicht in die Augen blicken. »Geh schon. Sie fliegen sonst ohne dich ab.«

Sie berührte mich am Kinn und kam mir so nahe, daß sich unsere Nasen beinahe berührten.

»Ich liebe dich«, flüsterte sie. »Und ich möchte dich nie wiedersehen.«

Ich hatte einen Knoten im Hals von der Größe Montanas. Ich räusperte mich und stotterte: »Wenn du irgend etwas brauchst …«

Sie hob ihren Finger mit einem »Pssst« an ihre Lippen, stellte sich auf die Zehenspitzen und küßte mich auf die Wange. Im nächsten Augenblick hatte sie sich umgedreht und war fort.

Am Tag nach Staceys Beerdigung kam Detective Fouch mit einem Durchsuchungsbefehl zu den Jamesons nach Hause. Eingeschlossen im Waffenschrank des Generals, befand sich eine deutsche Walther P38, ein 9-mm-Souvenir, das er einem gefangenen Panzerkorps-Kommandanten irgendwo in Nordafrika abgenommen hatte. Ballistische Untersuchungen bestätigten nach einer Stunde, daß die Kugeln, die Red Dog Turner getötet hatten, aus dieser Waffe stammten. Stacey hatte trotz allem die Wahrheit gesagt.

Der Tod von Stacey war ein harter Schlag für General Jameson, und als die Geschworenen entscheiden mußten, ob er angeklagt werden soll oder nicht, war klar, daß er vom medizinischen Standpunkt aus gesehen ein Gerichtsverfahren nicht durchstehen würde. Innerhalb weniger Tage wurde er in einem Pflegeheim untergebracht. Ich vermute, er wird bald bei Stacey sein.

All das erfuhr ich aus der Zeitung, da Betty Jameson auf meine Telefonanrufe nicht reagierte. Ich versuchte es nur einige Male, dann wurde mir klar, daß ich der letzte Mensch war, mit dem sie sprechen wollte. Emily klang, als hätte sie mit ihren eigenen Dämonen zu kämpfen, weil sie Stacey beim zweiten Mal geholfen hatte, auszureißen. Ich weiß nicht, was aus Betty, ihrer Mutter oder Emily werden wird.

Eine Woche nach Staceys Tod erhielt ich einen Scheck aus der Buchhaltung der Jamesons. Sie hatten meine Rechnung bezahlt, aber es fiel mir schwer, das Geld anzunehmen.

Die Geschichte wirbelte in den Medien viel Staub auf. Ich schaltete den Anrufbeantworter sowohl zu Hause als auch in meinem Büro aus und legte die Hörer neben die Telefone. Ich war nicht in der Stimmung, mit irgend jemandem zu reden.

Ich dachte, mit mir würde es schon wieder werden. Ein paar freie Tage, und ich würde wieder mitspielen können. Als die

Zeit allerdings fortschritt, war ich immer weniger bereit, zurückzukehren. Wie es bei Journalisten üblich ist, vergaßen sie die Geschichte mit den Jamesons schnell. Aber meine Telefone blieben abgehängt, und ich kapselte mich in meiner Wohnung ab.

Schlaf hatte ich anscheinend am nötigsten. Ich wachte mittags auf, lief ein paar Stunden im Nebel umher und kroch wieder ins Bett zum Nachmittagsschläfchen, das bis zur Abendessenszeit dauerte. Ich ging entweder essen oder öffnete eine Dose Suppe, sah einige Stunden fern und ging wieder ins Bett. Meine Konzentration aber reichte nicht, um ein Buch zu lesen.

So etwas hatte ich noch nie durchgemacht. Es war weder besonders schmerzvoll, noch war ich darüber sonderlich erschreckt, eigentlich war es nur bequem. Ich verbrachte Tage am Stück, ohne mit jemandem zu sprechen, nicht einmal mit Mrs. Hawkins eine Treppe tiefer. Nachdem Marsha über eine Woche vergeblich versucht hatte, mich zu erreichen, rief sie schließlich Mrs. Hawkins an und hinterließ eine Nachricht für mich, die ich zunächst ignorierte, um mich irgendwann später damit zu befassen. Auch Lonnie hinterließ eine Nachricht im Stil von »Tag! Wie geht's dir, Kumpel?«, was ich sehr zu schätzen wußte.

Eines Abends endlich verspürte ich den Drang nach menschlicher Gesellschaft, aber ohne kompliziertes Drumherum. Also zog ich mich an, rasierte mich und fuhr zum Abendessen zu Lee's Szechuan Palace. Mrs. Lee stand hinter dem Tresen. Sie sah mich seltsam an, als seien mir Hörner gewachsen.

»Hallo«, grüßte ich, »wie geht es Ihnen?«

»Mil gut. Hally. Wie geht es Ihnen?«

»Gut«, antwortete ich. »Hab' bloß gedacht, ich komme auf einen Sprung vorbei, um was zu essen.«

Sie nahm den Block und notierte meine Bestellung. Plötzlich griff sie über den Edelstahltresen und tätschelte meine Hand. »Ich haben in del Zeitung gelesen von Sie, Hally. Uns allen tut es leid fül Sie.«
»Ist schon in Ordnung«, beruhigte ich sie. »Wirklich.«
»Was Sie machen?«
»Hab' mir etwas freigenommen. Hatte seit einiger Zeit keinen Urlaub mehr. Hab' bloß gedacht, mich ein bißchen auf die faule Haut zu legen, damit die scharfen Kanten wieder glatt werden.«
»Gut. Das sein wilklich gut.«
»Was haben Sie von Mary gehört?«
Die Augen von Mrs. Lee wurden dunkler. »Sie nach Hause gekommen in Felien. Schluß gemacht mit Jungen. Ich meine, el sie fallengelassen. Sie sagt, el vellückt gewolden, weil sie nicht wollte … Sie schon wissen, was.«
»Oh, ja, na ja. Sehen Sie, dann haben sich die Dinge doch geklärt.«
»Ich nicht wissen, Hally. Es sein das elste Mal, daß sie machen Schluß mit jemand. Ich nie volhel gesehen, daß sie so sehr weinen. Nie gesehen, daß sie so leiden.«
Ich sah ihr einen Augenblick direkt ins Gesicht. »Sie wird darüber hinwegkommen.«
Dann nahm ich mein Tablett, aß schweigend, ging nach Hause und kroch wieder ins Bett.

Ein paar Tage später war ich gerade beim Mittagsschlaf, als ich ein Klopfen an der Küchentür hörte. Ich hatte nicht geträumt; in letzter Zeit war mein Schlaf so tief, fest und entspannend gewesen, daß ich aufgehört hatte, zu träumen. Ich schloß meine Augen, und es war, als zöge ich eine schwarze Leinwand herunter.
Zuerst dachte ich, das Klopfen sei ein Traum, ein Traum mit

Klang, aber ohne Bilder. Dann öffnete ich die Augen, und es klopfte wieder.
Ich lag ausgestreckt auf dem Bett mit Jeans und einem Oxford-Hemd mit Button-down-Kragen. In letzter Zeit hatte ich in meinen Klamotten geschlafen, zumindest tagsüber.
Ich richtete mich langsam auf und setzte mich auf die Bettkante.
»Ja, ich komme«, rief ich, schüttelte ein paarmal den Kopf und rieb meine Augen, um halbwegs zu Bewußtsein zu kommen. Barfuß ging ich in die Küche, während ich mein Haar nach hinten strich.
Ich öffnete. Marsha stand davor. »Hallo.«
»Hallo«, grüßte sie zurück.
»Komm rein. Ich geh' mir schnell das Gesicht waschen. Ich hab' geschlafen.«
Sie ging an mir vorbei, während ich ins Bad huschte. Ich ließ das Wasser laufen, bis es warm wurde, dann befeuchtete ich einen Waschlappen, um ihn mir aufs Gesicht zu legen. Ich hatte mich seit einigen Tagen nicht rasiert, und der Bart kratzte an dem Stoff. Die Wärme tat gut, und ich ließ sie eine Weile einwirken. Schließlich trocknete ich mich ab und öffnete die Badezimmertür.
Marsha stand neben der Spüle gegen den Tresen gelehnt. Sie hatte die Arme und die Beine gekreuzt. Etwas an ihr schien verändert zu sein.
»Hallo«, sagte ich nochmals.
»Hallo.«
»Wie geht's?«
»Gut«, sagte sie. Und nach einem kurzen Moment: »Hab' dich aber vermißt.«
Ich zuckte mit den Schultern. »Ja, ich dich auch. Ich brauchte nur ein bißchen Zeit. Möchtest du einen Kaffee oder so was? Einen Tee?«

»Hast du Kräutertee?«
»Ich dachte, du seist Kaffeetrinkerin.«
»Hab' ich aufgegeben.«
Ich füllte den Teekessel, stellte ihn auf den Herd und zündete die Gasflamme an.
»Was hast du so getrieben?« fragte sie.
»Nicht viel.« Ich kramte im Schrank nach den Teedosen. »Meistens ausgeruht.«
»Ich hab' versucht anzurufen, aber deine Telefone sind immer besetzt. Im Büro und zu Hause.«
»Ja, ich hab' die Hörer daneben gelegt.«
»Hmmm, scheint ziemlich ernst zu sein«, sagte sie.
»Nicht so richtig. Ich mußte nur eine Pause einlegen.«
Sie zog einen der Küchenstühle vor und setzte sich an den Tisch. Ich stellte ihr eine Tasse, zwei Teedosen und ein Glas Honig hin, dann noch eine Tasse für mich, und legte Servietten und Löffel dazu.
»Ich habe keine Milch mehr«, entschuldigte ich mich.
»Schon gut. Ich brauch' keine.«
Das Wasser im Teekessel fing an zu brodeln.
»Wann wirst du wieder mit der Arbeit anfangen?«
»Ich weiß es nicht. Hab' ehrlich gesagt noch nicht drüber nachgedacht.« Ich hantierte mit einem Küchenhandtuch herum, das ich zusammen- und wieder auseinanderfaltete. »Vielleicht nie. Kann sein, daß ich mich zurückziehe.«
Sie schluckte. »Harry, du bist erst vierzig Jahre alt. Bist du dir sicher, daß du dich schon zurückziehen solltest?«
Ich schaute sie an. »Oh, ich bin mir dessen ziemlich sicher. Ob ich es durchziehen kann oder nicht, ist eine andere Frage.«
Der Teekessel pfiff. Ich goß Wasser in die beiden Tassen und stellte ihn auf den Herd zurück.

Ein paar schreckliche Momente lang verrührten wir schweigend den Honig und spielten mit den Teebeuteln. Sie zog den ihren heraus, wickelte ihn um den Löffel, um das Wasser herauszupressen, und legte ihn dann sorgfältig auf der Serviette ab.

»Schatz, ich mache mir Sorgen um dich«, sagte sie.

»Brauchst du nicht.« Ich lächelte. »Mir geht's gut. Wie ich schon gesagt habe: Ich brauche nur eine kleine Pause.«

»Nun gut. Ich habe übrigens letzte Woche mit Howard Spellman zu Mittag gegessen.«

»Ja? Wie geht's dem Lieutenant?«

»Ihm geht's gut, Harry, aber auch er macht sich um dich Sorgen.«

Ich lachte. »Ich wußte gar nicht, daß der alte Bastard zu so etwas fähig ist.«

»Er hat mir erzählt, was im Keller von dem alten Kino vorgefallen ist. Er hat mir alles erzählt.«

»Gut, na ja, das hätte er nicht tun sollen.«

»Warum nicht?« fragte sie. »Glaubst du, ich hätte das nicht ertragen können?«

Ich blickte sie über den Rand meiner Tasse an. »Du schneidest Leichen für deinen Lebensunterhalt auf. Ich weiß, daß du so etwas aushältst. Es ist nur so, daß ... daß es nichts ist, worüber wir noch reden sollten. Das ist alles.«

Sie war enttäuscht. »Harry, Howard hat gesagt, der einzige Grund, warum du und Corey noch am Leben seid, liegt in dem, was du getan hast. Er meinte, der Typ hätte euch auf keinen Fall rausgelassen.«

»Marsha, wir können nicht ...«

»Caramello hat eine Kettenreaktion ausgelöst, über die du keine Kontrolle hattest. Du hättest ihn nicht davon abhalten können, das Mädchen zu töten. Niemand hätte das können.«

Ich knallte die Tasse auf den Tisch, heißer Tee spritzte über meine Hand. »Das weiß ich«, sagte ich. »Das weiß ich alles.«
»Warum hast du dich dann vollständig von der Außenwelt abgeschnitten? Es ist über einen Monat her, Schatz.«
Ich starrte durch das Rollo zum Hinterhof von Mrs. Hawkins hinaus.
»Ich habe keine Schuldgefühle, weil ich jemanden getötet habe«, erklärte ich. »Ich fühl' mich eher mies, ja, aber nicht schuldig. Mousy Caramello hätte mich getötet, wenn nicht ich ihn getötet hätte. Er hat die Regeln aufgestellt. Ich konnte nur mitspielen.«
»Ja, und warum ...«
»Nichts dergleichen. Tatsache ist, daß ich ein anderes menschliches Wesen umgebracht habe, und das ist etwas, von dem ich geglaubt hatte, daß ich so etwas nicht tun könnte. Nicht tun würde. Er kam auf mich zu, Marsha, und er hatte dieses riesige, verdammte Bajonett, das genau auf mein Herz zielte; ich mußte ihn töten, oder er hätte mich getötet. Aber genau in dem Moment, in dem er starb, in diesem Bruchteil einer Sekunde, als das letzte bißchen Leben aus seinem Körper wich, sah er mir in die Augen, und da ... da lief etwas zwischen uns ab. Ich kann es nicht erklären, nicht beschreiben. Aber es ist wahr, und ich werde es nie vergessen.
Und da ist Corey. Ich habe sie benutzt, und ihr wurde so übel mitgespielt, daß sie vielleicht nie darüber hinwegkommt. Sie wird nie wieder die alte sein, und das ist mein Fehler. Und wäre ich nicht durchgedreht, lebte Stacey vielleicht noch.«
»Das stimmt nicht«, widersprach Marsha. »Stacey Jameson ist ihren eigenen Weg gegangen. Niemand hat sie dazu veranlaßt, mit diesen Menschen wegzulaufen.«
»Das verstehst du nicht«, verteidigte ich mich schwach.

»Ich verstehe was nicht? Ich kann es vielleicht nicht verstehen, weil ich nicht dabeigewesen bin, aber ich weiß, daß ich dich in dieser Welt zurückhaben will.«
»Ich bin zurück in der Welt. Es ist nur so, daß alles bedeutungslos geworden ist, seit die Sache passierte. Alle Stimmen klingen so monoton. Und auch das kann ich nicht beschreiben. Ich schaue nach draußen, sehe braune Bäume, grünes Gras, schwarzgeteerte Einfahrten und einen blauen Himmel, aber alles hat die gleiche Farbe. Komisch, echt komisch.«
Sie sah auf ihre Tasse hinab. »Ich glaube, du brauchst Hilfe, Schatz.«
Ich drehte meinen Kopf wieder in ihre Richtung. »Ja, vielleicht.«
»Das meine ich ernst. Du gehst nicht gerade auf gesunde Weise mit der Sache um.«
»Ich brauche nur eine Pause, Marsh. Wenn es nach einer Weile nicht besser wird, dann ja, dann werde ich ein paar Stunden auf der Couch verbringen.«
Sie langte über den Tisch. Mit beiden Händen umfaßte sie meine linke. »Gut«, stimmte sie zu, »abgemacht. Aber in der Zwischenzeit ...«
»Ja?«
»Ich sage das nicht, weil ich mich nicht entscheiden kann oder überfürsorglich sein will oder weil ich glaube, daß du etwas Dummes anstellen würdest. Ich vermisse dich einfach, das ist alles.«
»Wovon redest du?«
»Würdest du ein paar Tage bei mir verbringen? Ich gehe tagsüber arbeiten, du hast die Wohnung also ganz für dich allein. Ich überlasse dir den Wagen, wenn du willst. Sieh dir ein paar Filme an, mach, was du willst, es ist mir egal. Du brauchst nur eine andere Umgebung, das ist alles.«

Ich dachte einen Augenblick nach. Meine Augen zogen die Konturen ihres Gesichts nach. »Ja, klar. Warum nicht?«
Also packte ich eine Tasche, warf die Sachen aus dem Badezimmer dazu und stieg in ihren Porsche. Mein Blick war auf das Nummernschild mit LEI-CHEN gefallen. Ich konnte nur versuchen, nicht hysterisch zu werden.
Wir hielten vor einem Lebensmittelladen. Marsha war nicht in Stimmung für Wein, und natürlich hatte ich auch keine Lust darauf, weswegen wir einen Film ausliehen und nebeneinander auf der Couch saßen, bis der Film vorbei und es Zeit war, ins Bett zu gehen. Den ganzen Abend über wurde ich das Gefühl nicht los, daß sie Liebe machen wollte, aber meine sexuellen Gelüste waren ungefähr so stark wie die einer Schnecke. Nach einer Weile schien es, als sei sie allein mit meiner Gesellschaft zufrieden.
Wir krochen ins Bett, und innerhalb weniger Sekunden befand ich mich wieder im leeren Kino mit einer stillen, schwarzen Leinwand vor mir. Ich schien zu fallen, aber es war ein angenehmes Fallen, wie in Wolken hinein, die mich aufhielten, mich für immer vom harten Boden fernhielten. Ich verlor jegliches Zeitgefühl, und die Nacht verging, ohne daß ich es bemerkte. In der Bewußtlosigkeit liegen Trost und Gelassenheit.
Dann wurde ich geschüttelt.
Ich öffnete die Augen. Allmählich drang Licht durch meine verklebten Lider. Der Geschmack in meinem trockenen Mund war ekelhaft. Mein Kopf tat mir weh wie bei einem Kater, obwohl ich wochenlang keinen Alkohol angerührt hatte.
Marsha saß in einem Morgenmantel aus Satin am Bettrand und rüttelte an meiner Schulter. »Was?« murmelte ich und drehte mich um.
»Hey, Schatz, wach auf. Los, wach auf.«

Ich stützte mich auf dem Ellenbogen ab. »Was ist?« Ich war noch im Halbschlaf.
»Ich will dir was zeigen.«
Ich schüttelte den Kopf und versuchte, die Spinnweben herauszubekommen. »Was ist denn los?«
»Bist du wach?«
»Ja, fast. Was ist passiert?«
Sie hob ihre linke Hand, in der sie ein weißes Stück Plastik hielt, das ungefähr so lang und breit war wie der Stiel von einem Eis.
»Sieh mal.« Sie hielt mir das Plastikding hin. Ich griff danach.
»Nicht auf diesen Teil fassen, da ist Pipi drauf.«
Ich sah zu ihr auf. »Da ist Pipi drauf? Was zum Teufel machst du …«
Dann sah ich ihre Augen leuchten, und ich blickte wieder auf ihre Hand. In der Mitte des Plastikstäbchens befanden sich zwei kleine Fenster. Jedenfalls hatte das Weiß in den Fenstern eine andere Schattierung als der Rest des Stäbchens.
Und das Innere des Fensters wurde von kleinen horizontalen, blauen Linien durchzogen.
Mein Kinn fiel herunter, und ich starrte einen Augenblick lang auf ihre Hand, dann wieder in ihr Gesicht.
»Du bist …?«
Sie grinste und biß sich auf die Unterlippe. Tränen traten ihr in die Augen. Ihr Kopf hüpfte auf und ab: Sie nickte.
»Nun ja, ich werde …«, murmelte ich.
Plötzlich sank mein Kopf in ihren Schoß, meine Arme umschlossen ihre Hüften in einem festen Griff, und ich weinte.
Leben.